D0885259

Willy Breinholst

Hände hoch
jetzt wird gelacht!

Die besten Krimi-Geschichten

BASTEI
LÜBBE

BASTEI LÜBBE TASCHENBUCH
Band 14831

Erste Auflage: Dezember 2002

Vollständige Taschenbuchausgabe

Bastei Lübbe Taschenbücher ist ein Imprint der Verlagsgruppe Lübbe

Originalausgabe
© 2001 by Willy Breinholst
Herausgeber: Verlagsgruppe Lübbe GmbH & Co. KG,
Bergisch Gladbach
Umschlaggestaltung: Tanja Østlyngen
Satz: hanseatenSatz-bremen, Bremen
Druck und Verarbeitung: Ebner & Spiegel, Ulm
Printed in Germany
ISBN 3-404-14831-2

Sie finden uns im Internet unter
http://www.luebbe.de

Der Preis dieses Bandes versteht sich einschließlich
der gesetzlichen Mehrwertsteuer.

Inhaltsverzeichnis

Ich bin Ray Watson von Scotland Yard 9
Der High Society-Mann und der Tramp 14
Die Katze soll auch wissen, daß Weihnachten ist . . 18
Das ist mein Jubiläumsüberfall!. 22
Sandra? Der Teufel soll sie holen!. 28
Drama auf der Ruwenzori-West
Hill-Gummi-Plantage 37
Ein geheimnisvoller Mann 41
Doña Tia Ceresinas Revolution 45
Der Mann, der sich sein Alibi zimmerte 61
Meuterei auf der Ktapódi 66
Das Parfüm! Und die Perlenkette! Her damit!. 70
Die Höllenmaschine 75
Der Mord an Lord Chadford 79
Kann die Leiche fortgebracht werden?. 83
Die Aussicht von Dent Blanche
ist wirklich toll.. 95
Hier ist Lord Pendlebury!. 99
Die Axelborg-Millionen 103
Castello Moretti, der Mafia-Boss 107
Harry! Du Biest!. 111
Die schöne, treulose Yvette 118
Frauen können herzlos sein 122
    Der anhängliche Verfolger 126
    Gibt es hier Schlangen?. 146

Ich weiß nicht, wie Tante Mattie 159
hier allein leben konnte 170
Gladys hat auf alle Zeiten genug von dir! 179
Du bist ein verdammter Psychopath . . . .
Ich verliere der Verstand, wenn wir
von der Außenwelt abgeschnitten werden 194
Ein Mord, der während eines Mistrals
begangen würde 205
Ich habe den Deckel zum Brunnen blockiert . . . 221
Ein resoluter Mensch 228
Dieser Mann ist auf jeden Fall verrückt 241
Wir hatten eine herrliche Zeit zusammen 253
Ronny? Bist du das? 264
Wo waren Sie? Wir wollten schon
fast die Polizei rufen 277
Hast du die alte Frau in den Brunnen gestoßen? . . 287
Der Gedanke, eine Kugel
in den Kopf zu bekommen 300
Wollen Sie mit mir ins Bett gehen, Monsieur? . . . 305
Du bist eine sehr skrupellose Frau geworden . . . 313
Der S-Bahn Mord 332
Mylady und der Musketier 338
Ein harter Schlag von Gaston Dupont 343
Der kleine Konrad und die fliegende Untertasse . . . 347
Hoher Einsatz in Dodge City 352
Der Chinese, der das Lächeln vergaß 362
Curly Carl, Bankräuber 366
Die Söhne der Wildnis 370
Luigi Gorgonzolas Solo-Raub 374
Auf einen Schlag 378
Shorty und die Marsfrau 382
Happy Birthday to you, lieber Oscar! 386
Schnell! Aus dem Fenster! 391
Schwierige Aufgabe 396

A cup of tea, please! 400
Der Gangsterkönig Joe Big Nose Callaghan 404
Soldat Daniel Magilicuddy 408
Ein Brief von der guten alten Mom! 412
Der große Eisenbahnraub 416
Pythia 420

»Ich bin Ray Watson von Scotland Yard ...«

»Das Spiel ist aus, Gulazzi«,
konterte der im Khakimantel.

Lord Clifford Bracknell, Besitzer von Goldenview Hall, eines großen, alten, efeuumrankten Herrenhauses in Wales, wachte auf, als er von unten beunruhigende Geräusche hörte. Er lag einen Augenblick ganz still, hielt den Atem an und lauschte. Kein Zweifel, aus dem Erdgeschoß drangen Stimmen herauf. Rasch stand er auf, ging auf Zehenspitzen zu einer großen, üppig mit Messingbeschlägen verzierten Kommode und holte eine Pistole hervor. Als ehemaliger Major in der Waliser Kavallerie und begeisterter Jäger war er ein geübter und treffsicherer Schütze. Die Pistole fest umklammernd, schlich er die breite Marmortreppe hinunter in die Halle und bis zu der hohen Flügeltür, die zur Bibliothek führte. Er riß die Tür auf, trat ein – und stand zwei bewaffneten Männern gegenüber, die sich gegenseitig mit ihren Revolvern in Schach hielten. Das Bild, das sonst über dem Wandsafe hing, war heruntergenommen worden, und der Safe mit dem komplizierten, einbruchsicheren Schloß stand offen.

Die beiden warfen dem Lord nur einen beiläufigen Blick zu und fuhren dann fort, sich gegenseitig zu belauern, offensichtlich bereit, sofort zu schießen. Der eine war klein, untersetzt und brünett. Er trug einen schwarzen Filzhut, schwarzen Trenchcoat, elegante graue Handschuhe und schwarze Boxcalfschuhe, deren Absätze eine Spur zu hoch waren. Der andere war etwas jünger, groß, blond und schlank, hatte auf einen Hut verzichtet und trug einen khakifarbenen Trenchcoat und braune Straßenschuhe.

»Ein Glück, daß Sie da sind, Lord Clifford«, sagte der Mann in dem khakifarbenen Mantel, ohne den Kopf auch nur einen Millimeter zu drehen. »Ich bin Detective Ray Watson von Scotland Yard und habe Luigi Gulazzi, den Mann da drüben, durch ganz Wales gejagt. Jetzt habe ich ihn auf frischer Tat ertappt. Bitte stellen Sie sich hinter ihn. Wenn er Anstalten macht, sich umzudrehen, drücken Sie einfach ab.«

Lord Clifford trat vor.

»Moment«, sagte der Dunkelhaarige mit den Handschuhen. »*Ich* bin Ray Watson von Scotland Yard, und der da drüben ist Gulazzi. Sie müssen seine Fotos schon in der Zeitung gesehen haben, Lord Clifford. Er ist sehr gefährlich, hat bereits Dutzende von Menschenleben auf dem Gewissen. Das Spiel ist aus, Gulazzi. Wir sind zwei gegen einen. Lassen Sie die Waffe fallen, und nehmen Sie die Hände hoch!«

Der Mann in Khaki rührte sich nicht. Der Revolver lag ganz ruhig in seiner Hand und zielte auf das Herz seines Gegenübers.

»Ha«, schnaubte er verächtlich. »Sie werden doch nicht im Ernst glauben, daß Seine Lordschaft so dumm ist, das zu schlucken. Das ist ein alter, billiger Trick, Gulazzi, aber diesmal kommen Sie damit nicht durch. Ich gebe Ihnen dreißig Sekunden, um zur Vernunft zu kommen. Wenn Sie dann Ihre Waffe noch in der Hand haben, knallen wir Sie ab. Sie haben keine Chance, und das wissen Sie ganz genau.«

Lord Clifford musterte die beiden aufmerksam. Es war unmöglich, aus ihren Gesichtern etwas abzulesen, unmöglich, zu entscheiden, wer der Schurke und wer der Held des Stückes war. Eins stand jedoch fest: Er mußte sich innerhalb dieser halben Minute für einen der beiden entscheiden, wenn er verhindern wollte, daß die beiden sich gegenseitig umbrachten. Und plötzlich kam ihm eine Idee.

»Ray Watson, zeigen Sie mir Ihre Dienstmarke«, befahl er resolut.

Ohne ihre drohende Haltung aufzugeben, schoben beide Männer langsam die Hand ins Jackett und holten eine Dienstmarke aus der Innentasche. Lord Clifford war so klug wie zuvor. Natürlich war eine der Dienstmarken gestohlen. Die großen Herren aus der Unterwelt wußten schon, wie man sich nach allen Seiten absicherte.

»Werfen Sie Ihre Waffe weg, Gulazzi«, befahl der mit den Handschuhen scharf.

»Das Spiel ist aus, Gulazzi, das wissen Sie genau«, konterte der im Khakimantel. »Sie können sich entscheiden, ob Sie diesen Raum lebend verlassen oder durchlöchert wie ein Sieb auf dem Teppich enden wollen.«

Lord Clifford schnitt grausige Grimassen, während er sich vergeblich bemühte, sich an die Beschreibung des Safeknackers Gulazzi zu erinnern, die in sämtlichen Zeitungen gestanden hatte. Aber es war nun einmal so, daß er sich für die Wirtschaftsseite sehr viel mehr interessierte als für die englische Unterwelt. Dann fiel ihm plötzlich eine Einzelheit an der Kleidung des einen Mannes auf. Natürlich, schoß es ihm durch den Kopf, damit hat er sich verraten. Was bin ich doch für ein Trottel, daß ich nicht gleich darauf gekommen bin.

Er zielte genau und drückte ab. Es gab einen Knall, und dem Mann mit den hellgrauen Handschuhen flog der Revolver aus der Hand. Der Mann in Khaki half mit einem Kinnhaken nach, und der Behandschuhte ging zu Boden.

»Bravo, Lord Clifford«, begeisterte sich der im Khakimantel. »Sehr beeindruckend. Aber wie haben Sie nur herausbekommen, welcher der echte Luigi Gulazzi ist?«

»Elementar, mein lieber Watson«, antwortete Lord Clifford mit leisem Stolz. »Der Mann arbeitete mit Handschuhen, und kein Safeknacker legt gesteigerten Wert darauf, Fingerabdrücke zu hinterlassen. Es war also im Grunde ganz simpel.«

Der Mann in Khaki schüttelte Lord Clifford herzlich die Hand. »Sie haben mir das Leben gerettet«, sagte er.

In diesem Augenblick hörte man das Heulen von Polizeisirenen.

»Da kommt die Verstärkung«, fuhr er fort. »Das wird Inspektor Harris mit seinen Leuten sein. Würden Sie sie bitte ins Haus lassen? Ich werde inzwischen unserem Freund Handschellen anlegen.«

Lord Clifford eilte durch die Halle und ließ die Polizei herein. Als Inspektor Harris und seine Leute kurz darauf die Bibliothek betraten, war der Safe leer, die Vorhänge bauschten sich leicht vor dem geöffneten Fenster, und der Mann im Khakimantel war verschwunden. Der mit den Handschuhen bewegte sich leicht.

»Nanu«, meinte Inspektor Harris verblüfft. »Das ist ja Superdetektiv Ray Watson, genannt der ›Handschuh‹. Was, zum Teufel, tun Sie auf dem Fußboden, Mann? Und wer hat Ihnen die eisernen Armbänder verpaßt?«

Der High-Society-Mann
und der Tramp

»Darf man hier kein Feuer machen?
Oder ist das vielleicht Ihr Land?«

Mark W. Sloane, ein bekannter New Yorker Anwalt der High Society, war auf der Flucht. Auf der Flucht vor dem Konto eines Klienten, von dem gut und gern eine Million Dollar verschwunden waren. Und das schlimmste war, daß Sloane kaum hätte sagen können, wo das Geld geblieben war. Es war einfach versickert. In den Nachtklubs. In den Spielkasinos von Las Vegas. Bei hübschen Blondinen. Geblieben war ihm nur der Cadillac, der ihn jetzt mit Höchstgeschwindigkeit der mexikanischen Grenze immer näher brachte. Er war den ganzen Tag gefahren, unrasiert, müde, hungrig und klebrig von der Hitze, als er unvermittelt vom Highway 417 auf eine schmale unbefestigte Straße einbog, die zu den Seven Peak Mountains führte. An einem Bach hielt er an. Er stieg aus, wusch sich den Schweiß vom Gesicht, zündete sich eine Zigarette an und wollte sich gerade auf einem Stein niederlassen, um einen Augenblick auszuruhen, als ihm ein seltsamer Geruch in die Nase stieg. Es roch – ja, es roch nach Essen. Aber wie war denn das möglich? Er zwängte sich durch das dichte Buschwerk und ging dem Duft nach. Und dann stand er vor einem Penner, der an einem Feuerchen saß und Fleischstücke briet. Neben ihm auf einem großen blau gepunkteten Tuch lagen Brot und zwei gegrillte Puterkeulen.

»Hallo«, begann Sloane mit einem hungrigen Blick auf die gegrillten Puterkeulen.

Der Penner fuhr zusammen und erhob sich.

»Darf man hier kein Feuer machen?« fragte er verlegen. »Oder ist das vielleicht Ihr Land?«

Sloane beruhigte ihn. »Keine Aufregung. Ich komme hier nur zufällig vorbei, habe mich gewaschen und meinen Durst gestillt. Haben Sie vielleicht ein Stück Brot für mich übrig? Ich habe einen Mordshunger, bin schon den ganzen Tag auf Achse.«

Der Tramp war sichtlich erleichtert. »Setz dich, es ist genug für zwei da.«

Sloan setzte sich, und der Tramp warf ihm ein saftiges Puterstück hin. Sloane machte sich heißhungrig darüber her und brach sich ein Stück Brot ab.

»Ich beneide euch Tramps«, sagte er, als der ärgste Hunger gestillt war. »Ihr führt ein freies Leben, braucht euch keine Gedanken um das Morgen zu machen. Ehrlich, ich würde ein Vermögen darum geben, mit euch zu tauschen.«

Der Penner nahm eine von Sloanes Zigaretten an.

»Ist das dein Cadillac, der da oben an der Brücke steht?«
fragte er.

Sloane nickte.

»Und dann willste mit mir tauschen? Daß ich nicht lache«,
sagte der Penner zynisch.

Sloane war eine Idee gekommen. Eine fast geniale Idee!
Wenn er es geschickt anstellte, kam er damit glatt über die
mexikanische Grenze, und von dort stand ihm der Weg
nach Südamerika offen. Brasilien, Venezuela – er brauchte
nur zu wählen.

»Beneidest du mich etwa? Tu's nicht«, sagte er. »Das Leben
eines gestreßten Geschäftsmannes ist überhaupt nicht be-
neidenswert. Nein, nein, ich habe genug von großen Di-
ners, Cocktailpartys, Konferenzen und Blondinen, die nur
Stroh im Kopf haben.«

»Wirklich?«

»Ehrenwort! Seit Jahren träume ich von einem Leben ohne
Sorgen, von einem ungebundenen Leben unter Gottes blau-
em Himmel. Ich glaube, nur so käme ich weg von meinem
Magengeschwür, meinen schlaflosen Nächten, meinem zer-
fransten Nervenkostüm. Wenn du irgendwas bei dir hast,
womit du deine Identität beweisen kannst, würde ich dir
gern einen Vorschlag machen.«

Der Penner klaubte ein zerknautschtes Etwas aus der Innentasche seiner abgetragenen Jacke und warf es Sloane in
den Schoß. Der sah es sich rasch an. Es war genau das, was
er brauchte: ein Paß auf den Namen Mushy Boone mit einem Foto, das auffallende Ähnlichkeit mit dem Penner hatte, der vor ihm saß. Bei großzügiger Auslegung mochte das
Foto als eine etwas jüngere Ausgabe von Sloane hingehen.

»Was würdest du davon halten, in meine Rolle zu schlüp-
fen, Freund?« fragte Sloane schnell.

»Ist der Cadillac da oben bei dem Geschäft mit drin?«

»Natürlich. Ich biete dir ein neues, für dich wahrscheinlich ungewohntes Leben als Anwalt Mark W. Sloane. Hier sind meine Papiere, hier die Wagenschlüssel, und dazu gibt's noch ein bißchen Startkapital. Greif zu, Junge, laß dich nicht lange bitten.«

Der Penner hielt offenbar den Fremden für etwas verrückt, aber er ging auf den Handel ein. Fünf Minuten später steckte Sloane in den Lumpen des Tramps, hatte das blau gepunktete Tuch zu einem Bündel geschnürt und an einen Stock gesteckt; der Penner aber saß, angetan mit Sloanes sorgfältig gebügeltem mausgrauen Anzug, im Cadillac, wendete und brauste in einer Staubwolke dem Highway 417 entgegen. Armer Einfaltspinsel!

Sloane ließ sich Zeit. Er wartete, bis die Staubwolke sich gelegt hatte. Dann ging er zum Highway hinüber. Was er jetzt brauchte, war ein Laster, der ihn bis zur Grenze mitnahm. Er schob die Hand in die Tasche, um die Zigaretten herauszuholen. Sie waren nicht da. Seine Camels steckten in dem mausgrauen Anzug. Vielleicht fand sich noch eine Kippe in der Jacke des Tramps? Er kramte alle Taschen durch, förderte aber nur einen zerknitterten Zeitungsausschnitt zutage. Er glättete ihn und las:

»Der berüchtigte Gangster und Tankstellenmörder Mushy Boone, der gestern, nach Verbüßung von nur zwei Jahren einer vierzigjährigen Haftstrafe, aus dem Staatsgefängnis in Spud Rock ausgebrochen ist, soll in der Umgebung des Highway 417 gesehen worden sein. Mit Bluthunden ausgerüstete Suchtrupps der Bundespolizei haben die Fahndung nach dem Ausbrecher im Gebiet südlich von Seven Peak Mountains verstärkt.«

Sloane erstarrte. Das wütende Bellen und Knurren kam immer näher.

Die Katze soll auch wissen,
daß Weihnachten ist ...

*»Nein«, sagte Mildred, »Gilbert kommt
nicht mit. Er bleibt dieses Jahr zu Hause
und kümmert sich um die Katze.«*

Die Neonlichter blinkten kalt in die Dunkelheit.
Es war Heiliger Abend. Mildred stand am Fenster ihrer ex-
klusiven Dachterrassenwohnung und blickte hinaus. Es
hatte tagelang ununterbrochen geschneit, und die Dächer
waren unter flockigem Weiß begraben. Mildred rauchte
eine Zigarette, inhalierte und ließ den Rauch in dünnen
silbrigen Spiralen wieder entweichen. Sie schaltete den
Fernseher ein. Über den Bildschirm flimmerte eine Talk-
show. Mildred warf einen Blick auf Gilbert, der, das Gesicht in die Hände vergraben, auf der Couch saß. Gilbert

war ihr Mann, Börsenmakler und Inhaber der Firma Smith, Smith & Fawkes.

Sie ging zu ihm hinüber und blieb vor ihm stehen.

»Dieses Jahr wirst du uns den Heiligen Abend nicht wieder verderben, nicht wahr?« sagte sie. »Diesmal wirst du dich nicht betrinken und ein Flittchen nach Hause bringen, um mich zu demütigen. O nein, das wirst du nicht, Gilbert! Dieses Jahr bleibst du schön zu Hause und kümmerst dich um die Katze und die Goldfische.«

Mildred nahm die Katze auf den Arm – eine wunderschöne Angorakatze mit langem, seidigen Fell. Reinrassig. Ein Tier, das bei einer Ausstellung bestimmt preisgekrönt worden wäre.

Gilbert hatte Katzen schon immer gehaßt. Für ihn waren sie wahre Greuel. Mildreds erste Katze hatte er mit vergifteter Sahne umgebracht.

»Sing, mein kleiner Schatz«, sagte Mildred.

Die Katze miaute nicht. Sie schnurrte nur und sah Mildred mit ihren grauen Augen an. Sie hatten die gleiche Farbe wie Gilberts Augen.

Dann schaute die Katze auf die Goldfische. Sie wußte inzwischen, daß sie nicht als appetitanregender Imbiß für sie gedacht waren – sie betrachtete sie nur noch als etwas, das sich hinter einer Glasscheibe bewegte.

»Hallo!«

Mildred drehte sich um.

Es war John. Mit ein paar Paketen unterm Arm stand er in der Tür. Er war hereingekommen, ohne zu klingeln. War einfach hereingekommen. Das hatte er immer getan. Er war Gilberts Freund. Das glaubte zumindest Gilbert. Freundschaft kann genauso blind sein wie Liebe. Gilbert wußte nicht, daß John Fitzgerald nur Mildreds wegen so häufig kam. Nicht wegen der Katze. Auch nicht wegen der Goldfische. Und schon gar nicht Gilberts wegen. Er kam nur, um

Mildred zu sehen. Er war in Mildred verliebt. In ganz New York gab es keine zweite Frau, die er so sehr liebte wie Mildred.

»Wie geht es dir?« fragte Mildred.

John lächelte.

»Wunderbar, Liebling«, antwortete er. »Einfach wunderbar.«

Mildred lächelte ihn zärtlich an. Sie liebte ihn sehr. In New York gab es niemanden, den sie mehr liebte als ihn.

»Nun«, sagte John, »sollen wir gehen?«

»Ja«, sagte sie, »das sollten wir.«

John holte Mildreds teuren Webpelz, der von einem echten Chinchilla nicht zu unterscheiden war. Es war ein ungewöhnlich schöner Mantel, den John ihr geschenkt hatte. Gilbert glaubte, sie habe ihn von ihrem Geld gekauft. Doch das hatte sie nicht. Es war Mildred auch egal, was Gilbert dachte.

»Kommt Gilbert denn nicht mit?« fragte John. »Die Weihnachtsparty bei mir wird bestimmt ganz großartig.«

John zündete sich eine Zigarette an. Es war eine von Gilberts Zigaretten. Die Packung lag auf dem Tresen der Hausbar. Gilbert hatte eben eine Zigarette geraucht, rauchte aber jetzt nicht mehr. Das Gesicht in die Hände vergraben, beugte er sich über die gläserne Platte des Couchtischs.

»Nein«, sagte Mildred, »er kommt nicht mit. Er bleibt dieses Jahr zu Hause und kümmert sich um die Katze. Und um die Goldfische.«

John sah Gilbert an.

Gilbert hatte ein Loch in der Schläfe: Vor kurzem noch war aus diesem Loch Blut gesickert. Er war tot.

John sagte nichts. Er zuckte nur mit den Schultern und stieß mit der Schuhspitze den Revolver unter die Couch. Es war Gilberts Revolver. Mildred hatte sich ihn nur ausgeliehen.

»Bist du fertig?« wandte er sich an Mildred.

»Ja«, antwortete sie.

»Also gehen wir«, sagte er. Als er am Goldfischglas vorüberkam, steckte er die Hand hinein, nahm einen Fisch heraus und warf ihn der Katze vor.

»Sie soll auch wissen, daß Weihnachten ist«, sagte er.

Dann küßte er Mildred rasch, und sie fuhren mit dem Lift ins Erdgeschoß.

»Es ist verdammt anständig von Gilbert, zu Hause zu bleiben und auf die Katze aufzupassen«, sagte John. Und dann sprachen sie nicht mehr darüber.

Sie sahen nur die Neonlichter an, die kalt in der Dunkelheit blinkten.

»Das ist mein Jubiläumsüberfall! Gebt mir das Gold!«

Kansas-Kid ritt hinaus auf die China Cliffs, um die Postkutsche abzupassen ...

Kansas-Kid, der einer der berüchtigsten Revolverhelden des Wilden Westens war, wollte einen merkwürdigen Jahrestag feiern. In den letzten fünfundzwanzig Jahren hatte er seinen Lebensunterhalt mit Hilfe seines sechsschüssigen, mit Perlmutt besetztem Griff versehenen Revolvers verdient und sich damit über Wasser gehalten. Er beschloß, den Tag zu feiern, indem er eine Reihe von Überfällen abzog, an die man sich im ganzen Westen noch lange erinnern sollte. Die Sache lief aber nicht genau nach Plan.

Es begann am Festtag in der Frühe, als Clementine – seine

reizende junge Frau – vorschlug, ein besonderes Essen zu-zubereiten.

»Könntest du hinausgehen und zu Ehren des heutigen Anlasses dem großen Truthahn den Kopf abschlagen?« bat sie ihn.

»Dem großen Truthahn den Kopf abschlagen?« wiederholte er launig. »Nun, ich nehme an, die arme Kreatur muß dran glauben, nur weil ich vor fünfundzwanzig Jahren einen Begleiter vom Pony-Express unten im Tal des Toten Mannes erschossen habe!«

Er ging nach draußen und griff sich den Tuthahn, doch als er die Axt holen wollte, befreite sich das Tier und flog auf das Scheunendach hinauf. Nach einigen erfolglosen Versuchen gab Kansas-Kid die Versuche auf, den Truthahn zu fassen. Statt dessen beschloß er, seinen schwarzen Hengst zu satteln und über die Prärie davonzureiten.

Er ritt hinaus zu den China Cliffs, um die Postkutsche abzupassen, die von Tucson her dort durchkam. Aber einer der Kutscher hatte wohl Lunte gerochen und schlug einen anderen Weg ein. Jedenfalls war weit und breit keine Postkutsche in Sicht, während die Sonne vom Himmel brannte. Kansas-Kid verdrückte sich in den Schatten der Felsen, zog seinen Zehn-Gallonen-Hut übers Gesicht und machte ein Nickerchen. Er wußte nicht, wie lange er geschlafen hatte, doch plötzlich hörte er das Getrappel von Pferdehufen. Er sprang auf, zog seinen Revolver und kam aus seinem Versteck hervor.

»Das ist mein Jubiläumsüberfall«, schnarrte er. »Gebt mir das Gold, und keine falsche Bewegung ...«

Kansas-Kid merkte zu spät, daß es Sheriff Sam Sah mit seinen Männern war.

»Tut mir leid, Sam«, sagte er und steckte seine Kanone in das Halfter zurück. »Ich habe nur Spaß gemacht, Sam. Ich dachte ...«

»Jawohl, du dachtest, es sei die Postkutsche aus Tucson! Es wird noch ein oder zwei Stunden dauern, bis sie hier ist. Aber ich dachte, es wär' 'ne gute Idee, wenn ich und meine Leute warten, bis sie durch ist. Man weiß ja nie, ob sich nicht irgendein Kerl einbildet, er könne das Geld und das Gold aus Stamp Waldos Minen klauen. Stimmt's, Kansas-Kid?«

»Du liegst gar nicht so falsch, Sam«, mußte Kansas-Kid zugeben, während er auf sein Pferd stieg. »Da ist was Wahres dran an dem, was du sagst ... Also, ich muß jetzt weiter!«

Kansas-Kid gab seinem schwarzen Hengst die Sporen und ritt in Richtung Rock Springs. Er war in einer fürchterlichen Laune. Der Tag ließ sich überhaupt nicht so an, wie er es sich ausgemalt hatte. Als er den Saloon in Rock Springs erreicht hatte, lechzte er nach einem Kampf. Er stieß die Schwingtür auf, zog blitzschnell seinen Revolver und wollte zum Auftakt ein paar Flaschen billigen Whiskys von den Regalen hinter der Theke schießen und danach die As-Zeichen aus den Karten, die die Pokerspieler in der Ecke in den Händen hielten. Langjährige Übung hatte aus ihm einen Scharfschützen gemacht, und an Selbstvertrauen fehlte es ihm wahrlich nicht. Aber gerade als er das Ziel anvisierte, rutschte er auf einem Stück Wassermelone aus, fiel nach hinten, schlug mit dem Hinterkopf auf – und der Schuß ging irgendwo in die Ecke. Er war außer Gefecht gesetzt, so daß ihm ein paar Minenarbeiter aufhelfen mußten.

»Hast du dir weh getan, altes Haus?« fragte einer von ihnen mit übertriebener Besorgnis. Kansas-Kid fluchte wie wild, drehte sich auf dem Absatz um und stürmte aus dem Saloon, während alle dort ein Gelächter anstimmten, als sei das eben das Komischste gewesen, das sie je erlebt hatten. Er kam sich wie ein Trottel vor – und noch schlimmer war, daß das an seinem Jahrestag passiert war. Er schwor sich, nie mehr diesen Salon zu betreten, wo er so gedemütigt worden war. In diesem Teil der Welt wollte er sich nicht mehr sehen lassen. Ohne Zweifel war heute ein Unglückstag.

Mit finsterer Miene ritt er in Richtung Heimat, doch dann beschloß er, in Oak Creek haltzumachen. Er band sein Pferd an und betrat das Postamt, um es zu berauben. Rasch warf er einen Blick durch den Raum. Da standen zwei alte, bärtige Goldsucher, ein halb betrunkener Hilfssheriff und ein junger Cowboy, der Schafslederstiefel trug – offenbar ein fauler Nichtsnutz – in einer Warteschlange vor dem Schalterfenster des Postmeisters. Der Postmeister war ein alter Mann mit runden Schultern, der einen grünen Mützenschirm trug, um seine Augen zu schützen, und Zelluloidmanschetten, um seine Hemdsärmel zu schonen. Kansas-Kid dachte sich: »Sobald die vier draußen sind, pumpe ich den alten Mann mit Blei voll und nehme mir die Kasse mit dem Bargeld. Dann ist der Tag wenigstens nicht ganz verloren.«

Er stellte sich zu den übrigen in die Schlange. In dem Moment, als der junge Herumtreiber an der Reihe war, geschah etwas Unerwartetes. Der junge Faulenzer hielt dem Postmeister den Lauf seiner Kanone vors Gesicht und forderte ihn auf, die Kasse mit dem Bargeld und die Beutel mit den Goldklumpen herauszurücken.

»Und beeil dich damit, Opa«, kommandierte er.

Kansas-Kid tippte dem nichtsnutzigen jungen Mann mit dem Ende eines seiner sechsschüssigen Revolver auf die Schulter. Er wollte vorschlagen, daß sie sich beide die Beute teilen sollten. Als der junge Mann sich herumdrehte, erkannte Kansas-Kid, wer es war: kein Geringerer als der gefürchtetste Gesetzlose des Wilden Westens – Jesse James!

»Tut mir leid, Jesse«, stammelte Kansas-Kid und begann, sich aus dem Raum zu verdrücken. »War bloß ein Spaß, Jesse! Ich hab' nichts vorgehabt. Glaub' mir, überhaupt nichts.«

Aber Jesse James hatte keinen Sinn für Humor. Kansas-

Kid konnte sich glücklich schätzen, daß Jesse James nur ein paar Kugeln in den Boden jagte – genau vor die Schuhe von Kansas-Kid – und ihn verduften ließ. Er ritt nach Hause – zutiefst verärgert und enttäuscht. Das Jubiläum, das er so gern gefeiert hätte, war eindeutig im Eimer. Wenn noch etwas schiefging, würde er vor lauter Wut platzen.

Gegen Abend sah man ihn in stürmischem Galopp über die Prärie reiten. Quer vor ihm auf dem Sattel lag eine Frau, die gefesselt und geknebelt war. Ihre Augen waren vor Angst weit aufgerissen. Das Gesicht von Kansas-Kid war eine grausame, steinerne Maske, während er seinen Hengst in Richtung der Eisenbahnlinie Phoenix-Papago-Tucson lenkte. Als er bei Casa Grande auf die Gleise stieß, warf er die Frau hinunter und schleifte sie zu den Schienen. Dann band er sie an eine Eisenbahnschwelle, so daß ihr reizender Nacken auf einer der Schienen zu liegen kam. Nachdem er das erledigt hatte, blickte er in die Richtung von Papago City, von wo der Zug bald kommen würde. Er war nun zufrieden, daß sein Jahrestag schließlich doch nicht ganz verdorben war. Dann schwang er sich in den Sattel und entschwand in einer Staubwolke.

Wenige Minuten, bevor der Zug durch Casa Grande kommen sollte, ritten Sheriff Sam Salt und seine Leute rein zufällig die Eisenbahnlinie entlang. Als Sam die Frau sah, beeilte er sich, sie zu retten, band sie los und nahm ihr den Knebel aus dem Mund.

»Mann, ich will verdammt sein!« sagte er. Die Frau war niemand anders als Clementine, die junge Frau von Kansas-Kid. Sie strich sich das Haar aus der Stirn.

»Wau!« rief sie aus. »Das war aber knapp! Mein Mann hatte heute einen sehr mißglückten Jubiläumstag. Er war scheußlich aufgelegt, als er heimkam. Dann wollte er den Truthahn abknallen, der oben auf dem Scheunendach war – und er hat ihn dreimal verfehlt, weil der Vogel ständig den Kopf bewegt hat. Und dann hat er mich drüben in der Haustür gesehen, wie ich mich krank lachte wegen seiner Schießerei auf den Truthahn. Da hat er tatsächlich durchgedreht und beschlossen, mich auf die Eisenbahnschienen zu binden!«

»Sandra? Der Teufel soll sie holen!«

*»... oder sie vergnügt sich mit einem Stapel
Modezeitschriften und einer Schachtel Pralinen!«*

In dieser Gegend Kaliforniens ist es immer heiß. Erbarmungslos brannte die Sonne durch den Hitzedunst. Kleine, zerfetzte Wattewölkchen segelten über den blauen Himmel. Zu beiden Seiten des Autos wellte sich die braune Landschaft wie ein verrutschter Teppich. Ralph hockte hinter dem Steuerrad und kämpfte gegen das Einschlafen. Mit halbgeschlossenen Augen registrierte er apathisch, wie das Auto den heißen Asphalt Meile für Meile fraß. Er durfte nicht zu schnell fahren. Er durfte den langen Wohnwagen nicht vergessen, der hinten ans Auto gekoppelt war. Nun saß er schon fast sechs Stunden lang ununterbrochen hinter dem Steuer, hatte nur kurz an einer Tankstelle einmal eine Pause eingelegt. Er stöberte im Handschuhfach, fand Tabletten und schluckte ein paar von ihnen gegen seine Kopfschmerzen. Am Abend zuvor hatte er nicht gerade wenig getrunken. Eigentlich war er kein Mann, der gern und viel trank. Wenn er es gestern dennoch getan hatte, dann lag es daran, daß er Grund dazu gehabt hatte. Ärger mit Sandra. Verdammten Ärger. Sandra war seine Frau.

Er fuhr noch langsamer. An der Straßenkreuzung vor ihm stand ein Mädchen und reckte den Daumen, um mitgenommen zu werden. Ralph verlangsamte seine Geschwindigkeit nicht, um das Mädchen aufzunehmen, sondern die Zigarettenschachtel, die vom Sitz gerutscht war und nun neben dem Gaspedal lag. Das Mädchen kam auf den Wagen zugelaufen. Offenbar nahm es an, er sei seinetwegen langsamer geworden. Nun, wenn sie das annahm, dann ... Er hielt an.

»Soll ich Sie mitnehmen?« fragte er.

»Sehr gern. Vielen Dank«, sagte das Mädchen und stieg ein. Es hob Ralphs Zigaretten auf und reichte sie ihm.

»Ich heiße Linda«, sagte das Mädchen.

Ralph nannte seinen Namen. Dann zündete er sich eine Zigarette an und startete den Wagen. Die Sonne stand nicht mehr sehr hoch. Inzwischen schlängelte sich das Asphaltband durch einen dunklen Kiefernwald. Auf einer kleinen Lichtung stieg die blaue Rauchfahne eines Holzfeuers aus dem Schornstein eines kleinen Farmhauses. Ralph dachte an Sandra, und ein Schatten überflog sein jungenhaftes Gesicht.

»Es ist sehr nett von Ihnen, mich mitzunehmen«, sagte Linda. »Mir ist das Geld ausgegangen. Aber so etwas kann jedem von uns passieren, stimmt's?«

»Ja, sicher.«

Ralph fuhr schneller. Dann trat er unvermittelt hart auf die

Bremse und verpaßte um Haaresbreite einen Truthahn, der sich plötzlich entschlossen hatte, die Fahrbahn zu überqueren. Ralph stieß einen Fluch aus. Er verabscheute es, so hart zu bremsen, wenn er mit dem Wohnwagen unterwegs war.

»Sind Sie verheiratet?« fragte er scheinbar zusammenhanglos.

»Nein«, erwiderte Linda, »Ich bin in der Kosmetikbranche.«

»Aber das wäre doch kein Hinderungsgrund für eine Heirat, lieber Himmel«, meinte Ralph. Er klang irritiert.

»Stimmt, aber ich bin nun einmal nicht verheiratet«, entgegnete Linda. »Ich habe gerade meinen Job verloren. Der Chef hat sich Schwachheiten eingebildet. Und so etwas paßt mir ganz und gar nicht. Ich bitte Sie, es muß doch schließlich von beiden Seiten ein gewisses Interesse vorhanden sein.«

Ralph sagte nichts, und Linda schwieg auch. Plötzlich brachten aufkommende Sturmböen die Wipfel der Akazien zu beiden Seiten der Straße ins Schwanken und zerrten mit erstaunlicher Gewalt an der Karosserie des Autos. Ralph kurbelte sein Seitenfenster hoch. Linda kurbelte das andere bis zur Hälfte hoch. Sie saß an der windabgewandten Seite. Ralph dachte an Sandra. Er runzelte die Stirn und trat das Gaspedal ein bißchen stärker durch.

»Sind Sie denn verheiratet?« wollte Linda wissen.

»Ja«, sagte Ralph. »Ich bin verheiratet.«

Er saß eine Zeitlang schweigend da, wandte dann Linda halb den Kopf zu und blickte ihr bedeutsam in die Augen.

»Sie können Ihren letzten Dollar darauf verwetten, daß ich verheiratet bin«, sagte er.

»Aber vielleicht nicht gerade glücklich?« bohrte Linda nach.

»Glücklich«, wiederholte Ralph mit einem bitteren Lächeln.

Die schweren Gewitterwolken hatten sich inzwischen

direkt über ihnen zusammengezogen. Der dunkle Himmel wurde von heftigen giftgelben Blitzen zerrissen. Bald würde Regen herabströmen und Ralph dazu zwingen, mit der Geschwindigkeit herunterzugehen. Vor ihnen tauchte ein Farmer mit einem voluminösen landwirtschaftlichen Gerät auf. Er nahm fast die ganze Straßenbreite ein. Ralph mußte an den Straßenrand ausweichen, um ihn passieren zu lassen. Auf Ralphs warnendes Hupen reagierte der Farmer nicht.

»Idiot«, sagte Ralph. Dann fuhren sie schweigend weiter. Ralph dachte an Sandra.

»Der Teufel soll sie holen«, stellte er fest.

»Was?« wollte Linda wissen. Sie hatte mit einem leicht ängstlichen Gesichtsausdruck dagesessen und die Blitze verfolgt, die aus den grollenden schwarzen Wolken zuckten.

»Ich sagte, der Teufel soll sie holen.«

»Wen?«

»Na, wen wohl?«

»Ihre Frau?«

»Darauf können Sie Gift nehmen.«

»Sind Sie auf dem Weg zu ihr nach Hause?«

Ralph schüttelte den Kopf.

»Haben Sie sie vielleicht verlassen?«

Wieder schüttelte Ralph den Kopf.

»Weder noch«, sagte er. »Ganz egal, ob ich langsam fahre oder wie wild rase – ich kann ihr nicht entkommen. Sie liegt im Wohnwagen. Und da gibt es drei Möglichkeiten. Entweder hat sie sich die Decke bis ans Kinn über ihren fetten Körper gezogen und schnarcht, oder sie vergnügt sich mit einem Stapel Modezeitschriften und einer Schachtel Pralinen.«

»Und die dritte Möglichkeit?«

»Die ist rein hypothetisch. Doch es wäre immerhin vorstellbar, daß sie im Schlaf aufgestanden ist und in ihrem Dämmerzustand die Tür geöffnet hat. Und dann hätte sie durchaus ins Nichts stürzen können.«

»Wünschen Sie denn, sie hätte es getan? Neigt sie zum Schlafwandeln?«

»Unglückseligerweise nicht.«

Ralph schaltete die Scheibenwischer ab. Der heftige Gewitterregen war vorüber, aber noch immer durchzuckten Blitze die schwarze Wolkendecke, noch immer grollte der Donner hinter den Bergen mit der Regelmäßigkeit eines leeren Magens.

»Sie quält mich nun schon sieben Jahre lang, sieben lange Jahre«, sagte Ralph. »Um diese Zeit machen wir jedes Jahr Urlaub. Wir fahren immer durch Kalifornien. Ich sitze vom frühen Morgen bis zum späten Abend hinter dem Steuer, und sie liegt im Wohnwagen, schläft oder verschlingt Unmengen von Pralinen. Und jeden Abend, bevor sie schlafen geht, muß ich ihr den Rücken mit einer Haarbürste bearbeiten.«

»Ist es denn ihr Wunsch, auf solche Art Urlaub zu machen?«

»Ihr Wunsch? Nein, ihr ist es völlig egal.«

»Also ist es Ihr Wunsch. Warum?«

Ralph wandte sein Gesicht ab. Er griff nach der Fensterkurbel, schob die Scheibe bis zur Hälfte hinunter und kurbelte sie einen Moment später wieder hinauf.

»Zu Hause neigt sie durchaus dann und wann zum Schlafwandeln. Früher oder später wird sie aufstehen, wenn wir mit dem Auto unterwegs sind, und dann ...«

Er beendete den Satz nicht.

»Ich verstehe«, sagte Linda. »Aber das ist Mord. Wenn Sie die Möglichkeit herbeiführen, daß es passiert, dann ist das Mord.«

»Ich kann nicht erkennen, was daran Mord sein soll«, widersprach Ralph mit einem Unterton der Verärgerung. »Es ist schlicht und einfach ein Unfall.«

Linda dachte einen Augenblick lang nach. Dann fragte sie: »Wie alt sind Sie, Ralph?«

»Siebenunddreißig. Warum?«

»Ich frage ohne besonderen Grund. Und wie alt ist sie?«

»Keine Ahnung. Hundertundfünfzig.«

»Hundertundfünfzig?«

»Ja, verdammt. Hundertundfünfzig. In meinen Augen ist sie hundertundfünfzig Jahre alt. Durchaus möglich, daß in ihrer Geburtsurkunde etwas anderes steht. Vielleicht steht da fünfundfünfzig, siebenundfünfzig oder sechzig. Aber für mich zählt nur, wie sie auf mich wirkt. Verstehen Sie?«

»Ja.«

Ralph drückte auf die Hupe. Das durchdringende Geräusch erschreckte einen jungen Farmer, der ein paar Jungkühe über die Straße trieb. Eins der Tiere nutzte die Gelegenheit und sprang in ein Kornfeld. Ralph sah ihm nach.

»Einfach durchgegangen«, stellte er fest. »Gegen das Durchgehen gibt es nur ein einziges Mittel.«

Linda drückte ihre Zigarette im Aschenbecher aus. Ihr kurzer Rock war ein ganzes Stück nach oben gerutscht.

»Sie haben hübsche Knie«, sagte Ralph.

»Finden Sie?«

»Sandra hat Beine wie ein Elefant. Sandras Beine könnte man glatt als Telephonmasten nutzen. Aber Sie – Sie haben ein paar verdammt hübsche Beine. Und überaus hübsche Knie.«

»Manche meinen, sie hätten Grübchen«, sagte Linda mit einem kleinen Kichern.

Ralph kniff ein bißchen die Augen zusammen, als könne er sich so besser konzentrieren. Sie hatte recht. So, wie sie jetzt dasaß, sah es wirklich so aus, als wäre da ein kleines

Grübchen auf der Außenseite ihres Knies, genau in der Mitte zwischen Kniescheibe und Kniekehle.

»Grübchen auf den Knien«, sagte Ralph versonnen. »So etwas habe ich in meinem ganzen Leben noch nicht zu Gesicht bekommen.«

Er dachte einen Moment lang nach. Dann sagte er:

»Aber vielleicht ist das bei allen Mädchen so? Besonders viele habe ich nicht kennengelernt, wissen Sie. Ich habe schließlich Sandra.«

Zum erstenmal schaute er sich Linda ein bißchen genauer an. Sie war dunkelhaarig und schlank, mit festen, runden Gliedern. Ihre Haut war sonnengebräunt, ihr Mund groß und sinnlich, und sie hatte sanfte, kastanienbraune Augen. Ralph sagte sich, daß sie ein hübsches Mädchen war. Ein Mädchen, mit dem man sicher gern ein paar Dinge teilen würde. Beispielsweise das Leben.

»Warum sehen Sie mich so an?« fragte sie.

»Aus keinem besonderen Grund«, sagte Ralph.

Dann verlangsamte er die Fahrt und küßte sie. Aber er konnte sie nicht ordentlich küssen, solange er sich auf die Fahrbahn konzentrieren mußte. Also fuhr er an den Straßenrand und hielt an. Dann zog er sie an sich und küßte sie ordentlich.

»Was ist, wenn deine Frau auftaucht?« fragte sie.

»Sie wird nicht auftauchen.«

Ralph küßte sie noch ein bißchen mehr. Er zog sie so zu sich herum, daß er auch ihre Knie küssen konnte. Mit seiner Zunge spürte er, daß sie auch auf der Innenseite ein Grübchen hatte. Und er fühlte mit seiner Zunge, ob sie auch noch woanders Grübchen hatte. Es wurde dunkel. Am Horizont waren noch immer ein paar Blitze zu sehen. Die Luft war schwer von dem Duft aus den Orangenhainen. Doch keiner von beiden bemerkte es. Linda fuhr ihm mit ihren langen, schlanken Fingern durch die weichen, dunklen Haare.

»Nein, Ralph«, sagte sie. »Das darfst du nicht tun. Hörst du?«

Ralph hörte gar nichts.

Eine halbe Stunde später verließ er das Auto.

»Bleib, wo du bist«, sagte er. »Ich bin gleich wieder da.«

Linda bemühte sich, ihre Kleidung wieder in Ordnung zu bringen, und Ralph ging nach hinten zum Wohnwagen. Er stand eine Weile vor der Tür, bis er sie öffnete.

»Sandra«, sagte er in die Dunkelheit hinein. »Bist du da?«

Niemand antwortete.

»Sandra – schläfst du?«

»Ja.« Die Antwort kam mürrisch von irgendwoher aus der Dunkelheit.

»Möchtest du etwas essen?«

»Nein.«

»Hast du etwas dagegen, daß wir über Nacht hier parken?«

»Nein.«

»Ich muß irgendwo einen neuen Keilriemen auftreiben. Ist es in Ordnung, wenn ich den Wohnwagen abkoppele?«

»Ja.«

»Dann werde ich jetzt losfahren und zusehen, ob ich eine Werkstatt finde.«

Er sagte gute Nacht, schloß und verschloß die Tür. Dann koppelte er den Wohnwagen ab, öffnete die Autotür und setzte sich wieder hinter das Steuer. Linda beugte sich vor und küßte ihn leidenschaftlich.

»Nein, nicht hier«, sagte er. »Und nicht jetzt. Das muß noch warten.«

Er ließ den Motor an und fuhr weiter über das breite, dunkle Band des Highway. Ohne den Wohnwagen. Ohne Sandra.

»Wohin fahren wir?« wollte Linda wissen.

»Wir werden uns ein Motel suchen«, sagte Ralph.

»Ich müßte eigentlich zurück zu meinen Eltern. Sie wohnen in Oak Creek. Ich bin noch nie per Anhalter gefahren – aber ich habe meine Reisetasche mit dem ganzen Geld auf der Greyhound-Station verloren und ...«

»Das ist jetzt nicht wichtig«, unterbrach Ralph. Dann blickte er ihr fest in die Augen und fragte geradeheraus: »Wirst du mich heiraten, wenn ich frei bin?«

»Frei?«

»Ja, wenn ich Witwer bin.«

»Und wann wird das sein?«

»Bald. Sehr bald.«

Er wurde genau um 23.45 Uhr an diesem Abend ein freier Mann, genau zu dem Zeitpunkt, als sie vor dem Motel vorfuhren. Er hatte den Wohnwagen mitten auf einem Eisenbahnübergang geparkt.

Drama auf der Ruwenzori-West Hill-Gummiplantage

Als eine junge, hübsche Frau erschien,
erstarb die sich matt hinschleppende
Konversation vollends.

Tief unten in Äquatorialafrika, genauer gesagt, auf der Ruwenzori-West Hill-Gummiplantage im Zulumanjari-Dschungel südlich vom Tana River, saßen vier weiße Männer bei einem Whisky auf der schattigen Terrasse des Plantagenverwalters Ronald Clapp. Der Verwalter war soeben von einer Safari zurückgekehrt, einer sechswöchigen Löwenjagd auf der endlosen Ebene von Utuku-kuku, südwestlich der Kikuya-Berge. Und nun waren seine Freunde eingetroffen, um ihn willkommen zu heißen. In den verschlissenen Safaristühlen, die um den runden Bambustisch gruppiert waren, saßen außer Ronald Clapp persönlich, Major Fitz Sutcliffe von der Regierungsstation, Doktor Ralph Parker von der Mission und der belgische Mineningenieur Jan van Dyck. Die Stimmung schien ziemlich gedrückt, und die weitläufige, gleichsam flackernde Konversation zwischen den vier weißen Männern ließ vermuten, daß die gedrückte Stimmung nicht nur der tropischen Hitze zuzuschreiben war.

Als eine junge, schlanke, hübsche Frau erschien, in kurzer savannenbrauner Khakihose und mit weißem Tropenhelm, erstarb die sich matt hinschleppende Konversation vollends. Der jungen Frau folgten ein schwarzer Boy und ein großer, vor Fett glänzender Massai-Koch. Sie stiegen in einen Jeep, der schwarze Boy setzte sich ans Steuer, um ins nächstliegende größere Dorf zum Markt zu fahren. Ein oder zwei Minuten, nachdem sich die Staubwolke hinter dem schnell davonfahrenden Jeep gelegt hatte, setzte Ronald Clapp sein Glas hart auf die dicke Glasplatte des Bambustisches.

»All right«, sagte er und sah sich im Kreise seiner Freunde um, »wollen wir das hinter uns bringen! Sechs Wochen lang bin ich mit meinen Gewehrträgern auf der Savanne herumgejagt, habe Löwen, Wasserbüffel und Gazellen niedergemetzelt, wie man es auf einer gelungenen Safari tut. Marjorie, meine heißgeliebte Frau, ließ ich hier auf der Plantage zurück, im festen Vertrauen darauf, daß sie hier in guten Händen sei, daß ihr euch als Gentlemen benehmen würdet ... Ich weiß, es gibt kaum weiße Frauen hier im Gebiet, und ich weiß, keiner von euch hat seit Monaten eine weiße Frau gehabt, aber dennoch – ich bin zutiefst enttäuscht. Einer von euch ist mit Marjorie im Bett gewesen. Mwungo, mein treuer Chiefboy, hat mir alles anvertraut. Ich weiß alles, und ich fordere den Schuldigen auf, sich wie ein Mann zu benehmen, aufzustehen und seine Schuld zu bekennen.«

Ronald Clapp begegnete kurz Fitz Sutcliffes Blick. Der Major schob seinen Tropenhelm aus der Stirn und wischte sich die Schweißperlen ab. Er blieb sitzen. Ronald ließ seinen Blick weiter zu dem belgischen Mineningenieur wandern. Dieser drückte seine soeben angezündete Zigarette im Aschenbecher aus und blieb ebenfalls sitzen. Auch Doktor Parker vom Tropenkrankenhaus machte keinerlei Anstalten, sich zu erheben.

Ronald Clapp preßte seine Lippen zusammen, bis sie schmal und weiß wurden.

»Ich ahnte es, daß der Schuldige nicht den Mut hat, sich zu melden«, sagte er dunkel, »er ist es nicht mehr wert, mein Freund zu heißen. Und so habe ich meine Maßnahmen getroffen, daß der Schuldige seine wohlverdiente Strafe erhält, und zwar sofort. Mwungo, der zufällig Zeuge seines schändlichen Verhaltens gegenüber meiner Frau wurde, hat mir nicht nur anvertraut, was in ihrem Schlafzimmer hinter dem Moskitonetz vorging, sondern mir auch den Namen des Sünders verraten. Ich weiß genau, wer von euch sich gegen das ungeschriebene Gesetz des Dschungels versündigt hat ›Weißer Mann, laß die Finger von der Frau des weißen Mannes‹.«

Ronald Clapp schwieg. Keiner der drei anderen Männer am Bambustisch verzog eine Miene. Schweißperlen standen ihnen auf der Stirn, aber keiner beachtete sie, keiner wischte sie ab. Wie mit einer Reflexbewegung langten die drei Männer nach ihren Gläsern und leerten sie bis auf den letzten Rest.

Die Spannung steigerte sich ins Unerträgliche. Ronald Clapps Augen funkelten verzweifelt, fast irrsinnig, als er einen Augenblick später fortfuhr:

»Ihr kennt alle das Gift der Duduschlange, und ihr kennt den Saft des Zunga-Kaktus. Ihr wißt, daß die Medizinmänner in den Dörfern ein Getränk aus diesen beiden lebensgefährlichen Ingredienzien mischen können, das innerhalb einer Stunde den Menschen tötet, der nur einen Tropfen davon trinkt. Meine Herren, ehe wir uns vor knapp einer Stunde um diesen Tisch versammelten, goß ich ein paar Tropfen Dudu-Zunga-Gift in den Whisky des feigen, abscheulichen Verbrechers – und ihr habt jetzt alle drei euer Glas geleert. In wenigen Minuten wird der Verbrecher die Hände an den Hals führen, nach Luft schnappen, der Schaum wird ihm um den Mund stehen, und er wird tot von seinem Stuhl fallen. Er hat seine wohlverdiente Strafe erhalten. Und ihr anderen beiden habt eine ernste Warnung erhalten.«

Die drei Männer sahen Ronald Clapp wie einen Geistesgestörten an.

»Nur ich und der Verbrecher wissen, in welchem Glas sich das tödliche Gift befindet«, fuhr Ronald Clapp langsam und eindringlich fort, »und nur ich und der Medizinmann des Dorfes, Mugowaha, der mir das Gift mischte, kennen das Gegengift. Ich habe es hier. Ein Schluck davon, und das Gift ist neutralisiert. Als Gentleman gebe ich dem Verbrecher eine allerletzte Chance.«

Ronald Clapp setzte eine Flasche mit gelblicher Flüssigkeit auf den Tisch. Eine oder zwei Sekunden starrten die Männer darauf. Dann riß der junge belgische Mineningenieur sie an sich, biß desperat in den Korken, zog ihn raus, spuckte ihn weg und nahm einen tüchtigen Schluck von der gelblichen Flüssigkeit.

Im selben Augenblick geschah etwas, womit Ronald Clapp nicht gerechnet hatte.

»Um Himmels willen, du Narr!« riefen die beiden anderen Männer wie aus einem Mund und griffen hektisch nach der Flasche. »Laß uns auch noch was übrig!«

Ein geheimnisvoller Mann

*Zu spät! Der Mann im Dufflecoat war seinem
Blick gefolgt. Diese elenden Schnüffler
kannten aber auch alle Tricks ...*

Seine Nerven hingen in Fransen. Nach dem gescheiterten Überfall auf Fitzsimmons Pfandleihe an der Lawn Street war Larry nicht mehr der alte. Er hatte das unangenehme Gefühl, daß sich das Polizeinetz um ihn schloß, daß Scotland Yard von Stunde zu Stunde näher kam. Er verfluchte die Sekunde, in der er eine Kugel auf den Cop abgefeuert hatte, der sich an seine Fersen heftete, nachdem der Alarm mit seinem infernalischen Geheul losgelegt hatte. Der einzige Trost war die Tatsache, daß er den Bullen nur an der Schulter getroffen hatte, aber er wußte, daß die Typen vom Yard ausgesprochen tückisch reagierten, wenn jemand zufällig einen ihrer Bobbies mit einem Loch versah.

Larry hockte in einem drittklassigen Lokal irgendwo in der schäbigsten Ecke von Soho. In den Abendzeitungen stand bereits seine Beschreibung, und obwohl er versucht hatte, sich so unkenntlich wie möglich zu machen, indem er seinen kleinen schwarzen Schnurrbart abrasiert und einen Trenchcoat angezogen hatte, bezweifelte er doch sehr, daß das reichte. Diese Typen vom Yard waren hervorragend darauf trainiert, die Leute zu durchschauen. Sie waren in der Lage, einem durch alle Arten von Verkleidung und Tarnung direkt in die rabenschwarze Seele zu blicken. Er legte seine Zeitungen kurz zur Seite und nahm einen tiefen Schluck aus dem Bierglas. Er zuckte zusammen. Er stand unter Beobachtung. An einem Tisch in der Ecke des Raums saß ein großer breitschultriger Mann hinter seiner Zeitung. Eine Sekunde oder zwei starrte er ihn an, dann hob er sein Groschenblatt ein paar Zentimeter, und Larry war von dem unangenehm durchbohrenden Blick erlöst.

Instinktiv faßte er in die Hosentasche, um zu prüfen, ob die Waffe noch da war. Und bereute es auf der Stelle. Der Typ da in der Ecke senkte erneut seine Zeitung und bemerkte die verräterische Geste. Du Trottel, beschimpfte sich Larry, du hirnverbrannter Idiot! Da zeigst du diesem Mann ganz unverblümt, daß du eine Waffe hast – nur, weil du durcheinander und mit den Nerven zu Fuß bist! Du mußt dich zusammenreißen. Versuch endlich, ganz kühl und gelassen zu sein – und irgendwie von hier zu verschwinden.

Er blickte zur Decke. Zwei einsame Glühbirnen schickten ihr trübes Licht über die Tische im Gastraum. Er könnte die Birnen abknallen, um in der allgemeinen Verwirrung und unter dem Deckmantel der Dunkelheit schnell wie der Blitz die Kneipe zu verlassen.

Zu spät! Der Mann im Dufflecoat war seinem Blick gefolgt. Diese elenden Schnüffler kannten aber auch alle Tricks. Verdammt! Larry bemerkte, daß der Typ seine rechte Hand in der Tasche hatte, und hätte Fitzsimmons für ihn unerreichbare Kasse darauf verwettet, daß der Schnüffler seine Finger um den Abzug eines Browning krallte. Schweißperlen bildeten sich auf Larrys Stirn. Eiseskälte kroch ihm den Nacken hoch.

Du schaffst es nicht, hämmerte es in seinem Kopf, während er sich mit zitternden Fingern eine neue Zigarette ansteckte. Ruhig! Ganz ruhig! flehte er sich immer wieder an. Wenn der Kerl da drüben eine Ahnung vom Zustand meines Nervenkostüms bekommt, wird er keine Sekunde zögern, mir einen Schuß in die Beine zu verpassen, wenn ich eine Fliege machen will. Diese Typen kennen keinerlei Erbarmen, wenn sie wissen, daß sie es mit einem Desperado, einem wirklich verzweifelten Menschen, zu tun haben.

Larry sah schnell zum Ausgang. Vielleicht könnte er ihn mit einem Satz erreichen und ... Weiter kam er mit seinen Überlegungen nicht. Der Mann im Dufflecoat hatte nahezu unmerklich einem Kerl in dunklem Tweed zugenickt, der verdächtig unbeteiligt an einem Laternenpfahl gleich neben der Kneipentür lehnte.

Verdammt! Nun war auch der letzte Zweifel ausgeräumt. Diese Schweine hatten ihn in ihren Fängen. Flüchtig durchzuckte es Larry, sein Heil in der Flucht durch die Hintertür zu suchen, doch dann gab er auch das resigniert auf. Schließlich kannte er ihre Taktik. Mit Sicherheit lauerten mindestens sechs Mann neben der Hintertür darauf, ihm endlich Handschellen verpassen zu können. Und was ihn dann erwartete, wußte er. Zwanzig Jahre Abgeschiedenheit in Dartmoor Prison. Wenn er doch nur rechtzeitig aufgegeben hätte! Das hätte sich ausgezahlt. Lucky Alfie, der mit dem Klappmesser, hatte auch einen Bullen mit einer Kugel durchlöchert, war aber mit zwölf anstelle von zwanzig Jahren davongekommen, weil er unverzüglich zur Aufgabe bereit gewesen war.

Larry hätte alles für die Chance gegeben, zum nächsten Polizeirevier laufen zu können, ihnen die Waffe zu überreichen und zu versichern, wie unendlich leid ihm der Zwischenfall mit der Kugel tat. Sie würden ihn schließlich doch kriegen, also warum sollte er zwanzig Jahre lang an den Gitterstäben rütteln, wenn er mit zehn oder zwölf Jahren davonkommen konnte?

Plötzlich war seine Chance da! Der Mann im Dufflecoat stand auf und betrat eine Telefonzelle gleich neben der Theke. Jetzt! schoß es Larry durchs Hirn. Jetzt oder nie!

Er sprang hoch und war mit einem Satz aus der Tür. Zwei Minuten später stellte er sich auf dem Polizeirevier an der Horsefall Street, warf dem diensthabenden Beamten die Pistole zu und streckte ihm die Hände entgegen, damit sie ihm Handschellen anlegen konnten.

Zum gleichen Zeitpunkt verließ der Mann im Dufflecoat die kleine Kneipe in Soho.

»Verdammt noch mal, Charlie, du unverbesserlicher Trottel«, zischte er dem Mann im dunklen Tweed zu, der noch immer am Laternenpfahl lehnte. »Hast du stinkende Kröte denn nicht begriffen, daß du verduften solltest? Meine Zeichen waren doch weiß Gott deutlich genug. Der Coup ist geplatzt. Der Wirt hat zwar jede Menge Kies in der Kasse, aber wir konnten das Ding nicht abziehen – nicht mit dem Typen direkt vor meiner Nase, der in seinem hellen Trenchcoat meilenweit nach Scotland Yard stank.«

Doña Tia Ceresinas Revolution

»Seit Jahren schon hatten wir keine ordentliche Revolution oder auch nur einen einzigen.«

Lateinamerika hat, nicht völlig zu unrecht, den Ruf, das Land mit den meisten Revolutionen zu sein. Als Beispiel für so ein südamerikanisches Land nehmen wir Bolivien. Seit 1825, als das Land seine Unabhängigkeit erklärte und sich nach Simon Bolivar, dem Befreier Südamerikas, benannte, gab es 190 Revolutionen und, militärische Coups. Das ist eine ganze Menge, auch wenn man es im Licht der heute üblichen weltweiten Unruhe betrachtet. Die ungewöhnlichsten lateinamerikanischen Revolutionen waren jene, in die unsere Heldin Doña Tia Ceresina involviert war.

Diese wenig bekannten Details werden der Stoff dieser Geschichte sein.

Es war während der Siesta. Mit dem Rücken an die weiße Lehmwand gelehnt sitzend, die Teil seiner *quinta* war, döste Pedro Fernando y Diego vor sich hin und dachte an nichts. Um die Bilder der schrecklichen Armut fernzuhalten und ihnen einen Schleier sanfter Dunkelheit zu geben, hatte er seinen großen, breitkrempigen Sombrero tief in die Stirn geschoben. Er saß so weit vorne, daß er fast seine Knie berührte, die er in typischer Siesta-Pose bis an die Brust gezogen hatte.

Der angenehme Duft von *chipas,* kleinen, dicken Pfannkuchen, erfüllte die Luft. Er wußte genau, aus welcher Richtung der Duft kam. Seine junge, plumpe, temperamentvolle Frau, die schwarzäugige Doña Tia Ceresina versuchte in einem alten Ofen zu backen. Sie war von einer Schar hungriger Kinder aus der Nachbarschaft umringt. Die unter ihnen, die ihre eigenen waren, nahmen ihr die brennend heißen Pfannkuchen aus der Hand, sobald sie fertig waren.

Doña Tia unterstützte die Familie, indem sie ihre Produkte – geflochtene Körbe und Matten, bunte Teppiche und kleine Tontöpfe – an die Touristen verkaufte, die kamen, um das Regierungsgebäude der Bananenrepublik zu bewundern.

»Pedro Fernando«, rief sie.»*Chipas!*«

Pedro setzte den großen Sombrero auf, erhob sich langsam, steckte die Daumen in die schmutzigen Taschen seiner weißen Leinenhose und schlenderte in das kühle Haus. Nachlässig wickelte er ein paar Pfannkuchen um grünen Paprika und stopfte sie in den Mund. Dann wischte er seine fetten Finger hinten an seiner Hose ab. Er lehnte sich gegen den Türstock des ärmlichen, kleinen Hauses, dessen Wände durch Risse im Lehm wie gestreift aussahen. Die einzige Dekoration waren ein paar Geranien und eine Staude kastilischer Rosen, die am Fenster entlangwuchs.

Einer der Nachbarn, ein junger Silberminenarbeiter namens José, kam mit einem untersetzten Kreolen, Antonio Cabana, vorbeigeschlendert.

»Wenn du spielen willst, können wir«, sagte der Kreole.

Ein kleiner Lebensfunke erschien in Pedros Augen.

»Klingt gut«, sagte er. »Spielen wir *tava*.«

Die drei Männer marschierten gemeinsam die enge, staubige Gasse hinunter. Als sie auf den großen Platz vor dem Regierungsgebäude mit seiner strahlenden Statue des Befreiers von Südamerika kamen, blieben sie stehen. Sie fanden den Schatten, den sie suchten, unter einigen großen Bäumen. Ein alter Gaucho, Ruiz, und der Postreiter Lopez setzten sich zu ihnen. Antonio Cabana zog eine Linie im Staub. José nahm das Kniegelenk einer Kuh aus der Tasche und rieb es ein wenig an seinem Arm. Das *tava*-Spiel konnte beginnen. Nachdem sie etwa eine Stunde gespielt hatten, war Ruiz jeden *centavo* los, den er besessen hatte, und zumal er nicht den Mut hatte, seine strenge Frau Cornelia um einen *real* oder zwei zu bitten, zog er es vor aufzuhören.

Pedro Fernando hatte gerade das Kuhkniegelenk in die Mitte der Linie gestellt, als Doña Tia hinter ihm auftauchte. Sie war auf dem Markt einkaufen gewesen. Pedro duckte sich unmerklich und versuchte, hinter dem großen, alten Gaucho Deckung zu suchen.

»Spielst du schon wieder?« schnappte Doña Tia. Sie hatte einen mißbilligenden und drohenden Blick in den Augen.

»Die Messe ist schon vorbei«, verteidigte Pedro sich mit kaum hörbarer Stimme. »Man muß sich den restlichen Tag doch irgendwie vertreiben.«

»Du meinst, daß du nichts Besseres zu tun hast, als den Tag mit diesem Unsinn zu verbringen?« Doña Tia schnaufte verächtlich und beförderte das Kniegelenk mit dem Fuß bis auf die Stufen des Regierungsgebäudes.

»Heute ist der letzte Tag des alten Jahres, Señora«, sagte

Lopez, um Pedro beizustehen. »Niemand arbeitet an diesem Tag.«

»Und an irgendeinem anderen Tag im Jahr arbeitet auch keiner von euch! Auf jeden Fall trifft das auf meinen faulen Pedro zu. Aber ich ... ich muß an allen Tagen im Jahr arbeiten. Und Cornelia muß auch arbeiten, und auch Dolores, Pamena und Maria Julia. Alle Frauen müssen arbeiten. Wenn wir das nicht täten, gäbe es kein Essen. Wir quälen uns, und was tut ihr? Ihr lungert herum, mit euren Händen in den Taschen, und verspielt unser Geld beim *tava*!«

»Man kann *tava* gar nicht mit den Händen in den Hosentaschen spielen«, flüsterte Ruiz dem Kreolen zu, aber unglücklicherweise hörte ihn Tia.

»Warum tut ihr nicht einmal etwas Vernünftiges, statt immer nur zu spielen?« fuhr sie ungehalten fort.

»Etwas Vernünftiges? Was zum Beispiel?« wagte Pedro zu fragen.

»Eine Revolution zum Beispiel! Seit Jahren schon hatten wir keine ordentliche Revolution oder auch nur einen einzigen Coup. Ist Gil y Garcilaso jetzt nicht schon seit Monaten Präsident? Und wer profitiert davon, außer ihm selbst? Er hat niemandem geholfen. Stürzt ihn! Es ist Silvester, und heute abend wird es viel Herumschießerei geben, um zu feiern. Statt also zu tun, was ihr üblicherweise tut, nämlich mit euren Gewehren und Pistolen in die Luft zu schießen, benützt sie doch zur Abwechslung einmal für etwas Lohnendes. Stürzt den Präsidenten! Greift ihn an! Dann habt ihr zumindest der Welt etwas Gutes getan ...«

Die Männer wichen ein paar Schritte zurück, offensichtlich durch ihren Vorschlag nervös geworden.

»Seit Jahren hat es so etwas nicht mehr gegeben, Doña Tia«, verteidigte sich Ruiz. »Wir sind nicht in Form für so etwas. Es stimmt, daß General Garcilaso schon lange an der Macht ist, aber ...«

»Bei der heiligen Barbara! Ihr seid die größten Feiglinge, die mir jemals untergekommen sind!«

Doña Tias hübsches junges Gesicht war rot vor Wut geworden.

»*Chotos!*« zischte sie mit Verachtung und hob ihren Korb auf, um nach Hause zu gehen.

Diese grobe, direkte Anschuldigung traf Pedro Fernando ins Herz. Man konnte viel über ihn sagen, aber ein Feigling war er keiner. Er legte die Hände auf die schweren Pistolen, die links und rechts an seinem Gürtel hingen.

»General Gil y Garcilaso, der Tyrann, wird gestürzt, bevor das Jahr aus ist!« sagte er feierlich als Versprechen an seine Frau. Dann wandte er sich an die anderen. »Bist du dabei, Lopez?«

Lopez nickte und umfaßte seine Revolver.

»Und du, Antonio?«

Der Kreole nickte.

»Ich informiere die anderen«, sagte er. »Wir müssen so viele bekommen, wie wir nur irgendwie können.«

José wollte seine Arbeitskollegen in der Silbermine fragen. Ruiz hatte bereits begonnen, seine sechsschüssigen Revolver zu inspizieren. Er blies den Staub aus den Mündungen. Er hatte sie seit der letzten Silvesterfeier nicht verwendet. Damals hatte er etwas zu viel getrunken, hatte irgendwie die Luft beim Schuß verfehlt und Arnazas alter Großmutter ein Ohrläppchen abgeschossen. Die war jedoch so taub, daß sie gar nichts mitbekam.

José, der junge Minenarbeiter, versuchte Ruiz beim Polieren seiner Pistolen zu helfen, aber eine große Hilfe war er nicht. Er hatte Konzentrationsschwierigkeiten, da er seine Augen nicht von Doña Tias aufreizend großen Brüsten wenden konnte.

»Wenn ihr versprecht, daß Gil y Garcilaso, dieser eingebildete, o-beinige *makana,* der der Republik nie etwas Gutes im Wert von auch nur einem *centavo* getan hat, gestürzt ist, bevor die Schießereien anläßlich Neujahr beginnen ... wenn ihr mir das versprecht, besorge ich jedem von euch fünf Liter guten, starken Wein«, versprach Doña Tia, die sehr zufrieden war mit dem in den Männern erwachten Sinn für Verantwortung und ihrer Bereitschaft, die Initiative zu ergreifen.

»Meinst du, daß wir den Wein schon mal kosten könnten?« fragte der alte Gaucho. »Wein macht Mut«, fügte Lopez hinzu.

Doña Tia nickte. Der Gemischtwarenhändler an der Ecke, Jusef Mangada, war entschieden gegen General Gil y Garcilasos Regierung und würde zweifellos gerne den Wein zur Verfügung stellen, wenn er damit zum Sturz des Tyrannen beitragen konnte.

»Kommt mit zu Jusef«, sagte Doña Tia. »Ich werde mit ihm reden.«

»Wenn Jusef jedem von uns fünf Liter von dem starken Santillana spendiert, den er irgendwo im hintersten Winkel seines Kellers aufbewahrt, garantiere ich, daß diese Laus von General gestürzt ist, bevor das Fest heute abend erst richtig beginnt«, versprach Pedro Fernando gut gelaunt.

Jusef Mangada gab ihnen den Wein aus dem Keller, und die Männer tranken ihn. Er machte sie alle gut gelaunt, und ihr Mut wurde so groß, daß man ihn fast sehen konnte. Als sie den Wein ausgetrunken hatten, überredete Pedro Fernando Jusef, ihnen noch einmal so viel nachzuschenken – natürlich nur den nächstbesten Wein, der war ihnen gut genug. Nachdem sie auch den getrunken hatten, machte sich jeder auf den Weg, um die nötigen Streitkräfte zu organisieren und sich fertig zu machen für den Aufstand gegen den verhaßten General.

Ruiz und Lopez gingen um den Platz und durch die Gassen, um die Männer zusammenzutrommeln; der Kreole besorgte Granaten und Munition; und Pedro Fernandos Aufgabe war es, Gewehre zu organisieren. Er wußte, wo von der letzten Revolution noch einige Revolver versteckt waren. Der junge Minenarbeiter José, der wahrscheinlich der Schnellste und Schlaueste von ihnen war, blieb mit Doña Tia zu Hause, um die genaue Strategie zu besprechen. Ihre verführerischen Augen und die rauchige Stimme ließen ihn jedoch bald alle Strategien vergessen. Zumindest was die Revolution anbelangte.

Es wurde viel geschossen in der Hauptstadt an diesem Silvesterabend, und nicht alle Schüsse wurden zu Ehren der Enthüllung des heiligen Jakob durch die Nuestra Señora del Pilars abgegeben. Es war nicht ganz so einfach, den verhaßten General zu stürzen, wie sich die Rebellen das vorgestellt hatten. Erst in der Früh wurde es langsam ruhig auf den Straßen und auf dem Platz vor dem Regierungsgebäude. Zuletzt verstummten die Gewehre auch im Gebäude selbst, und schließlich war es völlig still.

Eine große Menschenmenge hatte sich auf dem Platz vor dem Regierungsgebäude angesammelt. Man wartete mit einer Mischung aus Aufregung und Spannung. Es wurde totenstill, als Ruiz, Lopez und der Kreole die breiten, ausgetretenen Marmorstiegen herunterkamen und eine kleine, schmutzige und erschöpfte Gestalt in Generaluniform hinter sich herzogen. Der General sah sich nervös aus seinen kleinen Schweinsaugen um. Dieser Mann war der gestürzte Präsident, der gehaßte General Gil y Garcilaso. Es gab keinen Zweifel. Jetzt würden die Leute Rache üben für all die unmenschlichen Erlässe, die nur zum Polstern seines eigenen Nests gedient hatten.

»Hängt ihn auf!« brüllte die blutrünstige Menge. Jemand drückte ein dickes Seil in Antonio Cabanas Hand, und während die Menge betäubend jubelte, schleiften die Männer den Expräsidenten über den Platz, dorthin, wo sie üblicherweise *tava* spielten, um ihn an einem großen *carandaz* aufzuknüpfen. Sie hatten erst die Hälfte des Weges geschafft, als der neue Präsident auf der obersten Marmorstufe erschien, um die Ehrung des Volkes entgegenzunehmen.

Der neue Präsident war kein Geringerer als Pedro Fernando y Diego. Er war von schwerbewaffneten Leibwächtern umgeben – vierundzwanzig vertrauenswürdige Männer aus der Silbermine. Pedro Fernando war als guter *tava*-Spieler bekannt und geschätzt – er war vielleicht der beste der Stadt. Er wurde mit begeistertem Jubel empfangen.

Er verwandelte die Strafe des Generals sofort vom Tod zu 130 Jahren im Gefängnis, das war ein Jahr für jeden Tag seiner Präsidentschaft. Dann mahnte er das Volk, sich an das Gesetz zu halten, verkündete, daß es bei Jusef Gratisgetränke gab, und ging schließlich wieder in das Regierungsgebäude, um ein neues Kabinett zu bilden.

»Antonio«, sagte er, »du solltest zu meinem Haus gehen und Tia sagen, daß alles in Ordnung ist und daß ich von nun an Präsident der Republik sein werde.«

»Si, señor presidente, si, si!«

Wenig später betrat Antonio das Haus durch die grün gestrichene Tür. Er hörte gedämpfte Laute aus dem Schlafzimmer. Er lief zur Tür.

»Es ist alles in Ordnung!« rief er aufgeregt in die Dunkelheit. »Der Tyrann ist gestürzt und Pedro Fernando ist jetzt der neue Präsident der Republik ... oh, entschuldige, Doña Tia ... *muchos perdon! Hombre, cuanto lo siento* ... ich wußte nicht ... entschuldige, daß ich hier so hereinplatze mitten ... *siento mucho* ... mitten in der Siesta! Bei der heiligen Barbara! Ich wußte nicht, daß du und José ...«

Der Kreole zog sich zurück und wartete beim Herd. Etwas später erschien José in der Tür des dunklen Schlafzimmers. Er war damit beschäftigt, sich das Hemd in die Hose zu stecken und dann seinen Patronengürtel anzulegen. Schließlich nahm er ein paar *pesos* aus der Tasche und legte sie in Antonios Hand. Wenig später kam Doña Tia aus dem Schlafzimmer mit einer guten Flasche Puigcerda und reichte sie dem Kreolen.

»Du wirst also nichts sagen ... dem Präsidenten. José und ich haben eben die Angriffsstrategie geplant, aber ich sehe, daß Pedro alles auch ohne Plan geschafft hat. Er war immer schon ein bißchen impulsiv.«

»Du wirst den Mund halten«, fügte José hinzu. »Du hast nichts gesehen.«

Der Kreole schwor einen langen, komplizierten spanischen Schwur, daß er nichts gesehen hatte.

Am nächsten Tag zog Doña Tia als First Lady in das Regierungsgebäude ein. Sie kaufte sich teure Kleider, unter anderem aufregende Kreationen von berühmten Pariser Modeschöpfern. Sie zog exquisite Nylonstrümpfe über ihre wohlgeformten Beine, und statt der flachen gewebten Sandalen trug sie von nun an Krokodilpumps mit hohen Stöckeln.

Sie regierte mit eiserner Hand und duldete weder *tava* noch irgendeine andere Form des Glücksspiels um das Regierungsgebäude herum. Sie herrschte auch über die abgelegene Ecke des Platzes, wo die schattenspendenden Bäume standen.

Der Silberminenarbeiter José wurde unerwartet zum Direktor nicht nur der Silberminen, sondern auch der Gold- und Kupferminen der Republik befördert. Er war regelmäßiger Gast im Hause des Präsidenten, auch wenn Pedro Fernando ihm oft klarzumachen versuchte, daß er nicht Mitglied der herrschenden Regierung war und daher nichts im Haus verloren hatte. Aber José warf ihm nur ein schamloses Lächeln zu. Er hatte schließlich die First Lady auf seiner Seite.

Ein Monat verging. In der Republik herrschten Recht und Ordnung. Aber Recht und Ordnung sind nicht alles. Eines Nachmittags, als das Kabinett um einen heißen *matte* saß und den Krug von Mund zu Mund wandern ließ, sagte der Finanzminister der Republik, der Kreole Antonio Cabana: »*Señor presidente.* Erinnerst du dich noch, als du auf deiner *chacara* sitzen und im Schatten deines Sombreros dösen konntest, ohne an irgend etwas denken zu müssen? Keine Probleme mit den dauernden Kabinettssitzungen, keine komplizierten Staatsdokumente, die beschlossen und unterschrieben werden müssen, keine Probleme mit dem Budget und keine Leute, die zur Audienz kommen wollen? Das waren herrliche Zeiten, *señor presidente. Perfectamento!* Auf die Dauer ist das alles nichts für mich. *Que aburrido!*«

»Ja.« Präsident Pedro Fernando nickte mit tiefem Seufzen. »Du hast recht. Das war herrlich damals.«

Der Verteidigungsminister, der alte Gaucho Ruiz, verlieh seiner Meinung ebenfalls Ausdruck. Mit einem verträumten Gesichtsausdruck sagte er: »Ja, es waren wunderschöne Zeiten! Erinnerst du dich, als wir noch einfach bei Jusef oder Gonzalo herumsitzen und bei einer Flasche Wein über alles und nichts reden und *escoba* spielen konnten, ohne siebzehn Mal täglich von Generälen aus der ganzen Republik gestört zu werden, die uns ihre ungebrochene Loyalität versichern wollen?«

»Du hast recht, Ruiz«, sagte Pedro Fernando. Er sah den Traum klar vor sich.

Ein paar Minuten waren alle völlig still. Dann brach Lopez, der Polizeichef, das Schweigen.

»*Señor presidente*«, sagte er und leerte die *boronja,* »meiner Meinung nach wäre es eine gute Idee, bald eine Revolution zu haben, die unsere Regierung stürzen würde.«

»Aber wenn es eine Revolution gibt«, entgegnete Ruiz, »riskieren wir, daß man uns aufhängt. Oder gegen die Wand stellt. Mit oder ohne Augenbinde.«

»Das hängt alles davon ab, wer die Regierung übernimmt«, sagte Lopez leise und zuversichtlich.

Pedro Fernando begann es zu dämmern.

»*Me gusto mucho!*« brach es aufgeregt aus ihm hervor. »Wir könnten unsere eigene kleine Revolution machen!«

»*Si señor presidente! Precisamente!*« Lopez nickte eifrig. »Mir ist, um ehrlich zu sein, stinklangweilig als Polizeichef. Es ist ermüdend, ständig Leute verhaften zu müssen. Und noch dazu solche, die meine Freunde sind, die nie etwas Illegales getan haben. Aber Gesetz ist Gesetz, und deshalb müssen sie verhaftet werden.«

»Auch als Finanzminister ist man zu sehr belastet«, sagte der Kreole Antonio Cabana. »Speziell in einem Land, in dessen Kasse kein *peso* ist, sondern das von Dollaranleihen und seinem unbefleckten Ruf lebt. Und mit letzterem gibt es auch Probleme, um es milde auszudrücken. Ich bekomme Kopfweh vor lauter Sorgen deswegen. Es ist schon so weit gekommen, daß ich einen fast unaufhörlichen Druck genau hier habe ... über meinen Augen.« Der Kreole preßte die Augen zusammen, so daß man den ständigen Druck beinahe sehen konnte.

Pedro Fernando wandte sich an Lopez, der die Initiative in dieser Diskussion ergriffen hatte.

»Nun denn!« rief er. »*Como usted quiera* ... dann machen wir eine Revolution!«

Pedro Fernando stand entschlossen auf. Er stellte die Weinflasche heftig auf den Tisch.

»Aber versprecht mir eines«, warnte er sie. »Laßt euch

nicht so von euren Rollen hinreißen, daß ich aufgehängt werde. Wir wollen den Beschluß fassen, gute Freunde zu bleiben.«

»*Naturalmente!*«

Dann fiel dem Kreolen plötzlich etwas ein, das ihm wichtig und alarmierend erschien.

»Aber was ist, wenn uns der neue Präsident aufhängt?«

»Der neue Präsident? Wenn wir die Revolution selbst initiieren und uns selbst stürzen, wird es keinen neuen Präsidenten geben!«

Das war logisch.

In jener Nacht wachte die First Lady, Tia Ceresina, von dem Geräusch anhaltender Schüsse im Regierungsgebäude auf. Es waren Ruiz, Lopez, der Kreole und die anderen Regierungsmitglieder, die die Schüsse, einen nach dem anderen, abgaben ... entweder gegen die Decke oder aus dem Fenster. Sie waren so enthusiastisch, daß eine von Lopez' Kugeln abprallte und den Kreolen traf, der mit einem Streifschuß am Allerwertesten davonkam.

»*Infame changos!*« fluchte er und richtete sein Gewehr auf das Porträt von General Gil y Garcilaso, das immer noch im Konferenzzimmer hing und das er jetzt mit seinen Schüssen durchlöcherte.

In Tia Ceresinas Schlafzimmer stand José auf dem dicken Teppich, der den Marmorfußboden zum Teil bedeckte. Er zitterte vor Angst. Tia öffnete die große, weiß lackierte Tür einen Spaltbreit, um nachzusehen, was da draußen vor sich ging.

»Eine Revolution«, flüsterte sie José zu, der halbnackt war. Sie hatte furchtbare Angst. »Versteck dich im Kasten dort drüben.«

José verschwand im riesigen Renaissance-Schrank mit den kunstvoll geschnitzten religiösen Ornamenten auf den

Pilastern. Ein paar Minuten später kam Pedro Fernando in Tias Schlafzimmer gestürzt.

»Beeil dich«, sagte er. »Wir müssen hier raus. Es ist eine Revolution im Gange. Wir dürfen keine Zeit verlieren, wenn wir mit dem Leben davonkommen wollen.«

José, im Kasten versteckt, hielt den Geruch von Eichenholz und Kampferkugeln nicht mehr aus.

»HATSCHI!« tönte es plötzlich vom Kasten her.

»Die Grippe werde ich schnell heilen«, sagte Pedro und feuerte eine ganze Serie an Schüssen auf die mittlere der drei furnierten Türen. Ein wutentbrannter José stieß rasch eine Seitentür auf und kam aus dem Kasten. Er war wild.

»Ich dachte, wir hatten ausgemacht, daß die Revolution ohne Blutvergießen ablaufen würde«, zischte er Pedro zu, so daß ihn Tia nicht hören konnte. Dann schnappten die beiden Männer Tia und verließen eiligst das Regierungsgebäude.

Am nächsten Morgen war alles ruhig. Die Leute waren auf dem Platz versammelt wie immer, wenn sie in der Nacht Schüsse gehört hatten, die vom Regierungsgebäude stammten. Sie waren gekommen, um den neuen Präsidenten zu begrüßen. Aber der neue Präsident erschien nicht. Und im Gegensatz zu dem, was üblicherweise geschah, waren auch keine neuen Kabinettsmitglieder zu sehen. Es passierte einfach überhaupt nichts. Nachdem fast eine Woche vorüber war, beschlossen ein paar der Anhänger General Gil y Garcilasos, ihn aus dem Gefängnis, wo er seine Zeit absaß, zu befreien. Als er wieder frei war, übernahm der General die Macht und bildete ein neues Kabinett. Er und seine Anhänger taten gut daran, den Menschen zu verschweigen, daß nicht sie für den Coup auf Pedro Fernando verantwortlich waren.

Sie fragten auch nicht, wie die Revolution entstanden war. Der General und seine Männer übernahmen die volle

Verantwortung für die Revolte. Es gab keine Repressalien in der Hauptstadt. So gesehen muß man sagen, daß die krisengeschüttelte Bananenrepublik punktete.

Ein paar Monate später stand Pedro Fernando nachlässig in der Tür seines kleinen Hauses und genoß die Gerüche, die vom Herd herüber kamen. Doña Tia machte *chipas*. Barfuß. Mit einem tiefen Seufzer hatte sie die Krokodilstöckelschuhe unten in ihrer Kommode verstaut wie einen wertvollen Schatz, eine kleine Erinnerung an die kurze aber himmlische Zeit, da sie die First Lady der Republik war. Pedro hatte großen Hunger, aber er traute sich nicht, hineinzugehen und sich auch nur einen einzigen Pfannkuchen zu nehmen, bevor Tia nicht gerufen hatte. Tia war noch temperamentvoller und irritabler geworden, seit Pedro seine Freundschaft mit José abgebrochen hatte, der nicht länger in seinem Haus willkommen war.

Der Kreole Antonio Cabana kam vorbei.

»*Buenas tardes,* Pedro«, sagte er. »Möchtest du *tava* spielen?«

Pedro nickte.

»Si«, antwortete er. »Gehen wir die anderen holen.«

Sie gingen zusammen die staubige Gasse hinunter und suchten nach Ruiz und Lopez. Sie fanden die beiden beim Tisch sitzend und an einer Zeitbombe arbeitend, die sie ein paar Revolutionären versprochen hatten, die in einer Nachbarrepublik einen Coup planten.

»Das könnt ihr später fertig machen. Gehen wir *tava* spielen«, schlug Pedro vor. »Aber bevor wir gehen, versichert euch, daß die Zeitzündung ausgeschaltet ist.«

Ruiz und Lopez gesellten sich zu ihnen, und wenig später spielten sie alle *tava* unter den schattigen Bäumen am Rande des Platzes.

Im kleinen Haus knallte Doña Tia plötzlich die *chipa-*

Pfanne auf den Herd. Sie murmelte zu sich selbst: »Ich wette, diese *chotos* sind unten am Platz und spielen. Ich werde ihnen eine kleine Überraschung bereiten und sie ein wenig erschrecken.«

Sie nahm ein paar Handgranaten aus Pedros Versteck, die bei der letzten Revolution übrig geblieben waren. Sie legte sie in ihren Einkaufskorb und ging auf den Platz. Sie näherte sich der Ecke, wo die Männer spielten, so vorsichtig, daß sie sie nicht bemerkten. Sie waren völlig mit ihrem spannenden *tava*-Spiel beschäftigt. Halb hinter einem großen Baum versteckt, zog sie nach und nach die Sicherungen aus den Granaten und warf sie in die Richtung, wo die Männer saßen. Sie war gut beim Zielen und achtete darauf, daß die Granaten nicht zu nahe bei ihnen explodierten, so daß niemand verletzt würde.

»Revolution!« riefen sie wie aus einem Mund und stoben in alle Richtungen auseinander.

Fünf Minuten später kamen sie mit ihren Gewehren zurück und fingen an zu schießen, aber sie wußten nicht, worauf sie schießen sollten, zumal sie die Revolution, wegen der sie um ihre Revolver gelaufen waren, nicht entdecken konnten.

»Revolution!« schrien die Leute auf dem Platz und flüchteten panisch.

»Revolution!« rief auch General Gil y Garcilaso vom Inneren des Regierungsgebäudes. Er faßte sich angsterfüllt an den Hals. »Dieses Mal werden sie mich nicht begnadigen ... dieses Mal werden sie mich aufhängen! Laßt uns hier verschwinden!«

Ein paar Minuten später erklommen der verhaßte General und sein Kabinett ihre Pferde und ritten, nur eine Staubwolke hinterlassend, aus der Stadt.

Doña Tia beobachtete die Flucht des Generals und seines Kabinetts von ihrem kleinen Haus aus. Es dauerte nicht lange, bis sie Pedro Fernando beordert hatte, sich zum neuen Präsidenten der Republik zu ernennen.

Während Pedro Fernando, umgeben von seinen vertrauten Leibwächtern, oben auf den Marmorstufen stand und den Jubel des Volkes entgegennahm, lächelte Doña Tia glücklich und zog ihre Krokodilstöckelschuhe an. Dann beeilte sie sich, zum Regierungsgebäude zu gelangen, um einmal mehr ihre Funktion als First Lady anzutreten.

In der Zwischenzeit hatte sich Pedro Fernando wieder erholt von seiner Verwirrung durch die gewaltsamen und unerwarteten Ereignisse. Verblüfft sah er Lopez, Ruiz und Antonio Cabana an und rief: »Bei der heiligen Barbara! Ich verstehe nicht ... wie ist das nur passiert?«

Der Mann, der sich
sein Alibi zimmerte

*Unverzüglich brach Leonard Paraday
seinen Urlaub ab und meldete sich auf
dem Polizeirevier von Isleworth.*

Leonard Faraday, der bekannte englische Kunstsammler, betrachtete die schwere weiße Altarkerze in seiner Hand nachdenklich.

»Wie lange wird sie brennen?« fragte er den Verkäufer, der daraufhin in einem Katalog nachschaute.

»Wenn kein allzu starker Luftzug herrscht, zweihundertfünfzig Stunden«, war seine Antwort. Leonard Faraday stellte schnell ein paar Berechnungen an. Zweihundertfünfzig Stunden waren etwas mehr als zehn Tage und Nächte – genau das, was er brauchte.

»Ich nehme sie.«

Der Verkäufer packte die Altarkerze sorgsam ein, und Faraday bezahlte. Zweieinhalb Stunden später fuhr er die schmale Schotterstraße entlang, die zu seinem Landhaus Mooring Mansion führte, einem einsamen Fachwerkbau in typisch englischem Stil mit unzähligen kleinen bleiverglasten Fenstern, Efeuranken und einer Überfülle von kleinen Giebeldächern und Erkern. Mit anderen Worten: Es war eine alte, verrottende Feuerfalle, die innerhalb von Minuten abfackeln würde, falls ein Brand ausbrach.

Und ein Brand würde ausbrechen. Sehr bald sogar. Faraday hatte alles bis ins kleinste Detail geplant. Die Dienerschaft war auf Urlaub geschickt worden, die Feuerversicherungssumme vor langer Zeit erhöht, ebenso wie die Versicherungssumme der unschätzbaren Gemäldesammlung von Mooring Mansion, die einen Wert von etlichen Millionen repräsentierte. Doch kein einziges Gemälde in Mooring Mansion war mehr als 25 Pfund wert!

Bevor Leonard Faraday der bekannte Kunsthändler wurde, der er nun war, hatte er eine kleine Galerie an der Palm Lane in London geführt, die sich auf fünftklassige Kitschkunst spezialisiert hatte. Faraday hatte sich von der kleinen Galerie nie trennen können, obwohl keiner ihrer Ölschinken mit Titeln wie »Sonnenuntergang an der Themse« oder »Abendstimmung im Somerset« auch nur ein Pfund wert war. Doch jetzt würden sie zu Ehren kommen! Die gesamte Kitschkollektion hing an den Wänden von Mooring Mansion, während die unschätzbare Sammlung wirklicher Kunstwerke diskret und vorübergehend im Hinterzimmer der Galerie an der Palm Lane untergekommen war, in deren leerem Schaufenster ein Schild mit der Aufschrift »Wegen Renovierung geschlossen« hing.

Leonard Faradays großer Bentley hielt vor der Freitreppe von Mooring Mansion. Er lenkte seine Schritte direkt zu den

Reitställen hinüber, die sich an das Hauptgebäude anschlossen, kniete sich auf den Boden einer leeren Box und plazierte seine neuerworbene Altarkerze in ein großes Porzellanbecken. Faraday füllte die Schüssel mit Benzin, verstreute großzügig Heu und Stroh rund um das Becken und goß die letzten Tropfen Benzin über das Stroh. Dann zündete er die Kerze an. In acht Tagen, wenn die Kerze heruntergebrannt war, würde die Flamme das Benzin in Brand setzen, und – paff! – der Stall brannte lichterloh. Das Feuer würde schnell auf das Haupthaus übergreifen, und lange bevor die Feuerwehr da war, wäre der alte Trümmerhaufen bis auf die Grundmauern niedergebrannt ... Und die Zeitungen würden berichten, daß der bekannte Kunsthändler Leonard Faraday seine gesamte unersetzliche Sammlung in den Flammen verloren hatte. Als Brandursache würde man einen Kurzschluß in der elektrischen Leitung des Stalles oder Ähnliches vermuten.

Leonard Faraday blieb einen Moment stehen und betrachtete mit einem kleinen triumphierenden Lächeln die ruhige Flamme der Altarkerze. Dann verließ er den Stall und verschloß sorgsam die Tür, spähte aber noch einmal durch das spinnwebenüberzogenes Fenster hinein, um sicherzugehen, daß die Altarkerze so brannte, wie sie sollte. Danach verließ er das einsame, abgelegene Mooring Mansion. Am Abend war er bereits auf dem Weg nach Madeira, wo er sich im bekannten alten Reids Hotel ein Zimmer nahm und bald auch schon ein Klasse-Mädchen fand. Sein Alibi war niet- und nagelfest.

Acht Tage später las er in der Zeitung:

»In Kilmister Hill ist gestern Mooring Mansion abgebrannt, das Landhaus des bekannten Kunsthändlers Leonard Faraday, in dem sich eine unersetzliche Sammlung wertvoller Gemälde befand. Als die Kriminalpolizei an der Brandstätte ihre Untersuchungen aufnahm, waren die einzigen Überbleibsel der unschätzbaren Kollektion ein paar Fetzen verkohlter Leinwand. Mr. Faraday konnte von dem Unglück noch nicht informiert werden, da er sich im Ausland befindet. Als Brandursache wird ein Blitzschlag angenommen, da in der Brandnacht ein heftiges Gewitter über Kilmister Hill tobte. Sachdienliche Hinweise auf den Aufenthaltsort von Mr. Faraday nimmt die Polizei in Isleworth entgegen.«

Unverzüglich brach Leonard Faraday seinen Urlaub ab, flog nach Großbritannien und meldete sich auf dem Polizeirevier von Isleworth.

»Ich bin sehr froh, daß Sie gekommen sind, Mister Faraday«, sagte Polizeiinspektor Carter und schüttelte Faraday die Hand. »Bevor Sie Ihre Ansprüche gegenüber der Versicherung anmelden, würden wir gern ein paar kleine Fragen mit Ihnen klären. Der Feuerwehr ist es gelungen, die Reitställe zu retten – der Blitz schlug in die entgegengesetzte Ecke des Haupthauses, verstehen Sie –, und in einer der Boxen haben wir ein sehr interessantes, fast rituelles Arrangement gefunden. Eine brennende Altarkerze in einem Porzellanbecken, das mit Benzin gefüllt war. Daneben lagen Büschel von Heu und Stroh ... Es ist, mit Verlaub, ein wenig unvorsichtig, ein offenes Feuer so unbeaufsichtigt zu lassen, Mister Faraday!«

»Ja, aber ich versichere Ihnen, ich hatte keine Ahnung, daß ...«

»Überall auf der Kerze, dem Becken und dem leeren Benzinkanister haben wir Ihre Fingerabdrücke gefunden! Das Preisschild am Boden der Kerze sagte uns, wo Sie die Kerze gekauft haben – und sich nach ihrer Brenndauer erkundigten! Ich fürchte fast, wir müssen Sie hierbehalten, Mister Faraday.«

Inspektor Carter zündete sich eine Zigarette an.

»Übrigens«, fuhr er dann beiläufig fort, »ist in Ihre kleine Galerie an der Palm Lane in London eingebrochen worden.

Der Dieb hat kein einziges Bild in dem Laden zurückgelassen ... Können Sie sich vorstellen, was jemand mit diesem Kitsch anfangen will?«

Er machte eine winzige Pause und sah Faraday in die Augen. Dann fuhr er fort:

»Es war doch nur billiger Kitsch, den Sie dort gelagert hatten, nicht wahr?«

Meuterei auf der Ktapódi

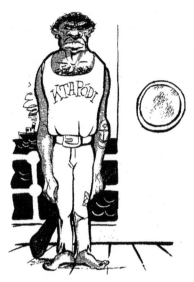

*Ein großer kaffeebrauner Jamaikaner stand
als Wachtposten draußen vor dem Kabuff.*

Dampfschiff S/S Ktapódi war eine alte 10 000-t-Kiste, Heimathafen Kalamarakia, und in einer der niedrigsten Klassen bei Lloyd versichert. Der Kapitän war äußerst unbeliebt an Bord, ein untersetzter, grobschlächtiger Kerl mit kalten, stechenden Augen, hervorstehendem Kinn, ungepflegtem schwarzen Hängebart und dicken bläulichen Lippen, die sich niemals zu einem Lachen verzogen. Seine Besatzung bestand aus dem Abschaum der Welt, und man beklagte sich praktisch über alles an Bord, über die ewig halb verdorbenen Kokoretsi, die mit Schafsnieren gefüllten

Kalbsdärme, bis zu den aufdringlichen Kakerlaken in den Kojen.

Eines Abends versammelten sich die Unzufriedenen der Besatzung im Kabuff des Bootsmannes. Offenbar schwelte es im Untergrund, es wurde geflüstert, und ein großer kaffeebrauner Jamaikaner, der als Heizer angemustert hatte, stand als Wachtposten draußen vor dem Kabuff.

»Ich war mittschiffs hochgegangen, um das Rostwerk zu reinigen«, begann der portugiesische Jungmatrose Alvarez, »aber es konnte dem Boß natürlich nicht fix genug gehen. Unaufhörlich schrie er: ›Schneller, dalli, dalli, du Köter!‹«

Der Bootsmann, der Grieche Kleon Antsoujes, setzte die Ouzoflasche ab und berichtete mit unheilverkündendem Blitzen in den dunklen Augen: »Mir war er auch den ganzen Tag auf den Fersen. Ich sollte Tauwerk spleißen, und als ich nur einen Augenblick meinen Rücken streckte und mir eine Zigarre rollte, war er sofort wie der Teufel hinter mir her mit seinem gellenden ›Dalli, dalli, du Köter‹.«

Ein irischer Leichtmatrose erhob sich und ging hinaus, um den Jamaikaner auf dem Wachtposten abzulösen, der sich einen Augenblick neben den Bootsmann schob.

»Na, und was meinst du, Megalo-Joe?« flüsterte der Bootsmann.

Der Jamaikaner machte eine vielsagende Handbewegung.

Die anderen fuhren erschreckt hoch: »Du meinst, wir sollen ihm den Hals umdrehen?« klang es wie aus einem Munde.

Der Jamaikaneger nickte. »Malista!« sagte er auf griechisch.

Wortlos sanken die anderen auf ihre Plätze zurück. Ein eigentümlicher Glanz trat in ihre Augen. Herrlich, mit dem verwegenen Gedanken zu spielen. Ja, das war das einzig Richtige, ihm den Hals umzudrehen, wie bei einem Kotopoulo, einem Hähnchen.

Der Bootsmann wandte sich an den Koch der S/S Ktapó-di, den kleinen Chinesen Wang Hu.

»Hinter dir ist er doch ständig her, nicht?«

»Malista.« Der kleine Chinese nickte und blinzelte mit den kleinen schrägen Augen. »Ich sitzen auf Lukendeckel, ne? Schälen Patates, ne? Ich mich zu langsam beeilen, ne? Er schleien: Dalli, dalli, Kötel. Skili! Skili!«

Der Bootsmann beugte sich über den Tisch und senkte seine Stimme. »Die Kotas, die wir auf dem Deck hatten, denen hast du doch auch so elegant den Hals umgedreht, nicht wahr, Wang?«

Der Chinese begriff sofort, worauf der Bootsmann hinauswollte.

»Das sein nicht selbe Sache. Hühnel sein Essen. Ich nicht mehr Hals umdlehen.«

Der Bootsmann wandte sich an den großen Jamaikaner. »Wagst du es zu tun, Megalo-Joe?« flüsterte er heiser und ergriff das Handgelenk des Mannes.

Joe nickte. »Ja, wenn ihr versprecht, mir zu folgen, mich zu decken und mir zur Hilfe zu kommen, wenn es anders als geplant verläuft.«

Die Männer nickten.

»Sollen wir die Sache hinter uns bringen?« sagte der Portugiese eifrig und zog sein Messer, »wo ist er?«

»Andres hat ihn eben da vorn gesehen.«

Schnell schlichen sie nach vorn, vollkommen geräuschlos glitten sie durch die Dunkelheit auf ihn zu. Jamaika-Joe war weniger als eine Armeslänge hinter ihm, als er sich plötzlich umdrehte und heiser schrie: »Dalli, dalli, du Köter!«

Der Jamaikaner erstarrte. Vor Schreck quollen ihm die Augen aus dem Kopf. Die anderen zogen sich einige Schritte zurück.

»Auf ihn!« flüsterte der Portugiese, der einzig Mutige unter ihnen.

Da nahm der Jamaikaner all seinen Mut zusammen.

»Ja, verflucht noch mal, ich werde dalli machen!« rief er und warf sich auf ihn.

Sekunden später warf der riesige Neger ihn über die Reling, den gierigen Haifischen des Ägäischen Meeres zum Fraß.

Die S/S Ktapódi tuckerte weiter durch die schwarze Nacht, als wäre nichts geschehen.

Als aber der Kapitän am nächsten Morgen erfuhr, was passiert war, schäumte er vor Wut.

»Das ist Meuterei!« schrie er, »eure Ouzo- und Masticha-Ration ist auf unbestimmte Zeit eingezogen. Euch sollte man alle am Mast aufknöpfen, die ganze Mischpoke, verdammte Skilis!«

Die Besatzung hatte seinen sprechenden Papagei ermordet.

»Das Parfüm! Und die Perlenkette! Her damit!«

Der sollte man auf der Spur bleiben, dachte Harry Holm, und nahm diskret die Verfolgung auf.

Harry Holm hatte sich in dem großen Warenhaus AJAX SUPER CENTER als Hausdetektiv beworben, und nun saß er dem Chef des Konsumtempels gegenüber, um sich in aller Ausführlichkeit erläutern zu lassen, was man hier von einem guten Hausdetektiv erwartete.

»Sehen Sie«, sagte der Chef, »es genügt eben nicht, die Kunden durch die Einwegspiegel, über unsere versteckten Fernsehkameras und eingebauten Wandspione zu beobachten. Das ist alles gut und schön, aber was wir brauchen, ist ein Mann, der seine Pappenheimer bereits erkennt, wenn sie noch nicht mal ganz drin sind. Einen Mann, der es fertigbringt, Verdächtigen völlig unbemerkt und absolut diskret von Regal zu Regal zu folgen und jedes einzelne Stück zu registrieren, das sie in der Tasche verschwinden lassen ... und der sie dann genau im richtigen Augenblick packt und in unser Büro bringt, ohne daß die Kunden Wind davon bekommen. Der Mann, den wir suchen, muß es verstehen, dem Dieb beziehungsweise der Diebin begreiflich zu machen, daß er oder sie auf frischer Tat ertappt worden ist und daß sich Ladendiebstahl in unseren Häusern nicht lohnt. Vor allem aber muß der Hausdetektiv, den ich brauche, eiskalt, beinhart und total immun gegen Tränen und Flehen, Schmeicheln und Wimperklimpern sein.«

»Dann bin ich Ihr Mann«, erklärte Harry kühn.

Der Chef fuhr fort:

»Wir wissen aus Berechnungen und Statistiken, daß es alle vier Minuten zu einem Ladendiebstahl kommt. Ehe ich endgültig über Ihre Einstellung entscheide, werde ich Sie auf die Probe stellen. Ich mache jetzt Mittagspause. In einer Stunde bin ich zurück. Inzwischen müssen Sie Ihren ersten Fang gemacht haben. Aber kommen Sie mir nicht mit einer armen kleinen Hausfrau, die sich ein Paket Haarklammern oder eine Dose Ananas unter den Nagel gerissen hat. Es muß schon ein großer Fisch sein. Ist das klar? Wenn Ihnen das gelingt, gehört die Stelle Ihnen. Aber bedenken Sie, daß wirklich erstklassige Ladendiebe mit allen Wassers gewaschen sind.«

»Auf mich können Sie sich verlassen, Chef, ich verstehe mein Geschäft«, versicherte Harry.

Er stand auf. Und sofort mischte er sich unter die Kundschaft. Innerhalb einer Stunde einen großen Fisch zu fangen war gar nicht so einfach. Zumindest aber wußte er, wo der Schwarm herumzuschwimmen pflegte. In der Parfümerieabteilung, bei den teuren französischen Düften. Und in der

Schmuckabteilung. Sie hatten ihm ein paarmal wegen des einen oder anderen Bagatelldiebstahls eine kleine Strafe aufgebrummt. Danach hatte er sich gedacht, daß es vielleicht einfacher wäre, sich sein Brot mit ehrlicher, allerdings nicht zu aufreibender Arbeit zu verdienen. Als Einstieg hatte er sich selber ein paar erstklassige Zeugnisse geschrieben. Auf Briefpapier, das er aus dem Büro eines Privatdetektivs hatte mitgehen lassen.

Eine fesche Blondine, die sehr angenehm duftete und deren Rock etwas kürzer als üblich ausgefallen war, kam auf dem Weg zur Parfümerieabteilung an ihm vorbei. Der sollte man auf der Spur bleiben, dachte Harry Holm, und nahm diskret die Verfolgung auf. Die fesche Blondine nahm von einem Glasregal mehrere Flakons mit französischem Parfüm, betrachtete sie eine Weile und stellte sie an ihren Platz zurück. Das heißt – sie stellte zwei Flakons zurück – drei hatte sie heruntergenommen. Alle Achtung! Es war so schnell gegangen, daß Harry nicht mitbekam, wo sie den dritten Flakon verstaut hatte. Dann begab sie sich zur Schmuckabteilung. Das AJAX SUPER CENTER handelte zwar nicht mit Kohinoor-Diamanten zu schwindelerregenden Preisen, aber das Zuchtperlenkollier, das dort lag, kostete immerhin auch seine hundert Dollar. Vielmehr – das dort gelegen hatte. Harry sah gerade noch, wie es in einer schrägen Tasche des Kostüms verschwand. Dann schlug er zu.

»Entschuldigen Sie, Miß«, sagte er und packte ihren Arm in einem festen Griff. »Würden Sie bitte einen Augenblick mit mir ins Büro kommen?« Die Blondine versuchte sich loszumachen, aber es gelang ihr nicht.

»Was wollen Sie von mir?« fragte sie, als sie im Büro des Chefs waren und Harry sie mit sanfter Gewalt auf einen Stuhl verfrachtet hatte.

»Das Parfüm«, sagte Harry kurz. »Und die Perlenkette. Her

damit! Das Parfüm befindet sich in Ihrem Handtäschchen, die Perlen sind in der linken Kostümtasche.«

Harry bediente sich ohne weiteres Fragen selbst und legte die Beweisstücke auf den Tisch. Plötzlich brach die Blondine in Tränen aus. Sie heulte herzzerreißend, verzweifelt und voller Reue. Bittend sah sie aus großen, schönen blauen Augen, in denen die Tränen glitzerten zu Harry Holm auf.

»Ich tu's auch nie wieder«, schluchzte sie. »Das schwöre ich Ihnen. Ich weiß gar nicht, was plötzlich in mich gefahren war. Ich brauche die Sachen doch gar nicht. Bitte lassen Sie mich laufen. Bitte ...«

Harry Holm schüttelte unbarmherzig den Kopf. »Sie bleiben hier, bis Mr. Frandsen vom Essen zurückkommt«, bestimmte er.

Die Blondine trocknete ihre Tränen, reparierte ihr Makeup und sah Harry Holm mit schmelzendem Blick an.

»Sag mal, mein Kleiner, hättest du nicht Lust, einen Abend ... eine Nacht mit mir zu verbringen?«

Harry Holm winkte brüsk ab. »Geben Sie sich keine Mühe, das zieht bei mir nicht. Ich will ganz ehrlich sein: Sie sind mein erster Fang, und wenn ich Sie laufen lasse, bekomme ich den Job als Hausdetektiv nicht. Nein, ich bin nicht käuflich, selbst wenn Sie mir hundert Nächte versprechen. Ich habe Mr. Frandsen zusagen müssen, im Laufe einer Stunde einen großen Fisch zu fangen, und den habe ich jetzt an der Angel.«

»Bravo!« Die Blondine begann plötzlich zu applaudieren. »Die Stellung ist Ihnen sicher. Daddy hatte mich gebeten, ein paar Dinge verschwinden zu lassen, weil er sehen wollte, ob Sie wirklich die Augen aufmachen. Als Belohnung hat er mir eine der Sachen versprochen, die ich mir geangelt habe. Ich nehme die Perlen.«

Sie legte sich strahlend die Kette um den Hals.

»Daddy?« wiederholte Harry Holm verständnislos.

»Ist der Groschen bei Ihnen, noch nicht gefallen? Mr. Frandsen ist mein Vater. Ich will ihn nur schnell holen, damit er weiß, daß Sie der Richtige für den Job sind.«

Die junge Dame verschwand freundlich lächelnd durch die Hintertür.

Fünf Minuten später betrat Mr. Frandsen das Büro.

»Nun, wie ist es gelaufen?« fragte er gespannt.

»Sehr schön, Sir«, erwiderte Harry Hohn mit strahlendem Gesicht. »Und ich muß Ihrer Tochter ein Kompliment machen. Sie ist auffallend schnell und fingerfertig – aber doch nicht schnell genug für mich. Ich habe sofort Verdacht geschöpft, als ...«

Mr. Frandsen unterbrach seinen Redefluß. »Meine Tochter?« fragte er gereizt. »Verdammt noch mal, ich habe überhaupt keine Tochter.«

Die Höllenmaschine

*»Auf welche Zeit sollen wir den
Wecker einstellen, Señor General?«*

In einer kleinen unruhigen Republik Mittelamerikas stand Ruiz Canaba als Wachtposten auf der breiten, baufälligen Treppe, die zur Villa Cacto hinaufführte. Der Palast zeugte von verfallener Pracht, die Wände waren von altem Kalkputz marmoriert, der wie lose Schuppen in großen Flocken von den Mauern hing, und als einzigen Schmuck sah man einige dunkelrote Geranien in der unkrautübersäten Chacara sowie wild rankende verblühte Rosen, die sich an den schmutzigen Ladrillos, den kahlen Fensteröffnungen, entlangwanden.

Drinnen im Palais saßen Luiz Fernando y Zaragoza und sein Freund Federico Jacinton de Pereda an einem großen ovalen Rosenholztisch und waren von ihrer anspruchsvollen Arbeit zutiefst ergriffen. Gegenüber in der Fensternische stand mit gespreizten Beinen ein stämmiger, verschmutzter Mann mit einem großen schwarzen martialischen Schnurrbart, zornigen Augenbrauen und dicken bläulichen Lippen, die nervös und unentwegt einen feuchten zerkauten Zigarettenstummel bearbeiteten. Es war der General der Aufrührer, Antonio y Gutierrez.

»Lo más pronto, camarados! Beeilt euch!« fauchte er ungeduldig und wandte sich den beiden Männern am Tisch zu, wobei er einen Fetzen des Zigarettenstummels ausspuckte. Er schritt quer durch den großen Raum, dessen Mobiliar nur aus dem Rosenholztisch, einigen Kruzifixen an der Wand und einer großen mit Eisenbeschlägen gefestigten Holzkiste bestand, die bis zum Rand mit Maschinenpistolen gefüllt war.

Luiz und Federico arbeiteten verbissen, hektisch hantierten sie mit einem Wecker, einem Zündungsmechanismus und einer Sprengladung herum. Soeben gaben sie einer südamerikanischen Standard-Revolutions-Maschine den letzten Schliff.

»Auf welche Zeit sollen wir den Wecker einstellen, Señor General?« fragte Federico und zog die Uhr auf.

Der General zwirbelte seinen schwarzen martialischen Schnurrbart und rechnete angestrengt nach.

»Espera bueno ... um 9.30 Uhr fährt er zum Regierungsgebäude, aber die Morgenpost kommt normalerweise schon um 9 Uhr, das Paket liegt also bei seiner Ankunft auf dem Schreibtisch. Stellen wir den Wecker auf 10 Uhr morgen vormittag. Der wird ja einen netten Schreck bekommen – *hijo de la gran puta*!«

Es war der Präsident der Republik höchstpersönlich, den

Antonio Gutierrez zum Opfer ausersehen hatte. Er sollte gestürzt werden, er war bereits seit vier Wochen Präsident, also wurde es höchste Zeit.

Luiz holte einen leeren Zigarrenkasten und montierte die Höllenmaschine hinein. Dann wickelte er mehrmals graues Packpapier darum, und Federico beschriftete das Paket mit der Adresse.

»Und jetzt zur Post damit«, ertönte es ungeduldig vom Aufrührergeneral.

»Sollten wir es nicht als ZERBRECHLICH-Paket versenden?« schlug Luiz vor. »Es sollte ja möglichst nicht explodieren, bevor es an die richtige Adresse gelangt ist.«

»*Muy bueno! Perfectamente!*« Der General nickte voller Anerkennung, und Federico schrieb mit großen roten Buchstaben quer übers Paket FRAGIL! LA MUESTRA SIN VALOR!

»Warenprobe ohne Wert«, las der General mit einem hintergründigen Lächeln, nicht schlecht!

»Mir erschiene es klug, das Paket per Nachnahme zu senden ... dann hätten wir eine Garantie dafür, daß er das Paket persönlich erhält«, fuhr Luiz fort, der alles bedachte. Nicht umsonst war er für den Posten als Vizepräsident ausersehen, wenn der General an die Macht käme.

LA CRADA CERTIFICADA schrieb Federico, klebte ein paar Briefmarken auf, und das Paket war fertig. Er zog den breitkrempigen Sombrero tief in die Stirn und ging mit dem Paket zur Post. In einem günstigen Augenblick steckte er es zwischen die anderen Pakete, die am Schalter lagen, und verließ die Post ebenso unbemerkt, wie er gekommen war.

In der folgenden Nacht fanden die Aufständischen wenig Schlaf. Bereits bei Morgengrauen sprang der General aus dem Bett, und auch Luiz und Federico, die auf dem kalten Marmorboden geschlafen hatten, rollten sich aus ihren Decken.

»Wie spät ist es?« fragte der General ungeduldig.

Keiner wußte es, den Wecker hatten sie ja zum Präsidenten geschickt. Der General ging zur Fensternische hinüber und warf einen Blick auf die Kirchturmuhr. Sie zeigte 4.57 Uhr. Die Stunden vergingen langsam, aber endlich rückte der große Zeiger auf 10 zu, der Zeitpunkt, zu dem der Präsident normalerweise an seinem großen Schreibtisch im Regierungsgebäude Platz nahm.

Die große Uhr an der Santa-Maria-Kirche zeigte 9.45 Uhr, dann 9.50 und schließlich 9.55. Da klopfte es hart an die Tür. General Antonio y Gutierrez zuckte zusammen, und die Aufständischen hielten schnell ihre Maschinenpistolen schußbereit.

»Luiz!« kommandierte der General flüsternd, »sieh nach, wer da ist!«

Vorsichtig öffnete Luiz die Tür. Es war Miguel, der Paketbote, mit einem Paket. Luiz nahm es ihm ab, und der Bote verschwand.

»Nur ein Paket, Señor General!«

Alle atmeten erleichtert auf. Dann sagte es PENG, und die Villa Cacto flog 500 Meter in die Luft, einschließlich Kalkputz, wilden Rosen und Kruzifixen.

Das Paket war zurückgekommen, weil Federico, *t'onto idiota,* nur einen Teil der Briefmarken auf das Paket geklebt und den Rest blitzschnell in seine eigene Tasche gesteckt hatte.

Der Mord an Lord Chadford

*»Lord Algernon Chadford, der 73jährige
Herr von Cedars Hall in Llanvepley,
wurde gestern tot aufgefunden ...«*

Lord Algernon Chadford, der bejahrte Besitzer des
alten, leicht verfallenen, einsam gelegenen schottischen
Herrensitzes Cedars Hall in Llanvepley, tief eingebettet in
die grünen Hügel von Abergave, blickte ungeduldig auf die
französische Bronzeuhr auf dem Marmorsims über dem
großen Kamin, in dem Birkenscheite knisterten. Dann erhob er sich und trat ans Fenster, um in die tiefe November-
nacht hinauszublicken. Sie mußten doch bald kommen. Er
hatte seinen Chauffeur Jenkins mit dem Bentley zum Bahnhof in Stoke-on-Sneyd geschickt, um Gwendolyn, die

Schwester des Lords, abzuholen, die einen Amerikaner geheiratet hatte und nun zum ersten Mal nach dreißig Jahren zu einem Besuch in Good Old Scotland nach Hause kam. Sie hatte ihren Besuch in Cedars Hall angekündigt, und Lord Algernon, der ein ruhiges, zurückgezogenes Leben führte, umgeben von seinen getreuen Dienern, erwartete ihre Ankunft mit einer Freude, die ganz und gar nicht geheuchelt war.

»Algernon, mein einziger Bruder, endlich ... nach all diesen Jahren!« brach es tief gerührt aus ihr heraus. Sie warf sich in Lord Algernons Arme. Doch plötzlich wurde ihr schmales, kühles, aristokratisches Gesicht mit der ausgeprägten Nase bleich. Ihre Miene nahm einen entsetzten Ausdruck an.

»Die Halle«, murmelte sie. »Genau wie in meinem Traum.«

Sie schritt auf die hohe Flügeltür zu, die zur Bibliothek hin offenstand. Auf der Schwelle blieb sie stehen und unterdrückte einen Schrei.

»Genau wie in meinem Traum«, wiederholte sie erschüttert und starrte auf die einigermaßen umfangreiche Waffensammlung an einer Wand. Dann eilte sie hinüber und zeigte auf ein besonderes Stück der Kollektion.

»Das da«, sagte sie, »was ist das für eine Waffe?«

»Das ist eine alte Donnerbüchse von der Art, die sie bei der Scottish Guard benutzen. Warum?«

Gwendolyn ließ sich schwer in einen hochlehnigen, ledergepolsterten Sessel fallen.

»Das ist furchtbar«, stammelte sie. »Es ist alles genau wie in meinem Traum, exakt – bis ins letzte Detail.«

»In deinem Traum? In welchem Traum?«

»Letzte Nacht auf dem Schiff hatte ich einen entsetzlichen Traum, einen Alptraum. Wie du ja weißt, ist es das erste Mal, daß ich meinen Fuß in Cedars Hall setze. In meinem Traum sah ich genau voraus, wie mein Besuch verlaufen würde.

Ich träumte, daß du mich einlassen würdest, weil dein Butler nicht da ist. In meinem Traum sah ich die Halle, ich sah die Bibliothek, ich sah deine Waffensammlung. Und alles war wie ... ja, genauso, wie es wirklich ist. Die Donnerbüchse da, die sah ich auch ... und mir träumte, daß du mit genau dieser Art von Waffe getötet würdest, und ...«

Lord Algernon unterbrach.

»Meine liebe Gwendolyn«, sagte er leicht ironisch. »Darf ich deine Aufmerksamkeit vielleicht auf die Tatsache lenken, daß diese Donnerbüchse dort so durch und durch eingerostet ist, daß nicht einmal der Teufel selbst in der Lage wäre, mit ihr auch nur einen einzigen Schuß abzugeben!«

»Nein«, sagte Gwendolyn schnell, während sie ihn weiter unentwegt anstarrte. »Aber du hast eine Pistole, die genauso aussieht. Sie liegt, eingewickelt in ein rotes Seidentuch, in der obersten Schublade deines kleinen Mahagoninachttisches ... Und die ist geladen, nicht wahr? Zumindest war es so in meinem Traum.«

Lord Algernons Blick zeigte Beunruhigung. Er marschierte ein paarmal auf und ab. Dann hielt er vor Gwendolyn inne.

»Ja«, erwiderte er. »Sie ist geladen und schußbereit.«

Und nach einem Augenblick der Überlegung fuhr er leicht tadelnd fort:

»Aber, meine liebe Gwendolyn, du mußt diesen albernen, irrsinnigen Traum aus deinen Gedanken verdrängen! Und nun werde ich erst einmal dafür Sorge tragen, daß du eine gute heiße Tasse Tee bekommst, bevor Belinda, mein Kammermädchen, dir dein Zimmer zeigt. Du wirst von der langen Reise ermüdet sein.«

In der Nacht verlagerte Lord Algernon seine Pistole aus dem Mahagoninachttischchen in die oberste Schublade der Chippendale-Kommode. Am Frühstückstisch blieb der Traum unerwähnt, bis Perkins, der Butler, hereinkam. Doch da ließ Gwendolyn ihre Teetasse fallen und versuchte einen lauten Schrei zu unterdrücken. Die Tasse zerschellte am Boden. Perkins eilte von dannen, um Handfeger und Schaufel zu holen.

»Genau so, wie ich ihn in meinem Traum gesehen habe«, stöhnte Gwendolyn erschüttert.

»Wen hast du gesehen?«

»Den Mörder! Um Himmels willen, Algernon, trenne dich von diesem Mann, bevor es zu spät ist!«

»Von Perkins? Aber der ist doch der reinste Friedensengel ... seit mehr als dreißig Jahren bei mir. Er liest mir jeden Wunsch von den Augen ab. Ich soll mich von ihm trennen? Niemals!«

Gwendolyn war so schockiert von dem, was sie gesehen hatte, daß sie am folgenden Tag nach London fuhr.

»Algernon«, flehte sie ihren Bruder beim Abschied an. »Zum letzten Mal – versprich mir, daß du diesen Perkins los wirst, oder es wird etwas Grauenhaftes geschehen. Meine Träume treffen immer ein.«

Nach überaus reiflichen Überlegungen und etlichen schlaflosen Nächten, in denen er kein Auge von der Chippendale-Kommode mit der Pistole ließ, fügte sich Lord Algernon Gwendolyns Wunsch und kündigte dem Butler. Zwei Tage später las Gwendolyn in der Zeitung:

»Lord Algernon Chadford, der 77jährige Herr von Cedars Hall in Llanvepley, wurde gestern am Frühstückstisch tot aufgefunden. Der Mörder, der Butler des Lords, stellte sich freiwillig der Polizei. Er hat die Verzweiflungstat in tiefer Enttäuschung darüber verübt, nach mehr als dreißig Jahren hingebungsvoller und treuer Dienste die Kündigung erhalten zu haben.«

»Kann die Leiche fortgebracht werden, Kommissar Scarlett«

»Es ist doch wirklich ärgerlich, daß ich nie die Chance hatte, diese Mrs. Pridewell kennenzulernen ...«

Andrew Pridewell lag in genau der Stellung auf dem Fußboden, in die er sich begeben hatte, als Mrs. Prudence Pridewell die Tür des großen freistehenden Kleiderschrankes geöffnet hatte. Er war aus dem Schrank gefallen und lag seither steif und stumm auf dem weichen Fußbodenbelag des Schlafzimmers. Seine Nase bohrte sich in die Noppen des Teppichs, und die dünnen weißen Beine ragten aus dem kugelbäuchigen Körper wie zwei Zahnstocher, die man in eine übergroße Kartoffel gepikt hatte.

Kriminalkommissar Fowler Scarlett und sein Assistent

Sam Crowley übernahmen den Fall. Jetzt waren sie mit dem Toten in dem Schlafzimmer à la Hollywood allein. Sam hatte sich auf das Doppelbett fallen lassen und verbreitete sich buchstäblich über die ganze weich wattierte Bettdecke.

»Ich habe zwar nicht unbedingt etwas dagegen, daß Sie im Bett rauchen«, raunzte Fowler Scarlett, »aber es ist wirklich widerlich, daß Sie nicht einmal Ihre Schuhe ausgezogen haben.«

»Hören Sie«, meinte Sam und fegte mit den Fingern ein bißchen Asche von der Bettdecke, »was für eine Frau ist diese Mrs. Pridewell eigentlich? Wie sieht sie aus? Ist sie so wohlgeformt, daß einem bei ihrem Anblick heiß und kalt wird?«

Kommissar Scarlett antwortete nicht. Er brütete vor sich hin. Sam verzichtete auf eine Wiederholung seiner Frage. Vielleicht könnte er auch ohne die Hilfe seines Chefs eine Vorstellung von Mrs. Pridewell erhalten, rein körperlich.

Es verging fast eine Viertelstunde. Plötzlich brach Kommissar Scarlett das Schweigen.

»Erinnern Sie sich an den jungen Frank Edgeway von der Spedition Kitterick, Greenhill und Edgeway? Charmanter Bursche, total vernarrt in Frauen, immer verliebt, immer umgeben von zahllosen Schönen, immer Krach mit der Alten. Sind Sie im Bilde?«

»Nein.«

»Wissen Sie, der Bursche war in diese unglaubliche Orgiengeschichte mit der jungen Frau des ehrwürdigen Pastors Wutterspoon verwickelt – Sissy mit der frommen Fassade haben wir sie immer genannt. Die, die dann später vor die Hunde ging. Die, für die Sie am letzten Samstag abend fünfzig Dollar hingeblättert haben. Sind Sie im Bilde? Ich dachte, Sie würden sich erinnern. Nun, dieser wohlerzogene junge Mann verlor sein Leben im selben Kleiderschrank wie der Tote da auf dem Teppich. Wir fanden ihn mit dem

Rüssel auf dem Boden, in der gleichen Stellung und auf derselben Stelle wie den verschiedenen Mister Pridewell. Er lag da mit einer echt prachtvollen Stichwunde im Rücken, wissen Sie – mitten durch die Lungen gestochen ...«

»Fünfzig Dollar«, unterbrach Sam verletzt. »Ich darf Sie wohl daran erinnern, daß sie noch immer ein Hundert-Dollar-Mädchen ist. Nur, um das mal festzuhalten! Und dann?«

»Na ja, im Fall Frank Edgeway stellte sich heraus, daß er zufällig von Mister Pridewell ermordet wurde. Doch auf dem Totenschein stand ›Unfall‹, und damit mußten wir uns zufriedengeben. Die Sache war wirklich raffiniert inszeniert. Einwandfrei und ohne jeden Zweifel ein Mord. Mister Pridewell war der Mörder und Mrs. Pridewell diejenige, die den armen jungen Fred dem Tod in die Arme getrieben hat. Sie war es, die – nun gut, ich muß hinzufügen: unwissentlich – Frank in den Tod trieb, so wie sie auch Joey Pollikop dem Sensenmann überantwortete, diesen Typen aus dem Spielkasino – und das in eben diesem Zimmer. Pollikop wurde an einem heißen Sommerabend gefunden – ich erinnere mich genau, es war brütendheiß und schwül. Effingham Smith, McCloud und ich hatten den ganzen Abend mit ein paar süßen Puppen gnadenlos Strip-Poker gespielt. McCloud steckte in einer Pechsträhne und hatte sich gerade bis auf die nackte Haut entblättert, als wir den Anruf der Mordkommission wegen des Casino-Typen erhielten. Nun, wir konnten eine ganze Weile nicht los, weil McCloud erst seine Hosen von dem Mädchen zurückgewinnen wollte, das sie in seinen Krallen hatte. Doch seine Pechsträhne hielt an und ...«

»Reden wir immer noch von Pollikop, der gutaussehenden Leiche auf Mrs. Pridewells Teppich?«

»Nun ja, irgendwann mußten wir doch los, und McCloud versteckte sich hinter Effingham Smiths gewaltigem Balg, weil das Mädchen seine Hosen nicht herausrücken wollte.

Er mußte in seinen Unaussprechlichen zum Einsatz, und das sah schon ein bißchen schlampig aus. Wie auch immer – wir fanden den Burschen genau da, wo sich jetzt Mister Pridewell ausruht. Schuß durch den Hals, wissen Sie. Das Geschoß ist von oben eingedrungen und durch die Kehle ausgetreten. Wie aus dem Lehrbuch. Wir hatten da mit den Mädchen ein paar Erfrischungen zu uns genommen und waren in Hochstimmung. Also stellten wir den Körper auf seine Füße, schlugen ihm aufmunternd auf die Schulter und meinten, er solle sich gefälligst ein bißchen zusammenreißen, aber es war sinnlos. Jedes verfluchte Mal brach er wieder auf dem Boden zusammen. Also verloren wir die Lust an der Sache, warfen ihm ein Laken über und ließen ihn liegen. McCloud borgte sich seine Hosen aus und kam wieder ein bißchen in Stimmung. Mrs. Pridewell lag auf dem Bett, jammerte und klagte von dem Moment, da wir den Raum betraten, bis zu dem, an dem wir wieder gingen. Wir wußten, daß da nicht viel Spaß zu erwarten war – teils wegen des unaufhörlichen Heulens, teils weil ihr Mann die ganze Zeit hier war. Zu jedermanns Mißvergnügen war der unerwartet von einer Geschäftsreise an die Ostküste zurückgekommen. Und wir mußten uns wirklich hüten, seine schöne Frau anzusehen, durften kaum in ihre Richtung blicken, solange er hier war. Er ist als der mißtrauischste und eifersüchtigste Ehemann der gesamten Vereinigten Staaten berüchtigt. Sicher, es hat ja auch kein anderer mehr Gründe als er!«

»Es ist doch wirklich ärgerlich, daß ich nie die Chance hatte, diese Mrs. Pridewell kennenzulernen. Wohl eine atemberaubende Puppe, was? Es wäre vermutlich nicht das Schlechteste ...«

»Nun hören Sie mir doch endlich mal zu! Zurück zum jungen Frank Edgeway. Wir fanden ihn mit diesem prächtigen Stich im Rücken. Etliche Tage stöberten wir überall herum, McCloud und ich, und ein paarmal mußte ich Mrs.

Pridewell filzen, damit sie auch verstand, worum es eigentlich ging. Aber das Messer haben wir nie gefunden. Dann meldete sich McCloud eines Tages krank, weil man ihm die Hölle heiß gemacht hatte, daß er seine letzten guten nadelgestreiften Sergehosen beim Strip-Poker bei Dewey Kippersly an ein Mädchen verloren hatte. Also mußte ich an diesem Tag die Untersuchungen allein durchführen. Mister Pridewell war nach New Haven gefahren, um sich dort seinen Geschäften zu widmen, und Mrs. Pridewell befand sich allein im Haus. Sie kennen Mrs. Pridewell zwar nicht, aber ich kann Ihnen versichern, sie ist eine Spitzen-Biene. Ich schnüffelte ein bißchen in der Hoffnung herum, das verdammte Messer doch noch zu finden, und dabei entging mir keineswegs, daß die Lady jedesmal erbebte, wenn ich zu der Stelle kam, wo sie saß. Also kam mir der Gedanke, daß sie es vielleicht trotz meiner Leibesvisitationen doch an sich hatte. Ich erklärte, ich hielte es leider für unumgänglich, sie noch einmal zu filzen – diesmal sehr gründlich wegen der Wichtigkeit des Falles –, und sie schien nichts dagegen einzuwenden zu haben. Also zog ich sie ins Schlafzimmer. Nun, es ist reiner Zufall, daß ich ein bißchen später – weil ich nun mal ein sehr ordentlicher Mensch bin – einen Bügel für meine Jacke und meine Hosen brauchte. Ich öffnete die Schranktür, griff hinein, um einen freien Kleiderbügel herauszuholen, zog meine Pranke jedoch blitzschnell zurück und fluchte. Blut tropfte von meiner Handfläche.

›Hast du dich gestochen, Darling?‹ fragte Mrs. Pridewell.‹

›Ja, verdammt noch mal. Aber woran?‹

Ich wickelte einen Kopfkissenbezug um meine Faust und untersuchte den Kleiderschrank ein bißchen sorgfältiger. Da steckte ein Dolch, achtzehn Zentimeter lang, scharf und doppelklingig, in der Rückwand des Kleiderschrankes. Jemand hatte den Schrank von der Wand abgerückt und den

Dolch durch die Rückwand getrieben, so daß er noch immer dort festsaß. Und dieser Jemand konnte kein anderer als Mister Pridewell gewesen sein. Ein kluges Kerlchen! Als er an jenem Tag ohne Vorwarnung nach Hause zurückkehrte und den jungen Frank Edgeway dabei ertappte, wie der sich mit nacktem Hinterteil vergnügte – ja, was geschah da? Nun, Mrs. Pridewell schießt wie von der Tarantel gestochen hoch. ›Schnell‹, sagt sie, ›in den Schrank!‹ Und der junge Mann verzieht sich blitzschnell in den Kleiderschrank, während Mrs. Pridewell sorgfältig die Tür hinter ihm schließt – und der Dolch dringt lautlos in den Rücken des armen Frank. Armer Teufel! Aber so ist es nun mal, wenn man seine Finger nicht von den Frauen anderer Männer läßt.

Als dann Mister Pridewell aus New Haven zurück war, hielten ihm McCloud und ich die Mordwaffe unter die Nase und fragten, ob er vielleicht wisse, wem dieser Dolch gehöre.

›Hm‹, meinte der und betrachtete sich die Waffe kurz. ›Zufällig ist es meiner.‹

›Aber er ist Ihnen doch sicher vor langer Zeit auf unerklärliche Weise abhanden gekommen, und Sie haben nicht die leiseste Ahnung, wer ihn an sich genommen hat und wozu er benutzt wurde?‹

›Weit gefehlt, junger Freund! Dieser Dolch steckte in der Rückwand des Kleiderschrankes im Schlafzimmer meiner Frau.‹

›Sieh an!‹

›Ist es denn gesetzlich verboten, einen Dolch im Kleiderschrank aufzubewahren?‹

McCloud war bemüht, ihn zum Thema zurückzubringen.

›Ist Ihnen bekannt, Mister Pridewell, daß der stellvertretende Geschäftsführer der Spedition Kitterick, Greenhill und Edgeway, Frank Edgeway, Mittwoch abend in diesem Schrank tot aufgefunden worden ist? – Nachdem ihm genau dieser Dolch hier einen Lungenflügel durchbohrt hat?‹ fügte er noch hinzu.

›Das weiß ich, glaube aber kaum, daß die Spedition durch dieses Ereignis einen nennenswerten Verlust erlitten hat Aber was hat das mit mir zu tun? Bei meiner Rückkehr am Mittwoch abend lag der junge Mann leblos auf dem Fußboden im Schlafzimmer, als ich die Tür öffnete. Und noch etwas: Was hatte die Spedition Kitterick, Greenhill und Edgeway im Schlafzimmer meiner Frau zu suchen?‹

Also nahmen wir Mister Pridewell erst einmal mit, aber die Mordkommission ließ den Fall sehr schnell fallen, und wir wurden auf den Mord an einer alten Puffmutter von der Mott Street angesetzt. Wir vergaßen Mister Pridewells tödlichen Kleiderschrank – das heißt, bis auf die paar Male, zu denen wir Mrs. Pridewell überraschend aufsuchten, um auf ihr ein paar Fingerabdrücke zu hinterlassen, wenn ihr Mann gerade in New Haven war. Da wurden wir natürlich zwangsläufig an den jungen Frank Edgeway, den Dolch und den Schrank erinnert. Doch wir vergaßen es sofort wieder, weil – wie ich schon angedeutet habe – Mrs. Pridewell eine wilde Hummel ist, die wirklich nichts anbrennen läßt.«

Sam Crowley kuschelte sich noch ein bißchen behaglicher in die Kissen auf Mrs. Pridewells Bett und zündete sich eine neue Zigarre an.

»Und was war nun mit diesem Typen aus dem Spielcasino, diesem Joey Pollikop?« erkundigte er sich und wischte schnell glühende Asche von der seidenweichen Bettdecke.

»Wir haben ihn immer Joey Pollikop mit den Kuhaugen genannt. Nun, der hatte gerade eine Phase, in der er von Mrs. Pridewell geradezu besessen war. In dem Augenblick, in dem Mister Pridewell nach New Haven fuhr, tauchte Pollikop bei ihr auf, und das weitere können Sie sich denken. Ich persönlich hatte ja nie besonders viel übrig für die Art, mit der Pollikop vor den Frauen zu Kreuze kroch, und kann einfach nicht begreifen, was eine so tolle Mieze wie Mrs. Pridewell eigentlich an einer solchen Nulpe fand. Doch wie auch immer. Am Tattag stürzte Mister Pridewell in höchster Erregung aus dem Haus – nach einem Krach mit seiner Frau außer sich vor Eifersucht wie immer – und vergaß seine Brieftasche und andere wichtige Dinge. Natürlich bemerkte er es und kam unverzüglich zurück. Das war wirklich sehr unangenehm für Mrs. Pridewell und diesen Schmachtfetzen Joey Pollikop, denn sie waren bereits ganz bei der Sache. Dieser Idiot Joey Pollikop springt hoch – gespensterbleich vor Schreck. Er hat keine Ahnung, wo er seinen elenden Kadaver verstecken soll, und vor Verwirrung fallen ihm fast die Kuhaugen aus dem Kopf.

›Schnell‹, sagt Mrs. Pridewell, ›in den Schrank!‹

›Ja, natürlich‹, murmelt Joey unendlich erleichtert, ›in den Schrank‹.

›Aber sieh erst nach, ob da in der Rückwand nicht irgendwelche scharfen Gegenstände stecken.‹

Hastig fährt Joey mit der Hand über die Rückwand des Kleiderschrankes. Er findet nichts, was seine kostbare Haut ritzen könnte. Also springt er in den Schrank und zieht die Tür hinter sich zu. Da ist das Geräusch eines Schusses zu hören, und Sekunden später bricht Joey lautlos zusammen. Mister Pridewell hatte einen Revolver mit einem sehr tückischen Mechanismus installiert, der die Waffe genau in dem Moment auslöste, als der Bursche die Tür hinter sich zuzog. Also gut, Mister Pridewell betritt das Gemach, und es gibt ein Riesentheater. McCloud und ich übernehmen den Fall, der sich als wahre Katastrophe für McCloud entpuppt, da er es wieder einmal geschafft hat, eine echte Pechsträhne zu erwischen, und ohne Hosen zum Einsatz muß. Aber er zieht sein Hemd so lang wie möglich und hofft inständig, sich Joeys Hosen aneignen zu können. Wir sichern also die Spuren am Tatort, und nachdem die Fotografen ihre Aufnahmen im Kasten haben, klaut McCloud Joeys Hosen, und wir ziehen uns zurück. Aber wieder können wir absolut nichts tun. Der Fall verläuft genauso wie der erste. Wer könnte einem Mann verbieten, eine legal erworbene Waffe mit einem raffinierten Auslösemechanismus in seinem Kleiderschrank zu installieren – an einem Ort, der üblicherweise nicht gerade viel besucht ist?«

Kommissar Scarlett hielt kurz inne. Er stieß mit dem Fuß gegen Mr. Pridewells Leiche, der Körper rollte herum und kam mit dem Gesicht nach oben zur Ruhe.

»Es ist doch wirklich leicht einzusehen«, fuhr er fort, »daß dieser wabblige Fleischsack absolut nichts für eine Zauberpuppe wie Mrs. Pridewell war. Wie schon gesagt, habe ich noch keinen Burschen kennengelernt, der ihn in puncto Mißtrauen und Eifersucht übertroffen hätte – aber auch keinen, der seiner Frau so trickreiche Fallen stellen konnte wie dieser Mister Pridewell. Natürlich ist es verdammtes Pech, daß er letzten Endes in seine eigene Falle getappt ist! Ich nehme an, es hat sich so abgespielt: Er trat in den Kleiderschrank, um seine Falle Nummer drei zu überprüfen. Plötzlich wurde ihm schwindlig – und das Seil, das er da angebracht hatte, wickelte sich um seine eigene Gurgel und drückte ihm das Lebenslicht aus.«

Kommissar Scarlett brach ab. Er blickte mißbilligend auf Sam Crowley, der damit beschäftigt war, Asche von der pinkfarbenen Bettdecke zu wischen.

»Es ist eine wirklich eklige Angewohnheit von Ihnen, Sam, stets und ständig im Bett zu rauchen. Sissy mit der frommen Fassade, wie wir sie nennen – nun, die hat mir anvertraut, daß sie jeder Ihrer Fünfzig-Dollar-Besuche ein neues Bettlaken kostet, weil Sie ihr ständig Löcher ins Bettzeug brennen.«

Sam Crowley schwang sich vom Bett und schlenderte zum Fenster hinüber.

»Jetzt, da der Herr des Hauses nicht mehr unter den Lebenden weilt, dürfte es doch eigentlich kein allzu großes Risiko mehr darstellen, wenn Sie mich Mrs. Pridewell einmal vorstellen. In Anbetracht des Verkehrs in diesem Kleiderschrank da müssen Sie sie doch mit Recht als überaus beliebte Puppe bezeichnet haben, die ...«

Kommissar Scarlett fiel ihm ins Wort:

»Nehmen Sie mir meine Offenheit nicht übel, Sam, aber es gibt da wirklich eine ganze Reihe anderer Burschen, die ich Mrs. Pridewell wesentlich lieber vorstellen würde als Sie. Sissy mit der frommen Fassade hat sich bei mir mehrmals über Ihr ungeschicktes, brutales Benehmen beklagt – nicht nur ihr, sondern auch ihrer Schwester Lorinda sowie ihrer Freundin Isabella gegenüber, Effingham Smiths früherer Freundin.«

Die Tür zum Schlafzimmer öffnete sich. McCloud kam mit ein paar Sanitätern und einer Bahre herein.

»Kann die Leiche fortgebracht werden?« wollte McCloud wissen.

»Nur zu«, erwiderte Kommissar Scarlett und starrte McCloud unverwandt an. Sein Aufzug sprach allen polizeilichen Dienstvorschriften hohn. Er trug ein Tweedsakko mit Gürtel, ein Hemd und braune Slipper. Keine Hosen.

»Wie oft muß ich Ihnen noch sagen, mein guter McCloud, daß ich Ihre Pokerrunden während der Dienstzeit einfach nicht mehr hinnehmen werde?«

Es vergingen ein paar Wochen. Nein, nicht mehr als eine Woche. Mehr nicht. Eines Tages, als Kommissar Scarlett, McCloud und Effingham Smith bei Dewey Kippersly gerade einen zur Brust nahmen, wurden der Kommissar und McCloud ans Telefon gerufen.

»Da hat ein Typ in Mrs. Pridewells Schlafzimmer zu atmen aufgehört«, lautete die Botschaft.

»Wir sind in einer Minute da«, erwiderte der Kommissar und schoß von seinem Stuhl hoch. Die beiden Männer eilten von dannen.

Zehn Minuten später stürzte sich Mrs. Pridewell weinend in Kommissar Scarletts Arme. Sie stand am Rande eines kapitalen Nervenzusammenbruchs. Der Kommissar geleitete sie zum Sofa und legte ihr eine kalte Kompresse auf die weiße Stirn. Dann hasteten die beiden Polizisten die Treppe zum Schlafzimmer hinauf.

Da lag eine Leiche auf Mrs. Pridewells Bett – Kriminalkommissaranwärter Sam Crowley. Er hatte eine tiefe Wunde an der Schläfe.

Neben ihm lag ein Zwanzig-Kilogramm-Eisengewicht.

»Bringen Sie ihn fort«, ordnete Kommissar Scarlett mit scharfer Stimme an. »Tragen Sie ihn ins Bad.«

»Müssen wir denn nicht die Spuren sichern und Fotos machen lassen?«

»Das ist nebensächlich. Schaffen Sie ihn nur schnell fort.«

»Okay.«

McCloud schaffte die Leiche fort. Kommissar Scarlett ging in die Knie und warf einen Blick unter das Bett. Eine ganze Reihe seltsamer Vorrichtungen mit Flaschenzügen, Federn und anderen komplizierten Dingen waren unter Mrs. Pridewells Bett installiert. Einige der Kabel führten zum Kopfende, dann die Wand empor bis zur Deckenkehlung, wo sie verschwanden.

»Aha!« sagte Kommissar Scarlett. Und kein Wort mehr. Er fuhr sich mit der Hand mehrmals über sein glattrasiertes Kinn und wandte sich dann McCloud zu.

»Setzen Sie sich aufs Bett«, sagte er.

McCloud trat ein paar Schritte zurück, blickte auf das schwere Eisengewicht und zwang sich zu einem Lächeln.

»Nein, danke. Ich habe im Moment absolut keine Lust, mich zu setzen.«

»Setzen Sie sich! Das ist ein Befehl!«

McCloud setzte sich aufs Bett – sehr behutsam und auf den äußersten Rand am Fußende. Nichts geschah. Kommissar Scarlett blickte zur Decke empor. Dann nahm auch er auf dem Bett Platz. Das Gewicht der beiden Körper bewirkte, daß eine kleine Falltür aufglitt und ein Loch freigab. Eindeutig war das Zwanzig-Kilogramm-Gewicht von dort heruntergefallen.

»Zwanzig Kilo Eisen direkt auf den Schädel, einfach so«, murmelte Kommissar Scarlett. »Was für ein unglaublich raffinierter Typ, dieser Mister Pridewell. Er mordet seine Rivalen auch dann noch, wenn er längst in die ewigen Jagdgründe eingegangen ist Das nenne ich einen ganz großen Coup!«

»Können wir nicht gehen?« wollte McCloud wissen. »Ich fühle mich hier nicht besonders wohl, Chef.«

»Gleich«, nickte Kommissar Scarlett. »In einer Minute sind wir draußen. Ich will nur noch mal kurz nach unten und nachsehen, ob es da nicht etwas gibt, womit ich die arme kleine Witwe trösten kann. Auch wenn wir die Mordwaffe gefunden haben, kann ein bißchen Filzen nicht schaden – wenn es sorgfältig und vom richtigen Mann durchgeführt wird!«

Die Aussicht von Dent Blanche ist wirklich toll

*Sie befanden sich in der sogenannten
Schönbühler Schutzhütte auf der
Südseite des Dent Blanche ...*

Eine andere war in Gottfried Rothenbluths Leben getreten. Sie war eines dieser Mädchen, die vor Sinnlichkeit förmlich triefen; eine Frau, die auch aus dem ältesten erloschenen Krater noch einen Vulkanausbruch hervorlocken konnte. Und da Rothenbluth, obgleich er eine erfolgreiche Karriere im Bankfach hinter sich hatte, weit davon entfernt war, sich ausgebrannt zu fühlen, verlor er Herz und Verstand an dieses Mädchen. Schmerzlich nur, daß er gebunden war – mit Fesseln der Ehe! Seine Gattin hieß Bärbel, und wie man sich denken kann, hatte er sie seit langem über. Er wartete nur noch auf den passenden Moment, sich ihrer zu entledigen.

In seiner Jugend hatte Gottfried Rothenbluth als Bergführer gearbeitet. Er hatte die Wellenkuppe, das Obere Gabelhorn und das Weißhorn erklommen. In all den Jahren hatte er das Bergsteigen als Hobby beibehalten und war daher noch immer gut in Form. Wie übrigens auch seine Frau – die sich daher gar nicht wunderte, als er vorschlug, den Dent Blanche zu besteigen.

Der Morgen, an dem sie aufbrachen, war kalt, aber der Himmel strahlte wolkenlos und blau. Gottfried hatte sich dem Wetter entsprechend eingekleidet – einschließlich der Bergsteigerschuhe mit ihren dicken geflochtenen Hanfsohlen. Nur höflichkeitshalber löffelte er den Teller heiße Erbsensuppe, den Bärbel ihm vorsetzte. Sie befanden sich in der sogenannten Schönbühler Schutzhütte auf der Südseite des Dent Blanche.

Nun, lieber Leser, wenn Sie zufällig Bergsteiger sind, werden Sie sich mit Recht wundern, warum Gottfried von Zermatt aus den Schönbühl-Sims hinaufklettern wollte, anstatt den längeren aber einfacheren Weg von Arolla über Bricolla zu nehmen, wo die Gletscherschicht weniger tückisch ist und die Abhänge weniger steil aufragen.

Gottfried hatte nicht zufällig die Südseite gewählt. Sie war so gefährlich, daß es viel mehr Möglichkeiten gab, bei denen sich Bärbel versteigen und in die gähnende Tiefe stürzen konnte. Das Kletterseil konnte schließlich reißen, nicht wahr? Besonders wenn es jemand vorsorglich an einer bestimmten Stelle angeschnitten hatte. Und wenn sie den Aufstieg zum Gipfel wirklich schaffen sollte ... nun, dann brauchte er ihr nur einen kleinen Schubs zu geben, und sie würde in den Abgrund segeln. Und er konnte nach Zermatt zurückkehren und noch unter Schock den Behörden erklären, daß sein geliebtes Eheweib vom Gipfel gestürzt und nicht mehr am Leben sei. Einer dieser schrecklichen Unfälle, die jedem widerfahren können. Er würde eine angemessene Zeit Trauerflor tragen und danach das schwarze Band an seinem Ärmel ebenso ablegen wie Gretchen ihren Slip. Dann konnte er sich endlich auf seine Liebe zu ihr konzentrieren und all die aufgestaute Begierde austoben ...

Ein richtig netter Kerl, dieser Gottfried. Nicht wahr?

Während Bärbel sich fertig machte, ging er noch mal seine Ausrüstung durch. Er prüfte das Steigeisen mit den acht Krampen, verstaute die Spikes, die Eckestein-Äxte und Eisenbolzen in Gürtel und Rucksack. Dann umklammerte er den Eispickel fester ... Der Aufstieg konnte beginnen. Die schneeweiße Gletscherfläche stieg ganz allmählich an. Noch waren die Spalten eng und sicher. Doch nach der ersten Anhöhe, als Gottfried die ersten Stufen schlagen und die ersten Eishaken verankern mußte, überlegte es sich Bärbel plötzlich anders.

»Ich glaube, dieser Aufstieg ist ein bißchen zu schwierig für mich«, rief sie. »Laß uns umkehren und heimgehen.«

»Unsinn!« rief Gottfried zurück. »Komm schon! Wenn du dich ein bißchen anstrengst, schaffst du's. Der Ausblick da oben ist einfach phantastisch. Ich schwöre dir, es lohnt die Mühe!«

Sie setzten ihren Weg fort.

Bärbel machte ihre Sache erstaunlich gut. Obwohl die meisten der von Gottfried gesetzten Haken nachgaben, trat sie nirgends daneben, und etwa gegen Mittag standen sie auf dem Gipfel des Dent Blanche. Bärbel atmete tief durch und sog die wunderbare, ozonreiche Bergluft ein. Das grelle Licht der Sonne spiegelte sich golden im Schnee.

Gottfried Rothenbluth allerdings achtete kaum auf die bizarr gezackten Berggipfel und das Blinken der Sonnenstrahlen. Er haderte mit seinem Schicksal, weil keiner seiner Tricks funktioniert und ihn von seiner Berggefährtin befreit hatte, damit er sich fort an ungehindert seiner Liebhaberin, dem Gretchen, widmen konnte.

Aber jetzt, jetzt würde er ein wenig nachhelfen.

»Bärbel, Liebste«, rief er und bedeutete ihr, dorthin zu kommen, wo er stand. »Komm mal her und schau dir das an. Die Aussicht von hier ist wirklich toll. Komm, dann zeig' ich dir den Gornergrat!«

Gehorsam stapfte Bärbel zum Rand des Abgrunds hinüber, wo Gottfried stand. Mit der Hand schirmte sie die Augen vor der blendenden Sonne ab. Von der Aussicht war sie einfach überwältigt.

»Wie schön!« rief sie begeistert aus.

Gottfried trat ein Stück beiseite ... und wollte eigentlich hinter sie treten, um ihr einen Stoß zu versetzen. Aber als er gerade rückwärts trat, geschah etwas völlig Unerwartetes: Bärbel schubste ihn zuerst!

»Hier ist Lord Pendlebury! Ich brauche unverzüglich Hilfe!«

*Einen Moment verhielt Lord Pendlebury
sich absolut ruhig ...*

Lord Pendlebury, der Herr auf Grimsdale Castle, war wenigstens eine halbe Million Pfund Sterling wert – in bar. Vielleicht nimmt sich das eher bescheiden aus im Vergleich zu dem, was die Royal Family oder die Bank von England besitzt, aber für jemanden, der gar nichts auf der Naht hat, ist es ein hübsches Sümmchen.

Alfie und Shorty hatten nichts auf der Naht. Aber es drängte sie danach, diesen Zustand zu ändern. Alfie war früher einmal vorübergehend in der Küche von Grimsdale Castle beschäftigt gewesen. Ein dauerhafter Job gehörte nicht gerade zu seinen Spezialitäten, aber er hatte es lange genug ausgehalten, um herauszufinden, wo Lord Pendlebury, der in ganz Lancashire als mieser alter Knicker berüchtigt war, seine halbe Million versteckte: in einer feuerfesten Kassette hinter den Ziegeln in der Wand hinter seinem Schreibtisch in der Bibliothek. Die Stelle in der Wand war sorgsam durch ein Porträt von Lady Pendlebury kaschiert, die längst nicht mehr unter den Lebenden weilte. Der Künstler war ein Meister seines Fachs: Lady Pendleburys durchdringender Blick durchbohrte erbarmungslos jeden, der über die Schwelle der Bibliothek trat.

Alfie und Shorty ließen sich von Lady P.s Habichtsblick jedoch nicht einfangen, als sie ungebeten die Bibliothek betraten und – ohne sich zuvor ordentlich die Schuhe abzuputzen – auf Zehenspitzen über die weichen Perserteppiche schlichen. Alfie war für den sechsschüssigen Revolver verantwortlich, und Shorty trug den Koffer, der die halbe Million aufnehmen sollte.

Lord Pendlebury saß vor dem Kamin, ein leeres Whiskyglas neben sich, und schlief den tiefen Schlaf der Gerechten. Er war ganz allein in dem alten, abgelegenen Gemäuer. Das gesamte Personal hatte sich für das Wochenende verabschiedet.

Alfie stieß Lord P. leicht mit seiner Waffe an. Der fuhr hoch.

»Hoch mit den Tatzen, alter Knabe!« befahl Alfie.

»Das ist ein bewaffneter Überfall«, fügte Shorty hinzu.

»Wir wollen das Bare«, erläuterte Alfie.

»Wie ... zum Geier sind Sie hier hereingekommen?« stammelte der alte Herr in höchster Verwirrung.

»Durch den Dienstboteneingang, Sir. Niemand verläßt eine Arbeitsstelle, ohne für alle Fälle einen Schlüssel mitgehen zu lassen! Und nun öffnen Sie flink Ihr Schatzkästlein ... In dieser hübschen Waffe befinden sich sechs Kugeln, und wenn ich zu lange warten muß, könnte ich einen nervösen Finger bekommen ... Sir!«

Shorty nahm Lady Pendleburys strenggesichtiges Ebenbild von der Wand. Lord Pendlebury brachte seine zittrigen Finger dazu, die richtige Kombination für das Kassettenschloß zu wählen, und das ganze schöne Geld kam ans Licht.

Zwei Minuten später lagen die hübschen Scheinchen dicht bei dicht in Shortys Koffer. Sie knebelten und fesselten den schockierten Lord Pendlebury so fest, so professionell und umsichtig, daß er weder mit dem Zeh noch mit dem Ohr zucken konnte. Shorty verstaute ihn in dem tiefen, hochlehnigen Büffelledersessel.

»Na, dann werden wir uns jetzt mal auf die Strümpfe machen, Sir!« sagte er und nahm den Koffer auf. Dann fuhren sie zurück ins verrufene Londoner East End, aus dem sie gekommen waren.

Lord Pendlebury saß mutterseelenallein in seiner Bibliothek und war nicht in der Lage, um Hilfe zu rufen. Und das entsetzlichste war, daß ihn niemand vermissen würde. Die Dienstboten sollten erst am Montag morgen zurückkommen. Er war dazu verurteilt, zwei lange Tage und Nächte in seinen Fesseln zu schmachten. Wenn er doch nur Scotland Yard alarmieren könnte – aber wie? Er blickte lange zum Telefon hinüber – das einzige, was die Eindringlinge nicht vom Schreibtisch gefegt hatten, um Platz für ihren Koffer zu schaffen. Nein, es war doch nicht das einzige. Da lag auch noch ein langer, schmaler bronzener Brieföffner.

Ihm kam eine Idee. Wenn es ihm gelang, sich mit seinen Lippen des Brieföffners zu bemächtigen, könnte er 9-9-9 anrufen – die Nummer von Scotland Yard. Doch zunächst mußte er den Hörer von der Gabel bekommen. Er beugte sich vor, so weit es ihm seine Fesseln gestatteten, und nach einigen vergeblichen Versuchen gelang es ihm, den Hörer herunterzustoßen. Auf den Fußboden. Dennoch brauchte er nicht alle Hoffnung fahren zu lassen. Er manövrierte den bronzenen Brieföffner zwischen seine Lippen, biß so kräftig wie möglich zu und versuchte, die Nummer von Scotland Yard zu wählen. Er wartete angespannt. Hatte er auch korrekt gewählt? Nichts geschah. Oder doch? Da, jetzt hörte er eine Stimme aus dem Hörer in den Tiefen des Perserteppichs. Er ließ den Brieföffner aus dem Mund fallen und schrie, so laut er konnte, »Hilfe!« in Richtung Teppich. Aber der Hörer befand sich etliche Meter von ihm entfernt, und es war eher unwahrscheinlich, daß man ihn hören konnte.

Einen Moment lang verhielt er sich absolut ruhig und lauschte. Die Stimme war noch immer vernehmbar. Eine Frauenstimme, wenn er richtig hörte. Er mußte näher an den Hörer herankommen, koste es, was es wolle. Entschlossen stieß er mit den Füßen wiederholt auf den Boden und brachte so den schweren Sessel ins Schaukeln – bis er schließlich umstürzte. Er schlug schmerzhaft mit dem Nakken auf und verfluchte die beiden Schufte, die ihn derart verschnürt hatten. Falls er die jemals zu fassen bekam, würde er sie höchstpersönlich auf die Folterbank schnallen, teeren und federn und aufs Rad flechten. Mit allerletzter Kraft schlängelte er sich mühsam an den Telefonhörer heran.

»Hier ist Lord Pendlebury, Grimsdale Castle, Lancashire«, ächzte er in die Muschel. »Ich brauche unverzüglich Hilfe.«

Dann drehte er mühsam den Kopf und legte sein Ohr an die Muschel, damit er die Antwort hören konnte. Ja, er hatte richtig vermutet. Es war die Stimme einer Frau. Und sie sagte monoton:

»... elf Uhr dreizehn und dreißig Sekunden ... elf Uhr dreizehn und vierzig Sekunden ... elf Uhr dreizehn und fünfzig Sekunden ... elf Uhr vierzehn ...«

Die Axelborg-Millionen

»Ich bin an Ihrer Tochter, Cecilia interessiert«,
sagte er, »nicht an den Axelborg-Millionen!«

Der Fabrikant Georg Axelborg betrachtete den jungen Mann forschend, der auf einem rindsledergepolsterten Sessel vor seinem imposanten Schreibtisch saß. Dann streifte er die Asche von der Amontillado, die er gerade rauchte, in den schweren Kristallaschenbecher, stand auf, drückte auf einen Knopf, und aus der Wand glitt eine eingebaute Bar. Er nahm zwei Gläser und eine Karaffe heraus und goß ihnen beiden den Chivas Regal ein. Er reichte dem jungen Mann ein Glas und setzte sich wieder hinter den Schreibtisch.

»So«, sagte er, als er sein Glas hob, »Sie wollen also Cecilia heiraten, meine einzige Tochter.«

Der junge Mann nickte, und Axelborg betrachtete ihn wieder prüfend.

»Ja, Cecilia ist meine einzige Tochter, mein einziges Kind, die einzige Erbin der Axelborg-Dampfmaschinen-Fabriken, die 1887 gegründet wurden und das älteste Dampfmaschinen-Unternehmen auf dem Kontinent sind. Sie haben doch sicher von den Axelborg-Millionen gehört, unserem Familienvermögen, das von meinem Großvater verdient und von meinem Vater vervielfacht wurde.«

Der junge Mann nickte.

»Ich bin an Ihrer Tochter Cecilia interessiert, Herr Axelborg«, sagte er, »nicht an den Axelborg-Millionen. Ich liebe sie, und sie liebt mich. Ich gebe zu, daß wir uns erst kurze Zeit kennen, aber es war Liebe auf den ersten Blick – und deshalb bin ich hier. Ich hoffe, Sie geben uns Ihre Zustimmung und Ihren Segen.«

Georg Axelborg kaute auf seiner Amontillado.

»Wie, sagten Sie, heißen Sie doch gleich?«

»Felix Birkstam.«

»Sie sind nicht zufällig der Sohn von Jay Birkstam, dem Besitzer der Birkstam-Stahlwerke und der Birkstam-Millionen?«

Der junge Mann nickte. Herr Axelborg bemühte sich, dem jungen Mann die Flasche Chivas Regal und eine Zigarrenkiste zuzuschieben. Wie gut, daß er sich erst einmal zurückgehalten und den jungen Mann nicht mit einer schroffen Ablehnung verprellt hatte! Selbstverständlich würde er ihm die Hand seiner einzigen Tochter, Cecilia, geben! Vor sich hatte er sein Rettungsboot! Das große Schiff, die Axelborg-Dampfmaschinen-Fabriken, sank schnell. Die Millionen waren längst dahin, und jetzt waren da nur noch Schulden und Forderungen. Die Tage der Dampfmaschinen gehörten längst der Vergangenheit an, und der Versuch, das Unternehmen in eine Produktionsstätte für Teekessel umzuwandeln, war tragisch gescheitert. Die Axelborg-Villa am eleganten Ende des Strand Boulevard war bis über Dach und Schornstein mit Hypotheken belastet. Es war nur eine Frage der Zeit, wann er gezwungen war, seine Kunstsammlung und die Kollektion kostbaren Meißener Porzellans zu verkaufen. Doch nun war er gerettet! Felix Birkstam, der einzige Erbe der Birkstam-Millionen, war zur Tür hereinspaziert und hatte um Cecilias Hand gebeten! Natürlich würde er sie bekommen! Mit seinem ganzen Segen! Cecilia war nie besonders hübsch oder intelligent gewesen, daher hatte es bislang nur wenige Verehrer gegeben – samt und sonders inakzeptabel. Aber nun saß da einer vor ihm, der mehr als nur akzeptabel war und darüber hinaus den Vorzug hatte, der junge und gutaussehende Felix Birkstam zu sein! Das war das Beste, was ihm hatte passieren können!

Georg Axelborg hätte vor Freude jubeln können, doch er riß sich zusammen. Mit großer und ernster Würde erhob er sich und schüttelte dem jungen Mann die Hand.

»Sie haben meine Zustimmung, junger Mann«, sagte er. »Ich bin davon überzeugt, Cecilia bei Ihnen in guten Händen zu wissen. Als Birkstam werden Sie meine Tochter so behandeln, wie sie das gewöhnt ist. Die Einzelheiten der Hochzeitsvorbereitungen überlasse ich Cecilia und Ihnen, aber da Sie sich beide sehr lieben, wie Sie gesagt haben, gebe ich Ihnen meinen Segen, und Sie können so bald wie möglich heiraten. Eine lange Verlobungszeit würde keinen Sinn machen, wenn Sie beide Ihrer Sache so sicher sind. Ich wünsche Ihnen beiden alles Glück dieser Welt.«

Unter gar keinen Umständen durfte Birkstam die Möglichkeit eingeräumt werden, es sich doch noch einmal zu überlegen. Der Fisch war ins Netz gegangen und mußte nun sicher angelandet werden.

Der junge Birkstam lächelte dankbar.

»Und ich kann davon ausgehen, daß Ihr Vater weiß, daß Sie Cecilia heiraten wollen?« fragte Georg Axelborg, um ganz sicherzugehen.

»O ja, er weiß es.«

»Und er hat keine Einwände?«

Georg Axelborg konnte sich nicht mehr zurückhalten. Er rieb sich die Hände. Plötzlich sah das Leben der Familie Axelborg wieder lebenswert aus. Egal, wie nahe er auch an den Rand des Bankrotts geriet, die Zukunft seiner Tochter war gesichert. Und wer weiß, vielleicht würde Cecilias künftiger Schwiegervater einer wirtschaftlichen Partnerschaft zwischen beiden Unternehmen nicht abgeneigt sein.

»Also dann«, meinte Georg Axelborg jovial, »sollten Sie jetzt vielleicht gleich zu Ihrem Vater gehen und ihm mitteilen, daß die Angelegenheit geregelt ist!«

Und genau das tat der junge Felix.

»Er ist darauf reingefallen, Vater!« sagte er. »Das Mädchen ist die meine, auch wenn sie häßlich wie die Nacht ist. Aber wie du weißt, tue ich alles für dich und das Familienunternehmen. Du kannst mit der Anmeldung des Konkurses noch eine Weile warten – die Axelborg-Millionen gehören fast uns!«

Castello Moretti, der Mafia Boss

Castello Moretti, der Mafia-Boss, kam ins
Speisezimmer, um zu frühstücken.
Betty Rose saß auf einem der Stühle,
einen Revolver in der Hand ...

Costello Moretti, Mafia-Boß, Nachtclub- und Casi-
nobesitzer, war einer der härtesten Kerle von Las Vegas. Er
war unglücklich mit einer ehemaligen Country- und Western-
Sängerin verheiratet, mit Betty Rose Callahan. Dabei hatte
ihre Ehe recht gut funktioniert, bis Betty Rose herausfand,
daß andere Frauen durch sein Leben strömten wie Kunden
durch die Drehtür eines Kaufhauses beim Schlußverkauf.
Nach einer Weile konnten sie einander nicht einmal mehr sehen, aber Costello wollte keine Scheidung. Er wußte, daß ihn
eine Scheidung Millionen an Alimenten kosten würde.

Die einzige Gelegenheit am Tag, bei der sie einander sahen, war am Frühstückstisch. Eine Unterhaltung fand bei dieser Mahlzeit so gut wie nicht statt. Costello verbarg sich für gewöhnlich hinter seinen Blättern wie *The Las Vegas Sun, Variety* oder *The Casino-Gazette*. Oder er überprüfte die Abrechnungen seiner Nachtclubs. Er kontrollierte einige der größten Clubs der Spielerstadt – The Desert Lodge, The Castaways, The Silver Slipper, Orange Stars und noch ein paar andere – all die großen Clubs, die Tag und Nacht riesige Summen einbrachten.

Eines Morgens, als Costello wie üblich hinter seiner Zeitung saß, beugte Betty Rose sich vor und sagte tonlos: »Ich habe um halb zwölf einen Termin bei Norton Fox.«

»Hmmm«, gab Costello von sich.

Sonst nichts.

»Ich meine es ernst. Ich will die Scheidung ... und niemand wird mich davon abhalten.«

»Hmmm.«

»Norton sagt, daß seelische Grausamkeit und Vernachlässigung ehelicher Pflichten gewichtige Gründe für eine Scheidung sind. Wenn du zum 21-Club fährst, könntest du mich mitnehmen? Wie gesagt, ich muß um halb zwölf in Nortons Büro sein ...«

Costello senkte für einen Moment die Zeitung.

»Wenn er noch so lange lebt«, sagte er.

Betty Rose sagte nichts mehr. Sie spielte mit ihrem Schinkenomelett herum. Er war unerträglich. Einfach unerträglich. Die einzige Möglichkeit, daß er bekam, was er verdiente, wäre gewesen, ihn von dieser Welt verschwinden zu lassen, auf die eine oder andere Art. Er würde ihr nie eine rechtsgültige Scheidung zugestehen. Nie. Aber sie mußte ihn loswerden, koste es, was es wolle. Selbst wenn sie Arsen, Zyanid oder Rattengift in seinen Tomatensaft tun mußte.

Sie lächelte ein wenig, ein ziemlich unheimliches Lächeln, während sie ihr Omelett mit einer Gabel auf dem Teller herumschob.

Costello knallte die Zeitung auf den Tisch, stand auf und starrte kalt auf sie hinunter.

»Du willst also zu Norton Fox. Okay, Süße ... sieh zu, wie du allein hinkommst«, schnarrte er.

Dann drehte er sich um, und seine hundert Kilo Mafia-Fett verließen das Eßzimmer.

Betty Rose blieb einfach da sitzen, blaß und verunsichert.

Sie schlürfte die Reste ihres Kaffees, und in diesem Moment entstand ein Plan in ihrem Kopf. Jedermann wußte, daß es viele andere Frauen in Costellos Leben gab. Und sie wußte, daß er mit einer von ihnen an diesem Abend eine Verabredung hatte: der Starsängerin des 21-Clubs, Peaches Roselli. Was hätte besser gepaßt, als daß es morgen früh beim Frühstück zwischen ihr und ihrem treulosen Ehemann zu einem wilden Ehestreit kam? Jeder Polizist und jedes Gericht würden ihr glauben, wenn sie behauptete, daß Costello, gemein wie er war und immer gewesen war, handgreiflich geworden war und versucht hatte, sie zu erschlagen ... aber im Verlauf des Kampfes wäre es ihr gelungen, seine Waffe zu grapschen, die er stets in seinem Schulterhalfter bei sich trug, und in Notwehr einen Schuß abzufeuern, der rein zufällig direkt durch sein böses, betrügerisches Herz ging. Und damit es noch glaubwürdiger wirkte, brauchte sie sich hinterher nur das Kleid zu zerreißen und sich ein paar blaue Flecken im Gesicht und am Körper zu verschaffen. Und das sollte nicht allzu schwer sein. Ihr Kleid war dünn, und ihre Haut sehr zart. Und auf diese Weise würde jedermann erkennen, daß sie um ihr Leben gekämpft hatte. Sie war überzeugt, daß Norton Fox für sie in einem Prozeß ihren Freispruch erreichen konnte, weil sie in Notwehr gehandelt hatte.

Am nächsten Morgen kam Costello an den Frühstückstisch mit seinen Zeitungen, seinen Abrechnungen und seinen Casinoberichten. Betty Rose servierte ihm sein Frühstück und setzte sich ihm dann gegenüber. Sie wartete, bis er *The Las Vegas Sun* vor sein Gesicht hielt. Das Schulterhalfter mit dem Revolver hatte in seinem Schlafzimmer gehangen, wo er es immer hinhängte. Doch jetzt war das Halfter leer. Betty Rose saß da und hielt den Revolver fest in der Hand.

Die Zeit war gekommen.

Sie hob den Revolver und zielte sorgfältig auf sein Herz.

Dann preßte sie die Augen zu – und drückte ab.

Die Kugel schlug ein zwei Zentimeter großes Loch in die Zeitung.

Sonst passierte nichts.

Costello blieb auf seinem Stuhl sitzen.

Langsam senkte er *The Las Vegas Sun* und öffnete sein Jackett.

»Pech, Baby«, sagte er mit einem teuflischen Lächeln. »Kugelsichere Weste!«

»Harry! Du Biest! Ich bin zu Mutter zurückgegangen ...!«

»Ich werde vielleicht die S-c-h-e-i-d-u-n-g einreichen ...!«

Es war eine wunderschöne Hochzeit gewesen, gefolgt von einem großartigen Abendessen mit vielen netten Glückwunschreden und nichts, das eine perfekte Hochzeitsnacht hätte beeinträchtigen können. Auch die Hochzeitsreise war herrlich gewesen. Liselotte und Harry hatten das große Glück gehabt, ihre Hochzeitsreise in ihrem neuen Haus verbringen zu können. Es war komplett eingerichtet, bis hin zum Silberbesteck für zwölf Personen, das unter den Hochzeitsgeschenken gewesen war. Was mehr hätten sie sich wünschen können? Es war junges

Glück vom Keller bis zum Dachboden – Umarmungen, Küsse und Liebe von morgens bis abends und abends bis morgens.

Das perfekte Glück.

Bis sie ihren ersten Streit hatten. Es hatte mit einer Kleinigkeit begonnen. Ein wenig Tabak war aus Harrys Pfeife auf den Teppich gefallen – ein teurer, flauschiger, finnischer Rya-Spannteppich, den sie von Onkel Morton bekommen hatten, der einen großen Namen im Teppichgeschäft hatte. Liselotte sagte etwas. Harry verteidigte sich. Liselotte erwiderte etwas. Harry erwiderte auch etwas. Das eine Wort gab das andere, und plötzlich, eher impulsiv, gab Liselotte Harry eine ordentliche Ohrfeige.

Peng!

Daraufhin gab Harry, ebenfalls impulsiv, Liselotte auch eine Ohrfeige – und verließ wutentbrannt das Haus.

PENG!

Er würde ihr schon beibringen, wer hier der Herr im Haus war. Er würde ihr zeigen, was Sache war. Er würde sie in ihre Schranken verweisen. Gleichberechtigung hin oder her, es war ihm egal.

Er verbrachte den Abend in drei verschiedenen Kinos, bis er genug hatte von all den Karate- und Actionfilmen, die er gesehen hatte. Was sollte er jetzt tun? Er konnte natürlich nach Hause gehen. Nach Hause? Aber sicher! Damit er seine Sachen packen und dieses hysterische Weib verlassen konnte. Mit dieser Entscheidung machte er sich auf den Heimweg in die Vorstadt.

Es war längst nach Mitternacht, als er vorsichtig den Schlüssel ins Schloß steckte und leise ins Haus schlich. Er stand eine Weile im Vorzimmer und horchte angestrengt nach oben. Alles ruhig an der Westfront, wie man so sagt. Er fand einen Koffer und packte rasch ein paar Sachen. Dann schrieb er schnell einen Abschiedsbrief.

»Liebe Liselotte«, fing er an. Unsinn. Er zerknüllte den Zettel, warf ihn weg und begann erneut.

»Liselotte. Ich verlasse Dich. Ich werde mich wahrscheinlich von Dir trennen. Ich lasse mich nicht ohrfeigen! Auch wenn ich jetzt noch nicht weiß, wohin ich gehen werde, kannst Du meine Adresse über meine Eltern bekommen, wenn Du Dich mit mir in Verbindung setzen willst. Harry.«

Genauso sollte es sein. Kurz und bündig. Er wurde kurz weich, als er an seine Frau dachte, seine Liselotte, die wahrscheinlich oben in ihrem Ehebett lag, ganz allein ... ihren Kopf im Polster vergraben, hysterisch weinend – aber das mußte sie lernen ... Dann bemerkte er plötzlich einen Zettel, der an einer Kristallvase auf dem Marmortisch befestigt war. Er nahm ihn ab und las –

»Harry! Du Biest! Weißt Du, wie ich über diese Ohrfeige denke, die Du mir gegeben hast? Ich bin jetzt eine *geschlagene Frau!* Nur damit Du es weißt. Ich bin nach Hause zu meiner Mutter gefahren. Ich werde vielleicht die S-c-h-e-i-d-u-n-g einreichen. Liselotte.«

Harry sank in einen Stuhl. Sie war fort. Harrys Kopf fühlte sich heiß an. An diese Möglichkeit hatte er nicht gedacht. Er hatte ihr schließlich nur eine kleine Ohrfeige gegeben. Er hatte kaum ihre Wange gestreift. Er war nicht einmal sicher, ob er sie wirklich berührt hatte. Und wer hatte schließlich zuerst losgeschlagen? Hatte nicht sie ihn provoziert?

Harry sprang mit einem Satz vom Sessel auf. Was war das? Ein fragwürdiger Mann kam die Stiegen vom ersten Stock herunter. Er hatte nur Socken an. Harrys Anblick erschreckte ihn.

»Wer ... wer sind Sie?« stammelte Harry.

Der finster dreinblickende Mann sah auf Harrys halb gefüllten Koffer.

»Vielleicht sollte ich dich das fragen, Freundchen! Wenn ich mich nicht irre, sind wir beide hinter demselben her.

Das Silberbesteck! Habe ich recht, Freundchen? ... Hey, wie bist du übrigens hereingekommen? Kellerfenster? Hintertür?«

»Nein, durch die Eingangstür.«

Harry antwortete automatisch. Er würde das nie durchstehen. Der Typ war groß und sah stark aus. Wie sollte er so einen großen, gefährlichen Mann außer Gefecht setzen? Er konnte kaum versuchen, ihn mit bloßen Fäusten zu schlagen. Der andere würde ihn abschütteln wie eine Ente das Wasser auf ihrem Rücken.

»Es gibt hier nicht viel zu holen, nicht wahr, Freundchen?« fuhr der andere fort. »Nicht einmal ein Sparschwein mit dem Taschengeld des Kindes. Nicht einmal ein Fünfziger in der Keksdose.«

Harry warf einen Blick auf die schwere Kristallvase auf dem Tisch. Sie war das Hochzeitsgeschenk von Tante Olga gewesen, die auf Bornholm wohnte. Würde ihn das k. o. schlagen? Er griff danach. Er wollte sie heben, um zu sehen, wie schwer sie wirklich war.

»Glasdinge bringen nichts, Freundchen«, schnaufte der Typ verächtlich.

Harry zog die Hand zurück. Dann hatte er einen Einfall.

»Kennst du dich bei einem Safe aus?« fragte er.

»Ich?« Der Typ grinste, so daß man eine Reihe verfaulter Zahnstummel sehen konnte. »Na klar. Ich war dreimal eingesperrt wegen geknackten Safes! Warum fragst du?«

»Weil ich einen eingebauten Safe im Keller gefunden habe, ihn aber nicht aufbekommen konnte.«

»Darum kümmere ich mich schon, Freundchen ... das ist ein Kinderspiel.«

Sie gingen in den Keller. Harry nahm ein Werkzeugregal von der langen Wand der Hobbywerkstatt. Dahinter war ein eingebauter, feuerfester Safe mit einem Kombinationsschloß. Ein Hochzeitsgeschenk von Onkel Thomas, der einen großen Namen im Sicherheitsgeschäft hatte.

Der Dieb pfiff anerkennend. Dann, mit dem Gehabe eines Experten, fing er an, am Drehknopf zu drehen.

»Gib mir fünf Minuten«, sagte er eifrig, »und ich habe ihn offen wie nichts. Du gehst zur Eingangstür und stehst Wache. Wenn es irgend etwas Verdächtiges da draußen gibt, gib mir schnell Bescheid ... und wir verschwinden durch die Hintertür wie zwei Schüsse aus dem Lauf!«

Harry verschwendete keine Zeit beim Hinaufgehen. Genau fünf Minuten später ging er zurück in den Keller. Der Dieb drehte sich zu ihm um.

»Gibt's was?« fragte er nervös.

Harry nickte und machte einen Schritt beiseite, um den Blick auf zwei Polizisten freizugeben. Der eine hatte Handschellen in der Hand.

»Strecken Sie Ihre Arme aus«, sagte er. Nachdem der Mann festgenommen war, führte ihn der Polizist hinaus zu dem wartenden Auto, und sie fuhren fort.

»Uff!« seufzte Harry erleichtert, als er in die Küche ging, um sich ein kühles Bier aus dem Eisschrank zu holen.

Was für ein Leben! Das war mit Abstand der anstrengendste Tag in seinem jungen Leben gewesen. Er führte die Flasche an den Mund ... und hielt inne. Was war das?

Er hatte ein Geräusch aus dem Schlafzimmer vernommen. War dieses Haus komplett verhext? Harry schnappte sich die Kristallvase, das Hochzeitsgeschenk von Tante Olga aus Bornholm, als Waffe und ging auf Zehenspitzen und mit einem doppelt so schnell schlagenden Herz als normal die Stiegen hinauf. Er hielt die Vase hoch über dem Kopf erhoben, so daß er sie, wenn nötig, benützen könnte. Er stieß die Schlafzimmertür auf.

»Ist da jemand?« rief er mutig.

Es war!

Im Doppelbett, dem Hochzeitsgeschenk von seinen Geschwistern, lag Liselotte gefesselt und geknebelt.

Harry war überglücklich, sie zu sehen. Er nahm ihr schnell die Fesseln ab und den Knebel aus dem Mund. Liselotte warf sich in seine Arme.

»Oh, mein Liebling«, flüsterte sie durch die Tränen.

»Mein liebes, liebes, armes Mädchen«, sagte er beruhigend.

Nachdem sie sich zur Versöhnung geküßt hatten, fragte ihn Liselotte nervös: »Der Dieb, dieser schreckliche Typ, wo ist er?«

»Mach dir wegen ihm keine Sorgen. Er ist auf dem Weg zur Polizeistation ... in Handschellen. Der ist erledigt!«

Harry erhob sich von der Bettkante. Sollte er alles wahrheitsgetreu erzählen ... oder ... jetzt hatte er die Chance seines Lebens, all den Respekt zu bekommen, den er sich nur wünschen konnte. Er hatte sich schließlich, wenn man es genau betrachtete, wie ein echter Mann benommen ... er hatte eine kluge Falle gelegt und den Verbrecher hineingelockt. Aber respektieren die Frauen die Gerissenheit des Mannes auch wirklich? Nein. Was eine Frau wirklich respektiert und weswegen sie mit tiefster Bewunderung zu einem Mann aufschaut, ist Tapferkeit!

Das war schon immer so, und so würde es auch immer bleiben, dachte Harry.

»Wie hast du ihn gefangen?«

Sie forderte es heraus! Harry nahm gelassen seine Pfeife aus der Brusttasche und zündete sie an.

»Na ja, weißt du, Liebling«, sagte er, während er an der Pfeife zog, »es war wirklich nicht schwer. Der Typ kam mit einem Sack Silberbesteck die Stiegen herunter, gerade als ich bei der Tür hereinkam. Ich hatte die Situation sofort überrissen. Ich mußte rasch handeln. Bevor er Zeit hatte, seine Pistole zu ziehen, warf ich mich auf ihn, gab ihm einen rechten Kinnhaken, gefolgt von einem linken Aufwärtshaken und damit war er erledigt. Es war ein ... leichtes Spiel.«

Liselottes Augen leuchteten vor Bewunderung. Und sie hatte daran gedacht, diesen Supermann zu verlassen! Sie wußte nicht, was da in sie gefahren war.

Harrys Pfeife ging aus. Er stopfte Tabak nach und konnte seinen Stolz nicht verheimlichen.

»Paß auf!« sagte Liselotte. »Du streust schon wieder Tabak ...«

Sie verstummte, aber es war zu spät. Wie der Blitz schnappte Harry sich den Knebel, steckte ihn ihr in den Mund und fesselte sie an Händen und Füßen.

»War da noch etwas?« fragte er. Dann zündete er seine Pfeife frisch an und setzte sich gemütlich an das Fußende des Betts.

»Du kannst so liegenbleiben, bis ich meine Pfeife fertig geraucht habe, mein Schatz«, sagte er und fügte hinzu: »Keine Details darüber, was von nun an mit dir geschehen wird, nur soviel – ich habe vor, den Knebel und die Fesseln im Keller aufzubewahren ... nur für den Fall, daß es je wieder nötig ist, eine gewisse Dame in diesem Haus mundtot zu machen!«

Die schöne, treulose Yvette

»Rosen! Sollen die wirklich für mich sein, liebster Henry?«

Der bekannte französische Weinbergbesitzer und Weinhändler Jean Pierre Macon, ein Mann in den besten Jahren, befand sich auf einer Geschäftsreise zur Besichtigung seiner Weinberge im Departement Bordeaux. Eigentlich wollte er dort während der Traubenlese bleiben, aber plötzlich überfiel ihn die Sehnsucht nach Yvette, seiner hübschen, blutjungen Ehefrau in Paris so heftig, daß er es nicht länger ohne sie aushielt. Und was tut ein Franzose, wenn die Sehnsucht nach einer Frau in ihm überhandnimmt? Er wirft alles hin, was er geplant und vorbereitet hat, und beeilt sich, das Ziel seiner Sehnsucht in die Arme schließen zu können.

Kurz, Jean Pierre setzte sich in seine Luxuslimousine und raste zum nächsten Flughafen. Eine Stunde später saß er in der Linienmaschine nach Paris, ungeduldig und voller Erwartung.

Er hatte sich nicht einmal die Zeit genommen, ihr ein Telegramm zu schicken, daß er auf dem Weg zu ihr war. Der Leser hat allen Grund, dankbar dafür zu sein; denn hätte man Yvette, dieses bildhübsche Mädchen, rechtzeitig gewarnt, wäre der Verlauf unserer Geschichte bestimmt weit weniger dramatisch geworden.

Endlich landete Jean Pierres Maschine auf dem Pariser Flughafen Le Bourget, und eine Stunde später betrat Jean Pierre das große Etagenhaus in der Rue Pont-Neuf. Mit weit ausholendem Schritt stürmte er zum Fahrstuhl, wo ein großer, dunkelhaariger Herr mit einem ungewöhnlich gepflegten Schnurrbart und einem Bukett dunkelroter Rosen in der Hand die Fahrstuhltür gerade öffnete.

»Permettez, Monsieur«, rief Jean Pierre, »würden Sie mich bitte mitnehmen?«

Im Fahrstuhl warf Jean Pierre einen Blick auf die roten Rosen des Fremden und ärgerte sich darüber, daß er auf dem Weg zum Flughafen vergessen hatte, eine Aufmerksamkeit für Yvette zu besorgen, zum Beispiel ein Bukett dunkelroter Rosen. Der Fahrstuhl hielt im fünften Stock. Der große, dunkle Herr stieg aus, und Jean Pierre folgte ihm.

Und jetzt begann es dramatisch zu werden.

Jean Pierre zuckte zusammen, als der große dunkle Herr völlig ungeniert auf die Matte vor die weißlackierte Flurtür trat, an der ein großes Messingschild mit der Aufschrift *Jean Pierre Macon* befestigt war. Und er versteinerte beinahe, als der Fremde auf den Klingelknopf an der Tür drückte.

Schnell hastete Jean Pierre eine halbe Treppe weiter aufwärts, um von dort aus zu verfolgen, was jetzt geschehen würde.

Es geschah etwas ganz Einfaches: Die Tür wurde von seiner hübschen, jungen Yvette im Negligé geöffnet.

Yvette! Sein Schatz, seine heißgeliebte Yvette! Das war doch nicht möglich!

Sie warf einen flüchtigen Blick auf die dunkelroten Rosen.

»Rosen!« rief sie. »Sollen die wirklich für mich sein, liebster Henry? Ich bin überwältigt!«

Dann zog sie ihren geliebten Henry schnell in die Wohnung, und die Flurtür fiel ins Schloß.

Allmächtiger! Das war wirklich eine böse Überraschung.

Einen Augenblick lang stand Jean Pierre unschlüssig da, dann jagte er in langen Sätzen die Treppen hinunter. Wenige Augenblicke später stürmte er atemlos in ein Waffengeschäft.

»Schnell«, stieß er hervor, »einen Revolver! Aber bitte scharf geladen!«

»Gerne, mein Herr. Soll ich ihn einpacken, oder brauchen Sie ihn sofort?«

»Ich brauche ihn sofort!« knurrte Jean Pierre, warf ein paar Geldscheine auf den Tisch, griff nach dem Revolver und hetzte die Treppe zu seiner Wohnung im fünften Stock wieder hinauf. Mitten in der Zimmerflucht fand er seinen Rivalen Henry gerade damit beschäftigt, die Schnürsenkel seiner schwarzen Lackschuhe zu lösen. Eine äußerst verdächtige Handlung!

Jean Pierre sah sich nach Yvette um. Sie war nirgends zu sehen. Vielleicht holte sie gerade eine Vase, um die Rosen hineinzustellen? Jean Pierre hob den Revolver, um mit seinem Rivalen kurzen Prozeß zu machen.

»Nicht so eilig!« sagte der schockierte Henry mit einem bleichen Lächeln, während er langsam zurückwich und seine schmalen weißen Hände abwehrend ausstreckte.

»Warten Sie doch, Monsieur! Warten Sie! Sie liebt uns doch beide. Ich wage es zu behaupten, sie liebt uns beide gleichermaßen heftig!«

»Stinktier! Schurke! Verschonen Sie mich mit solchem Quatsch! Natürlich liebt sie nur mich, Elender. Ich könnte Sie durchlöchern wie ein Sieb, und, bei Gott, ich tue es auch.«

Jean Pierres Finger umspannte den Abzugshahn.

»Um Himmels willen! Ruhig Blut! Lassen Sie uns doch zunächst herausfinden, wen von uns sie mehr liebt. Mein Vorschlag! Sie tun so, als ob Sie mich erschießen und hinterher sich selbst. Wir lassen uns auf den Tisch fallen, sie kommt hereingestürzt, und derjenige von uns, über dessen Körper sie sich verzweifelt wirft, nun – den liebt sie mehr, der soll sie haben!«

Jean Pierre leuchtete der Vorschlag ein. Er feuerte zwei Schüsse an die Decke, und die beiden Männer ließen sich zu Boden fallen. Einige Sekunden vergingen, dann kam Yvette, die schöne, treulose Yvette in ihrem durchsichtigen, verführerischen Negligé hereingestürzt.

Jäh blieb sie auf der Türschwelle stehen und stieß, als sie die Situation begriff, einen gellenden Schrei aus.

Dann lief sie hinüber in ihr Boudoir. Sie hämmerte an die Tür ihres großen weißlackierten Kleiderschrankes.

»Komm ruhig heraus, liebster Maurice!« flüsterte sie erwartungsvoll. »Die beiden haben sich erschossen!«

Frauen können herzlos sein ...

*»Na«, fragte er gespannt, »willst du mich nehmen?
Ich habe sogar schon unsere Ringe dabei!«*

Frauen können herzlos sein, ja grausam. Nehmen wir zum Beispiel Patricia, den erfolgreichen jungen Hollywoodstar Patricia Moore, von ihren Freunden kurz Pat genannt. Larry kannte sie schon aus ihrer Jugendzeit in New Haven, Connecticut. Sie waren zusammen aufs College gegangen, und er hatte sich schon immer für sie begeistert. Als sie Miss Connecticut wurde, saß Larry mit in der Jury und spendete kräftigen Applaus, als der Conferencier ihre Körpermaße bekanntgab; natürlich hatte er auf der Liste ein großes Kreuz hinter ihren Namen gesetzt. Und als sie kurz darauf nach Hollywood zog, um sich eine Karriere beim Film zu schaffen, wer sorgte da für sie? Natürlich Larry. Er half ihr auf die Beine, er gebrauchte seine Ellenbogen, um sie nach vorn zu bringen, obwohl er selbst gar nichts mit der Filmwelt zu tun hatte. Er verdiente sein Geld mit Benzin, besaß über dreißig Tankstellen in Los Angeles, machte eine Menge Geld damit, war also keine schlechte Partie.

Aber ob auch Pat ihn haben wollte? Es ging ihr einfach zu gut in der Filmbranche, und sie war ein hartherziges Mädchen. Sie konnte steif auf dem Sofa sitzen, eine Zigarette in der einen Hand und einen trockenen Martini in der anderen, und keine Miene verziehen, wenn Larry ihr seine Gefühle erklärte. Kalt und desinteressiert, ohne Emotionen saß sie neben ihm, als versuchte ein aufdringlicher Verkäufer, ihr etwas anzudrehen, und sie hätte längst beschlossen, absolut nichts zu kaufen. Nun ja, er durfte sie mal umarmen, ein bißchen küssen, aber in ihren Küssen lag keine Glut, keine Wärme, keine Liebe.

Das war ein Jammer für Larry, denn er liebte sie aus vollem Herzen. Er war bereit, alles für sie zu tun. Wenn sie ihn gebeten hätte, vom höchsten Wolkenkratzer der Stadt zu springen, hätte er es sofort getan. Wenn sie verlangt hätte, er solle auf seinen Händen durch ganz Kalifornien spazieren, er hätte gehorcht, bis Hände und Schuhsohlen durchgewetzt gewesen wären.

Aber sie bat ihn um nichts. Er interessierte sie einfach nicht.

Gleichwohl entschloß er sich eines Tages, um ihre Hand anzuhalten – auf die gute alte Weise, die schon seiner Mutter und auch deren Mutter Glück gebracht hatte.

Er erschien mit 24 blutroten Rosen unter dem einen Arm, einer riesigen, herzförmigen Schachtel Konfekt unter dem anderen Arm und zwei goldenen Ringen in der Westentasche, die er mit einem Griff hervorziehen konnte, sobald er ihr Jawort hatte. Um die Sache geschmackvoll abzurunden, hatte er etwas hinzugefügt, das Pat, wie ihm seine Intuition sagte, sicher gefallen würde: Ein Gutschein für einen Chinchilla-Pelz hing an den Rosen und ein Gutschein für einen Cadillac an der Konfektschachtel. Das sah irgendwie nach mehr aus – und gleichzeitig ließ er damit durchblicken, daß der Handel mit Benzin kein schlechtes Geschäft und er selbst eigentlich eine annehmbare Partie war.

»Danke«, sagte Pat, als er ihr die Rosen überreichte.

»Danke«, sagte sie, als die Konfektschachtel folgte.

Dann warf sie einen Blick auf die Gutscheine. »Ach, wie nett von dir«, bemerkte sie. Er faßte Mut. Vielleicht gab es für ihn doch einen Platz in ihrem Herzen, vielleicht war sie gar nicht so kalt und gefühllos, wie sie schien.

Er setzte sich neben sie aufs Sofa und begann, in wunderschönen, gewählten Worten um sie zu werben. Sie verzog keine Miene. Er erwähnte, daß sie sich fast ein Leben lang kannten und daß er sie aufrichtig liebte, seit er sie als kleines Schulmädchen mit blonden Zöpfen zum erstenmal gesehen hatte. Selbstverständlich wolle er ihrer Karriere nicht im Wege stehen, er wolle ihr ein Zuhause schaffen, das der Traum jedes Filmstars wäre, er wolle sie auf Händen tragen bis ans Ende der Welt, und er wolle ein guter Vater für ihre Kinder sein. All die üblichen Versprechungen legte er ab, allerdings mit der Einschränkung, daß es sich hier um einen jungen Mann handelte, der jedes Wort ernst meinte.

»Reich mir doch mal eine Zigarette rüber«, meinte Pat schließlich, als er nach seinem Redeschwall schwieg.

»Na«, fragte er gespannt, »willst du mich nehmen?«

»Nein«, sagte sie kalt und herzlos.

»Aber warum denn nicht? Ich habe sogar schon unsere Ringe dabei, hier in der Tasche.«

»Du bist nicht mein Typ.«

Das war ein harter Schlag für den armen Larry. Er erhob sich und schleppte sich wankend zu dem großen Marmorkamin.

»Dann ... dann will ich nicht mehr leben«, erklärte er verzweifelt.

»Nein?«

»Nein«, rief er, und um zu zeigen, daß er es ernst meinte, zog er einen Revolver aus der Tasche. Er setzte die Waffe an die Schläfe und wollte gerade abdrücken, als Pat aufstand und schnell aus dem Zimmer lief. Verwirrt ließ Larry den Revolver sinken. Was nun? Wo ging sie hin? Hatte sie nicht die Nerven, ihn sterben zu sehen? Fühlte sie letzten Endes doch etwas für ihn?

Bevor er die Lage richtig durchdenken konnte, kam sie zurück und nahm wieder Platz.

Sie hatte von draußen Watte geholt und sie sich in die Ohren gestopft.

Der anhängliche Verfolger

Sie trug Jeans und eine schwarze Bluse und sah bezaubernd aus.

Als wir Ronny das erste Mal auf unserer Reise sahen, saßen wir gerade beim Abendessen in unserem Hotel in Annecy.

Seltsamerweise hatten wir keinen Gedanken an ihn verschwendet, seit wir von Kopenhagen aufgebrochen waren. Gladys und ich waren so miteinander beschäftigt gewesen, daß wir den blauen Opel Santa, der uns schon seit einer ganzen Weile diskret gefolgt war, gar nicht bemerkt hatten.

Aber selbst wenn wir ihn bemerkt hätten, hätte es ihn kaum davon abgehalten. Es hätte höchstens den Überraschungseffekt, den Ronny im Sinn hatte, verpatzt. Er wartete nur darauf, daß wir gemütlich und entspannt im Hotelrestaurant saßen und glücklich daran dachten, daß wir ihn für die nächsten paar Wochen los wären – genau dann würde er auftauchen.

Es ist schwer, das Verhalten eines Psychopathen zu verstehen oder glaubhaft zu erklären. Und Ronny war ein gefährlicher, überheblicher Psychopath mit einem unwiderstehlichen Charme, der seine eigentliche kriminelle Natur verbarg. So viel wußte ich.

Trotzdem konnte ich mir nicht vorstellen, was ihm daran gefiel, sich in Kopenhagen ständig an unsere Fersen zu heften. Er tauchte auf, sobald wir das Haus verließen. Kaum betraten wir ein öffentliches Gebäude – ein Restaurant, Kino oder Einkaufszentrum – erschien er.

Als ewiger Schatten war er immer in unserer Nähe und begrüßte uns mit einem entwaffnenden Lächeln und kurzem Kopfnicken. Fünfmal saß er beinahe neben uns im Kino. In drei verschiedenen Restaurants hatten wir das »Vergnügen«, einen Mann (der unbestreitbar wie Ronny aussah) hereinkommen und sich an den Nachbartisch setzen zu sehen. Wo wir auch hingingen, er war immer da, und all unsere Versuche, ihn abzuhängen, indem wir komplizierte Umwege fuhren oder Bus- und Taxirouten mit verworrenen Irrwegen wählten, scheiterten.

Er hatte eine bemerkenswerte Gabe beim Verfolgen von Menschen – ein ihm eigenes Naturtalent, das er in seinen Jahren als Privatdetektiv perfektionierte.

Wir gaben es auf, ins Kino oder ins Restaurant zu gehen, aber sobald wir aus der Wohnung traten, konnten wir sicher sein, ihn irgendwo zu sehen. Er tauchte immer unerwartet auf, gerade so, als wäre es der reinste Zufall, daß er vor uns über die Straße ging oder sich neben uns auf einer Parkbank niederließ.

Man konnte nicht behaupten, daß er uns direkt belästigte. Er sagte kein Wort und versuchte nie, mit uns ins Gespräch zu kommen. Er war einfach da und nickte uns mit diesem umwerfend charmanten Lächeln zu, als wären wir entfernte Bekannte.

Wir konnten nichts dagegen tun. Wir wollten weder einen Streit mit ihm anfangen noch konnten wir die Polizei rufen und die Verhaftung dieses Mannes fordern, nur weil er immer am gleichen Ort war und uns mit einem freundlichen Lächeln grüßte.

Wir beschlossen, ihn zu ignorieren. Eines Tages würde er dieser absurden Verfolgung schon müde werden. Es war eine heimtückische Art, Menschen zu belästigen, aber auf die Dauer würde es ziemlich anstrengend und zeitaufwendig für ihn werden. Für den Fall, daß er keinen tieferen Zweck damit verfolgte, würde er also irgendwann damit aufhören müssen. Nicht einmal ein Psychopath kann es ewig attraktiv finden, andere durch seine ständige unerwünschte Gegenwart zu terrorisieren.

Gladys hatte eine Tante Mattie, die seit vielen Jahren ein Haus in der Provence besaß. Das Haus und die dazugehörigen zwanzig Hektar Wald und unbebaute Felder hatten ursprünglich 35.000 Schilling gekostet. Damals war das Haus nicht viel mehr als ein Ziegenstall mit ein paar elenden Kammern für den Ziegenhirten und seine Familie. Aber über die Jahre war es umgebaut und vergrößert worden, so daß keine Ziege es je wiedererkannt hätte.

Tante Mattie hatte nie geheiratet. Sie war Künstlerin und hatte all ihre Gemälde in der Provence gemalt. Ihre Bilder hatten sich gut verkauft, und sie hatte einen ganzen Haufen Geld damit verdient. Ihre zweite Leidenschaft neben der Malerei war die Wildschwein- und Rebhuhnjagd auf ihrem Land. Aller Wahrscheinlichkeit nach war sie die einzige Dänin, die Wildschweine jagte, obgleich sie in ihrem eigenen

Land nie ein Gewehr in die Hand genommen hätte. Die Jagd und die Malerei hob sie sich für die Provence auf. Jetzt war sie achtzig, und ihre Pinsel hatte sie vor einigen Jahren verräumt. Ihre schlechte Gesundheit hatte ihr die Rückkehr in die Provence verboten. Aber in ihrem unbeugsamen Willen hoffte sie, Kraft genug zu gewinnen, um der hektischen, materialistischen und verschmutzten Welt zu entfliehen und den Rest ihrer Tage inmitten ihrer friedlichen, unverdorbenen zwanzig Hektar verbringen zu können. Sie hatte beschlossen, in der Provence zu sterben, und drängte ihren Arzt, sie gesund genug für die Reise zu machen.

In der Zwischenzeit hatte sie Gladys angeboten, das Haus, so oft sie wollte, zu benützen, »damit es nicht anfängt, nach Tod und Verwesung zu riechen«. Bis jetzt war Gladys nur zweimal mit Ronny dort gewesen. Als wir Ronnys Allgegenwärtigkeit endlich satt hatten, schlug sie vor, in die Provence zu flüchten und ihn für ein Weilchen zu vergessen. Wir wollten ihn abschütteln und eine sorglose Zeit in Tante Matties Paradies verleben.

Ich war selbständiger Werbefachmann, so daß ich Urlaub machen konnte, wann immer es mir paßte. Gladys arbeitete mit viel Erfolg als freiberufliches Fotomodell, aber es machte sie nichts glücklicher, als der letzten Mode und den Frauen, die an nichts anderes denken, als daran, ob sie gut angezogen sind, den Rücken zu kehren. Sie haßte modische Kleidung und zog ein einfaches, unversnobtes Leben vor. Wie viele Menschen können schon einer Tätigkeit nachgehen, die ihnen Spaß macht? Auch bei mir gab es Zeiten, da es mir zu dumm wurde, Journalisten zu schmeicheln und zu bestechen, nur um Gratiswerbung in ihrer Rubrik zu ergattern. Obgleich es wirklich gut funktionierte. Trotz des guten Lohns, den Journalisten erhalten, machen Einladungen zum Essen, elegante Aktentaschen, teure Kugelschreiber und qualitativ hochwertiger Alkohol einen guten Eindruck bei ihnen. Die einzige Möglichkeit jedoch, wie ich mit dieser Scheinheiligkeit leben konnte, war, hin und wieder wegzufahren und ein bißchen Frischluft zu atmen.

Eines Morgens um sechs fuhren wir also los. Wir waren absolut sicher, daß dieser Verrückte unmöglich von unseren Plänen erfahren haben konnte. Noch hatte er immerhin nicht begonnen, die Nächte hindurch auf der Lauer zu liegen, nur um uns schon vom ersten Sonnenstrahl an beschatten zu können.

Es war ein kalter, grauer Morgen, und schwere Regenwolken hingen am Himmel. Es war erst Ende August, aber es fühlte sich an wie im Spätherbst. Dänische Sommer können recht warm werden, aber dieser war einer von der Sorte, die man nur als »grünen Winter« bezeichnen kann.

Gladys meinte: »Nach diesem miserablen Sommer brauche ich etwas Sonne und Wärme.«

Sie trug Jeans und eine schwarze Bluse und sah bezaubernd aus. Sie war nicht geschminkt, so daß ihr Gesicht natürlich wirkte – mir gefiel es gerade so, wie es war.

Ich sagte: »Auf Wiedersehen, Ronny. Mögest du dir das Genick brechen, während wir fort sind. Jede andere Todesart würde es selbstverständlich auch tun!!«

»Ronny?« fragte Gladys. »Wer ist das denn?«

Sie wirkte völlig entspannt und war in humorvoller Verfassung.

Wir wollten so früh aufbrechen, um Ronny auszutricksen. Er würde noch fest schlafen. Wir hatten die Stadt über die fast ausgestorbenen Straßen leise verlassen. Als wir uns etwa eine Stunde südlich von Kopenhagen befanden, fragte ich Gladys im Scherz, ob sie auch nicht vergessen hatte, den Schlüssel für das Haus in der Provence mitzunehmen.

Sie erschrak so sehr, daß sie mit einem Ruck auffuhr. Gut, daß ich ein Cabriolet fahre, sonst hätte sie sich sicher den Kopf angeschlagen.

Wir drehten also um. Mir fielen all die schlechten Scherze über Frauen, die dauernd ihre Schlüssel, Pässe und Zahnbürsten vergessen, ein. Aber ich verzieh ihr. Ich liebte sie einfach so sehr. Sie war schön und unwiderstehlich. Sie hatte ein klassisches, ebenmäßiges Gesicht, das durch seine Lebhaftigkeit und Ausdruckskraft einzigartig war. Ich wurde es nie müde, sie anzuschauen. Kann man es denn müde werden, ein Meisterwerk zu betrachten? Es gab nur einen kleinen Kritikpunkt: Ihr elegant geschmeidiger Körper war etwas zu dünn für meinen Geschmack. Die Maße eines Fotomodells sind nicht die aufregendsten. Aber was Gladys nicht im Körper hatte, hatte sie im Kopf. Ich hatte mich in ihr Charisma und ihre Herzensgüte verliebt, auch wenn das niemand glauben wollte.

Ich traf Gladys damals, als ich Werbung für eine Ausstellung, die mit einer Modeschau gekoppelt war, machte. In meinem Job traf ich ständig Hunderte von Leuten. Sie traten in mein Leben, um wenig später wieder daraus zu verschwinden, wie Menschen, die durch die Drehtür eines Kaufhauses gehen. Das machte mich oft sehr einsam.

Aber manchmal, inmitten all des Durcheinanders und des Drucks der Arbeit, tauschen zwei Personen, die auf derselben Wellenlänge sind, Signale aus und treten in Kontakt, ganz gleich, ob von Mann zu Mann oder Mann zu Frau. Gladys und ich hatten diese Verbindung von dem Moment, da wir uns das erste Mal sahen, gefühlt. Meine Antenne empfing ein SOS-Signal von einer Frau, die in Bedrängnis war und gerettet werden wollte. Ich selbst war sehr verletzlich und sensibel nach zwei verheerenden Ehen, die drei Jahre meines Lebens zerstört hatten. Der Schmerz saß noch sehr tief, und ich haßte Frauen. Der Sprung von Haß zu Liebe ist allerdings sehr klein.

Auch Gladys kam gerade aus einer furchtbaren Ehe und war erfüllt von Bitterkeit. Sie war außerdem so verwirrt, daß sie ein Kleid verkehrt herum angezogen hatte. Ich bemerkte es gerade noch rechtzeitig, bevor sie auf den Laufsteg mußte. Unter solch vorteilhaften Umständen bedurfte es nichts weiter.

Und nun waren wir also auf dem Weg in die Provence. Richtiger wäre es zu sagen, wir sollten auf dem Weg in die Provence sein, denn eigentlich fuhren wir zurück nach Kopenhagen, um den Schlüssel zu holen. Gladys machte sich schreckliche Vorwürfe, da wir nun Gefahr liefen, von Ronny entdeckt zu werden.

»Ach was«, sagte ich. »Er wird schon aufgeben, wenn er herausfindet, daß wir ins Ausland fahren. Ohne seinen Paß kann er nicht über die Grenze.«

»Das hatte ich ganz vergessen«, sagte Gladys erleichtert. »Wenn er uns ohne Paß nicht folgen kann, warum sind wir dann aber um sechs Uhr morgens weggefahren?«

»Weil er uns wahnsinnig macht«, gab ich zur Antwort. »Wir wollten dem Teufel entkommen, bevor er Zeit hatte, sich die Schuhe anzuziehen. Wir haben uns wie Diebe davongeschlichen und dabei nicht rational gedacht. Deshalb haben wir das Wichtigste vergessen – den Schlüssel zum Paradies.«

Ich gab ihr mitten in einer Kurve einen Kuß, und wir sprachen nicht mehr davon.

Viel später erfuhren wir, daß Ronny, den Paß und französisches Geld im Gepäck und bestens auf eine Reise in den Süden vorbereitet, von Anfang an mit von der Partie war. Er hatte uns unabhängig voneinander beschattet, um herauszufinden, was wir vorhatten. Unglücklicherweise war er mir auf dem Weg zur Bank gefolgt, wo ich Francs besorgt hatte. Da konnte er sich natürlich denken, was wir planten.

Er hatte sich sicher gewundert, als wir plötzlich umdrehten und zurück nach Kopenhagen fuhren. Offensichtlich hatte er schnell gehandelt und war in eine Tankstelle oder in eine Seitenstraße eingebogen, sonst hätten wir den Opel

Santa sehen müssen. Oder aber wir hatten ihn einfach nicht bemerkt, weil wir so damit beschäftigt gewesen waren, über den vergessenen Schlüssel zu diskutieren.

Ich wartete im Auto und hielt meine Augen nach Ronny offen, während Gladys den Schlüssel holte. Wir wollten kein Risiko in bezug auf Ronny eingehen, ob er seinen Paß nun mithatte oder nicht. Außerdem war es ja möglich, daß Ronny seinen Paß ständig mit sich herumtrug und immer genug Geld hatte, um eine spontane Auslandsreise zu machen.

Bei unserem zweiten Start fuhren wir im Zickzack durch die Straßen, bewegten uns dann im Kreis und wieder im Zickzack und fuhren schließlich zuerst nach Süden und dann nach Westen, um einen möglichen Verfolger zu verwirren. Wenn er uns gefolgt war, mußte er denken, daß wir das Land via Südjütland verlassen wollten.

Wir kamen uns verrückt vor. Unser ständiges Verfolgtwerden verwandelte sich langsam in eine Paranoia.

Erst als wir unser Mittagessen in einem bezaubernden Gasthaus einnahmen und Ronny sich nicht blicken ließ, entspannten wir uns ein bißchen. Wir dachten, daß Ronny, wenn er uns von Kopenhagen gefolgt war, seiner üblichen Routine nachgegangen und plötzlich in die Gaststube gekommen wäre, uns freundlich angelächelt und sich an einen Nachbartisch gesetzt hätte.

Er konnte sich natürlich auch entschlossen haben, die Gelegenheit zu nützen und sich einen Platz auf der Fähre zu organisieren, um einen Vorsprung zu gewinnen und uns dann auf der anderen Seite am Fähren-Parkplatz der Insel Fünen zu erwarten.

Der Gedanke amüsierte mich.

Wir ließen uns Zeit. Wir wollten die Nacht über in der südlichen Hafenstadt Rœdby auf der Insel Lolland bleiben. Danach planten wir, eine der frühen Fähren nach Deutschland zu nehmen, um für den Wettlauf auf der Autobahn in

Bestform zu sein. Über die Autobahn konnten wir in einem Zug durch Deutschland und die Schweiz fahren und unser saftiges Steak bereits in Annecy verzehren.

Mit zwei Bieren und einem Stamperl Schnaps gestärkt, machten wir uns auf nach Rœdby, wo wir gut zu Abend aßen, uns liebten und früh schlafen gingen. Wenn Ronny uns verfolgte, würde er nicht im gleichen Hotel übernachten. Er würde sehr früh aufstehen müssen, um ein Auge auf das Hotel und den Hafen zu haben. Er konnte schließlich nicht sicher sein, welche Fähre wir nehmen wollten.

Als wir aufwachten, hatten wir Ronny vergessen. Wir sprachen nicht von ihm. Ich trank trotzdem einen Schnaps zu meinem Kaffee und den Semmeln – als Erfrischung sozusagen.

Wir bekamen einen Platz auf einer der frühen Fähren. Es war sehr kalt, und so gingen wir direkt in den Raucherraum. Natürlich fiel mir ein, daß ich mich zur Sicherheit auf dem Autodeck umsehen sollte, aber ich verdrängte den Gedanken. Ich hatte keine Lust, mich mit Ronny zu befassen, und schaffte es, ihn wieder zu vergessen.

Mein Faible für Geschwindigkeit übermannte mich, sobald wir die Fähre verlassen hatten. Ich hatte einen MG. Er fuhr ruhige 180 km/h. Ich setzte immer eine Wollmütze auf, damit es mir die Ohren nicht wegblies. Gladys hatte einen schneidigen schwarzen Helm, den man unter dem Kinn zumachte. Es gab nichts Tolleres, als auf der linken Spur zu fahren, die mächtigen deutschen Mercedes' zu überholen und sie nach rechts abzudrängen – das ging allerdings nur, wenn sie nicht schneller als 180 fuhren. Es war ein böses Spiel, aber mit seiner durchdringenden Hupe verscheuchte mein Schlitten so manches Hindernis und stärkte mein Selbstbewußtsein.

Gewöhnlich war ich eher feig und riskierte nicht gerne mein Leben. Kaum aber saß ich hinter dem Steuer und sah den Zeiger gegen die Spitzengeschwindigkeit wandern, wurde ich ganz kribbelig vor Aufregung und fühlte den Tod, der mit einem Lächeln auf dem Totenkopf und dem Fuß auf dem Gaspedal neben mir saß. Der versteckte Mörder, der in uns allen schlummert, erwachte in mir. »Hey, ihr Idioten! Wie wär's mit einer kleinen Stoßstangenkeilerei?« Es war schrecklich primitiv, aber zumindest war ich ehrlich mit mir ... In Wirklichkeit wäre ich zweifellos zutiefst geschockt gewesen, wäre tatsächlich etwas passiert, und ich hätte überlebt.

Ich verscheuchte etliche Kleinbusse aus meiner Spur, als sie versuchten, sich gegenseitig zu überholen. Einige hartgesottene Lastwagenfahrer wollten mir Angst einjagen. Die meisten der Transportwagenfahrer sind sehr aggressiv. Ich habe ja immer gesagt, daß Frachten per Zug oder Schiff befördert werden und die Straßen für den normalen Verkehr freigeben sollten.

Am späten Nachmittag erreichten wir die Schweizer Grenze. Die Fahrt durch die Schweiz hätte ein Spaziergang sein können, wenn da nicht die Schweizer Autofahrer wären, die einen glatt umbringen würden.

Wir kamen müde, steif und hungrig in unser Hotel in Annecy. Wir gingen gleich in unser Zimmer, sprangen kurz gemeinsam unter die Dusche, zogen uns um und begaben uns so schnell wie möglich in den Speisesaal. Es gab große saftige Steaks und Wein dazu. Wie gut es uns doch ging! Eine angenehme Wärme breitete sich in uns aus. Wären wir Katzen, wir hätten zufrieden geschnurrt.

Gladys sah besser denn je aus in ihrer zitronengelben Hose und der teuren taillierten Bluse mit dem hochgeknöpften Kragen. Ihre Brüste zeichneten sich elegant unter der glatten Seide ab. Ich liebe Frauen in einfacher Kleidung. Gladys war nicht der Typ für tiefe Halsausschnitte oder Miniröcke. Sie war kultiviert und wußte genau, wie sie ihre natürlichen Vorzüge betonte und sanft zur Geltung brachte. Wie ich schon erwähnte, mochte sie allzu modische Kleider nicht, was aber nicht heißt, daß sie sich nachlässig anzog. Sie war der Typ, der einen Jutesack anziehen und ihn an der Taille zubinden konnte, und alle würden es für einen Balmain halten.

Plötzlich sagte ich: »Dreh dich nicht um!«

Sie versteifte sich sofort und wurde ganz nervös. »O nein, das kann doch nicht wahr sein. Das darf doch einfach nicht wahr sein!«

Ronny hatte seinen Auftritt in diesem psychologischen Krieg gewissenhaft geprobt. Er wollte zuerst sichergehen, daß wir uns, mehr als 1300 Kilometer von Kopenhagen entfernt, sicher und glücklich fühlten – erst dann würde er ganz beiläufig ins Restaurant treten, uns wie gewöhnlich anlächeln und zunicken und sich in unserer Nähe an einen Tisch setzen.

Die Wärme und unser Appetit waren verflogen.

Ich hätte ihn ermorden können. Es wäre verlogen zu behaupten, daß wir nicht alle schon einmal im Leben jemanden umbringen wollten. Deshalb ist es sehr gut, daß die meisten von uns nicht mit Messern oder Pistolen herumgehen. Meistens legt sich der Wunsch, den anderen zu ermorden, bevor man es schafft, zu einer Waffe zu kommen, und das Gemüt beruhigt sich aufgrund der Hemmungen, die unser Leben und Verhalten kontrollieren.

»Er ist verrückt!« sagte Gladys.

»Was *will* dieser Mann nur?«

»Das fragst du mich jedesmal, und immer sage ich, *ich weiß es nicht!* Alltagsterror. Unterschwelliger, gemeiner, übler Terror. Warum fragst du ihn nicht?«

»Wir hatten uns doch geeinigt, ihn zu ignorieren.«

»Wie können wir einen Mann ignorieren, der uns zuerst drei Monate in Kopenhagen verfolgt, dann mit über 160 km/h quer durch Deutschland bis nach Frankreich hinter uns herrast und uns wahrscheinlich bis in die Provence nachjagt? Wie können wir weiter so tun, als würde er nicht existieren?«

»Dreh dich jetzt nicht um«, sagte ich, »aber er hat ein Fernglas um den Hals. Das ist neu, und er will, daß wir es bemerken. Wir sollen wissen, daß er uns von nun an auch über längere Distanzen im Auge behalten kann. Er verschärft seine Wache.«

»Wie kann er uns nur bis hierher gefolgt sein, ohne daß wir es entdeckt haben?«

»So schnell wie wir gefahren sind, ist es weiser, den Blick auf die Straße vor dir und nicht auf den Rückspiegel zu richten. Und zwei Verliebte haben ja bekanntlich nur Augen füreinander ... Wie geht es dir?«

»Mir sitzt ein eiskalter Schauer im Nacken. Und gleichzeitig habe ich ein unbändiges Verlangen, an seinen Tisch zu gehen und ihn mit der Kraft meiner ganzen Wut ins Gesicht zu schlagen.«

»Tu's doch«, sagte ich. »Das würde ich mir gerne anschauen.«

Sie legte Messer und Gabel nieder, aber ich streckte schnell meine Hand nach ihrer aus.

»Ich hab's nicht ernst gemeint. Das wäre, als würden wir versuchen, ein Nashorn mit einem Blasrohr zu erlegen. Terror ist nicht dadurch zu stoppen, daß man den anderen ohrfeigt.«

Wir versuchten zu essen. Wir froren. Es ist schwer sich vorzustellen, wie es ist, von einem Verrückten verfolgt zu werden.

Wir beendeten das Abendessen schweigend. Es gab nichts mehr zu sagen. Als wir schließlich aufstanden und den Tisch verließen, vermieden wir es, ihn anzuschauen, aber aus dem Augenwinkel konnte ich sehen, daß er uns beobachtete.

Sobald wir unser Zimmer erreicht hatten, nahm ich Gladys in die Arme und hielt sie fest. Ich fühlte mich mies. Es wurde immer schwieriger für mich, meine Gefühle diesem Hurensohn gegenüber im Zaum zu halten, der uns einfach nicht in Ruhe ließ. Noch schlimmer mußte es für Gladys sein. Sie war fünf Jahre mit ihm verheiratet gewesen.

Wir machten uns früh am nächsten Morgen auf die Socken, natürlich nicht ohne Ronny. Wir konnten ihn nicht sehen, aber wir spürten, daß er da war. Das war die geschickt kalkulierte Art, mit der er uns verfolgte. Er hielt seinen Abstand und ließ sich nicht blicken, so daß er dann plötzlich auftauchen konnte – leise, heimlich und lächelnd.

Wir hatten die Möglichkeit besprochen, zur Polizei zu gehen und ihn mit Hilfe eines Gerichtsbefehls in seinem Treiben stoppen zu lassen. Zumal Gladys das Scheidungsgesuch eingereicht hatte, hatte er legal kein Recht, sie zu belästigen. Aber wie sollten wir beweisen, daß er uns belästigte? Er sprach nie ein Wort, schrie uns nicht an und drohte uns nie. War es seine Schuld, daß wir uns immer »zufällig« trafen?

»Wir hätten trotzdem zur Polizei gehen sollen«, sagte ich.

Gladys hatte ihren Helm nicht aufgesetzt. Sie fand es zu warm. Der Wind blies ihr die Haare durcheinander. »Vielleicht, aber ich bezweifle, daß es etwas bewirkt hätte. Es sieht viel zu harmlos aus.«

»Was *will* er nur?«

Immer die gleiche Frage – und immer die gleiche Antwort. »Er ist verrückt!«

Als sie damals geheiratet hatten, war ihre Beziehung voll von gegenseitiger Wärme und Rücksicht auf einander. Psychopathen können sehr charmant sein, und sie haben die einzigartige Fähigkeit, andere in ihre Macht zu bekommen. Es ist, als würden sie ein lähmendes Gift benützen, das sich langsam im Körper ihrer Opfer ausbreitet und sie wehrlos macht. Nachdem er Gladys' Unabhängigkeit systematisch zerstört hatte und sie nicht mehr klar denken konnte und verwirrt und orientierungslos war, begann er, sie seinem Willen zu unterwerfen. Ohne irgendwie auf ihre Gefühle Rücksicht zu nehmen, zwang er sie, sich sexuellen Perversionen hinzugeben, die sie abstoßend fand. Er schüchterte sie so ein, daß sie das Perverse schließlich als normal akzeptierte, und zwang sie dann zum Gruppensex. Irgendwann brach sie zusammen, weinte zwei Tage lang, dachte daran, Selbstmord zu begehen, entschied sich aber am Ende, lieber ihn zu verlassen, und hinterließ ihm eine Nachricht: »Du wirst mich nie wiedersehen. Ich werde mich scheiden lassen und verzichte auf die Unterhaltszahlungen.«

Sie hatte einen reichen Mann verlassen. Er hatte die Privatdetektei aufgegeben, weil sie nicht gewinnbringend genug war. Er gründete statt dessen eine, »Sicherheitsfirma« und verdiente mehr Geld damit. Er und seine Mitarbeiter gingen, in schwarzen Uniformen mit glänzenden Knöpfen, zu alten Damen, meist Witwen, und jagten ihnen schreckliche Angst ein, indem sie ihnen weismachten, daß es in ihrer Nachbarschaft nur so von Kriminellen wimmelte. Dann verkauften sie ihr »Service«: Einer der »speziell ausgebildeten Männer« der Firma würde Nachtwache vor der Wohnung des Kunden halten. Diese verängstigten, einsamen, alten Frauen bezahlten den Preis für eine friedliche Nacht gerne.

Nach einiger Zeit begriffen jedoch die meisten der Kunden, daß sie betrogen worden waren. Die Zeitungen begannen, sich für falsche Sicherheitsfirmen zu interessieren, und die Polizei kündigte schließlich eine Untersuchung der Betrugsbeschwerden an. Ronny sperrte seine »Sicherheitsfirma« eiligst zu und wandte sich dem nächsten, noch lukrativeren Schwindel zu.

Er wurde Werbeagent. Er fing damit an, um Kleinanzeigen für professionelle Zeitschriften zu werben, die gar nicht existierten. Er hatte großen Erfolg. Später erweiterte er sein Geschäft, indem er anbot, die Druckereikosten für private und wohltätige Organisationen mit Geldschwierigkeiten zu übernehmen. Als Gegenleistung wurde er ihr einziger Werbeagent.

Die meisten dieser Organisationen waren sehr dankbar dafür und begriffen nicht, was für eine Goldmine sie für Ronny waren. Er fügte den tatsächlichen Titeln Untertitel hinzu, die darauf hindeuteten, daß eine größere, erfolgreichere Organisation hinter dem Verlagswerk stand. Von da an war es für einen Mann wie Ronny leicht, Anzeigen per Telefon zu verkaufen. Sollte er beispielsweise einem Laien ein Gesundheitsmagazin (herausgegeben von verschiedenen Organisationen zur Prävention und Heilung zahlreicher Krankheiten) verkaufen, versuchte er erfolgreich den Eindruck zu machen, er säße selbst aufgrund einer unheilbaren Krankheit im Rollstuhl. Er versicherte außerdem sehr glaubhaft, daß alles Geld, das über die Kostendeckung des Drukkens der Anzeige hinausging, einem guten Zweck zufloß, um den Ärmeren zu helfen.

Die Anzeigen kosteten nur zwischen zehn und fünfzig Schilling, also eine unbedeutende Summe für eine Firma, die damit einem guten Zweck dienlich war und gleichzeitig ihr Produkt speziellen Interessengruppen bekannt machte, die sich dann sicher zu einem Kauf entschließen würden.

Ronny wollte aber mehr, als nur Anzeigen via Telefon zu verkaufen. Hatte er es mit sehr großen Firmen zu tun, begann er, die Anzeigen zu drucken, ohne Erlaubnis eingeholt zu haben, und sandte dann den jeweiligen Finanzabteilungen die Rechnung. Er wußte nur zu gut, daß kaum ein Buchhalter sich die Mühe machte, solch kleine Bestellungen bei der Werbeabteilung zu überprüfen. Sollte das doch passieren, reagierte er sofort mit einer Entschuldigung und schob die Schuld für den Fehler auf einen neuen Computer. Die Menschen sind unglaublich verständnisvoll, wenn es um Fehler geht, die von einer Maschine erzeugt wurden.

Das Geld floß nur so herein. Es war ein Millionenschwindel. Es blieb eine ansehnliche Summe übrig, nachdem die horrenden Telefonrechnungen und die Kosten für Papier und Druck bezahlt waren. Er spendete sogar den Organisationen, die er vertrat, etwas von seinem Profit, für den Fall, daß diese Vorkämpfer der Prävention und Heilung zahlreicher Krankheiten mißtrauisch würden in Anbetracht der plötzlichen Anzeigenflut in ihren Zeitschriften.

Gladys wußte, was Ronny da trieb. Sie betrachtete es eher als Gerissenheit denn als richtigen Schwindel. Kluge Ausnützung der Dummheit und Naivität anderer Menschen störte sie nicht. Auch machte ihr die Art, mit der er sie einschüchterte, nicht besonders viel aus. Sie gab mir gegenüber zu, daß sie sogar eine gewisse Befriedigung in ihrer Unterjochung fand. Als er sie aber zu sexuellen Exzessen zwang, die ihr widerwärtig waren, beschloß sie, sich von ihm zu trennen.

Das heißt, sie *dachte,* sie könnte sich von ihm trennen. Seit sie ihn aber verlassen hatte, verfolgte uns sein unheilvoller Schatten wie ein Alptraum.

Eigentlich hätte es eine Art Hochzeitsreise für uns werden sollen. Wir hatten beschlossen, ohne die Formalitäten einer Heirat zusammenzuleben. Wir wollten keine leeren rechtlichen Versprechungen machen. Wir wollten einfach einen Vertrag zwischen zwei Herzen schließen und eine ungeschriebene Übereinstimmung, in Frieden und Würde zusammenzuleben, solange wir so füreinander fühlten. Vielleicht hätten wir unsere Meinung geändert, hätten wir

Kinder gehabt, aber damals wollten wir unsere Beziehung einfach offen lassen. Eines Tages war vielleicht der Zeitpunkt gekommen, da wir so überzeugt von unserer dauerhaften Beziehung waren, daß wir sie von den Autoritäten bestätigen lassen würden.

In der Provence wollten wir einfach wir selbst sein, die banalsten Dinge zueinander sagen und unsere Zeit wie Frischverheiratete auf Hochzeitsreise verbringen, gerade so, als wären wir ein junges Paar, dessen Liebe glücklich durch die Bande der Ehe besiegelt war. Standesamtliche Hochzeiten können ebenso romantisch sein wie kirchliche. Gesetzespapiere haben damit nichts zu tun.

Es war jedoch gar nicht romantisch, seinen Vorgänger, den Mann der Braut (sie war ja noch nicht rechtlich geschieden), als ungeladenen Gast auf der Hochzeitsreise dabei zu haben.

»Sollen wir ihn abzuschütteln versuchen?« fragte ich. »Wir könnten die Hauptstraße verlassen, statt dessen kleine Überlandstraßen benützen und immer in eine andere Richtung fahren, wenn wir an Kreuzungen kommen. Früher oder später würde er sicher unsere Spur verlieren.«

Gladys schüttelte den Kopf. »Er würde auf uns warten, wenn wir ankämen. Das weiß ich. Er hat schon erraten, wohin wir fahren. Offensichtlich hat er daran gedacht, seinen Paß und genug Geld mitzunehmen. Er wird uns in die Provence begleiten.«

»Na und? Das Haus ist von zwanzig Hektar Land umgeben, von dem wir ihn fernhalten können. Es muß ihm irgendwann zu dumm werden, im Wald herumzuschleichen«, meinte ich. »Wo glaubst du übrigens, daß er die Nächte zu verbringen gedenkt?«

»Es gibt ein Gasthaus, das etwa 25 Kilometer entfernt ist ... Ein ausgezeichnetes Gasthaus übrigens.«

»Zumindest werden wir in der Nacht unsere Ruhe haben. Wenn er das Gasthaus zu seinem Basislager macht, wird er wahrscheinlich die schöne Gegend erforschen, hübsche Dörfer besichtigen und das Leben genießen – und hin und wieder wird er, um seiner Routine treu zu bleiben, in der Nähe des Hauses auftauchen und sichergehen, daß wir ihn bemerken. Was hältst du davon, wenn ich mich von hinten an ihn heranschleiche, ihn erwürge und begrabe, wo ihn keiner je finden würde?«

»Toll«, sagte Gladys. »Das ist eine gute Idee.«

»Er spielt mit dem Feuer«, sprach ich weiter. »Es wäre leichtsinnig von ihm, uns an einem einsamen Ort zu belästigen, wo es keinen Zeugen gäbe für einen ... einen ...«

»Einen Mord?« Gladys beendete meinen Satz mit demselben spielerischen Ton, den ich benützt hatte.

Sie wußte, daß ich nur einen schlechten Scherz machte.

»Zum zehntausendsten Mal – was *will* dieser Mann? Was glaubt er zu erreichen? Hofft er, dich zurückerobern zu können, indem er diese verrückten Spielchen treibt? Meint er, daß dich das zurück zu ihm bringt?«

»Er ist verrückt«, antwortete Gladys, »und ich verliere noch den Verstand, wenn er nicht bald damit aufhört.«

Wir hatten uns so auf diese Hochzeitsreise gefreut. Es war nicht nur der Gedanke, Ronny los zu sein, sondern auch die Freude darauf, uns auf Tante Matties Grund zu vergnügen. Kann man sich einen schöneren Ort für eine Hochzeitsreise vorstellen als ein unberührtes Paradies in der Provence?

Ich versuchte, Gladys aufzumuntern. »Hoffen wir, daß der Plan, den er ausgeheckt hat, nur den Zweck hat, uns Angst einzujagen, und daß er umdreht und nach Hause fährt, sobald wir in der Provence sind.«

»Das tut er sicher nicht«, sagte Gladys verbittert.

Zehn Meilen südlich von Grenoble hatten wir einen Platten. Es war schon einige Zeit her, seit wir Ronny das letzte Mal gesehen hatten. Wir schafften es trotzdem nicht, uns nicht umzudrehen und zu schauen, ob er da war – nicht, daß es einen Unterschied gemacht hätte. Wir wußten, daß er da war, irgendwo hinter uns.

Während ich den Reifen wechselte, kam sein Santa auf dem Hügel in Sicht. Er wurde langsamer und fuhr etwa 150 Meter von uns an den Straßenrand. Gladys drehte ihm den Rücken zu, ihre Arme eng verschränkt, die Lippen zusammengekniffen. Ich arbeitete weiter. Wir sprachen beide nicht über unseren Verfolger. Wir versuchten verzweifelt, ihn zu ignorieren. Als ich die Schrauben wieder festgezogen hatte, zog ich den Wagenheber unter dem Auto hervor und ging rasch zu ihm hinüber.

Warum ich den Wagenheber mitnahm, weiß ich nicht. Gladys rief mir noch nach, aber ich beachtete sie nicht. Ich ging nur immer weiter auf das Auto zu, von dem ich ständig hoffte, daß es gegen einen Baum fahren würde, während es uns verfolgte.

Als ich sein Auto fast erreicht hatte, kurbelte Ronny beide Fenster hinauf, lehnte sich bequem zurück und betrachtete mich mit kühlem Interesse.

Ein Showdown auf offener Straße! So hatte ich mir das vorgestellt. Ich wollte ihm klarmachen, daß dieses Spiel ein Ende haben mußte.

Ich versuchte, die Tür aufzureißen, aber es ging nicht. Ich klopfte also mit dem Wagenheber gegen die Windschutzscheibe und rief, daß ich mit ihm reden wollte. Es ist unmöglich, mit einem Mann in einem versperrten Auto ein Gespräch zu führen. An eine Person hinter geschlossenen Fenstern kann man einfach nicht appellieren.

Ich hätte seine Scheibe einschlagen können, um ihn an der Weiterfahrt zu hindern, aber das wäre purer Vandalismus gewesen. Es hätte wahrscheinlich zu einer Gerichtsverhandlung und einer Strafe, wenn nicht sogar einem Gefängnisaufenthalt geführt. Ich entschied mich also für etwas weniger Destruktives. Ich löste mit meinem Schraubenschlüssel die Schrauben an zwei seiner Räder. Dann hob ich das Auto an einer Seite mit dem Wagenheber. Während ich das tat, beobachtete ich Ronny. Er saß zwar immer schiefer, aber sein Gesichtsausdruck veränderte sich nicht. Er unternahm nichts, um mich aufzuhalten.

Ich nahm die Räder ab, beförderte sie nacheinander auf einen kleinen Hügel und ließ sie in ein Feld hinabrollen. Sie verschwanden zwischen ein paar Büschen. Dann ließ ich den Santa hinunter, sammelte mein Werkzeug ein und ging zurück zu meinem Auto. Ronny saß immer noch hinter dem Steuer, ohne einen Muskel zu bewegen.

»Na großartig«, sagte Gladys, als wir weiterfuhren. »Glaubst du wirklich, daß du ihn so aufhältst?«

»Ich weiß es nicht. Aber auf jeden Fall habe ich ihm eine kleine Abwechslung beschert.«

Gegen Abend erreichten wir Nizza. Es schüttete. Wir hatten bereits auf dem Weg etwas gegessen – ein schlechtes Essen in einem scheußlichen Gasthaus, aber immerhin ohne Ronnys Gesellschaft. Jetzt mußten wir also nur noch ein Hotelzimmer finden. Wir fuhren die Promenade des Anglais hinunter und entschieden uns für eines der ersten Hotels, die wir sahen. Es war nett und gemütlich, auch ohne Drei-Sterne-Luxus. Die Eingangshalle war wunderschön mit Glas und Marmor ausgekleidet. Das Zimmer war dagegen eher nüchtern, und der Verputz an der Decke bröselte schon leicht ab.

Zuallererst öffneten wir die Balkontüren, die den Blick auf das Mittelmeer freigaben. Ich schaute jedoch nicht auf das Meer hinaus, sondern suchte die Straßen nach Ronnys Auto ab. Es wurde zu einer schlechten Gewohnheit. Er konnte unmöglich schon hier sein. Es mußte ihn viel Zeit gekostet haben, die Räder zu finden und sie wieder festzuschrauben. Es war neurotisch – ein Zwang, den ich nicht mehr kontrollieren konnte.

Er war nicht zu sehen, und in mir stieg die verzweifelte

Hoffnung, er hätte aufgegeben, empor. Eine Viertelstunde lang stand ich da und sah dem Regen und dem Verkehr, der sich dreispurig in jeder Richtung bewegte, zu.

»Komm schon«, sagte Gladys vom Bett her. »Ich erfriere noch. Mach die Türen zu.«

Ich schloß die Türen und zog mich aus. Wir sagten uns hastig gute Nacht, zu müde und vielleicht auch ein wenig zu deprimiert, um mehr zu tun als zu schlafen.

Gibt es hier Schlangen?

Am nächsten Morgen brannte die Sonne vom wolkenlosen Himmel. Das Mittelmeer war azurblau wie auf billigen Postkarten. Städtische Gärtner bewässerten die Blumenbeete zwischen den Palmen, obwohl es in der Nacht davor geregnet hatte. Sie folgten offensichtlich einem strikten Bewässerungsplan, der Regen außer acht ließ. Es waren mehr Tauben als Menschen auf der Promenade. Die roten Liegestühle waren achtlos aufgestellt und mußten einmal nicht die schwere Last der Touristenkörper tragen.

Nach dem Frühstück nahmen Gladys und ich ein kurzes Bad und lagen auf den Kieseln in der Sonne. Von Ronny war weit und breit nichts zu sehen, und da wir beschlossen hatten, nicht von ihm zu sprechen, taten wir es auch nicht. Der in Sonne getauchte, nach frischer Meeresluft riechende Morgen hatte etwas unglaublich Sorgloses an sich. Es erschien uns unwirklich, fast wie in einem immer wiederkehrenden Alptraum, daß ein Verrückter sich nicht weit von uns befand.

Wir lagen plaudernd am Strand und fühlte uns herrlich, nachdem wir uns ausgeschlafen und ein großes Frühstück eingenommen hatten. Wir waren sehr zufrieden mit uns. Die Sonne schien heiß herunter, die Palmen an der Promenade wiegten sich exotisch im Wind, und die trägen Wellen rollten einschläfernd an den steinigen Strand. Es war eine prosaische Welt, in der uns nichts bedrohte.

Ein hübsches, braungebranntes junges Mädchen in einem schwarzen Bikini und mit einer kurzen gelben Schürze kam den Strand entlang. Ihr Körper war etwas zur Seite geneigt unter dem Gewicht einer kleinen Eisbox, die sie über der Schulter trug. In gewissen Abständen rief sie: »Eskimo!« Aber außer anbetenden Blicken von den Männern erntete sie wenig Aufmerksamkeit. Sie war die wunderbarste Eisverkäuferin, die ich je erblickt hatte. Ich hatte plötzlich ein unbändiges Verlangen nach einem Eis und winkte sie herüber. Ich fragte Gladys, ob sie auch eines wollte. Sie hatte die Augen geschlossen und murmelte, daß es noch zu früh dafür war. Sie warf einen Blick auf das Mädchen und lächelte wissend. Ich kaufte mir ein Eis und lächelte das Mädchen herzlich aber unverbindlich an.

»Schmeckt das Eis?« fragte Gladys grinsend.

»Ja. Möchtest du kosten?«

»Nein, danke. Die Verkäuferin war auch süß, nicht?«

»Ja. Wahrscheinlich eine Studentin mit Sommerjob.«

»Sie hat auf jeden Fall sehr intellektuell ausgesehen«, stellte Gladys spöttisch fest.

Sie wollte mich nur ärgern. Es war ihr ganz egal, wenn ich andere Frauen anschaute. Im Gegenteil – es stachelte ihren Ehrgeiz an. Sie konnte sich aber auch wirklich nicht beklagen, daß ich sie nicht beachtete.

Eine Stunde später brachen wir in Richtung Cannes auf und ließen uns Zeit, um die Fahrt über die Küstenstraße zu genießen. Danach wollten wir für die letzten hundert Kilometer in die Provence die Schnellstraße benützen.

Der Urlaubsverkehr war immer noch ziemlich stark, und es gab viele Staus, die die Straßen in temporäre Parkplätze verwandelten. Hierher konnte Ronny uns nicht folgen. Die

Frage war nur, ob er die kürzere Route genommen hatte und bereits auf uns warten würde, oder ob es mir gelungen war, ihm einen Schreck einzujagen, und er sich bereits auf der Heimfahrt befand. Wir sprachen nicht darüber, aber wir klammerten uns zweifellos beide an diese Hoffnung.

Als wir uns Cannes näherten, kam der Verkehr abermals zum Stillstand. Diese Stadt ist dem Sommeransturm nicht gewachsen. Zentimeter um Zentimeter schoben wir uns weiter. Ich werde nie verstehen, warum die Leute mit dem Wissen, stundenlang im Stau zu stecken, auf Urlaub fahren. Ich hatte viel Zeit, die Mädchen unter die Lupe zu nehmen. Sie sahen wunderbar aus. Es waren so viele, daß Gladys zu helfen versuchte, indem sie auf die besonders reizenden deutete, aber ich hatte sie schon entdeckt.

Die Menschen auf der Croisette veranschaulichten das Leben an der Riviera – teuer angezogene Frauen und Schickimickis! Außerdem gab es viele nordafrikanische Gastarbeiter, die sich von den Schönheiten abhoben und sich im Spaß herumbalgten. Ich sah zum ersten Mal in meinem Leben einen weißen Rolls-Royce. Er parkte vor dem Carlton Hotel. Ein paar Burschen posierten vor dem Rolls-Royce und fotografierten sich gegenseitig.

Um es anders auszudrücken – es roch nach Geld und Klassengesellschaft, was mich aber gar nicht störte. Ich wollte mir keine Gedanken darüber machen, wen ich verachten sollte.

»Wir sollten hier schwimmen gehen«, sagte Gladys. »Schau dir diesen herrlichen Sandstrand an!«

»Dann gehen wir eben noch einmal schwimmen.«

»Haben wir genug Zeit?«

»Wir könnten nicht mehr haben.«

Ich schnappte einem anderen, der nicht schnell genug war, den Parkplatz weg. Er hupte mich wütend an, aber ich winkte ihm nur zu, als wir ausstiegen. Er streckte den Kopf aus dem Fenster und schrie mir etwas zu, das ich glücklicherweise nicht verstand. Es ist schließlich nicht meine Schuld, daß ich schnell beim Einparken bin, wenn sich mir ein Parkplatz am Straßenrand bietet.

Wir gingen hinunter an den Strand, mieteten zwei Luftmatratzen und einen Sonnenschirm und bestellten Drinks an der Bar. Ein Adonis in der Badehose servierte sie uns auf einem kleinen Tisch zwischen den Luftmatratzen. Gladys ergötzte sich an ihm.

»Das nenne ich Service!!« sagte sie.

Wir verbrachten einen wunderbaren Vormittag mit Sonnen, Schwimmen und Tischtennis spielen. Wir fühlten uns phantastisch und ich glaube – besser gesagt ich weiß, daß wir völlig entspannt waren.

Gegen Mittag nahmen wir an einem Tisch im Freien unter einer Markise Platz und genossen ein leichtes Mittagessen aus kaltem Roastbeef. Spargel, Käse und Erdbeeren.

»Ist es nicht herrlich?« sagte ich.

»Ja. Ich genieße es sehr.«

Verliebte Leute führen nicht die tiefgründigsten Gespräche am Strand. Sie sagen einfach oberflächliche Sachen zueinander und sprechen ständig davon, wie großartig alles ist. Ich kniff Gladys zärtlich in die Nase, zum Zeichen der Liebe, die ich für sie empfand, und sie antwortete, indem sie glücklich ihre Zehen an meinen rieb. Wir fühlten uns glückselig und ein wenig albern und schämten uns nicht im geringsten darüber.

Zum ersten Mal an diesem Tag drehte ich mich um und blickte den Strand entlang, so weit mein Auge reichte, studierte die Schwimmer und sah mir dann die Strandpromenade über uns an. Ich wollte mich davon überzeugen, daß ER nicht da war. Und er war wirklich nicht da. Normalerweise wäre das die Zeit, da er auftauchen und alles ruinieren würde.

Wir ließen uns noch eine halbe Stunde Zeit, nachdem wir gegessen hatten, sprangen noch einmal schnell ins Wasser, ließen uns von der Sonne trocknen, zogen uns an und machten uns schließlich wieder auf den Weg. Wir fuhren auf die Schnellstraße und hielten uns an die Geschwindigkeitsbeschränkung. Ein willkommener Wind verschaffte uns Abkühlung.

Etwa eine Stunde später endete die Schnellstraße, und wir fuhren auf schmalen Straßen weiter, als sich die proven-

In der Provence wollten wir einfach wir selbst sein. Wir wollten wie Frischverheiratete leben und unsere Hochzeitsreise genießen.

çalische Landschaft vor uns auszubreiten begann: weiche Konturen, ausgedehnte grüne Weingärten, mächtige Kiefernwälder, schlanke Zypressen rund um Steinhäuser. Ich mag die provençalischen Halbgeschoßhäuser mit ihren massiven Mauern und ihren Dächern aus alten, gelblichgrauen Ziegeln. Selbst wenn sie bereits verfallen sind, ist ihre Erhabenheit verblüffend.

Manchmal war die Straße von abbröckelnden honigfarbenen Mäuerchen eingesäumt. Wir waren dankbar für die langen Alleen aus großen Platanen, deren Kronen uns Schatten und Kühle spendeten und uns ein bißchen Erholung von der Hitze gönnten. Die Sonne brannte immer noch heiß vom klaren Himmel, und es hatte über dreißig Grad im Schatten.

Die Küste mit all den Touristen lag schon weit hinter uns. Wir befanden uns mitten im Land – draußen in *la vraie campagne,* wie die Franzosen es nennen würden (viel mehr Französisch als das kann ich im übrigen nicht). Den Touristen war es hier zu ruhig, ausgestorben und ländlich. Wir fuhren kilometerlang, ohne einem Auto zu begegnen. Obwohl es schon fast vier Uhr nachmittags war, herrschte, abgesehen vom emsigen Treiben der Fliegen, nicht viel Leben in den Dörfern, durch die wir kamen. Die Leute waren von ihrer langen Siesta noch nicht ganz aufgewacht.

Als wir einen hohen Gebirgskamm erreicht hatten, fuhr ich an den Straßenrand und stieg aus.

»Ich muß auch mal«, sagte Gladys.

»Ich muß gar nicht, ich wollte mir bloß kurz die Beine vertreten und die Aussicht genießen.«

Es tat mir leid, daß ich kein Fernglas bei mir hatte. Aber auch so konnte man die gewundene Straße über viele Kilometer zurückverfolgen.

»Wonach hältst du Ausschau?« fragte Gladys, als sie wieder aus den Büschen kam.

Die Frage war unnötig, aber vielleicht hoffte sie, daß ich nicht nach IHM den Horizont absuchte, daß ich ihn vergessen hatte, daß er für uns nicht mehr existierte.

»Wir müssen in der Nähe eines Paragleiter-Landefeldes sein«, sagte ich. »Siehst du den mit der großen Spannweite, der dort über den grünen Wiesen seine Kreise zieht?«

Gladys warf einen Blick hinüber und seufzte, daß sie liebend gerne da oben wäre, die Stille und den Wind fühlen und die ganze Landschaft von oben betrachten würde.

Wir gingen zurück zum Auto. Ich hatte mein T-Shirt ausgezogen und fuhr nun oben ohne weiter. Gladys trug eine weiße Hose und ein orange farbenes T-Shirt. Statt dem schwarzen Helm hatte sie ein Tuch umgebunden. Sie sah großartig aus.

Wir folgten der Weinroute, die Côte de Provence genannt wird. Es wimmelte nur so von Weingärten mit mannshohen Rebstöcken, die sich bogen unter der Last der saftigen, grünen Trauben. Es war kurz vor Beginn der Erntezeit. Ich wurde allein davon durstig, die Felder anzuschauen, und hatte plötzlich das Verlangen nach einem Glas kühlen, frischen Weins; serviert ohne Abendessen, ohne das weiße Tischtuch, ohne Formalitäten und ohne daß es mich ein Vermögen kostete.

Wir blieben bei einem auf dem Weg gelegenen Gasthaus mit roten Plastiktischen im Freien stehen. Die Karaffe Wein, die wir uns teilten, kostete inklusive des Stücks Früchtekuchen, das Gladys dazubestellte, sieben Francs.

Obwohl der Wein weder Namensschild noch Qualitätssiegel besaß und nur ein bescheidener *vin ordinaire* war, konnte ich mich nicht erinnern, je ein Glas Wein mehr genossen zu haben. Natürlich spielten dabei die Umstände eine Rolle: der Durst, der Friede, die herrliche Landschaft, die Gefühle, die Gladys und ich für einander hegten, unser Glück als »Frischverheiratete«, obwohl ihre Scheidung noch nicht endgültig war, und einfach die Tatsache, daß wir uns mitten in der Provence befanden – im Königreich der Sonne.

Die Kellnerin, die Tochter des Inhabers, war sehr freundlich und hilfsbereit und tat ihr Bestes, uns zu verstehen. Ich fragte sie, wo wir einen Kanister mit Wein, möglichst frisch vom Feld, kaufen konnten. Sie erklärte uns, wie wir zu einem *cooperative vinicole,* das nur ein paar Kilometer entfernt war, gelangen würden, wo wir eine *bonbonne* kaufen und sie füllen lassen konnten.

Wir fanden den Ort und gingen in die Zapfhalle, wo ein Mann Container füllte, als wären es Gastanks. Wir kauften eine zehn Liter *bonbonne* und ließen sie mit Côte de Provence füllen. Dann mußten wir ein paar Formulare ausfüllen, die die Menge Wein, den Bestimmungsort, das Datum, unser Autokennzeichen und unsere Namen vermerkten. Es wurde uns erklärt, daß wir diese Papiere vorweisen sollten, falls wir von der Polizei zur Kontrolle aufgehalten würden. In Frankreich ist es nämlich verboten, mit Wein im Gepäck herumzufahren, ohne beweisen zu können, ihn bei einem Wein-Co-op gekauft zu haben.

Wir hatten kaum mehr Platz für den Kanister. MGs haben wenig Stauraum. Gladys wollte ihn auf den Schoß nehmen, aber er war zu schwer. Die einzige Möglichkeit, wie sie ihn doch halten konnte, war, ihn zwischen ihre Beine einzuklemmen.

Gladys war schon zweimal bei ihrer Tante gewesen, und wir waren auch im Besitz einer Michelin-Karte, aber die richtige Straße zu Tante Matties *Mas Farandola* konnten wir trotzdem nicht finden. Es sahen einfach alle Straßen in dieser bewaldeten Gegend gleich aus. Wir waren bereits schweißgebadet und hatten schrecklichen Durst. Es gab zwar viel Wein, aber keine Gläser, und der Kanister war zu schwer, um daraus zu trinken.

Wir endeten schließlich in einem Dorf, das nur ungefähr 25 Kilometer von der *Mas Farandola* entfernt war. Von dort kannte Gladys den Weg. Wir waren scheinbar ins sechzehnte Jahrhundert zurückgefahren. Die Zeit schien in den mittelalterlichen Gassen stillzustehen. Das einzig Fortschrittliche war die allgemeine Baufälligkeit. Vor den Häusern saßen alte Frauen auf klapprigen Stühlen und strickten. Sie waren unberührt von der hektischen Welt, aus der wir kamen, und offensichtlich auch nicht daran interessiert. Einmal mußte ich im letzten Moment das Lenkrad herumreißen, um eine Frau in Schwarz, die aussah, als wäre sie hundert Jahre alt, nicht zu überfahren. Sie hatte ihren Korbstuhl einfach mitten auf die Straße gestellt, wo es schattig war. Ich hatte plötzlich den Wunsch, sie laut anzuhupen, bloß um zu sehen, was passieren würde, aber ich beherrschte mich.

Gladys meinte, wenn wir schon da wären, könnten wir auch gleich auf das Postamt gehen und ankündigen, daß wir in der *Mas Farandola* wohnen würden, falls Post für uns käme. Ich konnte mir nicht vorstellen, wer uns schreiben sollte. Tante Mattie war zu schwach und krank, um zu schreiben, und außer ihr wußte nur Gladys' Anwalt, daß wir in die Provence fahren wollten. Sie erzählte ihrem Anwalt prinzipiell immer, wo sie hinfuhr.

Das Postamt bestand aus einem Zimmer im Erdgeschoß des Rathauses. Die Fenster waren vergittert, an der Wand hingen ein paar Regale, sonst gab es einen Schalter, einen Schreibtisch, eine Telefonzelle und eine Bank. Auf der Bank saßen ein Mann und eine Frau, die in ein Gespräch vertieft waren, während der Postbeamte von Zeit zu Zeit in einen Telefonhörer brüllte und ihn schüttelte, offensichtlich in der Hoffnung, eine Verbindung zustande zu bringen. Soweit ich ihn verstehen konnte, verdammte er das Telefon gründlich – gleichzeitig stempelte er einen Berg von Briefen mit seiner linken Hand.

Als er uns bemerkte, warf er den Hörer auf die Gabel und begrüßte Gladys wie eine alte Freundin. Er sagte, daß er Madame »E-behr« sehr mochte und schrecklich vermißte. Tante Matties voller Name war Matilda Ebbert.

Auch die beiden, die auf der Bank saßen, mischten sich nun ein und erzählten, daß sie Madame »E-behr« ebenfalls kannten und sehr vermißten. Sie war als *Madame la chasseresse* im Dorf bekannt. Nur der Bürgermeister konnte sie

Wir lagen plaudernd am Strand und fühlten uns herrlich, nachdem wir uns ausgeschlafen und ein großes Frühstück eingenommen hatten. Wir waren sehr zufrieden mit uns.

nicht leiden. Während der Jagdsaison hatten er und seine Freunde auf Tante Matties Grund gewildert, eine Praxis, die sie schon seit Jahren betrieben. Vor vier Jahren jedoch hatte ihnen Madame einen ordentlichen Schreck eingejagt, als sie plötzlich aus dem Gebüsch gestürzt kam, wild um sich schoß und schrie: »Diesmal kriege ich diese Wildschweine!«

Der Bürgermeister war um sein Leben gelaufen.

Der Postbeamte starb fast vor Lachen, als er die Geschichte erzählte, die Gladys schon öfter gehört hatte. Das Paar auf der Bank fing nun auch an, Geschichten über die exzentrische Dame zu erzählen. Ich stupste Gladys heimlich an, um ihr klarzumachen, daß ich gehen wollte. Ich starb schon fast vor Durst. Leider verstand sie mein Zeichen nicht.

Die Frau auf der Bank sagte: »Der Gedanke, daß Madame so einsam und allein wohnte, gefiel mir nie. Eine alte Dame an so einem einsamen Ort. Man stelle sich nur vor, es würde etwas passieren – sie stürzte und könnte nicht zum Telefon.«

Ich war erleichtert zu erfahren, daß es überhaupt ein Telefon gab. Solange ich meinen Blinddarm noch habe, möchte ich nicht völlig von der Welt abgeschnitten sein.

»Manchmal haben wir sie angerufen, um nachzuschauen, ob sie noch am Leben war«, fügte der Postbeamte hinzu.

»Ein Glas Wasser oder ich sterbe«, flüsterte ich Gladys zu. Es war als Wink zum Aufbruch gedacht. Statt dessen fragte Gladys den Postbeamten, ob Monsieur ein Glas Wasser haben könnte. Er sprang auf und brachte eine halbvolle Flasche Wein, die am Fensterbrett gestanden hatte. Ich trank direkt aus der Flasche. Obwohl es mir guttat, etwas Flüssiges meine Kehle hinunterrinnen zu lassen, stillte es meinen Durst nicht. Endlich dann schüttelten wir allen die Hände und gingen.

Nach einer halben Autostunde verließen wir die Landstraße und bogen auf eine Schotterstraße ein, die uns durch Weingärten und in einen Wald führte. Als wir schon fast wieder aus dem Wald draußen waren, blieb das Auto plötzlich mit dem Geräusch eines auf Grund laufenden Schiffs mitten auf der Straße an einer Bodenerhöhung hängen. Das Auto hing zu tief, um die Erhöhung, die durch die tiefen Traktorspuren links und rechts davon entstanden war, darunter wegschaufeln zu können. Da gab es nur eines – die Koffer auszuladen und festzustellen, ob das das Auto leicht genug machen würde. Es funktionierte, und so konnten wir weiterfahren, wenn auch die Bodenplatte die meiste Zeit mitschliff. Nach etwa zweieinhalb Kilometern kamen wir in ein Tal. Dort auf dem Südhang lag die *Mas Farandola* – goldgelb in Sonnenlicht gebadet. Es war ein zweistöckiges Haus aus Stein, umgeben von Föhren, Olivenbäumen, Zypressen und Mandelbäumen. Mit seinen geschlossenen Fensterläden sah es unbezwingbar und bedrohlich aus. Aus der Höhe des Unkrauts, das an den Mauern wuchs, war zu sehen, daß das Haus seit einiger Zeit unbewohnt war.

Wir fuhren zum Haupteingang vor, als Gladys plötzlich vor Entsetzen nach Luft schnappte. Auf den Stufen lag eine etwa zwei Meter lange Schlange. Sie zischte wütend.

»Was zur Hölle ...«, rief ich. »Gibt es hier Schlangen? Dann laß uns hier verschwinden!«

»Sie sind nicht giftig«, sagte Gladys. »Ich wußte, daß es sie hier gibt, aber ich hatte noch nie zuvor eine gesehen. Würdest du dich bitte beeilen und sie wegschaffen!«

»Ich muß dir etwas beichten. Ich fürchte mich genauso vor Schlangen wie du. Giftig oder nicht. Da läuft es mir ganz kalt den Rücken hinunter.«

Das beeindruckte Gladys leider wenig. Ich stieg also aus, hielt gebührenden Abstand und versuchte, die Schlange zu verscheuchen. Sie zischte mich an, als wollte sie aus der Haut fahren. Ich warf einen Stein nach ihr, aber sie zischte nur, den Kopf vor und zurück bewegend und die Zunge aus dem Mund schnellend.

»Bring sie um!« schrie Gladys.

»Womit soll ich sie denn umbringen? Ich habe nur mein Taschenmesser.« Und ich hatte nicht vor, mich ihr so weit zu nähern, daß ich es benützen konnte. Statt dessen brach ich einen großen Ast von einem nahen Baum ab und näherte mich dem Monster vorsichtig. Ich stupste es an, aber es rührte sich immer noch nicht vom Fleck. Es zischte nur hysterisch weiter. Ich wurde so wütend, daß ich anfing, auf die Schlange einzuschlagen, bis sie sich nicht mehr bewegte. Dann stupste ich sie noch einmal, um sicherzugehen, daß sie auch wirklich tot war. Sie war tot genauso häßlich wie lebendig. Ich wollte eigentlich vorschlagen umzudrehen und nach einer zivilisierteren Unterkunft Ausschau zu halten, aber Gladys stieg aus dem Wagen. Sie hatte ihre gesunde Gesichtsfarbe wiedergewonnen. Ich lud die Schlange irgendwie auf den Ast und schleuderte sie weit ins Dickicht.

»Das war ja ein wenig gastfreundliches Willkommen!« bemerkte ich.

»Es war wahrscheinlich die einzige Schlange, die wir je zu sehen bekommen werden«, sagte Gladys.

Ich weiß wirklich nicht warum, aber ich mußte an Ronny denken.

Gladys kramte den Schlüssel hervor und sperrte die Eingangstür auf. Während sie damit beschäftigt war, die Fensterläden zu öffnen und Wasser und Strom aufzudrehen und anzuschalten, setzte ich mich noch einmal ins Auto und fuhr zurück, um unsere Koffer zu holen.

Ich konnte mich genau erinnern, wo ich sie gelassen hatte, aber dort waren sie nicht. Ich stieg aus dem Auto und sah mich um, aber ich konnte sie nirgends entdecken. Ich fand einen schmalen Pfad, der in den Wald führte. Ich ging ihn etwa fünfzig Meter entlang, aber von den Koffern war nichts zu sehen. Ich fing an, an meinem Verstand zu zweifeln. Vielleicht hatte mich die Hitze meiner Sinne beraubt.

Oder wir waren an einen Ort gefahren, wo es nur so von Dieben wimmelte, die nur darauf warten, daß jemand seine Koffer abstellte und sie dann bei der ersten Gelegenheit schnappten.

ODER –

Weiter kam ich nicht mit meinen Gedanken. Ein Mann trat aus dem Gebüsch hervor. Er zerrte zwei schwere Koffer hinter sich her und stellte sie mit einem breiten Grinsen vor mir ab.

»Willkommen in der *Mas Farandola!*« sagte er.

Ich hätte es wissen müssen. Vor Ronny konnten wir nicht davonlaufen.

Ich hätte ihn gleich dort umbringen sollen.

Ich weiß nicht, wie Tante Mattie hier allein leben konnte.

Ich war sprachlos und starrte Ronny an, als ob er ein Geist gewesen wäre. Er hingegen stand einfach da und lächelte wie üblich. Seit Gladys und ich nach Nizza gekommen waren, hatten wir gelebt, als hätte Ronny nie existiert.

»Überrascht?« fragte er.

Meine Stimme war zurückgekehrt, und ich ging hinüber zu ihm, meinen Kopf vorgestreckt wie die Schlange vorhin. Ich zischte: »Verschwinden Sie! Mir reicht's! Was wollen Sie eigentlich? Was erhoffen Sie sich bloß von all dem? Sie müssen verrückt sein!!«

Ronny neigte den Kopf etwas zur Seite und sah irgendwie verletzt aus. Er hatte nur ein Paar weißer Shorts und eine hellblaue Kappe an. Sein nackter Oberkörper glänzte weiß und schlaff in der grellen Sonne.

»Verrückt?« sagte er. »Na ja, ich weiß nicht. Sind wir nicht alle ein bißchen verrückt? Ach nenn mich doch bitte einfach Ronny. Schließlich kennen wir uns jetzt ja schon eine Weile. Mach dir wegen mir keine Sorgen. Ich werde dir nichts tun. Ich möchte nur in der Nähe meiner Frau sein.«

»Dazu hast du kein Recht, Ronny«, sagte ich und bereute sofort, seinen Vornamen benützt zu haben, weil das die Distanz zwischen uns verringerte.

Ich war zwar mit praktisch allen, die ich kannte, auf Du, aber trotzdem. »Sie hat dich verlassen und wird bald geschieden sein, und sie lebt jetzt mit mir zusammen.«

»Ich hoffe, daß sie glücklich ist.«

Seine Antwort überraschte mich. Was meinte er wohl damit?

»Danke. Und nun wärst du bitte so nett, uns in Frieden zu lassen«, sagte ich so höflich wie möglich.

»Ich will niemanden belästigen. Vergiß, daß du mich je gesehen hast.«

Ein großes, scheußliches Insekt mit einem langen Stachel am Rücken schwebte ein paar Zentimeter von seinem Gesicht entfernt. Er sah es zuerst ruhig an und starrte ihm dann in die Augen, bis es wegflog.

Ich wollte ihn fragen, warum er uns monatelang gefolgt war, wenn er uns nicht belästigen wollte. War das seine Art zu spaßen? Oder war es die Art eines verletzten Mannes, Rache zu nehmen? Etwas hielt mich jedoch davon ab. Ich hatte das Gefühl, daß ich so wenig wie möglich mit ihm sprechen sollte, um jegliche Diskussion oder Konfrontation zu vermeiden. Ich wollte nichts mit ihm zu tun haben. Er hatte gesagt, ich sollte ihn vergessen. Sehr gut. Das war genau das, was ich vorhatte.

Plötzlich fiel mir auf, daß er intensiv auf einen Punkt hinter mir starrte. Aus Reflex und Angst drehte ich mich um.

Es war nichts Ungewöhnliches zu sehen – nur die Straße, die zum Haus führte, die Bäume, Büsche und die Insekten, die in der Luft surrten. Als ich mich wieder Ronny zuwandte, grinste er.

»Ziemlich heiß heute, nicht?« sagte er.

Ich nahm einen der Koffer und verstaute ihn im Auto, Ronny brachte den anderen. Ich bedankte mich, sprang hinter das Steuer und fuhr davon. Ich zwang mich dazu, mich nicht umzudrehen. Auf dem Weg zum Haus überlegte ich, ob ich Gladys von unserer Begegnung erzählen sollte, entschied mich aber schließlich dagegen. Es gab keinen Grund, sie mit dem Vorfall zu belasten, wenn Ronny hielt, was er versprochen hatte, und verschwinden würde.

Ja, wenn – aber mit diesen Worten hatte er es nicht ausgedrückt. Wenn er uns nicht stören wollte, was machte er dann eigentlich hier? Er mußte vorausgefahren sein, während wir in Nizza und Cannes gebadet hatten. Warum wäre er uns bis in die Provence gefolgt, wenn er nicht in unserer Nähe zu bleiben gedachte?

Es tat mir leid, daß ich ihm nicht gedroht hatte, so daß er von uns fernbleiben würde. Ich hätte ihm nahelegen sollen, auf der Stelle zu verschwinden, sonst ... Er hatte kein Recht, sich auf Tante Matties zwanzig Hektar aufzuhalten, die groß genug waren, um uns all die Intimsphäre gegenüber unerwünschten Eindringlingen zu verschaffen, die wir uns wünschen konnten.

Gladys hatte inzwischen alle Fensterläden geöffnet. Sie stand in der Eingangstür, nur mit ihrem Bikini bekleidet, und hielt ein gefährlich aussehendes Gewehr in den Händen.

»Wenn Ronny sich hier blicken läßt, wird er eine Überraschung erleben«, sagte sie und fuchtelte drohend mit dem Gewehr herum.

Ich hatte es mir überlegt und beschlossen, doch mit ihr über das Passierte zu reden. Es wäre sonst vielleicht ein zu

Wir tranken Wein und aßen Käse und Brot dazu, während wir einander ständig versicherten, wie glücklich wir waren.

großer Schock gewesen, wäre Ronny wirklich unerwartet hier aufgetaucht.

»Ich habe soeben mit ihm gesprochen«, sagte ich.

»Mit Ronny? Wo?«

»Dort hinten, wo ich die Koffer ausgeladen hatte.«

»Das ist verrückt! Glaubt er, er kann mich zurückgewinnen, indem er mich quält?«

»Er sagte, er wollte uns nicht belästigen, und ich sollte einfach vergessen, ihn je gesehen zu haben.«

»Das ergibt doch keinen Sinn. Er *ist* nun einmal da, und er belästigt uns wirklich, und wir müssen ihm klarmachen, daß wir das nicht dulden werden. Er *muß* damit aufhören. Abgesehen davon, daß er uns *belästigt,* hält er sich jetzt auch noch unbefugt auf Privatbesitz auf!!«

Ich war ausgestiegen und hatte begonnen, die Koffer auszuladen. »Ich weiß nicht, ob sich die französische Polizei für so einen seltsamen Fall interessieren würde.«

»Das ist es ja gerade. Er weiß genau, daß wir nicht zur Polizei gehen werden. Also müssen wir ihn anders aufhalten.«

»Wo hast du denn das Gewehr gefunden?« erkundigte ich mich und nahm es ihr aus der Hand.

»Es gehört Tante Mattie. Es hing im Vorzimmer bei der Tür.«

Ich untersuchte es und sah, daß es nicht geladen war. Mit ihrem Ruf als gute Jägerin hätte Tante Mattie niemals ein geladenes Gewehr herumhängen lassen.

»Weißt du, wie man das Gewehr bedient, falls wir die Patronen finden?«

»Natürlich, aber ich hatte nicht vorgehabt, jagen zu gehen.«

»Ich hatte an Ronny gedacht.«

Ich lehnte das Gewehr an die Wand und schüttelte den Kopf. »Es ist komisch, aber wenn man plötzlich eine Waffe in der Hand hat, beginnt man, über die Konsequenzen nachzudenken.«

»Ich hatte ja nur gemeint, daß du ihn verjagen könntest damit.«

»Du hast von Patronen gesprochen.«

»Na ja, aber nur, um einen Warnschuß abzugeben.«

Ich nickte. »Vielleicht wenn er zu frech wird. Das einzige, was wir jetzt zu tun versuchen können, ist, ihn von unserem Grund fernzuhalten. Du hast mir doch von einer Karte erzählt, die die Grenzen markiert. Wir werden uns damit bekannt machen müssen. Unglücklicherweise gibt es keinen Zaun. Wir müssen diesem Typen aber trotzdem klarmachen, wo die Grenzen sind. Ich kann zweimal täglich auf Patrouille gehen und alle Eindringlinge verjagen. Wir werden es einfach nicht zulassen, daß er uns auf diesen zwanzig Hektar belästigt. Hier wollen wir allein sein.«

»Du scheinst zu vergessen, daß er sich auf einen der Hügel setzen und uns von dort mit seinem Fernglas beobachten kann.«

Ich antwortete nicht. Was hätte ich auch sagen sollen? Sie hatte recht. Wir waren nirgends sicher vor ihm. Wir konnten nie wissen, wo er gerade war.

Ich war mir immer sicherer, daß er Rache nahm. Er wollte, daß wir uns verfolgt fühlten. Er wollte uns zum Wahnsinn treiben. Ich sollte meines Glücks mit der Frau, die ihn zurückgewiesen hatte, beraubt werden. Und Gladys sollte bereuen, ihn jemals verlassen zu haben. So arbeiten Psychopathen. Und wir, die Opfer, konnten und trauten uns nicht, etwas zu unternehmen, um diesen Terror zu beenden.

»Ich hatte mich schon so darauf gefreut, nackt herumzulaufen, um am ganzen Körper braun zu werden«, sagte Gladys. »Jetzt werde ich das natürlich nicht machen.«

»Das verstehe ich nicht. Der Mann hat dich doch schon oft ohne alles gesehen.«

Sie schauderte. »Ich würde mich jedem Mann nackt zeigen – außer IHM!«

Wir gingen hinein, und ich sah mich ein wenig im Haus um. Im Erdgeschoß war die Küche mit einem Kamin und einem Steingewölbe, das sie vom Eßzimmer trennte; außerdem ein Wohnzimmer, ebenfalls mit einem Kamin, sowie einem hundert Jahre alten Gebälk und einer Tür, die auf eine von Zypressen und Feigenbäumen umgebene Terrasse führte. Im oberen Stock lagen das Badezimmer, ein großes Schlafzimmer, ein Kabinett und ein Zimmer, das zugesperrt war.

»Was ist denn da drinnen?« fragte ich und versuchte, die Tür zu öffnen.

»Ach, gar nichts«, sagte Gladys. »Es ist so baufällig, daß es praktisch nur mehr eine Ruine ist.«

»Warum ist es versperrt?«

»Es ist immer versperrt.«

»Hat die alte Dame Geheimnisse da drinnen?«

»Das glaube ich kaum, aber zumal das Zimmer nicht benützt werden konnte, dachte Tante Mattie wohl, daß sie es auch gleich zusperren könnte.«

»Ist es leer?«

»Nein. Es stehen ein paar alte Möbel darin. Du bist vielleicht ein wandelndes Fragezeichen!«

»Darauf kannst du wetten. Ich lebe nicht gerne in einem Haus mit verschlossenen Türen. Der Gedanke, neben einem Zimmer, das verschlossen ist und über das ich nichts weiß, zu schlafen, gefällt mir nicht. Es ist unheimlich. Wahrscheinlich ist es versperrt, weil Geister drinnen sind.«

Gladys lachte nur und ging ins Badezimmer, um sich die Hände zu waschen. Ich blieb vor der verschlossenen Tür stehen und starrte sie an. Ich hatte das vorhin Gesagte ernst gemeint. Mir war sehr unwohl bei verschlossenen Türen. Ich wollte mich im Haus frei bewegen können.

»Bist du sicher, daß du keinen Schlüssel zu dieser Tür hast?« rief ich, um das laufende Wasser zu übertönen.

»Ja!« schrie Gladys zurück. »Vergiß die Tür!«

»Es ist doch komisch, nur ein einziges Zimmer zu versperren. Außer natürlich, es sind unübliche Wertsachen darin.«

»Die gibt es dort sicher nicht«, sagte Gladys, als sie aus dem Bad kam. »Du wirst lernen müssen, deine Neugier zu bändigen.«

Ich ging hinaus und drehte eine Runde um das Haus. Da war ein Fenster im Giebel, das zu dem mysteriösen Zimmer gehören konnte. Es war durch halbverwitterte Fensterläden verschlossen, die aussahen, als entstammten sie noch der ursprünglichen Ausstattung des Hauses. In einer Scheune fand ich eine Leiter. Da auf dieser Seite des Hauses der Boden höher war, konnte ich das Fenster erreichen, wenn ich mich auf die letzte Sprosse stellte. Ich versuchte, die Läden aufzubrechen, aber sie waren offensichtlich von innen festgenagelt. Die einzige Möglichkeit, sie aufzubekommen, war, sie zu zerstören.

Gladys kam aus dem Haus, während ich noch auf der Leiter stand.

»Du bist verrückt«, sagte sie. »Gib auf. In dieses Zimmer kommst du nicht hinein.«

»Es läßt mir keine Ruhe. Ich möchte sehen, wie es ausschaut.«

»Tja, wirst du aber nicht. Tante Mattie hat ein Recht auf ihre Geheimnisse, falls wirklich welche dort verborgen sein sollten.«

Später gingen wir zum Brunnen, der etwa hundert Meter vom Haus entfernt zwischen Bäumen und Büschen versteckt lag. Der Brunnen war von einem kleinen Steinhaus mit Ziegeldach umgeben; eine Mauer trennte ihn von der Pumpe; der Pumpenraum war verschlossen. Der Brunnen selbst war nur mit einem verschiebbaren Deckel bedeckt. Die *Mas Farandola* war zu weit außerhalb der Stadt gelegen, um von deren Wasserleitungen versorgt zu werden. Tante Mattie hatte Gladys oft daran erinnert nachzuschauen, wie hoch der Wasserstand im Brunnen war. Wenn er unter einen halben Meter sank, mußten wir unseren Durst anders stillen und die eigene Hygiene ignorieren.

Ich war nie ein Brunnenfreund gewesen. Diese Aversion stammte noch aus meiner Kindheit und dem Sommer, als ich auf eine Farm auf dem Land geschickt wurde, um mich von meiner Kopenhagener Blässe und der Tendenz, Bronchitis zu bekommen, zu heilen. Das erste, was passierte, war, daß ich durch eine verwitterte Brunnenabdeckung fiel. Sie zogen mich halb bewußtlos heraus. Seit damals hatte ich schreckliche Angst vor diesen unterirdischen Wasserschächten. Ich stellte mir immer vor, ich würde kopfüber hineinfallen und nicht wieder heraus können; da unten in der Dunkelheit liegend, mit Wasser bedeckt, vergeblich um Hilfe schreiend, hoffnungslos Halt an den glitschigen Steinen suchend, mit schwindender Kraft; dann ein letzter verzweifelter Schrei, dessen Echo durch den vertikalen Tunnel hallen würde, weit hinauf, wo die Sonne schien, aber niemals oben ankäme. Dieser Alptraum hatte mich oft gepeinigt. Die zwei schrecklichsten Todesarten, die ich mir vorstellen kann, sind im Brunnen zu ertrinken oder im Treibsand zu versinken.

Ich öffnete die Luke und sah vorsichtig hinunter. Die Öffnung war nur auf Kniehöhe, und das gefiel mir noch weniger. Ein bißchen Licht erfüllte den Schacht, und als meine Augen sich an die Dunkelheit gewöhnt hatten, konnte ich die Konstruktion erkennen. Dieser Brunnen sah gar nicht so furchtbar aus. Zumindest versuchte ich mir das einzureden.

Es war ein eher neuer Brunnen, mit Stein ausgekleidet und etwa einen guten Meter im Durchmesser, also schien er nicht allzu schlimm. Eigentlich konnte man fast sagen, daß es ein guter, zivilisierter Brunnen war. Ein dünnes Rohr, durch das das Wasser angesaugt wurde, lief den Schacht hinunter.

Ein langes, dünnes Seil, das um ein Stück Holz gewickelt war und an dessen Ende ein Stein befestigt war, lag daneben. Ich warf den Stein in den Brunnen und zog ihn dann wieder herauf, um die Höhe des Wasserstands zu messen. Er betrug etwa zweieinhalb Meter. Das sollte für unseren täglichen *pastis* mehr als genug sein.

Wir gingen zum Haus zurück und begannen auszupacken. Dann machten wir uns etwas zum Abendessen. Wir hatten am Weg ein paar Kleinigkeiten gekauft und hatten genügend Konservendosen, um einige Tage durchzukommen, bis wir uns zum Einkaufen aufraffen würden.

Ich machte ein Feuer im Küchenkamin, obwohl es nicht kalt war. Es gibt einfach nichts Gemütlicheres und Romantischeres, als in einem alten provençalischen Landhaus vor dem brennenden Kamin zu sitzen.

Die Küche war ziemlich dunkel, da es nur ein Fenster gab, das tief in einer Nische lag. Wir zündeten also die Sturmlaterne auf dem Tisch an, und eine gemütliche Stimmung breitete sich um uns aus. Wir tranken Wein und aßen Thunfisch aus der Dose, Tomaten und Gurke, Leberpastete, Käse und Brot dazu, während wir einander ständig versicherten, wie glücklich wir waren.

Versuchte Gladys sich einzureden, daß Ronnys Anwesenheit nichts bedeutete? Oder glaubte sie wirklich, er würde uns verlassen?

Würden wir es schaffen, ihn loszuwerden? Vor allem aus unseren Gedanken. Konnten wir die Tatsache ignorieren, daß er irgendwo da draußen lauerte, mit seinem Fernglas um den Hals?

Hoffte er wirklich, sie beeinflussen zu können, sie mit seiner Hartnäckigkeit beeindrucken und so ködern zu können oder ... oder ... Plötzlich drängte sich mir eine neue Möglichkeit auf, als ich so in die flackernden rotgelben Flammen starrte. Wartete er etwa nur auf seine Chance, den

Mann, der das größte Hindernis bei der Zurückeroberung seiner Frau darstellte, zu beseitigen? Der Gedanke ließ mich erzittern, und Gladys fragte, ob mir kalt wäre. Ich sagte, es wäre nur ein Schauer gewesen.

Wir gingen hinaus, um den warmen Abend zu genießen und den Sonnenuntergang zu betrachten.

»Die Stille ist erdrückend«, sagte Gladys. »Hör doch. Es ist kein Geräusch zu vernehmen.«

Ganz hatte sie damit nicht recht. Man konnte die Zikaden vom Tal her hören, oder vielleicht waren sie auch hinter den Hügeln. Jedenfalls schienen ihre Geräusche die Stille nur noch zu verstärken. Ich fühlte ein enormes Gewicht auf meinen Schultern. Wenn man den Lärm einer Großstadt gewöhnt ist, kann einem die schwere, samtige Lautlosigkeit ganz schön auf die Nerven gehen. Oder, wie Gladys es formulierte: »Schaurig, nicht?«

»Ja«, stimmte ich ihr zu und wünschte, ich könnte einen Hund bellen hören, oder den Straßenverkehr, einen einzigen Autobus oder die Kirchenglocken. Dann wäre alles in Ordnung gewesen.

Sie legte ihren Arm um meine Hüften und kuschelte sich an mich. Ich legte meinen Arm um ihre Schultern.

»Ich weiß nicht, wie Tante Mattie sich traute, hier alleine zu leben«, sagte sie. »Ich würde sterben vor Angst.«

»Immerhin hatte sie ihr Gewehr. Und wenn man es sich überlegt, ist es hier wahrscheinlich sicherer, als in den von Verbrechen geplagten Städten.«

»Na ich weiß nicht. In der Nacht – in der Dunkelheit und Isolation ...«

Ich dachte an Ronny. Er war ein Schwindler, ein Psychopath und ein Tyrann. Aber war er auch imstande, einen Mord zu begehen? Wenn das der Fall war, hätten die Umstände nicht idealer sein können. Zwanzig Hektar freies Land, weit von allen anderen Leuten entfernt. Der ideale

Ort für ein perfektes Verbrechen. Es war so einfach, alle Spuren zu beseitigen.

Was erwartete er von Gladys? Wie, dachte er, daß sie reagieren würde, wenn er mich umbrachte? So weit hatte er wahrscheinlich nicht gedacht. Ein Verrückter denkt nicht daran, was nachher passiert. Er konzentriert sich nur intensiv auf sein Opfer – und wartet auf den richtigen Moment.

Ich hatte das Gefühl, ein schweres Rätsel gelöst zu haben. Bis jetzt hatten wir für Ronnys Beschattung keine Erklärung gehabt.

Als wir wieder hineingingen, versicherte ich mich, daß alle Türen und Fensterläden geschlossen waren. Glücklicherweise stellte Gladys das nicht in Frage. Sie ist der Typ, der es für richtig hält, in der Nacht alles gut zu verschließen.

Gladys hat auf alle Zeiten genug von dir!

Die Nacht birgt viele seltsame und schaurige Geräusche, wenn man sich an einem ungewohnten, einsamen Ort befindet. Vielleicht ist das auch nur in der Provence so. Heiseres Gekrächze, Schnaufen, Schnarchen und Grunzen – furchterregende Geräusche – Geräusche, die wir nicht identifizieren können, weil wir den Kontakt mit der Natur und den Tieren, die in der Nacht herumstreunen, verloren haben. Diese Geräusche können ungewöhnlich laut sein, wenn sie die herrschende Stille durchbrechen.

Wir dachten, wir wären müde, und gingen früh ins Bett. Gladys schlief auch sofort ein, aber ich war hellwach. Ich konnte einfach nicht einschlafen, weil es so ruhig war. Die Stille erdrückte mich. Ich lauschte aufmerksam und wurde immer hektischer, je mehr ich mich auf die gelegentlichen

Tiergeräusche konzentrierte, die ich nicht zuordnen konnte.

Lärm hält einen nicht vom Schlafen ab, wenn man ihn gewöhnt ist, aber Stille kann einen ersticken. Ich dachte: »So muß es sich anfühlen, unter zwei Meter nassen Sand begraben zu sein.«

Ich warf mich von einer Seite auf die andere und versuchte, an etwas anderes zu denken, aber da erschien sofort Ronny in meiner Vorstellung, was die Sache auch nicht besser machte. Ich setzte mich im Bett auf und starrte auf die geschlossenen Fensterläden. Gladys rief meinen Namen und fragte, ob ich schlief.

»Nein«, sagte ich. »Ich kann nicht schlafen in dieser gottverdammten Stille.«

»Ich habe einen Schrei gehört. Davon bin ich aufgewacht. Hast du ihn auch gehört?«

»Ja. Das war irgendein Vogel.«

»Bist du sicher?«

»Ja. Was sollte es sonst gewesen sein?«

Sie drehte sich um und schlief auf der Stelle wieder ein. Ich beneidete sie um die Fähigkeit, so leicht einschlafen zu können. Als ich auf die Uhr schaute, sah ich, daß es erst halb elf war. Ich stand leise auf und ging hinunter. Jetzt hätte ich gerne ein Bier gehabt. Bier ist das beste Schlafmittel, das ich kenne. Ein oder zwei Biere vor dem Schlafengehen, und ich bin weg wie nichts.

Ich vermißte das beruhigende Treiben einer Großstadt. Das Geräusch von Autos, die hinaus in die Nacht fahren, singt mich in den Schlaf. Es war mir klar, daß ich nicht für das Leben auf dem Land geschaffen war. In der Nähe eines internationalen Flughafens würde ich es vielleicht noch eher aushalten.

Ich schenkte mir ein Glas Wein ein und zündete eine Zigarette an. Es war beruhigend. Nach einer Weile schenkte ich mir ein zweites Glas ein und dachte an das versperrte Zimmer. Ich wäre gern imstande gewesen, das Schloß zu knacken, um einen Blick auf den Inhalt des Zimmers zu erhaschen. Aber ich wußte, daß das völlig unmöglich war.

Plötzlich hörte ich Gladys aufschreien. Ich rannte in das Schlafzimmer hinauf. Gladys saß aufrecht im Bett und sah zu Tode erschreckt aus. Sie schrie: »Wo bist du?«

»Ich bin hier. Was ist denn los?«

»Da war so ein schreckliches Stöhnen gleich beim Haus. Es hat mich aufgeweckt, und ich bin so erschrocken.«

»Du mußt dich nicht fürchten. Es ist wahrscheinlich irgendein Tier, das nach Mitleid heischt.«

»Bitte geh nachsehen, was es ist«, bettelte Gladys. Sie fürchtete sich immer, wenn sie in der Nacht von mysteriösen Geräuschen aufgeweckt wurde.

Ich ging ans Fenster, öffnete die Läden und lehnte mich hinaus. Es war eine klare Nacht und Vollmond, so daß ich ziemlich weit sehen konnte. Die Landschaft sah anders aus als am Tag, wenn Sonne und Schatten die Umgebung in allen Abstufungen von Grün und Silbergrau erscheinen ließen. Jetzt war alles fahl, formlos, gespenstisch, farblos – unwirklich und tot.

Nichts bewegte sich. Kein Lebenszeichen war zu erspähen.

Dann war es wieder da. Ein langes, ausgedehntes Stöhnen und Keuchen, als ob ein Geschöpf um Atem ränge.

Ein verletztes Tier mitten in der Nacht?

»Ich gehe hinaus und sehe nach«, sagte ich.

»Nein, nein. Nur das nicht. Du darfst niemanden in das Haus lassen.«

»Ich werde niemanden hineinlassen, aber ich muß herausfinden, wo dieses Geräusch herkommt. Wenn ich Patronen finden kann, nehme ich das Gewehr mit.«

Mir war schon vorher ein kleiner Tisch im Vorzimmer aufgefallen, und tatsächlich befand sich in der Schublade eine Schachtel mit Patronen. Tante Mattie war sehr gründlich. Ich lud das Gewehr und ging hinaus.

Für die, die Nächte auf dem Land mögen, wäre das wahrscheinlich eine sehr schöne gewesen. Warm, trocken und still.

Ich kann nicht behaupten, daß ich beeindruckt war. Ich hätte gerne ein einziges Neonschild erblickt – vorzugsweise eines mit verschiedenen Botschaften, die abwechselnd aufleuchteten. Ich wußte nicht, wie lange ich diese Stille und die Wildnis ohne Menschen aushalten würde.

Ich bewegte mich langsam und vorsichtig, sah zwischen die Bäume und Büsche und blieb hin und wieder stehen, um zu horchen. Es war nichts zu hören. Die Welt war tot. Das Ächzen und Keuchen, das wir gehört hatten, mußte das Todesstöhnen der Erde gewesen sein.

Ich hätte gerne einen Schuß abgegeben, einfach um ein bißchen Lärm zu machen, aber ich wollte Gladys nicht erschrecken.

Ich fuhr zusammen, als ich eine Stimme hinter mir hörte.

»Eigenartige Uhrzeit, um jagen zu gehen.«

Ich wirbelte herum und sprang ein wenig zur Seite. Ich erblickte eine bewegungslose Silhouette im Schatten der Bäume. Nur die brennende Zigarette war zu sehen. Dann trat er aus der Dunkelheit, und das Mondlicht machte ihn klar erkennbar.

»Was tust du hier?« schrie ich aufgebracht.

»Ich genieße die Stille. Die Nacht ist zu schön, um zu schlafen. Wann können wir zu Hause schon solche Nächte genießen?«

Wir standen etwa fünf Meter voneinander entfernt. Das Gewehr war geladen. Man trifft einen Eindringling auf seinem Grund mitten in der Nacht, erschießt ihn und setzt einem bösen Kapitel seines Lebens ein Ende. Aber das wäre

Mord gewesen, und unglücklicherweise hatte ich Hemmungen, die er vielleicht nicht hatte.

»Hast du vorher diese Geräusche gemacht?«

»Welche Geräusche?«

»Stöhnen und Keuchen.«

»Warum hätte ich das tun sollen? Mir geht es ganz prächtig.«

Gladys setzte sich im Bett auf und starrte mich an.

»Du hast hier nichts zu suchen – egal ob bei Tag oder Nacht. Du hast deine Füße nicht auf diese zwanzig Hektar zu setzen!«

»Störe ich euch etwa?« fragte Ronny im Klageton.

Was für eine absurde Frage. Es wäre sinnlos gewesen, sie zu beantworten.

»Warum verfolgst du uns?«

»Ich verfolge niemanden«, antwortete er und ging langsam auf mich zu, scheinbar ohne das Gewehr zu bemerken, bis er mit seinem Bauch an den Lauf stieß.

»Warum bist du dann hier?«

»Ich bin überall dort, wo Gladys ist, aber ich störe niemanden. Ich muß einfach da sein, wo Gladys sich befindet. Sie ruft mich, und ich rufe sie. Egal was zwischen uns passiert ist, die spirituellen Bande sind geblieben. Verstehst du, was ich meine?«

Ich verstand nur eines: Dieser Mann war verrückt, vielleicht sogar gefährlich, und hätte schon vor langer Zeit eingesperrt werden sollen.

»Nun gut«, sagte ich. »Verschwinde. Fahr zurück nach Kopenhagen. Gib auf. Gladys will nichts mehr mit dir zu tun haben, und zwar jetzt und für immer. Merk dir das. Sie ruft dich nicht, und sie will dich auch nicht sehen. Ich übrigens auch nicht. Verstanden?«

Er nahm langsam die Zigarette aus dem Mund und beugte sich vor, als ob er scharf über das eben Gesagte nachdächte. In jeder anderen Situation hätte es so gewirkt, als würde er anteilnehmend zuhören. Aber ich war immer noch von seiner Gefährlichkeit überzeugt.

»Ich möchte wie zu einem Freund mit dir reden«, sagte er. »Ich bin dir nicht feindlich gesinnt. Warum sollte ich das auch sein? Ich bin sicher, daß du ein netter Kerl bist. Gladys hat mich verlassen und dich getroffen. So ist das Leben. Vielleicht seid ihr in vielerlei Hinsicht eher für einander geschaffen, als wir es waren. Aber du wirst nie diese spirituelle Einheit erreichen, die wir zusammen hatten.«

»Ich weiß nicht, über welche spirituelle Einheit du da redest«, sagte ich. »Es ist auch egal, weil Gladys sie sowieso nicht fühlt.«

»Warum ruft sie mich dann immer?« fragte er sanft.

Ich antwortete schroff: »Verschwinde!«

Ich wollte mich mit diesem Mann auf keine Diskussion einlassen. Vielleicht glaubte er wirklich an diese spirituelle Verbindung mit ihr, oder aber es war nur eine Masche – ein Teil seiner Taktik. Ich winkte ungeduldig mit dem Gewehr, obwohl ich ihm nicht wirklich Angst einjagen wollte.

»Du kannst mich umbringen«, sagte er, »aber die spirituellen Bande werden halten. Obwohl du, das muß ich zugeben, zumindest meinen Anblick los wärst. Außer natürlich, ich entscheide mich, wieder zu verschwinden.« Mit diesen Worten drehte er sich um und verschwand im Wald.

Ich eilte zum Haus zurück. Gladys hatte sich schon große Sorgen gemacht. Sie war gerade am Weg nach unten gewesen, um mich zu suchen.

»Ich habe seine Stimme gehört. Ihr habt miteinander gesprochen. Er ist sehr stur. Wir werden ihn nie loswerden.«

»Das bezweifle ich nicht. Ich habe lange darüber nachgedacht, was es für ihn bedeutet, mitten in der Nacht um das Haus zu schleichen. Habe ich ihn nur durch Zufall getroffen? Hat er gestöhnt wie ein verletztes Tier, nur um uns zu Tode zu erschrecken? Oder um mich aus dem Haus zu locken? Oder war es wirklich ein Tier? Wenn er in dem Gasthaus wohnt, muß er jedesmal eine weite Strecke fahren, um uns in der Nacht zu beobachten.«

Gladys nahm meine Hand. »Komm ins Bett und denk nicht mehr an ihn. Es gibt nur eines, das wir tun können:

versuchen, ihn zu ignorieren. Irgendwann muß es ihm einfach zu dumm werden.«

Wir gingen hinauf ins Schlafzimmer, und Gladys legte sich ins Bett. Ich saß auf der Bettkante und sah sie an. Sie lächelte, aber sie konnte ihre Furcht nicht verbergen. Ich zögerte erst und sagte dann: »Empfindest du noch etwas für ihn? Ich meine, obwohl du nicht mit ihm zusammenleben möchtest und ihn verlassen hast und jetzt mich liebst, könntest du doch trotzdem etwas für ihn empfinden. Mitleid, Anteilnahme – etwas in der Art. Schließlich hast du ihn einst sehr geliebt.«

»Es war Blindheit. Ich war verblendet. Es hat nicht lange gedauert, bis ich bereute, ihn geheiratet zu haben. Ob ich etwas für ihn empfinde? Nein. Nicht einmal Haß. Er ist mir einfach egal. Aber warum fragst du? Bezweifelst du das etwa?«

»Er hat eine Erklärung abgeliefert, warum er uns verfolgt. Er sprach von einer spirituellen Verbindung, die zwischen euch zweien existiert. Hast du diesen Wahnsinn schon einmal gehört?«

»Nein. Er ist verrückt.«

»Den Eindruck habe ich auch.«

»Spirituelle Verbindung! Guter Gott – mit dem Mann!!«

»Es könnte ein Vorwand sein, um sein wahres Motiv zu verbergen.«

Gladys sah verängstigt aus. »Was für ein Motiv?«

Ich hatte schon zu viel gesagt. Ich hätte sie nichts von meinen Ängsten wissen hissen sollen. Aber jetzt mußte ich fortfahren.

»Manchmal passiert es, daß ein Ehemann, der abgelehnt und verletzt wird, keinen Ausweg mehr sieht. Er will nicht, daß seine Frau einem anderen Mann gehört.«

Gladys setzte sich im Bett auf und starrte mich an. Sie flüsterte, als ob sie fürchtete, man könnte sie außßerhalb des

Hauses hören: »Willst du damit sagen, daß er versuchen wird, mich umzubringen?«

»Dich oder mich. Oder uns beide. Nein, natürlich will ich das nicht glauben, aber wir können die Möglichkeit nicht außer acht lassen. Wir müssen wachsam sein, speziell hier, wo es so einsam ist. Es wäre am besten, wenn keiner allein weggeht.«

»Wäre es nicht besser, wieder nach Hause zu fahren?«

»Daran habe ich auch schon gedacht, aber vor ihm wegzulaufen, löst das Problem nicht. Er wäre uns immer auf den Fersen. Ich bleibe lieber und ... fechte die Sache hier aus.«

Vielleicht klang das ein bißchen melodramatisch, aber was ich meinte, war, daß es unter diesen Umständen irgendwann zu einer Konfrontation kommen würde. Sie konnte also genausogut hier stattfinden, wo ich auch die Vorteile der Abgeschlossenheit nützen konnte.

»Meinst du, ich soll versuchen, ihn zur Vernunft zu bringen?« fragte Gladys.

»Lieber nicht. Damit muß ich selbst fertig werden. Er ist übrigens betont freundlich. ›Nenn mich einfach Ronny‹, hat er gesagt. Er bestand darauf. Wahrscheinlich werden wir einfach freundlich zu einander sein.«

Gladys lächelte. »Und dann nach einer Weile wird er zu den Hausgästen zählen. Er kann sehr charmant sein, wenn er will.«

Ich küßte sie und sagte: »Das will ich nicht gehört haben. Ich betrachte ihn lieber als das, was er ist – ein Mistkerl.«

»Es gibt keinen Grund, eifersüchtig zu sein.«

»Welcher Mann wäre nicht besorgt, wenn er seinen Vorgänger nicht loswird?«

»Hast du die Tür auch wieder versperrt, als du hereingekommen bist?«

»Ja. Er kann nicht herein.«

Das letzte, was ich vor dem Einschlafen hörte, war ein Tier, das unter dem Fenster herumschnüffelte. Außer natürlich, es war Ronny.

Du bist ein verdammter Psychopath, und ich will nichts mit dir zu tun haben!

Gegen sechs am nächsten Morgen wurden wir von Schüssen geweckt. Die Schüsse kamen vom Wald und den Hügeln.

Erschöpft und verwirrt stolperte ich ans Fenster, aber ich konnte nichts sehen. Die Schüsse dröhnten in gewissen Abstanden durch den Wald.

»Das sind die Jäger«, murmelte Gladys unter der Decke hervor. »Sie glauben, das Haus sei unbewohnt, also jagen sie auf Tante Matties Grund.«

»Vielen Dank. Jetzt riskieren wir auch noch, eine Kugel in den Kopf zu bekommen, wenn wir einen Fuß vor die Tür setzen.«

Später drehte ich das Radio auf, das wir mitgenommen hatten, um mir die Nachrichten anzuhören. Das einzige Thema war die Jagd. Die Saison hatte an diesem Morgen begonnen. Die Franzosen sind ganz verrückt auf das Jagen. Während der Saison trampeln Millionen Jäger durch die Wälder und schießen auf alles, was sich bewegt. Die Zeitungen sind täglich voll mit Berichten über Unfälle, die durch fehlgegangene Schüsse ausgelöst wurden. Über Radio wurden Warnungen durchgesagt und die Jäger gebeten, vorsichtig zu sein, aber es half alles nichts. Französische Jäger sind unkontrollierbar und blutrünstig; ›Jagen verboten‹-Schilder haben keine Wirkung auf sie. Tante Mattie hatte viele Schilder aufgestellt, auf denen *CHASSE GARDÉE* stand,

179

was hieß, daß sie das Wild für ihr eigenes Gewehr beanspruchte, aber die meisten dieser Schilder waren niedergerissen worden.

Ich wäre selbst gerne jagen gegangen, da es nun schon ein Gewehr im Haus gab, aber ich getraute mich nicht – nicht mit der ganzen Schießerei, die rundherum stattfand. Ich wollte nicht für ein Wildschwein gehalten werden.

Als die Schüsse schließlich verhallten und die Jäger weiter nach Westen zogen, aßen wir unser Frühstück draußen unter einer schattigen Eiche. Es hatte bereits dreißig Grad, und die Sonne brannte vom wolkenlosen Himmel. Wir waren von Millionen von Zikaden umgeben, die lautstark mit ihren Hinterbeinen zirpten. Sie gingen mir auf die Nerven. Ich gebe ja zu, daß ich schwierig bin. Als sie schließlich aufhörten und die Stille wieder einsetzte, war es um nichts besser.

Wenn ich schon in einem Garten sein muß, bevorzuge ich einen ganz normalen, städtischen, von dem aus ich die Nachbarn auf der Straße sehen kann. Ich glaube, daß ich an umgekehrter Klaustrophobie leide, da ich panische Angst vor offenem Raum habe. Zwanzig Hektar freie Natur plus die angrenzenden zwanzig Hektar Wald waren ein bißchen zu viel für mich. Ich habe die Wildnis noch nie romantisch gefunden. Man könnte mich als ›Etagenmensch‹ bezeichnen – am glücklichsten bin ich auf der dritten Etage.

Wir beschlossen, die Gegend erforschen zu gehen. Vielleicht würde ich mich besser fühlen, wenn ich das Terrain kannte. Ich überlegte, das Gewehr mitzunehmen. Nicht um zu jagen, sondern um uns zu beschützen. Vor Ronny.

Ich entschied mich aber dagegen. Die ganze Sache drohte zu eskalieren. Ich war entschlossen, mich nicht verrückt machen zu lassen. Bei Tageslicht kam es mir absurd vor, Ronny könnte uns umbringen wollen. Ich wollte hier keine Zwangsvorstellung heraufbeschwören.

Gladys und ich marschierten glücklich und Hand in Hand einen Pfad entlang.

»Bin ich dir nicht genug?« fragte sie, auf meine Gefühle gegenüber der Wildnis anspielend. »Mußt du wirklich noch andere Menschen sehen?«

Wir blieben stehen und küßten einander. Ich erklärte ihr, daß mein Wunsch nach einem ausgefüllten Leben voll mit Leuten meinem Temperament entsprach; deshalb konnte mich aber trotzdem nichts von den Gefühlen, die ich für sie empfand, ablenken – nicht einmal wenn wir mitten auf dem Rathausplatz in Kopenhagen gewohnt hätten. Wir küßten uns noch einmal und dann noch einmal ... Wir begehrten einander, aber da war etwas, das uns zurückhielt. Ich für meinen Teil hätte im Sex in der Wildnis einen positiven Aspekt derselben gesehen. Hätten wir uns mitten am Rathausplatz befunden, wären wir vermutlich verhaftet worden. Keiner von uns beiden sagte etwas, und wir gingen weiter.

Nachdem wir einem langen Pfad, der sich auf einen bewaldeten Hügel hinaufschlängelte, gefolgt waren, kamen wir plötzlich zu einer Wiese, in deren Mitte eine Ruine stand. Es waren nur noch die Überreste von alten, baufälligen Mauern und Teile der Decke vorhanden; wilde Gewächse wucherten überall. Ich kenne keine Häuser, die mit soviel Charme verfallen, wie die in der Provence.

Es sah aus, als wäre das Haus seinerzeit ziemlich groß gewesen. Wir gingen bei der ehemaligen Eingangstür hinein. Die Tür gab es längst nicht mehr, aber die schweren Türstöcke waren noch immer da und verhinderten den völligen Einsturz der Mauern. Überall liefen Eidechsen herum, und ein großer Gecko saß mit gekrümmtem Reptilienkörper senkrecht an der Mauer.

Gladys schnappte nach Luft, als sie ihn sah, und sagte: »Laß uns hier verschwinden. Ich hasse alles, was kriecht!«

Ich hatte meinen Kopf durch eine andere Tür gesteckt, um nachzuschauen, wie es auf der anderen Seite aussah.

Ich erschrak. »Hier ist noch ein Kriecher!«

Ronny kam aus der Tür.

»Ich habe versucht, leise zu sein, so daß ich euch nicht störe. Ich dachte nicht, daß ihr lange hier bleiben würdet. Eine schöne Ruine, nicht wahr? Vielleicht drei- oder vierhundert Jahre alt. Was glaubst du, würde es kosten, sie herzurichten?«

Er sah sich um, als würde er die Kosten schätzen, und bemerkte Gladys gar nicht, die in ihrem Bikini sehr dekorativ zwischen all den Steinen und Gräsern wirkte.

»Diese provençalischen Ruinen haben Ausbaumöglichkeiten«, fuhr er fort. »Man sollte sie kaufen, herrichten und an Dänen weiterverkaufen, die ganz verrückt nach Südfrankreich und alten Bauwerken sind. Sie können sich mit den beliebten, verlassenen Bauernhöfen in Schweden messen, aber natürlich müßten wir uns an eine exklusive Kundschaft wenden. Was sagst du zur Gründung einer Vereinigung für das Aufkaufen südfranzösischer Ruinen? Man brauchte ein Startkapital, aber die Einnahmen wären es wert. Möchtest du dich beteiligen? Es könnte eine Art Familienbetrieb werden.«

Gladys war hervorgetreten und stand nun hinter mir. »Du und deine betrügerischen Spiele«, sagte sie über meine linke Schulter hinweg. »Verschwinde von hier, Ronny. Wir können auf deine Gesellschaft verzichten!«

Ronny seufzte tief. »Es ist schrecklich, unerwünscht zu sein. Schon als Kind habe ich mich unerwünscht gefühlt. Meine Eltern liebten mich nicht. Weißt du«, sagte er direkt zu mir, »ich hatte eine schwere Kindheit. Ich mußte schon früh selbständig sein.«

»Hör auf damit, Ronny«, sagte Gladys. »Die Geschichten über dein schweres Schicksal interessieren uns nicht. Du

Wir küßten uns noch einmal und dann noch einmal.

bist ein verdammter Psychopath, und ich will nichts mit dir zu tun haben!«

»Das ist sehr hart«, sagte Ronny, den Tränen nahe. »Du weißt sehr gut, daß zwischen uns eine besondere Art der Kommunikation besteht.«

»Wenn du darauf bestehst. Ich kommuniziere dir hiermit also: Verschwinde, und ich will dich nie wieder sehen!«

»Nun gut, aber warum höre ich ständig deine Stimme in der Nacht?«

Ich sah Gladys an. Sie schüttelte verzweifelt ihren Kopf.

»Das ist nur einer seiner Tricks«, sagte sie. »Er simuliert spirituellen Kontakt. Hör nicht auf ihn.«

Sie drehte sich zu Ronny um und fuhr fort: »Ich habe jetzt wirklich genug von dir, Ronny. Du wirst jetzt umdrehen und nach Hause gehen und uns in Ruhe lassen. Es gibt Limits, wie lange ein Mann das Recht hat, seine Exfrau zu verfolgen.«

»Also erstens einmal«, antwortete Ronny ruhig, »ist die Scheidung noch nicht rechtskräftig, du bist also vor dem Gesetz noch immer meine Ehefrau. Und zweitens verfolge ich dich nicht. Ich folge dir nur, und du weißt sehr gut, warum.«

Ich finde es sehr schwer, mich im Zaum zu halten, wenn ich es mit jemandem zu tun habe, der eine dicke Haut hat. Ich verlor die Geduld und schrie: »Verdammt noch einmal!! Uns reicht es. Wir lassen es uns nicht mehr gefallen, daß du uns verfolgst oder folgst, wie immer du es auch nennen magst. Geh nach Hause oder in dein Gasthaus oder Hotel und bleib dort. Aber laß dich hier nicht wieder blicken!!«

»Zelt«, sagte er.

»Was?«

»Ich wohne nicht in einem Gasthaus oder im Hotel. Ich habe ein kleines Zelt mitgebracht. Ein netter Weinbauer, dessen Felder neben euren liegen, hat mir erlaubt, mein Zelt unter einem schattenspendenden Olivenbaum am Rande seines Feldes aufzustellen. Ich gedenke also, dort zu wohnen. Ich habe schließlich auch das Recht, in der Provence Ferien zu machen.«

Gladys legte ihre Hand auf meinen Arm. Sie merkte, daß meine Wut aus allen Fugen geriet.

»Komm«, sagte sie sanft. »Es hat keinen Sinn, mit ihm zu reden. Gib ihm ein Seil, und er wird sich selbst aufhängen.«

Wir drehten uns um und gingen. Wir wanderten weiter den Pfad entlang und hofften auf einen anderen zu stoßen, der zum Haus zurückführen würde. Nachdem wir eine Weile, ohne etwas zu sprechen, marschiert waren, sagte ich: »Was hast du gemeint mit ›gib ihm ein Seil ...‹«

»Ich weiß es auch nicht. Es ist eben so eine Redensart. Also es muß einfach ein Limit geben.«

»Und was geschieht ... wenn das Limit erreicht ist?«

»Dann muß er gestoppt werden.«

»Wie?«

»Mit der Polizei.«

»Es gibt nichts Schwierigeres, als mit einem derartigen Problem zur Polizei zu gehen. Sie werden dich fragen, ob er dich direkt belästigt.«

»Ich fühle mich belästigt.«

»Das reicht nicht.«

»Was sollen wir tun?«

»Das ist es ja gerade. Wie sollen wir ihn nur stoppen?«

»Was wäre, wenn wir ihn verhauten?«

»Ich glaube, ich bin nicht zum Schläger geboren.«

Gladys blieb stehen. Sie stand auf einer Waldlichtung, und ein Sonnenstrahl schien wie ein Scheinwerfer auf sie. Sie warf ihren Kopf herum und spitzte die Lippen. »Mit anderen Worten«, sagte sie steif, »du gedenkst überhaupt nichts zu tun.«

Ihre Gesichtszüge waren hart geworden – fast grausam. Vielleicht war es auch nur das grelle Sonnenlicht, das ihre Weichheit verhüllte und ihre Züge so scharf erscheinen ließ.

»Natürlich werde ich weiterhin versuchen, ihn zur Vernunft zu bringen.«

»Weißt du überhaupt, wie ich mich fühle?« brach es aus ihr hervor. »Ich habe das Gefühl, an diesen Mann gekettet zu sein. Ich winde und wende mich, um mich von ihm zu befreien, aber es hilft nichts. Wir sind zusammengeschmiedet. Er ist der Teufel persönlich. Er wird mich nie auslassen!«

Ich nahm sie in die Arme. Jetzt standen wir beide in dem Sonnenfleck zwischen den Kiefern. Auf ihrer Stirn standen Schweißperlen. »Du mußt mir das nicht weiter erklären. Ich weiß, wie du dich fühlst ... Wie glaubst du, daß ich mich fühle? Am Anfang fand ich es fast ein wenig komisch, daß dein Ehemann uns bespitzelte und ständig unerwartet auftauchte – das absurde Symptom des verletzten Stolzes eines angegriffenen Ehemannes. Aber schon seit langer Zeit ist es nicht mehr komisch. Es ist ein Alptraum geworden. Ich könnte ihn ermorden.«

Wie leicht ein Wort wie ›ermorden‹ doch über unsere Lippen kommt. Wie ernst meinen wir es wirklich damit? Wie leicht oder schwer wäre es, sich für einen Mord zur Lösung eines Problems zu entscheiden? Unter welchen Umständen würden wir einen Mord begehen? Wenn die Bedingungen stimmten ... Ich fing an, darüber nachzudenken.

Gladys hatte nichts zu meinen Überlegungen zu sagen. Vielleicht hatte sie noch nicht daran gedacht.

Wir gingen weiter und fanden einen anderen Weg. Nach etwa einer halben Stunde kam das Haus in Sicht. Plötzlich wurde die Stille vom Geräusch zweier rotbrauner Hubschrauber durchbrochen, die tief über den Baumspitzen flogen. Sie waren tief genug für uns, um die Piloten im Cockpit erkennen zu können. Der Lärm war betäubend. Gladys meinte, es wäre die Feuerwache. Die Gegend mußte alle paar Stunden wegen der Brandgefahr kontrolliert werden. Jeden Sommer und Herbst wurden riesige Waldgebiete um das Mittelmeer von Flammen zerstört. Hunderte und Aberhunderte Hektar wurden zu Asche gemacht. Deshalb patrouillierten die Zivilverteidigungshubschrauber das gesamte Küstengebiet auf und ab und hielten nach ersten

Rauchanzeichen Ausschau. Dort, wo die größte Feuergefahr bestand, waren große Schilder aufgestellt, auf denen ein brennendes Zündholz abgebildet war und stand: WARNUNG! ROTE ZONE!

Unglücklicherweise lagen wir mitten in so einer roten Zone. Ich sagte: »Denk nur, was passieren würde, wenn ein Camper mit seinem Lagerfeuer unvorsichtig wäre!«

Gladys wurde von Panik erfaßt. »Ronny ist schrecklich unvorsichtig mit seinen Zigaretten. Er benützt nie einen Aschenbecher. Er klopft die Asche einfach dort ab, wo er sich gerade befindet. Er hat in fast alle unserer Stühle Löcher gebrannt, und auch seine Hosen haben alle Löcher. Es ist ihm egal, wo er seine Zigarette wegwirft. Ich weiß nicht, ob wir hier noch eine Minute länger bleiben sollten!!«

Zuerst wollte ich diesen Ort ebenfalls so schnell wie möglich verlassen. Ich hatte kein Interesse daran, als verkohlte Leiche gefunden zu werden. Ich dachte nicht nur an jemanden, der seine brennende Zigarette aus Unachtsamkeit wegwarf. Ich mußte auch daran denken, daß Ronny absichtlich ein Feuer entzünden könnte, um seinem Haß und seiner Bitterkeit, die sich möglicherweise gegen uns beide richteten, Luft zu machen.

Ich versuchte mir die Chancen auszurechnen, die wir hatten, bei einem Feuer zu entkommen. Sie standen gar nicht so schlecht. Das Haus lag auf einer Lichtung. Tante Mattie hatte aufgepaßt, daß im Umkreis von dreißig Metern – wie es das Gesetz verlangte – keine Bäume und Büsche wuchsen. Wir waren also sozusagen durch einen Leerraum geschützt. Die dauernden Luftpatrouillen waren auch beruhigend. Beim geringsten Feueranzeichen würde die Patrouille Alarm schlagen. So lange wir im Haus blieben, wären wir nicht sehr in Gefahr. Oder sie würden uns mit dem Helikopter holen.

Obwohl mein Wunsch zu bleiben nicht überwältigend

groß war, hatte ich beschlossen, die Sache durchzustehen, wenn ich Gladys davon überzeugen konnte. Ich hatte das unerklärliche Gefühl, daß sich unser Problem mit Ronny von selbst lösen würde, wenn wir noch ein bißchen länger hierblieben.

Wenn wir jetzt flohen, hätten wir diesen Verrückten weiterhin am Hals. Er würde weiterexistieren gleich einem häßlichen Geschwür in unserem Leben ... ohne daß einer von uns beiden die Chance hätte, sich zur Wehr zu setzen.

Ich wollte mir über seine tieferen Motive klar werden. Glaubte er wirklich, daß eine spirituelle Verbindung zwischen ihm und Gladys bestand? War er ernsthaft davon überzeugt, einen Einfluß auf sie ausüben zu können, indem er immer in ihrer Nähe blieb und sie dauernd an seine Existenz erinnerte? War es einfach Schikane, oder konnte er den Gedanken nicht ertragen, daß seine einstige Frau mit einem anderen Mann zusammenlebte?

Ich mußte wissen, was es war. Ich mußte sein Ziel herausbekommen. Wenn nicht, wäre er eine ewige Bedrohung unseres Glücks.

Hier konnte er seine Karten ausspielen – oder wir konnten ihn dazu zwingen. Wenn er etwas plante, konnte er diese Gelegenheit nicht ungenützt an ihm vorübergehen lassen. Aber ich würde nicht unvorbereitet sein. Ich wollte jeden seiner Schritte genau beobachten, meine Sinne wachsam halten und es ihm gründlich vermasseln, wenn er schließlich handelte. Ich konnte mir zwar nicht vorstellen, wie es funktionieren würde, aber ich war sicher, daß wir unseren Peiniger machtlos machen konnten, wenn wir nur ein wenig länger hier aushielten.

Ich beruhigte Gladys und versicherte ihr, daß wir unter allen Umständen vor einem Feuer sicher wären. Sie bestand aber darauf, Ronny darum zu bitten, vorsichtig mit seinen Zigaretten zu sein.

»Es ist wirklich unsere Pflicht«, sagte sie. »Wir müssen ihn auf die Brandgefahr aufmerksam machen. Nicht nur zu unserem eigenen Besten, sondern auch zu dem anderer.«

Am selben Nachmittag zogen wir los, um Ronny zu finden. Wir gingen den Weg, der zur alten Ruine führte, zweigten aber bei einem neuen Weg ab, der in die entgegengesetzte Richtung ging. Schließlich kamen wir zu einer großen gerodeten Fläche, wo Weingärten angelegt worden waren. Wir folgten dem Weg, der zwischen Wald und Weingärten entlangführte, und stießen auf ein kleines blaues Einpersonenzelt, das unter einem Olivenbaum aufgestellt war. Ronnys Opel Santa parkte gleich daneben. Vor dem Zelt standen ein Campingtisch, ein Klappstuhl und ein Campingkocher. Ein gemütliches und praktisches Plätzchen zum Campen.

»Wir warten auf ihn«, sagte ich. »Setz dich und paß auf, ob jemand kommt, während ich mich hier ein wenig umschaue. Gib mir Bescheid, wenn du ihn siehst.«

Das Auto war nicht versperrt. Ich öffnete die Tür auf der Beifahrerseite und inspizierte das Handschuhfach und das Fach darunter. Er besaß eine Michelin-Landkarte für die Provence und die Côte d'Azur, eine Frankreichkarte, zwei Benzincoupons (ein französisches Sonderangebot – sobald man drei Coupons hatte, bekam man eine besonders schöne Ausgabe eines Klassikers), eine Autofahrerclub-Mitgliedskarte, eine Liste, auf der alle Opel-Servicestellen Europas angeführt waren, seinen Führerschein, eine Dose Insektenspray und noch einige andere Kleinigkeiten, die mir bedeutungslos erschienen. Auf dem Rücksitz lagen ein Hut, seine Badehose, ein Regenmantel, ein Regenschirm, sechs dänische Taschenbuch-Kriminalromane und eine französische Zeitung.

»Wonach suchst du?« fragte Gladys.

»Nach etwas, das uns sein Vorhaben verrät.«

»Eine Waffe?«

»Zum Beispiel.«

»Wonach noch?«

»Nach seinem Paß und Geld.«

»Was willst du damit?«

»Ich will sie verbrennen!«

Gladys lachte, als dächte sie, es wäre ein Jungenstreich.

Ohne Geld würde er nicht in Frankreich bleiben können, und bis die dänische Botschaft ihm einen neuen Paß ausgestellt hatte, konnte er auch nicht nach Dänemark zurück. Außerdem müßte er sich Geld von der Botschaft borgen, um nach Hause fahren zu können.

Ich war entschlossen, ihm so viele Unannehmlichkeiten wie irgend möglich zu bescheren. Es war an der Zeit, daß sich das Blatt wendete. Ich überlegte sogar, seine Reifen aufzuschlitzen und seinen Tank mit Sand zu füllen, aber ich hielt mich zurück, um keinen Vandalismus zu betreiben.

Ich kroch ins Zelt und sah mich um. Es war gerade genug Platz für einen Schlafplatz. Daneben lag ein kleiner Koffer. Ich ging rasch den Inhalt durch: zwei T-Shirts, Unterwäsche, zwei Paar Socken und sieben oder acht weitere Kriminalromane. Er hatte Lesestoff für einen langen Aufenthalt mitgenommen. Seine Jacke lag säuberlich zusammengelegt auf dem Bett. Ich wollte gerade in den Taschen nachsehen, als Gladys meinen Namen rief.

»Ich glaube, es kommt jemand«, flüsterte sie.

Ich kroch aus dem Zelt heraus, und nach ein paar Sekunden kam Ronny in Sicht, einen Wassereimer schleppend, das Fernglas gegen seinen nackten Bauch baumelnd.

»Hallo!« rief er uns zu. »Ich sehe, ich habe Gäste!«

»Wo hast du das Wasser her?« fragte ich.

»Um die Wahrheit zu sagen, es stammt aus eurem Brunnen. Ich brauche ein bißchen Wasser zum Waschen. Außerdem stelle ich immer einen vollen Eimer in die Nähe, wenn ich auf diesem Gerät koche. Als Vorsichtsmaßnahme wegen der Brandgefahr. Wußtet ihr, daß dieses Gebiet sehr feuergefährdet ist? Man muß sehr vorsichtig sein. Ich überzeuge mich immer, daß meine Zigaretten auch wirklich ausgedämpft sind.«

Ronny stellte den Kübel ab, zog ein Papiertaschentuch aus der Hosentasche und wischte sich den Schweiß von der Stirn. »Diese Hitze macht mich noch verrückt. In der Sauna ist es vergleichsweise kühl. Und dann diese Insekten. Zweimal haben mich kleine schwarze Fliegen gestochen, und jetzt ist mein Bein ganz angeschwollen. Diese Fliegen sind sehr giftig und so klein, daß man sie kaum sieht. Mein Bein tut höllisch weh.«

Er zeigte uns sein Bein. Der Knöchel war rot und geschwollen, und es sah nach einer ernsten Sache aus.

»Solange ich in Bewegung bleibe, ist es nicht so schlimm«, fuhr er fort. »Aber wenn ich mich einmal hingelegt oder gesetzt habe und dann versuche, wieder aufzustehen, ist es unerträglich.«

Ich weiß nicht, warum wir ihm nicht sagten, daß uns sein geschwollener Knöchel völlig egal war und daß wir nur hofften, das Gift würde sich bis hinauf in sein krankes Gehirn ausbreiten und ihn total lähmen. Aber wir sagten nichts. Wir standen einfach da, hörten ihm zu wie er mit uns plauderte, und betrachteten höflich sein Bein.

»Ich werde mir aus der Apotheke eine Salbe besorgen«, sprach er weiter. »Ich würde dir gerne auch eine mitbringen, Gladys. Du weißt doch, wie empfindlich du auf normale Mückenstiche reagierst.«

Er wandte sich zu mir um. »Gladys ist fast allergisch auf Insektenstiche. Du mußt also sehr vorsichtig sein. Darf ich euch etwas zu trinken anbieten? Ich habe *pastis*, und jetzt haben wir auch frisches kühles Wasser, allerdings habe ich keine Eiswürfel. Ihr müßt euch einen Becher teilen.«

Ich vermutete, daß seine Frivolität uns betäubt hatte. Er tat, als wären wir gute alte Freunde. Er bediente sich einfach an unserem Brunnen und benahm sich, als wäre die ganze Situation völlig normal. Bevor wir es uns versahen, hatte er die Flasche in der Hand und schenkte uns etwas in einen Becher ein. Er selbst benutzte ein ehemaliges Senfglas.

»Der Becher ist sauber«, sagte er, »aber das Glas hier nicht, also werde ich es euch nicht anbieten.«

Er füllte den Becher mit Wasser aus dem Eimer auf und gab ihn mir. Ich hätte es ihm ins Gesicht schütten sollen, aber ich tat es nicht. Wahrscheinlich waren es meine Hemmungen, die mich davon abhielten. Es ist sehr unhöflich, jemandem den Inhalt eines Glases oder Bechers ins Gesicht zu gießen. Abgesehen von dem unhöflichen Benehmen wäre es auch eine Verschwendung des guten *pastis* gewesen.

Ronny erhob sein Glas.

»*Merde*«, sagte er.

Ich trank und reichte den Becher dann an Gladys weiter. Es war unhöflich von mir, sie nicht zuerst trinken zu lassen, aber ich war verwirrt.

Gladys nahm einen Schluck und gab mir den Becher zurück.

»Wofür ist das Fernglas?« fragte ich.

»Vögel«, antwortete er.

Die nächsten zwei Minuten standen wir uns nur gegenüber und nippten schweigend an unserem *pastis*. Der Becher wanderte zwischen Gladys und mir hin und her. Sie hatte noch kein einziges Wort gesagt.

Ich bemerkte, daß er wieder einen Punkt hinter mir fixierte, als ob er etwas Merkwürdiges oder Gefährliches hinter meinem Rücken entdeckt hätte. Ich zwang mich dazu, mich nicht umzudrehen und nachzuschauen.

Dann sagte er: »Ich sehe, daß du in meinem Auto und meinem Zelt warst. Hast du etwas Bestimmtes gesucht?«

Die Frage kam völlig überraschend. Ich fühlte mich wie ein Idiot.

»Neiiiin«, sagte ich. »Nichts Bestimmtes.«

Meine Antwort war wirklich zu dumm.

Er lachte herzhaft und klopfte auf seine hintere Hosentasche. »Ich trage meinen Paß und mein Geld immer bei mir.«

Ich kam mir lächerlich vor. Wie ein Kind, das man beim Äpfelstehlen erwischt hat. Da stand er und ließ durchblicken, daß ich sein Geld stehlen wollte, obwohl er wußte, daß ich es nicht nötig hatte.

Wir tranken aus, und Gladys und ich verabschiedeten uns verlegen.

Wir gingen lange nebeneinander her, ohne ein Wort zu sagen. Dann fragten wir plötzlich, fast in derselben Sekunde, warum der andere nichts gesagt hatte.

»Um ehrlich zu sein, hat mich seine Arroganz verblüfft«, sagte Gladys.

»Er hat eine unheimliche Fähigkeit, jemanden zu überlisten und die Kontrolle über die Situation zu übernehmen.«

»Das ist so seine Art.«

»Hast du bemerkt, wie er einen Punkt angestarrt hat«, fragte ich, »als ob sich hinter meinem Rücken etwas bewegen würde?«

»Nein. Ich habe versucht, ihn nicht anzuschauen, aber ich kenne dieses Starren. Das hat er bei mir auch angewendet. Wenn man ihn fragt, warum er so starrt, sagt er: ›Habe ich gestarrt? Vielleicht sehe ich etwas, das du nicht sehen kannst.‹ Es ist ein billiger Trick, einen unsicher und ängstlich zu machen. Er weiß, daß die Leute Angst vor dem haben, was sie nicht sehen und damit auch nicht beeinflussen können. Deshalb hat er auch diesen Schwachsinn mit der spirituellen Verbindung erfunden. Es ist nur eine weitere Art, uns zu terrorisieren.«

»Er ist teuflisch.«

»Ja. Du würdest der Welt einen Gefallen tun, wenn du ihm einen Pfahl durch das Herz rammst.«

Ich verliere den Verstand, wenn wir von der Außenwelt abgeschnitten werden ...

In den nächsten paar Tagen sahen wir nichts von Ronny, aber er war trotzdem bei uns – überall, wie ein wachsendes Geschwür.

Wegen Ronny und den Jägern hielten wir uns in der Nähe des Hauses auf. Es war einfach zu gefährlich, in den Wald zu gehen. Im Radio war bereits über drei Tote allein in unserem Gebiet berichtet worden, die durch fehlgegangene Schüsse umgekommen waren. Zum Glück waren das Jäger gewesen, die von anderen Jägern erschossen worden waren – es betraf also zumindest keine unschuldigen Zuschauer. Eines Morgens mußte ich zwei Jäger vertreiben. Sie hatten mit ihren Hunden die gegenüberliegenden Hügel durchstreift. Ich feuerte zweimal in die Luft und schrie ihnen auf dänisch zu, sie sollten sich zur Hölle scheren. Das taten sie auch. Sie rannten um ihr Leben, dicht gefolgt von ihren Hunden.

Abgesehen von diesem Zwischenfall verbrachten wir die meiste Zeit mit Faulenzen. Wir schliefen, lasen, redeten über nichts im Speziellen, waren gelangweilt ohne es zuzugeben, und hatten hin und wieder Sex, aber ohne viel Leidenschaft. Wir kamen uns vor, als wären wir auf unbestimmte Zeit im Gefängnis eingesperrt, darauf wartend, daß etwas passierte, das uns die Freiheit wiedergeben würde. Unsere Nerven waren zu schwachen Fäden geworden. Ich freute mich jedesmal, wenn die Feuerwehrhubschrauber über unseren Köpfen dröhnten und die schreckliche Stille zerstörten, unter der ich fast erstickte.

Wir versuchten, mit der Situation fertig zu werden, indem wir geistreiche Bemerkungen machten. Gladys würde dann plötzlich sagen: »Ich möchte wissen, was Ronny gerade macht.«

Und ich würde antworten: »Es ist Cocktailzeit. Warum laden wir ihn nicht auf einen *pastis* zu uns ein?«

Ich fragte mich, worauf wir eigentlich warteten. Darauf, daß er seine Karten offen auf den Tisch legte, so daß wir wüßten, welches Spiel er spielte? Darauf, daß er einen Fehler machte, so daß wir eine Beseitigung unseres Kerkermeisters rechtfertigen konnten?

»Denk nur, was wäre, wenn Ronny eines Tages von einem fehlgegangenen Schuß getroffen würde.«

Gladys lachte und dachte natürlich, daß ich nur einen Scherz machte.

Aber es war mehr als nur ein Scherz. Der Gedanke war naheliegend. Ein Toter mehr, der von einem unvorsichtigen Jäger erschossen worden war, würde kaum einen Unterschied machen.

Die Isolation hatte aber auch ihre Vorteile. Ronny hatte kaum jemandem mitgeteilt, daß er sich mit uns in den Süden Frankreichs begeben wollte. Er hatte seiner unfreundlichen, blonden Sekretärin vermutlich nur gesagt, daß er auf Urlaub fahren würde. Wenn er nicht wiederkehrte, würde man ihn irgendwann als vermißt melden. Nach einer Weile würde der Fall an Interpol weitergegeben und die französische Polizei informiert werden. Sie würden mit der Untersuchung der bislang nicht identifizierten Leiche eines Mannes beginnen, der offensichtlich das Opfer eines unachtsamen Jägers geworden war.

Ich mußte lächeln bei diesem Gedanken. Gladys bemerkte es.

»Über was lächelst du?«

»Über das, was ich vorher über Ronny und eine fehlgegangene Kugel gesagt habe. Keiner verdient es eher. Schließlich hat ihn niemand darum gebeten, hier herumzuschnüffeln.«

Gladys stellte keine weiteren Fragen. Sie fragte zum Beispiel nicht, ob ich die fehlgegangene Kugel für arrangierbar hielt. Hätte sie gefragt, ich hätte es nicht verneint. Es ist eine Sache, halbernst über die Beseitigung dieses Typen zu reden. Es ist aber etwas völlig anderes, zynisch seine Ermordung zu planen. Ich war mir nicht sicher, ob Gladys da mitmachen würde, wenn es darauf ankam.

»Was würdest du dazu sagen, wenn das Haus uns gehörte?« fragte sie. »Zwanzig Hektar unberührte Natur in der Provence.«

Sie hatte die Schlangen und anderen Reptilien offensichtlich ganz vergessen. Ich hätte beinahe »Um Himmels willen!« gerufen, aber ich wollte ihre Gefühle nicht verletzen. Ich schlug also vor, daß wir das Gelände teilen könnten, ein paar große Apartmenthäuser inmitten eines Einkaufszentrums bauen und ein bißchen Leben in die Wildnis bringen könnten.

Sie sagte: »Ich möchte dir ja nur mitteilen, daß ich Tante Matties einzige Erbin bin. Eines Tages wird das also mir gehören.«

Ich ließ vor Überraschung einen Pfiff los. Diese zwanzig Hektar waren ein Vermögen wert. Ich hatte nicht geahnt, daß ich den Jackpot gewonnen hatte. »Wußte Ronny, was er verlor, als du ihn verlassen hast?«

»Ja, aber ich glaube, das war ihm egal. Er hat mehr als genug Geld. Weißt du, was *ich* verloren habe? Der Gewinn von seinem Geschäft geht in die Millionen.«

»Geschäft? Betrug ist ein besseres Wort dafür.«

»Wie immer du es nennen magst, es ist jedenfalls erfolgreich. Er ist nicht dumm.«

Ich hätte gerne gewußt, ob sie seine Arroganz und Risikofreudigkeit heimlich bewunderte. Ich wollte sie aber nicht danach fragen. Es ging mich schließlich nicht wirklich etwas an.

Ronny wußte also, daß ich in seinen Sachen gestöbert hatte. Er wußte, daß ich nicht länger untätig sein würde. Er hatte erraten, daß ich ihm seinen Paß und sein Geld wegnehmen wollte, um ihn davon abzuhalten, uns weiter zu verfolgen. Zumal das nicht funktioniert hatte, mußte er annehmen, daß ich den nächsten Schritt plante.

Mein Gegner mußte genauso auf der Hut sein wie ich.

Gegner. Mein ganzes Leben war durch Gegner erschwert. Der erste war mein Vater. Ich war eines von vier Kindern und das einzige mit Anpassungsproblemen – ich hatte, wie sie es damals nannten, eine »gemeine Natur«. Mein Vater versuchte mir das immer auszutreiben, und meine Brüder und meine Schwester lachten nur, wenn ich bestraft wurde. Ich fand meinen Vater immer unfair und wollte ihn umbringen.

Später war ich geschockt, daß ich als Kind diesen Wunsch hatte. Dann las ich allerdings in einer Zeitschrift, daß es normal für Kinder ist, solche Gedanken zu hegen. Sie hatten nichts zu bedeuten. Sie waren einfach ein Teil des Erwachsenwerdens. Kinder planen fröhlich Morde, aber nur aus unschuldigem Ärger über kleine Ungerechtigkeiten. Die kriminellen Impulse von Erwachsenen sind viel komplizierter und kaum unschuldig oder harmlos.

In der Straße, wo ich meine Kindheit hauptsächlich verbracht habe, gab es noch einen Widersacher – Oluf. Wir suchten oft die Gegenwart des anderen, nur um unserem gegenseitigen Haß freien Lauf lassen zu können. Neben all den hassenswerten Eigenschaften, die er besaß, hatte er schreckliche Hasenzähne. Ich wollte ihn nie ermorden, aber ich stellte mir oft vor, wie ich ihm die Schneidezähne ausschlug.

*Wir verbrachten die meiste Zeit mit Faulenzen. Wir schliefen,
lasen, redeten über nichts im speziellen und hatten hin und
wieder Sex, aber ohne viel Leidenschaft.*

Später, in der Schule, hatte ich drei Erzfeinde. Zwei davon
gingen mit mir in eine Klasse, der dritte war ein Lehrer, der
stank, verfaulte Zähne hatte, ein Lustmolch Mädchen
gegenüber und zudem brutal veranlagt war. Die rasende

Wut, die ich ihm gegenüber empfand, wurde etwas durch die ausgeklügelten Pläne gemildert, die ich schmiedete, um sein Ableben zu beschleunigen.

Ich bin überzeugt, daß die Lehrer die ersten sind, die in der jungen Generation Aggressionen erzeugen. Quer durch alle Jahrhunderte ist DER LEHRER das personifizierte Böse, besessen von seiner Macht über die Kinder, pervers in seinem Verlangen, ihnen das Leben zu erschweren. Ich glaube, daß es nur den Versuchen der Gesellschaft, die zunehmende Gewalt einzudämmen, und den Gesetzen zum Schutz von Schulkindern zu verdanken ist, daß die Lehrer nicht ihre ganze tyrannische Persönlichkeit ausleben können.

Ich bedaure es, daß ich mich nie an einem Lehrer rächen konnte.

Natürlich kann ein unschuldiges Kind keinen Mord begehen. Diese Fähigkeit kann sich nur dann entwickeln, wenn man im Laufe der Jahre nicht Angst und Feigheit erwirbt, die verhindern, daß ein solcher Gedanke verwirklicht wird.

Man hört niemals auf, sich den Tod seiner Widersacher zu wünschen. Generell geben wir uns aber damit zufrieden, die Todesanzeigen zu überfliegen, um zu schauen, ob nicht irgendeine höhere Macht Gerechtigkeit geübt hat.

Autofahren ist eine herrliche Art, Aggressionen loszuwerden. Zumindest funktioniert es bei mir. Ich fühle mich immer viel besser, nachdem ich eine Weile herumgefahren bin und mich meinen Gegnern so lange an die Stoßstange geheftet habe, bis sie den Weg freigeben müssen.

Es gibt überall Widersacher. Im Verkehr, auf der Straße, in der Arbeit, bei Parties – einfach überall. Die meisten kommen und gehen, und man vergißt sie wieder. Aber manche wird man nicht los. Sie beeinträchtigen dein ganzes Leben – deine Gelassenheit, deine Träume.

Ronny hatte sich zu einem gefährlichen Gegner entwickelt – gefährlich für mich und ihn selbst.

Er war mir zu nahe gekommen. Er war in meine Schutzzone eingedrungen.

Gladys hatte Angst vor einem Tier, das unter einem Busch an der Westseite des Hauses wohnte. Zweimal hatte sich das Tier gesonnt, war aber, als Gladys vorbeiging, jedesmal wie der Blitz unter den Blättern des Busches verschwunden, die verdächtig raschelten. Sie konnte nicht erkennen, wie es aussah.

Ich versuchte mich anzuschleichen, indem ich nur den Kopf um die Hausecke steckte, aber das Tier mußte die sich nähernde Gefahr gespürt haben und verschwand, bevor ich einen Blick erhaschen konnte.

»Es ist eine Schlange«, entschied Gladys.

»Unmöglich. Schlangen können sich nicht so schnell aus dem Staub machen. Die liegen nur da und zischen.«

»Dann ist es eben etwas ebenso Schreckliches.«

Da ich nicht mit bloßen Händen unter dem Busch herumwühlen wollte, nahm ich das Gewehr und feuerte zwei Schüsse hinein. Dann stocherte ich mit dem Lauf herum und förderte einen dreißig Zentimeter langen hellgrünen Salamander zutage. Er schaute mich aus seinen toten Augen an. Es war abscheulich. Kleine Eidechsen machen mir gewöhnlich nichts aus, aber dieses Ding war jenseits jeglicher normaler Proportionen.

Gladys schauderte und wich ein paar Schritte zurück.

»Ist es gefährlich?« fragte sie ängstlich.

»Es ist mausetot.«

»Ich meine normalerweise. Ist es giftig?«

»Ich glaube nicht, aber es ist jedenfalls ein sehr großer Salamander.«

»Du mußt ihn wegschaffen. Er kann hier schließlich nicht einfach verrotten.«

»Dann werde ich ihn begraben.«

Ich fand eine Schaufel und ging, das tote Ungetüm an der Schwanzspitze vor mir hertragend, in den Wald.

Wahrend ich ein Loch grub, spürte ich plötzlich, daß mich jemand beobachtete. Menschliche Augen haben eigenartige Kräfte. Man kann sie im Rücken spüren.

Ich drehte mich um, und da war Ronny, keine zwei Meter von mir entfernt, und starrte mich an.

»Warum um Himmels willen jagst du Eidechsen?« fragte er.

»Es ist keine Eidechse. Es ist ein Salamander.«

»Dann ist es eben ein Salamander. Ich dachte, Salamander leben im Wasser und sind klein.«

»Das ist ein Landsalamander, und die sind ziemlich groß.«

Er trat näher und betrachtete den Salamander mit regem Interesse.

»So einen habe ich noch nie zuvor gesehen«, sagte er. »Warum hast du ihn erschossen?«

»Weil ich ihn nicht mochte.«

Er sah mich an. »Erschießt du alles, was du nicht magst?«

Ich weiß nicht, ob es mir gelang, bedrohlich auszusehen, aber zumindest schaute ich ihm in die Augen und sagte: »Ja.«

Er lachte herzhaft und schüttelte dann den Kopf. »Ich finde es eine Schande, so ein Tier zu töten. Was hat es dir denn getan?«

Ich war verblüfft. Er hatte es wieder einmal geschafft, mich so zu manipulieren, daß ich mir wie ein Idiot vorkam. Er benahm sich nicht wie der Mann, der uns seit Monaten verfolgte. Er benahm sich, als hätte er das Recht, hier zu stehen, mit mir zu reden, mir Fragen zu stellen und mir die Mißhandlung von Tieren vorzuwerfen.

Diese absurde Komödie verwirrte mich. Ich habe gewöhnlich keine Probleme damit, wütend zu werden und meine Wut auch auszudrücken, aber es war einfach zu schwierig, sich über jemanden zu ärgern, der sich mit mir über tote Salamander unterhielt. Er war nicht provokant genug, um in mir den Wunsch zu wecken, ihn mit der Schaufel zu verhauen. Was noch schlimmer war, war die Tatsache, daß nichts an diesem Mann direkt provozierend war. Er strahlte keine negativen Eigenschaften aus. Die meisten Leute hätten ihn wahrscheinlich sympathisch und angenehm gefunden. Sogar ich hätte das – unter anderen Umständen.

Ich mußte mir immer wieder vorsagen: »Vergiß nicht, dieser Mann ist dein Feind. Er wird dich vielleicht umbringen. Du darfst keine Schwäche zeigen. Du mußt genauso kaltblütig und zynisch sein wie beim Autofahren. Du mußt diesen Mann niederwalzen.«

Ich sagte zu ihm: »Bitte verschwinde. Du hast hier nichts verloren. Und was den Brunnen betrifft, darfst du nicht ...«

Er griff rasch in seine hintere Hosentasche. Ich umklammerte den Griff der Schaufel, und mein Rücken versteifte sich.

Als die Hand wieder zum Vorschein kam, hielt er ein Feuerzeug darin, das er wieder und wieder betätigte. Es zündete nicht.

»Es ist leer. Ich habe vergessen, es zu füllen, bevor ich von zu Hause wegfuhr. Könnte ich mir bis morgen eine Schachtel Zündhölzer ausborgen?«

»Zündhölzer?«

Das konnte doch nicht wahr sein. Dieser Mann fragte mich doch tatsächlich, ob ich ihm eine Schachtel Zündhölzer borgen konnte!

»Ja, wenn du welche hast. Dann müßte ich nicht fünfzehn Kilometer fahren, nur um Zündhölzer zu besorgen.«

Ich hatte eine Schachtel in der Tasche. Und ist es zu fassen? Ich nahm sie heraus und gab sie ihm!!

Psychopathen haben eine unheimliche Fähigkeit, einen zu entwaffnen. Da stand ich nun, hatte die Räder von seinem Auto abmontiert, sein Geld und seinen Paß zu stehlen versucht, hatte mit dem Gedanken, ihn zu ermorden, gespielt, und jetzt lieh ich ihm eine Schachtel Zündhölzer.

»Hier«, sagte ich. »Und ich will dich hier nicht mehr sehen. Laß uns in Ruhe!«

Es hörte sich mehr nach Gebettel an, als nach einer letzten Warnung. Das kam davon, daß ich meine Stimme zu erheben versucht hatte und sie sich förmlich dabei überschlug.

Er verschwand, und ich blieb mit dem toten Salamander zurück. Ich grub das Loch noch etwas tiefer, stieß das Tier mit meinem Fuß hinein und schaufelte Erde darauf.

Ich erzählte Gladys nicht, daß ich Ronny getroffen hatte, als ich zurückkam. Sie hätte gefragt, was passiert war, und ich hätte ihr nur mitteilen können, daß ich ihm eine Schachtel Zündhölzer geliehen hatte. Sie hätte mich für einen Idioten gehalten.

Andererseits hätte es das Problem auch nicht gelöst, wenn ich sie ihm verweigert hätte.

Ein paar Stunden später entdeckte ich, daß das Telefon nicht funktionierte. Wir hatten es bis jetzt noch nicht gebraucht, aber nun wollte ich die genaue Zeit erfragen. Ich hatte vergessen, meine Uhr aufzuziehen, so daß sie stellengeblieben war. Gladys' Uhr war bei der Reparatur in Kopenhagen. Wir hatten keine Zeitungen. Ich wußte kaum, welches Datum wir hatten. Und nun konnte ich nicht einmal die Zeit in Erfahrung bringen. Das trug nur zu der unwirklichen Situation und meinem Gefühl der Unsicherheit bei.

Die Leitung war tot. Ich schlug auf das Telefon ein, schüttelte den Hörer, inspizierte den Stecker, aber es half alles nichts.

»Wir werden zum Postamt fahren müssen, um zu melden, daß unser Telefon kaputt ist«, sagte ich. »Ich werde verrückt bei dem Gedanken, nicht mit der Außenwelt in Verbindung treten zu können. Mein Blinddarm! Die Brandgefahr! Ronny! Dieses Telefon muß einfach funktionieren!!«

»Es scheint hier normal zu sein, daß Telefone zeitweise kaputt sind«, sagte Gladys ruhig. »Wahrscheinlich ist die Leitung irgendwo unterbrochen.«

»Ich bleibe nicht ohne Telefon in diesem Haus!!« schrie ich.

»Es gibt keinen Grund, hysterisch zu werden.«

»Ach ja? Wir haben keine Ahnung, wo sich der nächste Arzt befindet. Wir wohnen mitten in einem sehr trockenen Wald, der jederzeit in Flammen aufgehen kann. Gehen wir!«

Wir verschlossen das Haus und fuhren zum Postamt im Dorf. Der Postbeamte sagte, daß kein Leitungsschaden vorliege und daß es folglich an unserem Telefon liegen mußte. Es gab zwei Möglichkeiten: Entweder die Sicherung war durchgebrannt, oder Mäuse hatten die Leitung zerbissen. Es war nicht das erste Mal, daß so etwas passierte. Er gab mir eine Sicherung mit und erklärte, wo sich der Sicherungskasten befand. Er schlug vor, daß er, wenn er nicht binnen einer Stunde von uns gehört hatte, die erste Möglichkeit ausschließen und die Telefongesellschaft anrufen würde.

Wir fuhren nach Hause und wechselten die Sicherung aus, aber die Leitung war immer noch tot. Diese Sache hätte kaum zu einem ungünstigeren Zeitpunkt kommen können.

Wir gingen kurz nach neun ins Bett. Gladys war müde, da uns die Sonne schon um fünf Uhr früh aufgeweckt hatte. Ich wollte noch ein bißchen lesen. Wie gewöhnlich schlief Gladys sofort ein. Ich hatte Schwierigkeiten, mich auf mein Buch zu konzentrieren. Ich haßte es, kein Telefon zu haben.

Es war komplett still im Haus. Draußen war es fast noch schlimmer. Ich hatte mich schon als Kind vor der Stille gefürchtet. Ich hatte immer das Gefühl, daß irgendwo etwas Unheimliches lauerte, wenn ich nichts hören konnte.

Schließlich legte ich das Buch beiseite, drehte das Licht ab und stand auf, um die Fensterläden zu öffnen.

Ich lehnte mich weit aus dem Fenster, die Ohren gespitzt, um etwas zu vernehmen, das diese nervenaufreibende Stille durchbrechen würde.

Es war dunkler als sonst. Der Himmel war bedeckt. Kein einziger Stern war zu sehen. Es wehte ein leichter Wind, und ich konnte das schwache Rascheln der Baumspitzen vernehmen.

Aber es fiel mir noch etwas auf. Ich habe einen sehr ausgeprägten Geruchssinn, und es gab keinen Zweifel darüber, was ich roch.

Es kam von der anderen Seite der bewaldeten Hügel und wurde mit dem Wind zu mir herübergetragen.

Es war der Geruch nach Rauch.

Man sagt, ein Mord, der während eines Mistrals begangen wurde, wird als entschuldbarer Totschlag betrachtet.

Ich mußte Gladys schütteln, um sie zu wecken. Endlich öffnete sie die Augen einen Spalt weit und grunzte protestierend.

»Du mußt aufstehen«, sagte ich. »Da draußen brennt etwas. Ich rieche den Rauch.«

Sie richtete sich im Bett auf, und ihre Augen waren plötzlich weit geöffnet.

»Feuer!!«

»Ich gehe hinaus, um nachzuschauen. Wir können nicht vorsichtig genug sein. Zieh dich an und pack unsere Sachen zusammen, falls wir schnell verschwinden müssen. Nimm unser Geld, unsere Pässe und Kleider. Es gibt keine Gefahr. Wir werden keine Schwierigkeiten haben, wegzukommen.«

Gladys warf das Leintuch zurück und stolperte aus dem Bett. Wir schliefen nur mit einem Leintuch als Decke, und Gladys war nackt. Ich wollte sie in die Arme nehmen. Sie sah so entzückend hilflos aus mit ihren zerzausten Haaren, wie sie versuchte, geistig wach zu sein, obwohl sie noch halb schlief.

»Es ist sicher nur falscher Alarm«, beruhigte ich sie.

Ich schnappte meine Taschenlampe, die auf dem Nachttisch lag, und rannte hinunter. Ich nahm mir nicht die Zeit, mich anzuziehen, so daß ich nur meine Pyjamahose anhatte. Um sicherzugehen, nahm ich das Gewehr mit und lief hinaus und in die Richtung, aus der der Rauch kam. Ich drehte die Taschenlampe auf, um den Weg erkennen zu können. Dann erschien mir das aber unklug, und ich drehte sie wieder ab. Ich wollte nicht, daß Ronny mich sah.

Ohne Beleuchtung mußte ich meinen Schritt verlangsamen und verlor den Weg. Ich mußte mich durch dichtes Gebüsch kämpfen. Disteln und Dornenbüsche zerkratzten mich, und ich stolperte über einen Thymianstrauch. Ich fiel hin, und an einer anderen Stelle zerkratzte ich mir die Brust an einem vertrockneten Föhrenzweig. Es tat verdammt weh. Ich nahm das Gewehr zu Hilfe, um mir meinen Weg zu bahnen. Ich war nahe am Verzweifeln, aber ich beruhigte mich damit, daß ich keine Flammen knistern hören konnte.

Kurz darauf vernahm ich das Bellen eines Hundes und das Blöken von Schafen. Dann war wieder alles still, bis auf das entfernte Läuten des Leithammels.

Ich erreichte die Spitze eines Hügels, wo der Wald plötzlich endete. Vor mir lag eine grüne Wiese, die in drei Terrassen angelegt war. Im Dunkeln konnte ich die Steinmäuerchen, die die Terrassen voneinander trennten, kaum erkennen. Im Schutz der nächstgelegenen Mauer sah ich einen Schäfer, der in der Glut eines ausgehenden Feuers herumstocherte. Eine schmale Rauchsäule stieg gerade in den Himmel und wurde dort vom Wind gebrochen.

Der Hund des Schäfers lag neben ihm und winselte. Eine Schafherde stand in meiner Nähe und starrte mich bewegungslos an. Der Rest der Herde war über die Wiese verteilt.

Die dunkle Figur am Feuer stand auf. Ich schulterte das Gewehr, drehte die Taschenlampe auf und ging zu dem Mann hinüber. Natürlich richtete ich das Licht nicht auf ihn – das wäre unhöflich gewesen.

Ich mußte einen seltsamen Eindruck gemacht haben. Ein Jäger, spät in der Nacht, mit einer Taschenlampe in der Hand und nur mit einer rot-weiß gestreiften Pyjamahose bekleidet.

Der Hund sprang auf und knurrte mich an. Der Schäfer befahl ihm, sich hinzulegen, und er begann wieder zu winseln. Der Mann stand da und wartete auf mich. Seine Kleider waren zerlumpt, besonders seine Jacke. Er trug kurze schwere Stiefel und hatte ein zerrissenes Tuch um den Hals gebunden. Im Dunkeln sah sein Gesicht schwarz aus, und ich konnte die Gesichtszüge nicht erkennen.

Ich erklärte in schlechtem Französisch, daß ich gedacht hatte, es brenne irgendwo. Ich fügte hinzu, daß es nicht ungefährlich war, in einer roten Zone ein Lagerfeuer zu entfachen. Außerdem befand er sich mit seiner Herde auf Privatgrund.

Ich mußte das Gesagte viele Male wiederholen und umformulieren, um mich verständlich zu machen. Es war auch fast unverständlich, was er darauf antwortete. Er sprach einen Dialekt, der nichts mit dem Französisch, das ich in der Schule begonnen und mir später selbst beigebracht hatte, zu tun hatte.

Irgendwann verstand ich dann, daß Tante Mattie ihm erlaubt hatte, seine Herde zweimal im Jahr auf ihren Wiesen grasen zu lassen; daß er während eines langen Lebens als Schäfer gelernt hatte, wie man ein kontrolliertes Feuer machte, das die Gegend nicht gefährdete. Er hätte sich gerade daran gemacht, das Feuer auszumachen, als der Wind aufgekommen war.

Er sprach mit einer tiefen, heiseren Stimme, und ich brauchte eine ganze Weile, um zu begreifen – sehr zu meiner Überraschung – daß diese Person eine Frau war.

Sie war furchterregend anzuschauen: Ihr Gesicht war zerfurcht von Gram und der brennenden Sonne sowie dem scharfen Wind der Provence, sie hatte nur ein Auge, und ihre ganze linke Gesichtshälfte war durch eine schreckliche Narbe verunstaltet.

»Sie sind eine Frau!« platzte ich heraus.

Sie grinste mich so breit an, daß ich die drei Zahnstummel, die sie im Mund hatte, sehen konnte.

»Das haben Sie wohl nicht erwartet, Monsieur?«

Ich mußte zugeben, ich hatte nicht gewußt, daß es überhaupt Schäferinnen gab, außer Bo-Peep.

»Früher bin ich mit meinem Mann mitgegangen«, erklärte sie mir. »Wir haben mehr als dreißig Jahre lang Schafe gehütet. Vor zwei Jahren ist er gestorben. Einfach inmitten der Schafe umgefallen. Aber ich konnte mir ein Leben ohne die Schafe nicht vorstellen, also hüte ich sie eben jetzt selbst. Und sie fürchten sich auch nicht vor der Narbe.«

Diese letzte Bemerkung war von gackerndem Lachen begleitet, und sogar im Dunkeln konnte ich ein Schimmern in ihrem einen Auge erkennen. Mir war klar, daß sie über die Narbe reden wollte. Sie erwartete, daß ich sie fragen würde, wie sie die Narbe bekommen hatte – also fragte ich sie eben.

»Ach, es war eine Katastrophe«, sagte sie, während ihr Oberkörper vor- und zurückschaukelte. »Wir waren sechs Kinder. Das Haus fing zu brennen an, während wir alleine waren. Vier verbrannten zur Gänze. Ich wurde nur an der einen Kopfseite verbrannt. Sie konnten das Auge nicht retten, aber ich bin ganz gut durchgekommen mit dem anderen. Ich weiß, daß ich nicht sehr schön anzusehen bin, aber ich hätte wahrscheinlich auch so nicht viel besser ausge-

Gladys warf das Leinentuch zurück und stolperte schlaftrunken aus dem Bett.

schaut. Mein Mann war auch nicht gerade eine Schönheit. Aber wir hatten ein gutes Leben zusammen ... Wie alt, glauben Sie, bin ich?«

Um ihr zu schmeicheln, riet ich sie auf zwischen fünfzig und sechzig, obwohl sie viel älter aussah.

Ihr furchterregendes Gesicht erstrahlte in Triumph. »Zweiundsiebzig. Und ich werde weiterarbeiten, bis ich umfalle. Genau wie mein Mann. Am glücklichsten bin ich mit meinen Schafen und meinem Hund. Ich habe von verschiedenen Landbesitzern die Erlaubnis erhalten, sie auf insgesamt zweitausend Hektar grasen zu lassen, so daß sie immer etwas zu essen finden werden.«

»Schlafen Sie am Boden?«

»Ich rolle mich in meine Decke ein. Es geht recht gut im Sommer. Im Winter entfernen wir uns nicht sehr weit von meinem Haus.«

Ich spürte, daß sie noch gerne die ganze Nacht weitererzählt hätte, aber ich wollte zurück zum Haus. Ich kam mir lächerlich vor, wie ich da stand, in meiner Pyjamahose und mit einer Taschenlampe und einem Gewehr.

»Fürchten Sie sich etwa vor den Wildschweinen?« fragte sie und deutete auf das Gewehr.

»Ja«, beeilte ich mich zu sagen. »Ich würde nicht gerne einer Horde von Wildschweinen begegnen.«

»Sie sind gar nicht so gefährlich. Man muß nur ganz ruhig stehenbleiben. Völlig ruhig, bis die Wildschweine sich wieder verziehen.«

Ich war nicht sicher, ob ich es schaffen würde, ganz ruhig vor einer Horde Wildschweinen stehenzubleiben, die mich anglotzten und überlegten, ob sie angreifen sollten oder nicht. Aber ich dankte der alten Schäferin für ihren Rat und versprach, ihn nicht zu vergessen. Dann wünschte ich ihr eine gute Nacht und ging zum Haus zurück.

Gladys stand in einem erleuchteten Zimmer und sah beim

Fenster hinaus. Das war unvorsichtig. Wir wußten schließlich immer noch nicht, was Ronny im Schilde führte.

Als sie mich erblickte, rief sie mir entgegen: »Hast du herausgefunden, was es war?«

»Es war nur eine alte Schäferin, die ein kleines Feuer brennen hatte.«

»Du siehst so lustig aus mit deinem Pyjama und dem Gewehr.« Ihr Lachen war im ganzen Tal zu hören.

Ich räumte das Gewehr weg, sperrte zu und ging hinauf ins Schlafzimmer, wo ich sah, daß Gladys all unsere Sachen gepackt hatte. Sie trug eine Hose und eine Bluse.

»Du kannst wieder auspacken«, sagte ich und ließ mich auf das Bett fallen.

»Das wird bis morgen warten müssen.« Gladys zog sich aus und legte sich neben mich ins Bett. »Ich bin noch gar nicht müde. Ich habe da eine viel bessere Idee ...«

Ein paar Stunden später fielen wir in tiefen Schlaf, wurden aber bald darauf vom Geräusch eines zuschlagenden Fensterladens wieder geweckt. Wir erschraken fast zu Tode.

Draußen heulte ein höllischer Wind. Ich hatte noch nie zuvor etwas Ähnliches gehört. Es klang, als würde ein Rudel Wölfe Amok laufen. Der Fensterladen flog wieder auf. Der Donner fuhr in den Rauchfang hinein und hallte im Schlafzimmerkamin wider. Eine Tür wurde unten aufgerissen und irgend etwas – eine Schüssel oder eine Vase – zerbrach am Boden.

»Was zum Teufel ist das?« fragte ich und stand auf.

»Ein Sturm.«

Das Licht funktionierte nicht, so daß ich im Dunkeln herumtappte, bis ich meine Taschenlampe fand. Als erstes fixierte ich die Fensterläden im Schlafzimmer. Sie schlugen mit solcher Wucht zu, daß es mich wunderte, daß sie noch nicht kaputt waren. Ich schaffte es, einen Laden zuzumachen und mußte meine ganze Kraft aufwenden, um auch den anderen zu verschließen. Die restlichen Fensterläden waren noch geschlossen, aber sie klapperten schrecklich. Das Heulen. Klappern und Rattern im Kamin machten alles phantastisch und unheimlich.

Ein Mistral war plötzlich aufgekommen und präsentierte sich jetzt in seiner vollen Stärke. Ich wußte, daß so etwas von einer Minute auf die andere und ganz ohne Vorwarnung beginnen konnte – es war ein gewaltiger Nordwind, der durch das Rhone-Tal und über die gesamte Provence donnerte. Er kann Bäume entwurzeln und Züge zum Entgleisen bringen.

»Wir sollten lieber aufstehen. Die Ziegel können jederzeit vom Dach fliegen. Ich gehe hinunter und sehe nach, was dort passiert ist.«

»Du wirst mich doch nicht hier im Dunkeln alleinlassen!« schrie Gladys und sprang aus dem Bett.

Sie blieb mir dicht auf den Fersen, als ich hinunterging. Wir fanden eine große Porzellanvase, die in Scherben auf dem Wohnzimmerboden lag. Die großen Läden an der Tür ratterten gewaltig. Der Wind verstärkte sich erneut zu einem Heulen, und es klang, als würde alles in seine Einzelteile zerlegt werden.

Wir gingen ins Vorzimmer, um den Sicherungskasten zu inspizieren. Ich schaltete den Hauptschalter ein, der manchmal automatisch den Strom unterbrach, aber es gab immer noch kein Licht. Der Sturm hatte offensichtlich die Leitungen lahmgelegt.

Ich drehte mich um, leuchtete mit der Taschenlampe auf Gladys' Gesicht und grinste.

»Du wirst dich verkühlen, wenn du weiter so herumläufst. Wie wär's mit Anziehen?«

»Ich gehe nicht alleine hinauf«, sagte sie.

Wir gingen also gemeinsam nach oben, um uns anzuziehen. Ich zog eine Hose und ein T-Shirt an, Gladys Shorts und ebenfalls ein T-Shirt. Obwohl es schrecklich stürmte und ich nur das Licht einer Taschenlampe hatte, genoß ich ihren Anblick.

»Es könnte nicht gemütlicher sein«, sagte ich. »Kein Licht, kein Telefon und ein infernalischer Sturm.«

»Wie, glaubst du, geht es Ronny da draußen in seinem kleinen Zelt?« fragte sie beiläufig.

»Das kümmert mich wenig. Wenn das ein anständiger Mistral ist, wird er ihn mitreißen und weit wegtragen.«

Wir gingen wieder hinunter und zündeten in der Küche die Sturmlampe an. Sie flackerte ziemlich im Zug, aber sie gab zumindest etwas Licht ab. Das Haus samt seiner Umgebung wirkte, als wäre es von Dämonen erfüllt. Wenn der Sturm sich zu seinem vollen Ausmaß erhob, begann er mit einem tiefen, drohenden Rollen, das sich dann in einen sehr hochfrequenten Ton verwandelte, der sich wie ein Chor von tausend Dämonen anhörte. Auch das Haus stimmte ein – es wimmerte, krachte und wackelte in seinen Grundmauern.

Ich war überzeugt, daß das Dach nun jederzeit weggeblasen würde. Aber dieses Haus stand schon seit ein paar hundert Jahren und hatte bereits einige Mistralstürme erlebt. Ich nahm an, daß es auch diesen überstehen würde.

Wir fühlten uns plötzlich eigenartig unruhig und nervös. Es war nicht die bedrohliche Atmosphäre allein. Der Mistral schien irgendwie auf das Nervensystem zu wirken.

»Glaubst du, wir können den Kamin verwenden?« fragte Gladys.

»Wir können es ja versuchen. Es würde die Sache wesentlich gemütlicher machen.«

Im Kamin herrschte mehr als der nötige Zug, um ein Feuer zu entfachen. Es entzündete sich schnell an den Spänen und verschlang sie gierig. Ich mußte rasch große Holzscheite nachlegen, damit es nicht ausging.

Plötzlich schrie Gladys auf. Ich fuhr herum. Im Fenster war ein aschfarbenes Gesicht erschienen.

»Ronny!!«

»Was will er bloß?« keuchte Gladys, als sie wieder zu sich gekommen war.

»Herein«, sagte ich. Ich sah, wie er mit den Armen herumfuchtelte.

»Sollten wir ihm nicht aufmachen?«

»Nein, das müssen wir nicht. Soll er doch draußen bleiben.«

Ronny schlug gegen das Fenster. Seine Nase war gegen die Scheibe gedrückt, und sein Mund stand offen. Es sah aus, als würde er uns etwas zurufen, aber seine Worte gingen im heulenden Wind unter.

Gladys faßte mich am Arm. »Vielleicht will er uns warnen. Vielleicht ist etwas mit dem Dach nicht in Ordnung!«

Ich schnappte die Taschenlampe und lief zur Tür, um sie zu öffnen. Eine innere Stimme sagte mir, daß ich das lieber nicht tun sollte, aber vielleicht hatte Gladys recht, und er wollte uns wirklich vor etwas warnen.

Ronny raste durch die Tür wie ein Verfolgter.

»Guter Gott!!« rief er. »Das ist das Schlimmste, was mir je passiert ist. Das Zelt ist mir über dem Kopf davongeflogen und irgendwo im Busch gelandet. Ein Baum wurde entwurzelt und krachte etwa zehn Meter von mir entfernt auf die Erde. Ihr müßt mir Schutz gewähren, bis das Ärgste vorüber ist.«

»Du hättest dich in dein Auto setzen können«, sagte ich.

»Daran habe ich nicht gedacht«, antwortete er und ging schnurstracks in die Küche.

Er stand Gladys gegenüber und verzehrte sie mit seinen Blicken, als hätte er sie nie zuvor gesehen. Ihre Brüste kamen unter dem dünnen Stoff stark zur Geltung. Man hätte es nicht für möglich gehalten, daß die beiden fünf Jahre verheiratet gewesen waren.

»Hallo, Gladys«, sagte er.

»Hallo, Ronny«, antwortete sie und zuckte die Schultern.

Ich wußte nicht, was ich von dieser Gebärde halten sollte. War es ein Rückzug oder war es Verachtung?

Er setzte sich an den Tisch und rieb sich zufrieden die Hände. Gladys und ich standen neben ihm und betrachteten ihn mit stillem Staunen. Wir setzten uns schließlich auch, da es uns komisch vorkam, stehenzubleiben.

Er wandte sich an Gladys. »Wie wär's mit einer Tasse Kaffee?«

»Es gibt keinen Strom, und wie du ja weißt, ist der Herd elektrisch.«

»Was ist mit dem Kamin? Es gibt eine Vorrichtung, auf die man einen Kochtopf stellen kann.«

Gladys stand auf und tat, was er sagte. Ich holte die Schalen und den Instantkaffee hervor. Wir hätten ihn hinauswerfen sollen, aber wir taten es nicht. Statt dessen kochten wir Kaffee für ihn. Wir benahmen uns wie komplette Idioten. Ich verstehe es einfach nicht.

Als das Wasser kochte, tat Gladys den Instantkaffee mit einem Teelöffel in unsere Schalen und goß das heiße Wasser darauf. Mir fiel auf, daß sie zwei Löffel Kaffee in Ronnys Schale tat und nur einen in unsere. Sie wußte, daß er zwei Löffel wollte. Sie konnte sich immer noch an seine Extrawünsche erinnern. Es irritierte mich, daß sie mit diesem Mann so vertraut war. Um genau zu sein, machte es mich rasend.

Es bedurfte schon eines unglaublich hohen Maßes an Toleranz, mit dem Exmann der eigenen Verlobten so nahen Kontakt zu haben, selbst wenn dieser halbwegs annehmbar war. Aber unter diesen Umständen war es einfach unerträglich.

Ich stand auf und legte ein Holzscheit nach.

Gladys entspannte sich und rauchte eine Zigarette, während sie ihren Kaffee trank. Ich hörte draußen, nicht weit von unserem Haus, einen Baum umfallen. Ich nahm an, daß es eine alte, morsche Föhre war, die man früher oder später sowieso hätte fällen müssen. Ich wäre gerne hinausgegangen, um nachzuschauen, ob ich irgend etwas draußen gelassen hatte, das wegfliegen oder zerstört werden konnte. Aber ich wagte es nicht, das Haus zu verlassen. Es wäre mir außerdem schwergefallen, mich aufrechtzuhalten.

Es war gemütlich in der Küche – die flackernde Kerze, die dampfenden Kaffeeschalen, der Kamin, in dem das Feuer knisternd am Holz nagte.

Drei Leute saßen um den Tisch. Zwei, die einander liebten, und einer, der offensichtlich nicht dazugehörte und versuchte, den anderen beiden die Laune zu verderben.

Ich hatte diesen Mann ermorden wollen, und nun saß er da und trank unseren Kaffee, streckte wohlig seine starken, behaarten Beine aus und vermittelte den Anblick der Zufriedenheit. Es hätte ein guter Freund sein können – ein netter Typ in Shorts, einem khakifarbenen Hemd und einer blauen Kappe. Es hätte jeder sein können, außer unserem größten Peiniger.

Er stellte seine Schale nieder und lächelte Gladys an. »Du siehst wie üblich bezaubernd aus.«

Sie zog die Augenbrauen hoch und sah mich mit der Andeutung eines Lächelns auf den Lippen an. Ich saß da wie vom Blitz getroffen. Was hätte ich auf diesen unglaublichen Angriff sagen sollen? Er flirtete mit *meiner* Freundin, der Frau, die ihn verlassen hatte, und das in meiner Gegenwart.

»Du verhältst dich nicht sehr klug, Ronny«, sagte sie. Gib auf. Es würde mir nicht im Traum einfallen, je wieder etwas mit dir zu tun haben zu wollen.«

Er sprach zu ihr mit seiner tiefen, melodischen Stimme, die er sehr gezielt einsetzte, um das zu erreichen, was er wollte. Sie war einesteils schmeichelnd, andernteils arrogant und auch ein wenig drohend. »Das Seltsame an dieser spirituellen Verbindung ist ihre Unsichtbarkeit. Sie kettet zwei Menschen aneinander, auch wenn sie sehr unterschiedlicher Meinung sind.«

Ich sprang auf. Ich fühlte mich angegriffen.

»Jetzt bist du aber zu weit gegangen«, schrie ich. »Du

Wir gingen gemeinsam nach oben, um uns anzuziehen.
»Es könnte nicht gemütlicher sein«, sagte ich.

solltest besser bis morgen verschwunden sein. Im Ernst –
laß mich und Gladys in Ruhe. Ich schwöre, das wird dir
sonst leid tun! Ich lasse mir das nicht länger gefallen! Ich
kann das nicht mehr tolerieren!! Mir reißt langsam die Geduld!! Das ist die letzte Warnung!! Ab morgen wollen wir
dich nicht mehr hier sehen!! Habe ich mich klar genug ausgedrückt?«

Er antwortete nicht. Er sah mich nur erstaunt und ein bißchen verletzt an. Dann schaute er Gladys bedauernd an und
schließlich starrte er auf einen Punkt hinter meinem Rükken.

Im selben Moment hörten wir jemand laut an die Tür
klopfen. Ich stand noch immer da, halb über den Tisch gelehnt, und sah Ronny mit starren, wütenden Augen an.

»Da klopft jemand«, sagte er.

»Wer in aller Welt kann das sein?« fragte Gladys.

Ich ging hinaus und öffnete die Tür. Die kleine, gebeugte,
alte Frau mit nur einem Auge trat ein. Sie redete ohne
Unterbrechung, aber ich konnte nicht verstehen, was sie
sagte. Ich vermutete, daß es eine Reihe von Entschuldigun-
gen waren, weil sie vor dem Sturm Zuflucht suchte.

Ich mußte mein ganzes Gewicht gegen die Tür stemmen,
um sie wieder schließen zu können. Dann brachte ich unseren Gast in die Küche. Gladys schaffte es, freundlich zu lächeln, obwohl sie ihr Entsetzen beim Anblick dieser Frau
kaum verbergen konnte. Ich hatte ihr von meiner Begegnung mit der einäugigen Schäferin erzählt.

Ronny hingegen saß da und starrte sie entsetzt an. »Das ist
das Häßlichste, das ich je gesehen habe«, sagte er. »Es ist das
personifizierte Böse.« Zumindest sagte er es auf Dänisch.

»Halt den Mund«, sagte ich. »Sie ist eine arme alte Schäferin. Sie bekam die Narbe als Kind durch ein Feuer.«

Ich brachte einen Sessel für sie und fragte, ob sie eine
Schale Kaffee wollte. Sie nahm dankbar an. Dann entschul-

digte sie sich bei Gladys dafür, uns gestört zu haben, und ich verstand, daß sie ein erleuchtetes Fenster gesehen und gehofft hatte, es würde uns nichts ausmachen, wenn sie hier blieb, bis das Schlimmste vorüber war.

»Haben wir noch Salami übrig?« fragte ich Gladys.

»Das wäre wunderbar«, sagte Ronny. »Ich bin nämlich sehr hungrig.«

Gladys machte Sandwiches und frischen Kaffee für uns alle. Die alte Frau war ganz begeistert von der dänischen Salami, die wir mitgebracht hatten.

»Warum packst du ihr nicht die restliche Salami ein«, sagte ich. »Wir können haben, soviel wir wollen, wenn wir wieder zu Hause sind.«

»Sie sieht aus wie des Teufels Großmutter«, meinte Ronny. »Könnte sie ihr fehlendes Auge nicht zumindest hinter einer Binde verstecken, um das schreckliche Loch zu verdecken? Sie verdirbt einem ja den ganzen Appetit. Eine Schäferin mit einem Auge. So etwas ist mir in meinem Leben noch nicht untergekommen.«

Wir ignorierten ihn. Die alte Frau fing an, die Geschichte von dem Brand zu erzählen und über ihr Leben mit den Schafen. Sie war glücklich, Menschen zu haben, mit denen sie reden konnte.

»Ist es wirklich notwendig, daß Sie Schafe hüten, obwohl Sie schon so alt sind?« fragte Ronny. »Gibt es in diesem Land denn keine Alterspensionen?«

Sie lachte, wobei man die drei Zahnstummel sehen konnte. »Ja, Monsieur«, sagte sie. »Ich bekomme eine Pension und muß nicht arbeiten, aber ich könnte ohne meine Schafe nicht leben. Ich werde arbeiten, bis ich tot umfalle, genau wie mein Mann. Wie alt schätzen Sie mich?«

»Achtzig«, sagte Ronny, ohne zu zögern.

Ihr glückliches Lachen verschwand, und einen Moment lang machte sich Verwirrung auf ihrem Gesicht breit. Dann lachte sie herzhaft auf. »Monsieur, Sie machen Witze. Ich bin erst zweiundsiebzig.«

»Arschloch«, sagte ich zu Ronny.

»Was soll's? Sie sieht wie hundert aus. Und sie stinkt nach nassen Schafen.«

Die alte Frau redete weiter über ihre Schafe, ihren Hund, der die Herde jetzt allein bewachte, und über die Stürme, die sie schon erlebt hatte. Sie meinte, daß es selten so starke Mistrals während des Sommers gab. Gewöhnlich waren sie im Winter ärger, aber das Wetter diesen Sommer war überhaupt sehr ungewöhnlich gewesen.

»Wie lange wird dieser Wind dauern?« fragte Ronny sie.

»Drei, neun oder elf Tage. So ist es meistens. Aber es ist nicht die ganze Zeit gleich schlimm.«

»Ich würde den Verstand verlieren, wenn ich hier leben müßte«, stellte Ronny fest.

Die alte Frau lachte. »Es gab schon Leute, die der Sturm verrückt gemacht hat, und die wegziehen mußten. Wir haben hier ein altes Gesetz, das besagt, daß ein Mann oder eine Frau, die ihren Angetrauten während eines verlängerten Mistrals ermorden, begnadigt wird, wenn bewiesen ist, daß es keinen anderen Grund für den Mord gab.«

»Man kann also einen Mord begehen, während der Wind heult?« sagte Ronny. »Das klingt interessant.«

Er hatte sich an mich gerichtet und lachte dann verächtlich.

Ein paar Stunden später hatte sich der Wind gelegt. »Der Mistral macht eine Pause, wenn er all seine Kraft aufgebraucht hat«, sagte die alte Schäferin. »Aber er kommt zurück. Er wird wieder aufkommen. Drei, neun oder elf Tage.« Sie bestand darauf, nun zu ihren Schafen zurückzukehren.

Nachdem ich sie zur Tür begleitet hatte, kam ich in die Küche zurück. Ronny und Gladys unterhielten sich, und er machte keine Anstalten zu gehen. Als ich hineinkam, sagte Gladys gerade zu Ronny: »Ja, ich bin sehr glücklich, und du mußt dir keine Sorgen um mich machen.«

»Wir sollten jetzt schlafen gehen, Gladys«, sagte ich.

»Wer könnte jetzt müde sein?« fragte Ronny.

»Wir können, und damit sind wir am Ende unserer Gastfreundschaft.«

Ronny stand langsam auf und lächelte mich schief an. »Na gut. Ich denke, ich werde dann gehen.«

»Ja. Mach das.«

Aus einem plötzlichen Impuls heraus streckte ich die Hand aus. Er schüttelte sie und ausnahmsweise war *er* ein wenig verwirrt.

»Auf Wiedersehen, Ronny«, sagte ich. »Das ist das letzte Mal, daß wir uns gesehen haben.«

Er grinste, schüttelte mir verbindlich die Hand, nickte Gladys zu und ging.

Aber als ich ihn so gehen sah, mit großen, entspannten Schritten, wußte ich, daß diese Begegnung nicht unsere letzte gewesen war.

Ich habe den Deckel zum Brunnen blockiert ...

Wir gingen zu Bett, und Gladys schlief sofort ein. Nichts konnte sie vom Schlafen abhalten. Ich hatte eigentlich an etwas völlig anderes gedacht. Ich begehrte sie, und dieses Gefühl wurde nicht gerade schwächer, als ich ihren nackten Rücken neben mir spürte. Aber natürlich weckte ich sie nicht auf.

Es wurde schon hell, also stand ich auf, zog mir meine Shorts an und beschloß, einen Spaziergang zu machen. Es war noch immer sehr stürmisch draußen, aber der Wind war nicht annähernd so stark und wild wie in der Nacht.

Ich hatte eben das Brunnenhäuschen passiert und wollte den Weg einschlagen, der auf eine Anhöhe führte, von der man die roten Berge sah, als ich Ronny erblickte. Er kam mit einem Eimer in der Hand den Weg entlang. Zumal ich nicht mit ihm sprechen wollte, versteckte ich mich schnell hinter dem Brunnenhäuschen.

Kurz darauf hörte ich, wie der Bolzen weggeschoben und der Deckel geöffnet wurde.

Ich wußte, daß Ronny halb über die Öffnung gebeugt dastand und seinen Eimer in den Brunnen hinunterließ. Er war völlig ungeschützt, den Kopf tief in den Schacht gebeugt. Jener Mann, der solch eine Plage war – und vielleicht sogar gefährlich.

Der Gedanke, ihn zu ermorden, war zur Besessenheit geworden. Ich hatte Angst vor Ronny, ich haßte ihn, und er war eine psychische Last für mich. Er saß wie eine Eiterbeule auf unserer Beziehung, und ich wollte sie beseitigen.

Er war nur zwei Schritte von mir entfernt – ein Stoß in den Rücken –, und er wäre verschwunden.

Er forderte das Schicksal heraus. Meine Chance war gekommen. In einer Sekunde wäre es vorbei.

Ich hatte mich soeben von meiner hockenden Position erhoben und all meine Muskel angespannt, um ihn ein für allemal aus dem Weg zu räumen, als ich ein schwaches Stöhnen vom Brunnen her vernahm. Gleich darauf hörte ich ein lautes Platschen.

Ich weiß nicht, wie lange ich einfach nur dastand, unfähig, mich zu bewegen. Wahrscheinlich war es nicht länger als eine Minute. Dann rannte ich zum Brunnen und schaute mit Grausen den Schacht hinunter.

Es war komplett still.

Ronnys Kappe lag auf dem Boden.

Der Rest passierte automatisch. Mein Feind war tot und würde nicht mehr lebendig werden. Ich warf seine Kappe in den Brunnen, schloß und verriegelte den Deckel und schlich davon.

Ich begann erst wieder zu denken, als ich schon fast das Haus erreicht hatte. Ich wußte sehr gut, daß es Mord war. Der Sturz allein hätte ihn kaum töten können. Er hatte das Gleichgewicht verloren und war kopfüber in den Brunnen gestürzt. Der Wasserstand betrug nur knappe drei Meter. Er war bestenfalls ohnmächtig. Man hätte ihn retten können.

Statt dessen hatte ich einfach den Deckel verschlossen und war meiner Wege gegangen.

Es war Mord.

Wenn er wieder zu Bewußtsein käme, bevor er ertrunken war, würde er sich nicht befreien können, indem er am Pumprohr hinaufkletterte. Von innen würde er den Deckel nicht aufbekommen. Er würde dagegenschlagen und schreien, aber niemand würde ihn hören. Nicht einmal Gladys. Der Brunnen war zu weit vom Haus entfernt.

Irgendwann würden seine Kräfte dann schwinden, und er würde langsam am Rohr hinunterrutschen.

Ich hoffte, daß er ertrunken war, bevor er wieder zu Bewußtsein kommen konnte.

Ich wollte Gladys nichts erzählen. Noch nicht. Ich wollte sie nicht in die Sache hineinziehen.

Gladys war sehr verständnisvoll, aber ich war nicht sicher, wie viel Verständnis sie im Falle eines Mordes aufbringen würde. Betrügerische Geschäfte schienen sie nicht zu stören, aber bei Mord hätte sie vielleicht doch mehr Skrupel und würde beginnen, hysterisch zu schreien.

Wenn Ronny sich nicht mehr blicken ließ, würde Gladys denken, er sei nach Hause gefahren. Sie wäre sehr erleichtert.

Ronny würde nie gefunden werden. Wer würde ihn schon in einem Brunnen suchen? Er wäre einfach spurlos verschwunden. Sein Körper würde sich schrittweise zerset-

Wir gingen zu Bett, und Gladys schlief sofort ein.
Ich hatte eigentlich an etwas völlig anderes gedacht.

zen. Mir fiel auf, daß das ein Problem darstellte. Wir würden
das Wasser nicht mehr trinken können. In ein paar Tagen
wäre es verseucht. Ich mußte Gladys überzeugen, nach
Hause zu fahren. Der Mistral, die Brandgefahr, kein Telefon.
Ich war sicher, ein paar Schlangen auftreiben zu können,

falls es notwendig war. Dann fiel mir etwas anderes ein. Die alte Schäferin bezog ihr Wasser vermutlich auch aus unserem Brunnen, während ihre Schafe auf unseren Wiesen grasten. Wo sollte sie sonst Wasser herbekommen?

Ich begann zu schwitzen. Auf diese Weise könnte die Tat entdeckt werden. Wenn sie ihren Kopf in den Schacht beugte, während sie ihren Eimer hinunterließ, sah sie vielleicht irgend etwas am Grund liegen, das aussah wie ein Mensch. Oder Ronnys Kappe schwamm auf der Wasseroberfläche. Es war dumm von mir gewesen, die Kappe in den Brunnen zu werfen. Ich hätte es nicht tun sollen. Wenn sie etwas entdeckte, würde sie sicher zu unserem Haus laufen, und ich müßte mich mit der Polizei in Verbindung setzen.

Ich mußte sichergehen, daß niemand den Deckel öffnen konnte – weder die Schäferin noch eventuelle Camper, die in der Gegend waren.

Vorsichtig und leise schlich ich ins Haus und besorgte mir einen Hammer, Nägel und ein Brett. Ich blieb stehen und horchte mit angehaltenem Atem nach oben, aber aus dem Schlafzimmer war nichts zu hören.

Selbst wenn Gladys aufgewacht wäre und gefragt hätte, was ich da tat, hätte ich sagen können, daß ich den Brunnen für Ronny unzugänglich machen wollte.

Als ich wieder vor dem Brunnen stand, begann mein Herz zu klopfen. Ich versuchte fieberhaft, das Brett festzunageln. Es wurde mir schnell klar, daß die Nägel nicht im Beton zwischen den Steinen halten würden. Obwohl ich nie ein guter Heimwerker gewesen war, wußte ich, daß ich Dübel und Schrauben brauchte.

Zurück zum Haus. Ich fand, was ich brauchte, in der Werkzeugkiste. Dieses Mal schaffte ich es, das Brett so fest anzuschrauben, daß es ohne Werkzeug nicht zu entfernen war.

Ich war zufrieden.

Dann fielen mir das Auto und das Zelt ein. Früher oder später würden sich der Besitzer des Grundes oder andere Camper wundern, wer ein Auto und ein Zelt im Stich lassen würde. Die Polizei würde verständigt werden, und die Untersuchung des Nummernschildes würde sie auf die Spur des vermißten Dänen führen.

Das Auto und das Zelt mußten verschwinden.

Die Lösung fiel mir auf dem Weg zu Ronnys Campingplatz ein. Es war ganz einfach. Etwa fünf Kilometer die Landstraße entlang, zwischen dem Dorf und der Forststraße, die zur *Mas Farandola* führte, war eine kleine Schlucht, die von den Anrainern als Müllablage verwendet wurde. Neben vielen anderen Dingen lagen dort auch zwei Autowracks. Gladys und ich hatten darüber gesprochen, was es für eine Schande war, daß so viele Schluchten in Frankreich als Mülldeponien verwendet wurden, wo sich die Leute ihrer alten Autos entledigten.

Ronnys schöner Opel Santa mußte in diese Schlucht samt seinem Zelt. Der Sturz in die Schlucht würde das Auto aussehen lassen wie jedes andere Wrack.

Die Autoschlüssel! Hatte er sie zum Brunnen mitgenommen? Er hatte gesagt, daß er seinen Paß und sein Geld immer bei sich hatte. Aber was war mit den Autoschlüsseln? Hatte er sie mitgenommen, obwohl er nur um fünf Uhr morgens Wasser holen wollte?

Ich begann zu laufen. Ich war völlig von Sinnen. Es hing alles von diesen Schlüsseln ab.

Ich erreichte das Auto und versuchte, die Tür zu öffnen. Sie war unversperrt, und die Schlüssel lagen im Handschuhfach. Ich hätte laut jubeln können vor Glück.

Er hatte das Zelt wieder aufgestellt. Ich baute es ab und warf es in den Kofferraum. Ich durchsuchte seine Jacke und seinen Koffer nach Ausweisen. Ich fand seine Geldbörse mit all seinem Geld, seinem Führerschein und seinem Paß. Er hatte es offensichtlich nicht für nötig gehalten, sie zum Brunnen mitzunehmen. Seine Geldbörse mit dem Geld steckte ich in seine Jacke zurück, aber den Führerschein und den Paß nahm ich mit.

Mit dem Werkzeug, das er im Kofferraum hatte, schraubte ich die Nummerntafel ab und warf sie auf den Rücksitz. Es dauerte nur etwa fünf Minuten. Dann setzte ich mich hinter das Steuer und startete. Ich fuhr langsam den Weg entlang, der zur Straße führte. Dort konnte ich etwas Gas geben. Um diese Zeit am Morgen war niemand zu sehen. Wenige Minuten später erreichte ich die Schlucht. Ich schnürte die Nummerntafel, den Führerschein und den Paß mit einer Schnur zusammen und nahm das Paket an mich, als ich ausstieg. Ich kontrollierte die Straße, aber sie war komplett ausgestorben.

Ich schaltete auf Leerlauf und lief zum Heck des Autos, um anzuschieben. Es gab keinen Randstein und auch keinen Zaun, so daß es nicht schwer war. Das Auto rollte leicht und elegant über die Kante, überschlug sich dreimal und kam mit einem enormen Krach am Grund der Schlucht auf. Der Santa war teilweise von Nesseln und wilden Bromheerbüschen verdeckt. Was noch davon zu sehen war, war so zertrümmert, daß es kaum verdächtig war.

Ich begann mit dem Paket unter dem Arm zu laufen. Nicht weit von der Forststraße entfernt gab es einen schlammigen Fluß. Ich mußte einen kleinen Weingarten durchqueren, um hin zu gelangen. Als ich ihn erreicht hatte, warf ich das Bündel hinein, das auch sofort unterging.

Auf dem Rückweg hörte ich ein Auto. Ich warf mich zwischen die Weinreben und wartete dort, bis es wieder still war.

Als ich zum Haus zurückkam, stand Gladys in der Tür und wartete auf mich.

»Wo warst du?« fragte sie. »Ich habe mir schon Sorgen gemacht.«

»Zuerst habe ich den Deckel zum Brunnen blockiert, so daß Ronny kein Wasser mehr holen kann. Er wird entweder nach Hause fahren oder verdursten müssen, und dann habe ich einen erfrischenden Morgenspaziergang gemacht.«

»Hat sich der Wind gelegt?«

»Noch nicht ganz, aber es ist ein wunderbarer Morgen!«

Ein resoluter Mensch begeht kaum einen Mord ...

Obwohl der Mistral wieder anhob, gab uns ein Feigenbaum genug Windschatten, um unser Frühstück wie gewöhnlich im Freien zu genießen.

Abgesehen vom Wind war es ein wunderschöner Morgen. Der Himmel sah wie frisch gewaschen aus, die Luft war kristallklar und schien die Konturen der uns umgebenden Landschaft zu verschärfen. In der Provence sagt man, daß der Mistral gesund ist, weil er Staub und Verschmutzung aus der Luft nimmt; und aufgrund des Mistrals scheint auch die Sonne heller als irgendsonstwo.

Nichtsdestotrotz braucht man gute Nerven, um ihn zu überstehen. Drei Tage wären ja nicht so schlimm. Aber neun oder elf Tage heulenden Wind und klappernde Fensterläden zu haben, würde mich verrückt machen.

Von dem Platz zwischen den Bäumen auf dem Hügel, wo ich saß, konnte ich eine Ecke des Brunnenhäuschens sehen.

Eigenartigerweise hatte ich keine Gewissensbisse. Ganz im Gegenteil – ich war erleichtert, als hätte ich mich von einer schweren Last befreit. Zuvor hatten mich ambivalente Gedanken an Ronnys Ermordung bis zum Wahnsinn getrieben. Aber jetzt, da die Tat vollbracht war, ruhte mein Gewissen in Frieden. Ich hatte mich unseres Peinigers entledigt. Jetzt konnte ich mich zurücklehnen, Gladys betrachten und sicher sein, daß nichts uns in unserem Glück stören würde. Wenn ich mein Glücksgefühl nur mit ihr hätte teilen können.

Einmal mehr ging ich alles, was passiert war, durch. Alle Spuren, die auf Ronny deuteten, waren beseitigt. Das Auto lag samt dem Zelt und seinen Koffern zertrümmert in einer Schlucht, wo niemand daran denken würde, das Wrack zu inspizieren. Wie ich die Sache sah, war es schon fast unmöglich, in die Schlucht hinunterzugelangen. Nicht einmal Kinder, die auf Schatzsuche waren, würden da hinunterklettern. Es war zu steil und gefährlich. Ronnys Paß, Führerschein und die Nummerntafel lagen am Grund eines schlammigen Flusses. Ronny selbst war am Boden eines tiefen Brunnens und würde irgendwann verrotten.

Wie standen die Chancen, daß er gefunden wurde? Der Deckel zum Brunnen war fest angeschraubt. Die Chancen, daß ein Schäfer oder Camper einen Schraubenzieher dabeihatte, waren gering. Und selbst wenn, würde ein Camper zweimal überlegen, ehe er den Deckel abmontierte. Er würde nach einem anderen Brunnen suchen, wenn er Wasser brauchte.

In ungefähr einem Monat würde sich Ronnys Sekretärin über seinen Verbleib zu wundern beginnen. Sie würde seine Familie kontaktieren, wenn er überhaupt eine hatte, oder direkt zur Polizei gehen. Sie würde aber zweifellos so lange wie möglich damit warten, da sie vermuten mußte, daß er sich wegen einer möglichen Untersuchung wegen Betrugs versteckt hielt. Die Polizei würde sich auch an Gladys wenden, da ihre Scheidung noch nicht vollzogen war.

Meine innere Ruhe geriet ins Wanken, als ich mir vorstellte, daß Gladys mit hineingezogen würde. Sie würde der Polizei erzählen, daß sie ihren Mann nicht mehr gesehen hatte, seit er plötzlich aufgehört hatte, uns zu verfolgen.

Die Polizei würde neugierig werden. »Sie wurden von Ihrem Mann verfolgt?« würden sie fragen. »Und jetzt ist er verschwunden? Was für ein seltsamer Zufall. Wo und wann genau haben Sie ihn das letzte Mal gesehen? In Südfrankreich? In der Provence? Ist das Haus vielleicht eher abgelegen? Tatsächlich. Es muß sehr unangenehm für Sie und diesen Herrn hier gewesen sein, als Ihr Mann plötzlich auftauchte, gerade als Sie das Alleinsein genießen wollten. Sehr, sehr unangenehm ...«

»Zehn Groschen für deine Gedanken«, sagte Gladys.

Ich war so in meine Überlegungen versunken gewesen, daß mich diese Bemerkung erschreckte und ich ziemlich verwirrt dreingeschaut haben mußte.

Sie lachte. »Du siehst aus, als wärst du tief in einem schwierigen Problem versunken.«

»Wirklich? Na ja, weißt du, manchmal überkommen einen eine Menge von Ideen.«

Glücklicherweise fragte sie nicht weiter.

»Es wäre so schön hier, wenn es solche Dinge wie Mistrals nicht gäbe.«

»Oder Ronny«, fügte ich hinzu.

»Du glaubst also nicht, daß er heute wegfährt?«

»Du etwa?«

»Nein.«

Irgendwann würde ich ihr erzählen müssen, was passiert war. Ich würde ihr sagen, daß ich Ronny nach der schrecklichen Sturmnacht ertrunken im Brunnen gefunden hatte, ihr aber nichts erzählt hatte, da es für sie ein Schock gewesen wäre und ich ihre Gefühle schonen wollte. Ich würde ihr auch versuchen, klarzumachen, daß unter den herrschenden Umständen niemand diese Geschichte geglaubt hätte. Wir hatten beide Grund, ihn zu ermorden, und wir konnten nicht beweisen, daß es ein Unfall gewesen war. Deshalb hatte ich alle Spuren beseitigen müssen, um sicherzugehen, daß die Leiche nie gefunden würde.

Eigentlich wäre das fast die Wahrheit. Schließlich war es nicht meine Schuld gewesen, daß der Kerl in den Brunnen gefallen war.

Ich wußte nicht, ob Gladys mir glauben würde, aber sie war klug genug, um zu wissen, daß es nicht vorteilhaft für uns war, der Polizei zu erzählen, daß er uns monatelang gefolgt war und wir ihn das letzte Mal an einem einsamen Ort in der Provence gesehen hatten.

»Jetzt weiß ich, woran du denkst«, sagte Gladys.

»Ach ja?«

»Du planst die Beseitigung Ronnys, wenn er noch einmal auftaucht.«

»Sehe ich aus wie ein Mann, der einen Mord begehen könnte?« fragte ich und kniff sie in die Nase.

Sie stützte die Ellbogen auf den Tisch, legte den Kopf in ihre Hände und musterte mich eingehend.

»Ja«, sagte sie. »Du siehst resolut aus.«

»Morde werden selten von resoluten Menschen begangen. Es sind meistens die unsteten Charaktere.«

Wir vernahmen das Blöken der Schafe und das Bellen eines Hundes, das von der anderen Seite des Hügels herkam. Der Wind ließ es scheinen, als wären die Schafe ganz nahe.

»Die letzte Nacht erscheint so unwirklich«, sagte Gladys. »Das Heulen des Sturms, die Fensterläden, die gegen die Hausmauer krachten, die Vase, die am Boden zerbrach. Die abscheuliche Schäferin mit nur einem Auge. Sie kommt mir wie ein Alptraum vor.«

»Guter Gott – die arme Alte. Die tut keinem etwas zuleide. Ich mache mir viel größere Sorgen wegen des kaputten Telefons. Es sind sicher viele Leitungen unterbrochen nach dem Sturm, und ich fürchte, die Techniker werden nicht ge-

Gladys sah mir zu, wie ich die Tür bearbeitete.

rade unsere als erste reparieren. Ich möchte gar nicht daran denken, was passieren könnte, wenn in diesem Sturm ein Feuer ausbräche. Und wir könnten nicht einmal Hilfe holen.«

»Wir müssen ja nicht gleich das Schlimmste annehmen«,

sagte Gladys. »Warten wir erst einmal ab, ob Ronny wegfährt. Wenn ja, dann gibt es nichts, was mich von hier weg-
bringt. Ich liebe diesen Ort, und ich gewöhne mich sogar an
die Eidechsen.«

Wir hatten das Radio aufgedreht. In dem Moment begannen die Nachrichten. Passend zu dem, was ich über die
Brandgefahr gesagt hatte, gab es einen Bericht über ein großes Feuer etwa dreißig Kilometer von uns entfernt. Die
Feuerwehrleute hatten die ganze Nacht Brände in Saint-Tro-
pez, Ramatuelle, Pampelonne, Trans-en-Provence, Saint-Cyr
und Saint-Zacharie bekämpft. Über weite Gebiete standen
bewaldete Hügel und Berge in Flammen. In Saint-Zacharie
war das Feuer außer Kontrolle geraten, und die Menschen
mußten evakuiert werden. In Lavandou mußten zweitausend Touristen ihre Campingplätze verlassen. Hubschrauber suchten nach einem weißen Renault 8, der nahe des
Brandzentrums gesehen worden war. Der Reporter sagte,
daß bis jetzt zwischen drei- und fünfhundert Hektar Wald zu
Asche gemacht worden waren, und es wurde befürchtet,
daß sich diese Fläche verdoppeln würde, bis das Feuer unter Kontrolle gebracht war.

»Das hört sich nicht gut an«, sagte ich, als die Nachrichten
vorüber waren. »Laß uns von hier verschwinden.«

»Unsinn. Die Brände sind weit von hier entfernt. Tante
Mattie sagt, daß das jedes Jahr so ist im Süden von Frankreich, aber nie an diesem Ort. Auf jeden Fall gibt es bis jetzt
keinen Grund zur Panik.«

Ich überlegte, wie ich Gladys zur Abreise bewegen konnte. Es mußte bald geschehen. In wenigen Tagen würden wir
das Wasser nicht mehr verwenden können. Ich mußte beinahe darauf hoffen, daß es in unserer Nähe ein Feuer gab,
so daß Gladys nicht mehr bleiben wollen würde.

Später entschlossen wir uns, einen Spaziergang zu machen. Wir wollten die Gelegenheit nützen, während die Jä-

ger wegen des Mistrals zu Hause blieben. Als wir das Haus verließen, mußte mich Gladys daran erinnern, die Läden zu schließen und die Tür abzusperren.

»Wir wollen schließlich nicht, daß Ronny hier herumschnüffelt, während wir fort sind«, sagte sie.

»Ich glaube nicht, daß er das wird«, antwortete ich mit einem Blick auf den Brunnen.

Wir entdeckten neue Wege, die in eine Gegend mit Olivenbäumen und grünen Wiesen führten, die durch jahrhundertealte Mäuerchen unterteilt waren. Wir konnten nicht weit von dem Platz entfernt sein, wo die Schafe grasten. Man konnte sie blöken hören, und besonders der Leithammel war sehr laut.

»Sollen wir die alte Hexe besuchen gehen?« schlug ich vor. »Vielleicht ist sie bei Tageslicht weniger häßlich.«

Aber Gladys wollte sie nicht wiedersehen. Wir drehten also um und gingen nach Hause. Der Wind war wieder aufgekommen, und der Mistral kehrte mit frischer Kraft zurück. Aber er entschädigte uns auch: Die Sicht war unglaublich, da die Luft vom Staub befreit war und wir kilometerweit sehen konnten.

Als wir wieder beim Haus waren, sagte Gladys: »Weißt du, ich war fast sicher, daß Ronny auf den Stufen sitzen und uns erwarten würde.«

»Wieso?«

Ich erschauderte.

»Ich kann es nicht erklären. Ich war einfach so sicher. Ich sehe ihn jetzt überall. Ich glaube, er setzt mir wirklich zu.«

»Hör auf, an ihn zu denken. Stell dir vor, daß er nie existiert hat. Ich will nichts mehr über Ronny hören. Laß uns zum Essen ausgehen. Zieh dir etwas an, so daß wir gehen können.«

Sie seufzte. »Ich würde ja gerne, aber weißt du, was passieren wird?«

»Was?«

»Sobald wir es uns gemütlich gemacht und zu essen begonnen haben, wird Ronny auftauchen und sich an den Nebentisch setzen.«

»Da bin ich nicht so sicher. Versuchen wir es doch einfach und warten wir ab, was passiert.«

Während der Fahrt drehte sich Gladys ständig um. Um sie zu erheitern, fuhr ich ein paar Umwege, um eventuelle Verfolger abzuhängen.

Plötzlich rief Gladys: »Da ist er!!«

Ich fuhr beinahe gegen einen Pfosten. Sie brachte mich doch tatsächlich dazu, in den Rückspiegel zu schauen. Weit hinter uns war ein Auto, das mit der gleichen Geschwindigkeit fuhr wie wir. Von vorne sah es dem Santa sehr ähnlich.

»Warum bremst du?« fragte Gladys.

»Ich möchte sehen, ob er uns überholt.«

Das Auto fuhr schnell an uns vorbei. Es *war* ein Opel Santa, aber natürlich war es nicht Ronny. Eine Frau saß am Steuer.

»Gott sei Dank!« sagte Gladys, »dir stehen ja die Schweißperlen auf der Stirn.«

»Das ist die Hitze.«

»Oder Ronny?«

»Tu mir einen Gefallen und vergiß ihn!«

Wir fanden ein großartiges Restaurant in einem kleinen, verfallenen, aber charmanten Ort. Der Besitzer war ein warmherziger freundlicher Kerl, der von Tisch zu Tisch ging und mit seinen Gästen scherzte. Seine Frau war die Köchin, seine Schwiegermutter bereitete das Gemüse zu, und seine beiden Söhne waren die Kellner. Wir bekamen den letzten Tisch.

»Ich bin froh, daß alle Tische besetzt sind«, sagte Gladys.

Ich ignorierte diese Bemerkung. Ich hoffte, daß sie Ronny

bald vergessen haben würde und ich sie ganz für mich allein hätte. Er hatte offensichtlich erreicht, was er wollte – sie dachte Tag und Nacht an ihn. Mit der Zeit würde das schon aufhören.

Das Essen war großartig. Ein himmlisches Paté, zartes Fleisch, mit provençalischen Kräutern verfeinert, die unvergeßlichen provençalischen Tomaten, Ziegenkäse in Olivenöl und ein unbeschreiblich gutes Törtchen als Nachspeise.

Und dabei kostete das alles fast nichts. Zu Hause in ein Restaurant zu gehen, stellt mich nicht halb so sehr zufrieden. Das Essen ist schlecht, die Kellner unfreundlich und die Rechnung zu hoch.

Wir waren die ganze Zeit in bester Laune, auch noch auf dem Heimweg. Ronnys Name war kein einziges Mal gefallen.

Ein Telegramm lag unter einem Stein auf den Stufen der Eingangstür.

»Es kann nur von meinem Rechtsanwalt sein«, sagte Gladys, als sie es öffnete und laut vorlas. »IHRE TANTE IST TOT. DAS BEGRÄBNIS FINDET AM DIENSTAG STATT ...‹ Tante Mattie ist tot. Ach, die gute, alte Seele.«

»Das tut mir sehr leid. Das sind traurige Nachrichten.« Im stillen dankte ich Tante Mattie dafür, daß sie sich einen so günstigen Zeitpunkt ausgesucht hatte, um aus dem Leben zu scheiden. »Müssen wir jetzt zurückfahren?«

»Natürlich. Ich möchte auf das Begräbnis gehen. Ich habe Tante Mattie sehr gern gehabt. Jetzt wird sie ihre geliebte Provence nie wiedersehen.« Gladys hatte Tränen in den Augen.

Wir gingen nach oben und begannen stillschweigend zu packen. Mitten im Zusammensuchen meiner Dinge, hielt ich plötzlich inne und platzte heraus: »Das verschlossene Zimmer!!!«

»Ja ... Was ist damit?«

»Das Haus gehört jetzt dir. Wir haben jetzt das Recht, die Tür aufzubrechen und hineinzuschauen.«

»Ja. Nachdem ich den Schlüssel bekommen habe.«

»Es wird eine Weile dauern, bis wir wieder hierher kommen. Ich will dieses Zimmer sehen, und zwar jetzt!«

»Meinst du nicht, daß wir mit dem Herumstöbern zumindest warten sollten, bis Tante Mattie begraben ist? Außerdem ist nichts Wertvolles in dem Zimmer.«

»Warum ist es dann zugesperrt? Wir werden jetzt diese Türe aufmachen.«

Ich ging hinunter, um das Werkzeug zu holen. Wenn ich mich einmal zu etwas entschlossen habe, kann mich nichts mehr aufhalten. Ich war überzeugt, daß die ungewöhnliche Tante Mattie dort ein Geheimnis versteckt hatte, und ich mußte herausfinden, was es war.

Gladys hatte aufgehört zu protestieren und sah mir zu, wie ich die Tür bearbeitete. Sie dachte wahrscheinlich, ich würde sie nie aufbekommen. Ich schlug eine Weile mit dem Hammer darauf ein. Nachdem ich zwei Schraubenzieher ruiniert hatte, sprang das Schloß auf.

Wir starrten in das Zimmer. Es war zweifellos unbewohnbar. Die Wände waren unverputzt und dort, wo sich einst Mörtel zwischen den Ziegeln befunden hatte, waren jetzt große Löcher. Der Zementfußboden war mit Staub und Schutt bedeckt, und es gab keine Decke – nur das Ziegeldach direkt darüber.

Es gab ein paar alte Stühle, eine wurmzerfressene Kommode, eine metallene Stehlampe und einen alten Waschtisch mit Blumenmuster – das alles in einer Ecke. In einer anderen Ecke stand nur eine sehr alte Truhe mit rostigen Metallbeschlägen.

»Ist deine Neugier jetzt befriedigt?« Gladys lachte. »Das war wohl kaum die viele Mühe wert.«

»Kannst du mir erklären, warum dieses Zimmer versperrt war?«

»Weil es zu nichts zu verwenden war.«

Diese Erklärung genügte mir nicht. Ich holte den Besen und begann, die Spinnweben, Spinnen, Larven und ein altes Wespennest vom Fenster wegzukehren, so daß ich die Läden öffnen und die Sonne hereinscheinen lassen konnte.

»Das wird ein schönes Zimmer, wenn es einmal hergerichtet ist«, sagte ich. »Es braucht nur eine Decke, einen Boden und Verputz an den Wänden.«

»Es wäre nett, ein Gästezimmer zu haben.«

»Wofür um Himmels willen willst du ein Gästezimmer? Wer will schon dauernd Leute hier haben? Ich dachte eher, daß wir ein Arbeitszimmer daraus machen könnten.«

Ich ging zu der Truhe und stieß sie mit dem Fuß an. »Was glaubst du, ist da drinnen?«

»Alte Kleider«, schlug Gladys vor.

Die Truhe war durch ein Schloß versperrt. Ich versuchte es aufzutreten, aber es bewegte sich nicht. Es war ein sehr festes Schloß, und so nahm ich erneut den Hammer zu Hilfe.

»Du bist verrückt«, sagte Gladys. »Ich bin sicher, sie ist voll mit Tante Matties alten Kleidern.«

»Macht es dir etwas aus, wenn ich die Truhe ruiniere?«

»Ist es nicht eine Schande, eine Antiquität zu zerstören?«

»Antiquität! Es ist eine komplett nutzlose, wurmzerfressene alte Truhe. So etwas gehört auf den Mistplatz. Der Inhalt wahrscheinlich auch, aber das möchte ich doch zuerst untersuchen.«

Ungeachtet Gladys' Einwänden holte ich eine Axt und einen alten Spaten, den ich, aus Ermangelung von etwas Besserem, als Brecheisen benützte. Mit Hilfe des Hammers, der Axt und des Spatens bekam ich schließlich den Deckel auf.

Obenauf lag ein mottenzerfressenes Tuch. Darunter war

eine Silberfuchsstola, ein ausgebleichter Rock, zwei lächerliche altmodische Hüte und ein Kleid, das ehemals wohl schön gewesen war. Als ich all das herausgenommen hatte, starrte ich wie hypnotisiert in die Truhe.

»Gladys, komm einmal her«, flüsterte ich. »Sieh dir das an!«

»Guter Gott!!« keuchte sie.

Die Truhe war zur Hälfte mit Banknoten gefüllt – dänischen, französischen und Schweizer Geldscheinen – alle sorgfältig zu größeren und kleineren Bündeln verschnürt.

»Schau dir das an«, sagte ich. »Tante Mattie muß eine Vergangenheit als Bankräuber oder so etwas Ähnliches gehabt haben.«

»Niemals. Das ist ihr eigenes Geld. Alle sagten, daß sie ihr Geld verschleuderte. Sogar sie selbst machte einmal so eine Andeutung. Sie sagte zu mir: ›Ich habe kein Bargeld. Alles, was ich habe, ist in der Provence.‹«

»Na, das ist ja eine Andeutung. Hierher geschmuggelt. Manches ist noch nicht einmal in Francs gewechselt.«

»Ich fürchte, es ist Geld, von dem das dänische Finanzamt nichts weiß.«

»Woher stammt es?«

»Woher soll ich das wissen? Sie hat eine Menge mit ihrer Malerei verdient, und vielleicht hatte sie Glück an der Börse.«

»Sie hat wahrscheinlich auf eine gute Altersvorsorge gespart. Sie dachte, eine alte Truhe in einem unbenutzten Raum wäre ein sicheres Versteck. Es ist der letzte Ort, wo ein Dieb bei einem Einbruch suchen würde.«

»Die verrückte Tante Matti«, sagte Gladys und schüttelte den Kopf.

»Bist du dir im klaren, daß wir hier vor einem schweren Verbrechen stehen? Das ist eine großangelegte Steuerhinterziehung. Was sollen wir nur tun?«

Gladys schloß den Deckel. »Den Mund halten.«

Ich öffnete den Deckel wieder. »Wir können zumindest zählen, wie viel es ist.«

Wir teilten die Bündel zwischen uns auf, und als wir mit dem Zählen und Umrechnen fertig waren, hatten wir einen Betrag, der 6.763.344 Schilling entsprach. Gute sechs Millionen.

»Das ist phantastisch«, sagte Gladys leise.

Ich lachte. »Das werden wir auch erben. Ich meine, *du* wirst das auch erben.«

»Wir können das Geld nicht anrühren. Wir müssen so tun, als ob es gar nicht existiert. Vielleicht wird es ja gefunden, jetzt da sie tot ist.«

»Sehen wir einmal, wie gerissen die alte Dame war. Exzentrische Menschen sind dafür bekannt, ein spezielles Talent bei der Steuerhinterziehung zu haben. Warten wir einfach ab. Wenn wir nichts vom Finanzamt hören, dann, ja dann hast du eine hübsche Truhe voll Geld, das nur darauf wartet, ausgegeben zu werden. Meinst du nicht, daß ich recht habe?«

»Ja«, sagte Gladys. »Aber wie du selbst sagtest, es ist ein schweres Verbrechen.«

Ich lachte. »Nur wenn du dich erwischen läßt!«

Wir fuhren den Weg nach Kopenhagen in zweieinhalb Tagen zurück. Laut Gladys hatte Ronny von unserer plötzlichen Abreise keinen Wind bekommen. Sie glaubte nicht, daß er uns verfolgte. Sie fühlte sich sehr sicher, und so sprachen wir weder über Ronny noch über Tante Matties verstecktes Vermögen.

Wir hatten es nicht geschafft, das Schloß der Truhe oder die Tür zum Zimmer zu verschließen, da beide Schlösser kaputt waren. Wir hatten uns gegenseitig versichert, daß niemand in diesem Zimmer nach etwas suchen würde. Es war eigentlich sogar weniger verlockend, wenn das Zimmer unversperrt war.

Tante Mattie bekam ein kleines Begräbnis. Neben Gladys und mir waren noch zwei entfernte Verwandte, ein Freund und zwei Nachbarn da, die Tante Mattie nahegestanden waren.

Wir sangen einen Psalm, und der Pfarrer sprach ein kurzes Gebet. Danach sangen wir noch ein Lied, standen auf und verließen die Kirche. Der Sarg blieb in dem leeren Raum zurück. Er würde erst später zum Krematorium gebracht werden.

Wir bedankten uns flüchtig bei denen, die gekommen waren, und gingen dann direkt nach Hause. Jetzt mußten wir einfach abwarten und sehen, was passierte.

Das Telefon läutete. Gladys ging hin. Sie lauschte wortlos und knallte dann den Hörer auf die Gabel.

Sie wandte sich zu mir.

»Falsch verbunden?« fragte ich.

»Nein. Das war Ronny!«

Dieser Mann ist zwar auf jeden Fall verrückt, aber er muß mich sehr lieben ...

Ich war bald über den Schock hinweg. Meine Vernunft besiegte meine innere Aufregung, und mein Herz begann wieder normal zu schlagen.

Ich wußte, daß Ronny am Grund eines tiefen Brunnens lag. Ich hatte ihn mit eigenen Augen gesehen, hatte ihn stürzen gehört und seine Kappe gefunden. Ich hatte sofort den Deckel geschlossen und festgeschraubt. Selbst wenn Ronny den Sturz überlebt hatte, wäre es unmöglich für ihn gewesen, aus dem Brunnen herauszukommen.

Das wäre nur dann möglich gewesen, wenn Ronny es geschafft hätte, am Rohr hochzuklettern und sich mindestens vierundzwanzig Stunden daran anzuklammern, bis ein

Camper oder Schäfer vorbeikam und den Deckel aufschraubte, um ihn herauszuziehen.

Das konnte einfach nicht geschehen sein. Man konnte das vertikale Rohr hinaufklettern und sich oben halten, indem man sich mit dem Rücken gegen die eine und mit den Füßen gegen die andere Wand stemmte. Ein paar Stunden lang könnte man es vielleicht in dieser Position aushaken. Aber selbst wenn Ronny ungewöhnlich viel Ausdauer bewies, könnte er keine vierundzwanzig Stunden durchhalten. Er hätte auch nicht überlebt, wenn er im Wasser herumschwamm. Er hatte keine Chance, selbst wenn er innerhalb ein paar Stunden Hilfe bekam. Und wenn er diese Hilfe bekommen hatte, hätten wir schon davon gehört.

Der Anruf?

Zwei Möglichkeiten.

1. Einbildung. Ronny war so erfolgreich dabei gewesen, Gladys' Gedanken zu beherrschen, daß sie sich von seinem Einfluß nicht befreien konnte. Das Gift wirkte weiter, sogar nach seinem Tod. Er quälte sie von seinem nassen Grab aus. Es war nur natürlich, daß sie sich noch immer von ihm verfolgt glaubte. Sie würde vielleicht sogar darauf bestehen, ihn sehen zu können. Und als das Telefon geläutet hatte und es nur falsch verbunden war, stellte sie sich vor, daß es Ronnys Stimme gewesen war. Sie sagte, er habe nur gefragt, wie es ihr gehe. Pure Phantasie.

2. Angsteinjagung. Gladys versuchte, mich zu terrorisieren. Wir hatten so lange unter dem Druck von Ronnys Terror gelebt, daß sie diesen Reiz jetzt brauchte. Sie hatte sich angewöhnt, unsere Verfolgung als Katalysator zu betrachten, der unsere Liebe in Gang hielt – mit der Annahme, daß ein Mann, der gegen einen Rivalen zu kämpfen hat, zärtlicher und einfühlsamer sei, als einer, der nicht in der Angst, sie zu verlieren, leben mußte. Bis sie sich sicher genug fühlte, würde Gladys mich weiter mit Ronny terrorisieren und

Benzin ins Feuer gießen, um die Flammen meiner Liebe nicht ausgehen zu lassen.

Ich muß zugeben, daß die letztere Theorie eher unglaubhaft war. Obwohl ich auch schon von schlimmeren Dingen gehört habe. Frauen sind gemeine kleine Teufel, und Gladys gehörte eindeutig dazu. Das war wahrscheinlich der Grund, warum ich mich in sie verliebt hatte.

Ich beschloß, die Sache nicht allzu ernst zu nehmen und erst einmal abzuwarten. Ronny würde irgendwann aufhören zu existieren, wenn der Gedanke an ihn nicht genährt würde. Sein Geist konnte nur eine begrenzte Lebenszeit haben. Nach einer Weile würde ich das Bild dominieren, und Gladys hätte weniger Bedarf. Ronny zu »sehen« oder zu »hören«. Wenn es so nicht funktionierte, würde ich ihr die Wahrheit sagen müssen.

Es erwartete uns beide viel Arbeit, als wir zu Hause ankamen. Gladys mußte auf eine Menge Modeschauen und hatte viele Fototermine. Sie unterschrieb außerdem einen Vertrag mit einer wöchentlich erscheinenden Zeitschrift für einen größeren Job, sie sollte über sechs Seiten ganz in Farbe zu sehen sein, in mehr oder weniger idiotischen Kreationen unter dem Motto WIR WOLLEN SCHÖN SEIN FÜR WEIHNACHTEN. Gladys war nicht gerade glücklich über die Idee, aber sie verdiente sehr gutes Geld damit.

Mein Telefonanrufbeantworter quoll fast über vor Anrufen von meinen Kunden, die Arbeit für mich hatten. Ich konnte auswählen, was immer ich wollte. Es gab einige alte Kunden, die neue Kampagnen wollten, um alte Produkte zu unterstützen oder neue zu starten. Letzteres machte man gewöhnlich so, daß man sich um Gratiswerbung in verschiedenen Zeitungskolumnen bewarb. Zu diesem Zweck mußten Mittagessen mit Pressemitgliedern arrangiert werden. Eine neue Rock'n'Roll-Gruppe wollte mich als ihren Agenten, aber das interessierte mich im Moment nicht; eine Gruppe organisierter Geschäftsleute wollte, daß ich eine Kampagne für sie plante, und eine Gesellschaft zur Vorbeugung gegen Krankheiten wollte Werbung, um den kommenden Verkauf von Weihnachtserinnerungsbriefmarken zu unterstützen. Das ist immer ein schwieriger Job und wird auch meist nicht gut bezahlt, aber es würde meinem Ruf guttun.

Zur Krönung all dessen war die sexy klingende Stimme einer jungen Frau auf meinem Anrufbeantworter, die ihre Vorzüge sehr grafisch beschrieb und dann obszöne Vorschläge zur Gestaltung eines lustigen Abends machte.

Ich muß zugeben, daß sie mich erregte. Glücklicherweise war ich allein, als ich das Tonband abhörte. Gladys hätte mir nie geglaubt, daß ich die Frau nicht kannte. Unanständige Anrufe sind nicht mehr allein ein Monopol der Männer. Ich habe schon viele auf meinem Anrufbeantworter gehabt. Diese Mädchen genießen es offensichtlich, unschuldige Männer anzurufen und sexuell zu erregen. Es muß einem Jackpot-Gewinn gleichkommen, einen automatischen Anrufbeantworter zu erwischen – da können sie sich ausleben, ohne daß aufgehängt wird.

Gladys und ich sahen einander während der nächsten Tage kaum. Tagsüber hatten wir schrecklich viel zu tun, so daß wir abends ziemlich müde waren.

Ich blühte auf unter der dauernden Aktivität. Ich arbeite immer am besten unter Druck. Gladys hingegen irritierte es, von einem Job zum nächsten hetzen zu müssen. Es paßte schon grundsätzlich nicht zu ihrem Rhythmus. Außerdem wurde es ihr mehr und mehr zuwider, in lächerlichen, topmodischen Kleidern herumzuwalzen. Sie wollte zurück in die Provence. Trotz der Schlangen, Eidechsen und Insekten, sehnte sie sich dorthin zurück, besonders nun, da das Haus ihr gehörte. Wir lasen einen Artikel in einer dänischen Zeitung, in dem berichtet wurde, daß mehr als zweitausend Hektar Wald niedergebrannt waren; zwei Menschen waren dem Feuer zum Opfer gefallen, und viele Feuerwehrleute waren verletzt worden; eine alte Frau hatte sich gerettet, indem sie in ihren Swimmingpool gesprungen war und auf einer Luftmatratze gelegen hatte, während rund um sie alles in Flammen aufging.

»Stell dir nur vor, in der *Mas Farandola* würde etwas pas-

Da war die sexy klingende Stimme einer jungen Frau, die ihre Vorzüge sehr graphisch beschrieb.

sieren«, sagte ich. »Das ganze Geld würde sich in Rauch auf-
lösen. Wir sollten versuchen, es sobald wie möglich auf verschiedene Bankdepots zu verteilen.«

Aber das Geld schien Gladys wenig zu kümmern. Es war
das einzige Mal, daß Tante Matties Geldtruhe erwähnt wurde. Es schien, als ob wir sie vergessen wollten, bis wir sicher waren, daß wir sie behalten konnten – oder aber bis
die Finanzbeamten auftauchen und eine Unsumme an Steuern zurückverlangen würden. Vielleicht mußten wir Strafe
zahlen. Es ist nicht ungewöhnlich, daß Steuerhinterziehun-
gen nach eines Menschen Tod entdeckt werden und die Erben dann dafür aufkommen müssen. Das Schlimmste, was
uns passieren konnte, war, daß die Steuermenschen den
Grund in der Provence an sich nahmen. Wir hätten das Geld
immer noch verstecken können.

Eines Abends kam ich zuerst nach Hause und begann,
das Abendessen zu machen. Etwas später kam Gladys hereingestürzt, sichtlich erschöpft und aufgebracht.

»Jetzt müssen wir zur Polizei gehen«, sagte sie. »Er muß
damit aufhören.«

»Wer muß womit aufhören?«

»Ronny! Er ist mir auf der Straße gefolgt. Ich versuchte,
ihn abzuhängen. Ich wollte gerade in ein Taxi steigen, als er
mich am Arm faßte und das Taxi fortwinkte. Er wollte auf
einen Drink mit mir gehen. Ich wollte keinen Aufstand mitten auf der Straße machen, also bin ich mitgegangen.«

»Was wollte er?« fragte ich und beobachtete sie genau dabei.

»Er wollte nur etwas trinken gehen und eine halbe Stunde
plaudern. Wie alte Freunde.«

»Ist er zudringlich geworden?«

»Das Lokal war sehr voll.«

»Er könnte trotzdem versucht haben, dich zu küssen oder
so.«

»Hat er aber nicht.«

»Ich fürchte, die Polizei wird nichts unternehmen, nur weil dein Exmann dir einen Drink spendiert.«

»Es war gegen meinen Willen.«

»Du bist aber mit ihm gegangen.«

»Ich wollte nicht mitten auf der Straße mit ihm streiten.«

Es war ein groteskes Gespräch. Ronny war tot und Gladys wußte, daß sie ihn weder gesehen noch von ihm gehört hatte, seit wir die *Mas Farandola* verlassen hatten. Es war ein grausames Spiel. Ich brannte darauf, ihr die ganze Geschichte zu erzählen, aber ich wußte, daß das unklug gewesen wäre, also hielt ich mich zurück. Es war nicht der richtige Zeitpunkt. In ihrem verwirrten Gemütszustand würde sie mich für einen Mörder halten.

Wenn sein Verschwinden jemals aufgeklärt würde, könnte man mich wegen Mord verurteilen. Natürlich würde ich mich nicht schuldig bekennen und schildern, wie alles passiert war, aber ich könnte nicht beweisen, daß Ronny von alleine in den Brunnen gefallen war. Man würde mich aufgrund der Umstände verurteilen. Ich weiß sehr gut, daß es Mord war, obwohl ich ihn nicht gestoßen hatte. Es gab mildernde Umstände, aber ich wußte nicht, wie sie sich auf das Ausmaß meiner Gefängnisstrafe auswirken würden.

Gladys fragte, ob wir uns nicht bald acht Tage freinehmen konnten, um in die Provence zurückzufahren. Ich wußte nicht, was ich darauf antworten sollte. Wenn ich ihr nur von dem »Unfall« erzählen hätte können, hätte sie sicher eingesehen, daß wir nicht in der *Mas Farandola* leben konnten, bis sie nicht an die städtische Wasserversorgung angeschlossen war. Das Brunnenwasser war bereits zu verseucht, um es zu trinken, und selbst wenn es mit der Zeit wieder trinkbar wurde, war ich nicht sicher, ob wir es verwenden wollten. Es würde uns ständig an Ronny erinnern.

Auf der anderen Seite sollten wir in die Provence fahren, um das Geld sicher zu verstauen. Ich würde nicht eher ruhen, bis es auf feuersichere Banktresore in Frankreich und der Schweiz verteilt war.

Eines Abends läutete das Telefon, und ich hob ab. Es meldete sich niemand. Ich rief mehrmals »Hallo« und hörte jemand am anderen Ende leise atmen. Dann wurde aufgehängt.

»Es hat sich niemand gemeldet«, sagte ich zu Gladys, die es sich in einem Sessel bequem gemacht hatte und ihre Nägel feilte. »Aber ich konnte hören, daß jemand in der Leitung war.«

»Vielleicht war es wieder Ronny.«

Etwas albern beschloß ich, ihn zu Hause anzurufen. Vielleicht wollte ich Gladys beweisen, daß dort niemand war. Natürlich hob niemand ab.

»Dann hat er eben von auswärts angerufen«, sagte sie.

Ein paar Tage später behauptete Gladys, ihn zweimal gesehen zu haben. Das erste Mal war bei einer Modenschau und Ausstellung namens *Heim und Familie* gewesen, bei der er in der ersten Reihe gesessen hätte. Sie hatte ihn gesehen, als sie in einem Hausanzug auf die Bühne kam, aber als sie wieder auftrat, diesmal in einem Fernsehoverall, war er verschwunden. Später am selben Nachmittag war sie in ein Taxi gestiegen und zu ihrem nächsten Fototermin gefahren. Als sie ausstieg, verließ er gerade ein anderes Taxi und gab vor, sie nicht zu sehen.

»Eine neue Taktik?« fragte ich.

»Woher soll ich das wissen? Er ist heimtückisch.«

»Wie lange soll das noch dauern?«

»Weiß Gott. Er ist so ausdauernd. Auf jeden Fall muß er mich sehr lieben.«

Die Richtung, in der sich die Dinge entwickelten, beunruhigte mich. Wenn das alles reine Einbildung war und weiter anhielt, würde Gladys am Ende gar eine Psychose entwickeln und in einer geschlossenen Anstalt landen.

Wenn sie mich aber nur mit Ronny terrorisierte, um ihre Eitelkeit zu befriedigen, indem sie die Rolle der Frau, die zwischen zwei Männern gefangen ist, spielte, konnte das zu einem ernsthaften Sprung in unserer Beziehung führen. Bevor das passierte, würde ich ihre Lügen aufdecken und ihr die Wahrheit sagen müssen.

Was aber fast noch schlimmer war, war, daß ich bereits mit der Ronny-Hysterie infiziert war. Ich ertappte mich dabei, wie ich prüfend in den Rückspiegel schaute, um sicherzugehen, daß ich nicht verfolgt wurde, und mein Verhalten dann damit rechtfertigte, daß es eine alte Angewohnheit war. Ich konnte allerdings keine Erklärung dafür finden, daß ich so oft in Ronnys Büro angerufen und nach ihm gefragt hatte. Ich hatte jedesmal die gleiche Antwort bekommen: »Er befindet sich auf einem verlängerten Urlaub.« Die Sache geriet außer Kontrolle, und ich fing an, an meinem eigenen Verstand zu zweifeln.

Eines Abends gingen wir aus zum Abendessen. Es war mein Vorschlag gewesen, und ich hatte dabei fast an ein kleines Experiment gedacht. Ronny war immer aufgetaucht, wenn wir in einem Restaurant saßen.

Bis jetzt hatte Gladys Ronny immer nur »gesehen«, wenn ich nicht anwesend war. Wenn sie jetzt behauptete, daß Ronny an einem Nebentisch saß, würde entweder sie oder ich dringend einen Arzt brauchen.

Unser Essen war eben serviert worden, als Gladys plötzlich rief: »Da ist er!!«

»Wer?«

»Ronny, natürlich. Wer sonst?«

Ich drehte mich um und sah mir alle Tische an. Selbstverständlich war Ronny nicht zu sehen, aber als sie seinen Namen genannt hatte, hatte mein Herz zu pochen begonnen.

»Du irrst dich, Liebling«, sagte ich. »Es gibt hier keinen Ronny.«

»Der Mann mit der Zeitung. Ich bin sicher, daß er es ist!«

Ich drehte mich noch einmal um, und tatsächlich fiel mir ein einzelner Gast auf, der sich hinter seiner Zeitung vergrub.

Ich stand auf, nahm eine Zigarette und ging zu seinem Tisch hinüber. Ich lehnte mich über die Zeitung und blickte in ein faltiges, bärtiges Gesicht mit zwei kleinen blinzelnden und verwirrt schauenden Augen und einer langen dünnen Nase.

»Entschuldigen Sie«, sagte ich. »Hätten Sie vielleicht Feuer für mich?«

Der Mann sah etwas verärgert aus, weil ich ihn gestört hatte, aber er nahm ein Feuerzeug aus der Tasche und zündete meine Zigarette an. Ich bedankte mich und kehrte an unseren Tisch zurück. Als ich die Zigarette ausdämpfte, sagte ich: »Das war nicht Ronny.«

Gladys lachte. »Das *wußte* ich doch. Es war bloß ein Scherz! Ich wollte dich sehen, wie du ihm die Zeitung aus den Händen reißt.« Der Gedanke daran erheiterte Gladys so sehr, daß sie fast erstickte vor Lachen. Unter anderen Umständen hätte ich das vielleicht als vernünftige Art betrachtet, wie sie sich von ihren Spannungen befreite.

»Laß uns eines klarstellen!« sagte ich wütend. »Wir werden diesen Mann in Zukunft nicht mehr sehen. Wir werden nicht mehr über ihn sprechen. Wir werden ihn völlig ignorieren. Er existiert nicht mehr!!«

»Leider tut er das aber.«

Ich schaute sie streng an und betonte jedes Wort einzeln. *»Ronny-existiert-nicht!«*

»Na gut. Tun wir eben so.«

Die nächsten acht Tage sah ich Gladys nicht sehr viel. Entweder sie oder ich mußten bis spät abends arbeiten, so daß wir uns meistens nur im Bett trafen ... und das auch nur zum Schlafen. Es war ein trauriges Leben. Nur Arbeit und kein Spaß. Gladys erwähnte Ronny nicht mehr. Es schien, als hätte sie an anderes zu denken. Das bestärkte meine Zuversicht, daß sie über ihre Besessenheit hinweg war. Sie hatte aufgehört, Gespenster zu sehen, und hatte sich Abstand zu Ronny verschafft.

Langsam schien es, als würden wir zu unserem alten Leben zurückkehren. Es war interessanterweise um die Zeit herum, da ihre Scheidung vollzogen und sie rechtlich wieder frei war.

Ich freute mich jetzt auf den Moment, da ich ihr eröffnen könnte, daß Ronny tot war. Ich war neugierig, wie sie reagieren würde. Ich vermutete, daß sie es leichtnehmen würde, erleichtert wäre, wie ich.

Einmal kam ich eher früh nach Hause in der Hoffnung, daß Gladys den Abend ebenfalls frei hatte. Es war schon einige Zeit vergangen, seit wir einen gemütlichen Abend zu zweit verbracht hatten.

Wie üblich hörte ich zuerst die Nachrichten auf meinem Anrufbeantworter ab. Der erste Anruf stammte von einem Journalisten, der mich bat, sobald wie möglich zurückzurufen, und seine Nummer hinterließ. Dann war da ein Mann, den ich nicht kannte, der ebenfalls seine Nummer hinterließ, aber nicht dazu sagte, worum es ging. Der dritte Anruf war von Gladys. Ihre Stimme klang gezwungen, und sie zitterte nervös.

Ich bin es, Alan. Ich habe mich entschlossen, dich anzurufen und eine Nachricht zu hinterlassen, statt dir einen Brief zu schreiben. Ich finde es persönlicher so, als in einem Brief, aber es macht mir die Sache nicht leichter deswegen ... Ich weiß nicht, wie ich dir das sagen soll ... Ich bin zu Ronny zurückgekehrt! ... Du wirst nicht verstehen können, warum ich das getan habe. Vielleicht kann ich es selbst nicht verstehen ... Du wirst lachen, wenn ich dir sage, daß es mit dieser spirituellen Verbindung wirklich etwas auf sich hat. Auf jeden Fall ist mir schon seit einiger Zeit klar, daß ich zu Ronny gehöre ... Dieser Bastard! ... Aber da kann man nichts machen ... Ich mag dich sehr gerne. Wir haben eine herrliche Zeit zusammen verbracht, und ich möchte dir nicht weh tun ... Aber es war ein Fehler. Das mit Ronny, meine ich. Daß ich ihn verlassen habe. Ich weiß das jetzt schon seit einer Weile. Als wir in der Provence waren ... habe ich es versucht zu bekämpfen, aber, Gott helfe mir, ich liebe den Idioten. Verachte mich, lache mich aus, aber bitte hasse mich nicht. Hab einfach Mitleid mit mir ... Weißt du, wir haben uns ein paarmal heimlich getroffen und über alles geredet. Und jetzt bin ich wieder mit ihm zusammen ... Ich weiß nicht, was ich noch sagen soll ... Danke für alles ... Im Eiskasten ist etwas zu essen und vergiß nicht, morgen deine Wäsche aus der Putzerei zu holen ... Vergiß mich am besten so schnell wie möglich. Versuch nicht, mich zu erreichen. Betrink dich und fang von vorne an. Such dir jemand Neuen ... Und so ... möchte ich dir auf Wiedersehen sagen.

Der Hörer wurde aufgehängt, und ich stoppte das Tonband.

Ich saß aufrecht da und starrte ins Nichts, meine Hände umklammerten die Armlehnen. Ich fühlte mich, als würde ich in einer Zentrifuge geschleudert werden.

Nach einer Weile hörte das Schleudern auf, und ich beruhigte mich. Ich konnte wieder klar denken.

Entweder Gladys war verrückt geworden, oder etwas anderes stimmte hier absolut nicht.

Wir hatten eine herrliche Zeit zusammen ...

Als erstes trank ich ein Bier. Dann wanderte ich ziellos in der Wohnung herum. Schließlich entschloß ich mich, bei Ronny anzurufen. Es war lächerlich. Ich versuchte, einen toten Mann zu erreichen. Aber irgend etwas mußte ich tun, sonst wäre ich verrückt geworden.

Es hob niemand ab. Es hätte mich auch gewundert, wenn jemand abgehoben hätte. Ronny war, wie mir seine Sekretärin mitgeteilt hatte, auf einem verlängerten Urlaub, und ich selbst wußte, daß er am Grund eines Brunnens in der Provence lag.

Trotzdem fuhr ich in die Gegend, in der Ronny lebte. Ich wollte zweihundertprozentig sicher sein, daß er nicht existierte. Danach mußte ich endlich herausfinden, was mit Gladys los war und warum sie sich an ein Gespenst klammerte.

Ronny wohnte im vierten Stock eines Luxusapartmenthauses in Klampenborg. Gladys hatte mir das Haus gezeigt, als wir auf unserem Weg die Küste entlang daran vorbeigefahren waren.

Es war lächerlich, aber mein Herz schlug wie verrückt und meine Kopfhaut kribbelte, als ich die Türglocke betätigte. Ich weiß nicht, wie ich reagiert hätte, hätte Ronny die Tür geöffnet. Ich wäre wahrscheinlich in Ohnmacht gefallen. Natürlich machte niemand auf.

Ich läutete an der Tür daneben. Ein fetter, alter Mann mit einem strengen Gesicht und durchdringenden Augen öffnete einen Spaltbreit und schaute mich finster an.

»Entschuldigen Sie«, sagte ich. »Wissen Sie vielleicht, ob Herr Bertulsen zur Zeit verreist ist?«

Der Mann schloß die Tür noch weiter und sah mich mißtrauisch an. »Wer sind Sie?« fragte er.

»Ein Freund.«

»Erwartet er Sie?«

»Nein. Ich bin nur gerade hier vorbeigekommen.«

Er zögerte einen Moment lang, während er mich noch immer böse durch die fast geschlossene Tür ansah. Dann sagte er: »Rufen Sie ihn morgen an und finden Sie selbst heraus, ob er da ist oder nicht. Wie soll ich wissen, wann er zu Hause ist?«

»Aber haben Sie ...«

Er schlug die Tür zu.

Alter Mistkerl ... Obwohl man ja nie vorsichtig genug sein kann heutzutage. Er konnte schließlich nicht wissen, ob ich nicht vielleicht ein Einbrecher war, der herausfinden wollte, ob die Wohnung leerstand.

Ich ging einen Stock tiefer und drückte die Klingel an der Wohnung unter der Ronnys. Eine reizende Dame in den Dreißigern öffnete und sah mich fragend aus ihren glänzenden Augen an.

»Entschuldigen Sie die Störung. Ich suche Herrn Bertulsen.«

»Seine Wohnung liegt einen Stock höher genau über meiner, aber er ist nicht zu Hause.«

»Das weiß ich. Ich habe schon ein paarmal versucht, ihn zu erreichen. Ich wollte nur fragen, ob Sie wissen, ob Herr Bertulsen verreist ist.«

»Das muß er wohl – ich habe ihn schon längere Zeit weder gesehen noch gehört.«

»Nicht einmal während der letzten paar Tage?«

»Ich habe keinen Ton von dort oben gehört. Normalerweise höre ich seinen Fernseher, wenn er zu Hause ist. Nicht daß Herr Bertulsen besonders laut aufdreht, aber man kann die Fernseher der anderen Mieter auch leise im ganzen Haus hören.«

»Danke«, sagte ich. »Es tut mir leid, daß ich Sie gestört habe.«

»Keine Ursache«, sagte sie mit einem freundlichen Lächeln und schloß die Tür.

Mir kam der Gedanke, daß es nicht gerade klug war, bei all seinen Nachbarn zu läuten. Wenn die Polizei Ronnys Abgängigkeit untersuchte, würde sie die Nachbarn befragen. Der eine oder andere würde sich vielleicht an einen mysteriösen Mann erinnern, der Herrn Bertulsen gesucht hatte. Seine Beschreibung würde in allen Zeitungen unter folgender Überschrift erscheinen: WEGEN BEFRAGUNG IM FALLE EINES MYSTERIÖSEN VERSCHWINDENS GESUCHT.

Glücklicherweise trug ich nichts Auffälliges, und ich habe auch keine besonderen Merkmale – durchschnittliche Größe, Gewicht und Körperbau, ebenmäßige Züge, blonde Haare, blaue Augen. Diese Art von Beschreibung wäre kaum der Veröffentlichung wert. Aber ich konnte gar nicht vorsichtig genug sein, mit einem Mord auf dem Gewissen.

Jetzt wußte ich also sicher, daß Ronny nicht auf wundersame Weise dem Brunnen entstiegen und heimgekommen war.

Entweder war Gladys verrückt geworden, oder sie wollte mich fertigmachen. Ich konnte mir nicht vorstellen, was sie damit erreichen wollte, daß sie mir einredete, sie wäre zu ihrem Mann zurückgekehrt. Ich mußte sie finden und eine Erklärung dafür verlangen. Vielleicht war sie krank und brauchte Hilfe.

Ich konnte nichts tun bis zum nächsten Tag. Ich würde herausfinden müssen, wo sie arbeitete, und das war jetzt, um acht Uhr abends, unmöglich.

Ich fuhr nach Hause und wärmte das Essen, das Gladys im Eiskasten für mich gelassen hatte. Dann ging ich völlig erschöpft ins Bett und schlief sofort ein. Um drei Uhr nachts wachte ich wieder auf und konnte nicht mehr einschlafen. Meine Gedanken daran, was passiert sein konnte, überschlugen sich. Die Sache entbehrte jeglicher Logik. Wieder und wieder mußte ich an das Haus in der Provence denken, an das Geld in der Truhe, an Ronny im Brunnen und an Gladys und die Nachricht, die sie mir hinterlassen hatte.

Schließlich stand ich auf und hörte mir das Band noch einmal genau an, als könnte ich hinter ihren Worten die Lösung des Rätsels entdecken.

... Du wirst nicht verstehen können, warum ich das getan habe. Vielleicht kann ich es selbst nicht verstehen ... Du wirst lachen, wenn ich dir sage, daß es mit dieser spirituellen Verbindung wirklich etwas auf sich hat. Auf jeden Fall ist mir schon seit einiger Zeit klar, daß ich zu Ronny gehöre ... Dieser Bastard! ... Aber da kann man nichts machen ... Ich mag dich sehr gerne. Wir haben eine herrliche Zeit zusammen verbracht, und ich möchte dir nicht weh tun ... Aber es war ein Fehler. Das mit Ronny, meine ich. Daß ich ihn verlassen habe. Ich weiß das jetzt schon seit einer Weile. Als wir in der Provence waren ... habe ich es versucht zu bekämpfen, aber, Gott helfe mir, ich liebe den Idioten. Verachte mich, lache mich aus, aber bitte hasse mich nicht. Hab einfach Mitleid mit mir ... Weißt du, wir haben uns ein paarmal heimlich getroffen und über alles geredet. Und jetzt bin ich wieder mit ihm zusammen ... Ich weiß nicht, was ich noch sagen soll ...

Ich drehte den Kassettenrecorder ab. Ich hatte nichts erfahren, das mir weiterhalf. Sie sprach von Ronny, als ob er tatsächlich existierte. Sie klang absolut überzeugend.

Abgesehen von unseren Problemen mit Ronny, konnte ich nicht verstehen, warum sie mich verlassen hatte. Wir hatten nicht gestritten. Bis gestern war sie freundlich und liebevoll gewesen.

Aber auf diesem Band teilte sie mir mit, irgendwo aus der Stadt, daß sie mich verlassen hatte, um zu Ronny zurückzukehren, den sie liebte und ohne den sie nicht leben konnte – sie sagte, daß sie ihn heimlich getroffen hatte, obwohl seine Leiche am Grund eines Brunnens verweste. Er mußte inzwischen ziemlich furchtbar aussehen.

Gladys aber wußte nicht, daß er tot war. Somit konnte sie ihn als Waffe gegen mich einsetzen – warum, wußte ich nicht. Offensichtlich sah sie die Notwendigkeit, mich unter Druck zu setzen, mir ins Gesicht zu schlagen, auf mir herumzutrampeln oder mich eifersüchtig zu machen. Es gibt solche Frauen. Provokante Miststücke.

Wenn sie mich wirklich emotional erpressen und mich in die totale Unterwerfung zwingen wollte, so daß ich sie auf Knien bitten würde, zu mir zurückzukehren, mußte sie annehmen, daß ich in ihre Wohnung einbrechen und sie zurückzuholen versuchen würde. Das aber würde ihren Schwindel in bezug auf Ronny aufdecken.

Die Schwindel-Theorie war unlogisch. Abgelehnt.

Sicher war nur eines: Gladys wohnte irgendwo ... allein, ohne Ronny und ohne mich. Sie hatte gelogen auf dem Tonband. Seit wir aus der Provence zurückgekommen waren, hatte sie mir versucht einzureden, daß Ronny sie verfolgte. Sie hatte eine gute Vorstellungskraft und konnte leicht glaubhafte Details erfinden.

Warum?

Das mußte ich herausfinden. Vielleicht war sie wirklich krank.

Ich stand um halb vier auf, obwohl ich um diese Zeit zu keiner Lösung kommen konnte. Ich zog mich an und ging in die Küche, um Kaffee und ein weiches Ei zu kochen. Nachdem ich gefrühstückt hatte, ging ich durch die Wohnung, öffnete Schubladen und Kästen, um nachzusehen, ob sie alles mitgenommen hatte. Als sie bei mir eingezogen war, hatte sie nur ihre Kleider und ein paar persönliche Dinge mitgebracht.

Soweit ich sehen konnte, hatte sie an alles gedacht – außer an zwei Zigaretten und ein französisches Wegwerffeuerzeug. Ich steckte die Zigaretten in mein eigenes Päckchen

Gladys lag in einem Liegestuhl. Sie war allein.

und das Feuerzeug in meine Jackentasche. So ich sie finden würde, konnte ich sagen, daß ich ihr nur das Feuerzeug zurückbringen wollte. Sie würde sich das Lachen nicht verbeißen können.

Dann versuchte ich zu arbeiten und eine attraktive Werbung für ein langweiliges Produkt zu entwerfen. Ich konnte mich nicht konzentrieren. Meine Gedanken schweiften immer ab. Ich rauchte ein paar Zigaretten, trank ein Bier, goß die Pflanzen und las die gestrige Zeitung, als ob ich sie auswendig lernen wollte, die Anzeigen eingeschlossen. Endlich war es neun Uhr.

Zuerst rief ich den Fotografen, für den sie gewöhnlich arbeitete, an. Er sagte, daß er sie für mindestens einen Monat nicht erwartete, zumal er bis dahin keine Arbeit für sie hatte. Aber er könnte mir ihre Telefonnummer geben. Ich sagte, daß das nett von ihm wäre. Er gab mir also meine eigene Nummer. Ich bedankte mich und hängte auf.

Der zweite Anruf, bei einer Werbefirma, die sie oft brauchte, war ein bißchen erfolgreicher. Der Mann, der abhob, sagte, sie würde acht Tage wegfahren.

»Das ist aber eine Überraschung«, sagte ich. »Ich bin ihr Bruder. Ich wußte nicht, daß meine Schwester verreisen will. Wohin fährt sie denn?«

»Das hat sie nicht gesagt.«

»Auf Urlaub?«

»Nein. Sie ist eben erst vom Urlaub zurückgekommen. Ich hoffe, ich plaudere da nicht irgendwelche Geheimnisse aus. Sie sagte, es wäre eine verspätete Hochzeitsreise.«

»Danke«, sagte ich und legte den Hörer auf die Gabel.

Kaum ein Sekunde später hob ich ihn wieder ab und rief SAS an, um ein Ticket für den schnellstmöglichen Flug nach Nizza zu bestellen. Ich ergatterte ein Ticket für den nächsten Tag, einen Direktflug – SK581 – Abflug um zehn Uhr vormittags, Ankunft in Nizza um zwölf Uhr zwanzig.

Ich hatte aufgehört zu denken. Ich hatte einfach nur gehandelt. Egal ob logisch oder nicht. Ich mußte die Tatsache akzeptieren, daß Gladys mit ihrem toten Ehemann zu einer zweiten Hochzeitsreise aufgebrochen und höchstwahrscheinlich in ihr neues Haus in der Provence gefahren war. Es war zumindest einen Versuch wert. Ich mußte hinunterfahren und nachschauen, ob sie allein oder mit einem anderen Mann dort war.

Wenn er wie Ronny aussah ...

Ich mußte abwarten. Sonst konnte ich nichts tun ... Ich arbeitete den restlichen Tag intensiv, versuchte, was ich konnte zu erledigen, und sagte meine Termine für die nächsten fünf Tage ab. Länger konnte ich die Reise nicht ausdehnen. Ich sagte, daß ich wegen einer wichtigen Geschäftsreise aufs Festland müßte.

Als ich am nächsten Tag in Nizza ankam, lieh ich mir einen Simca. Es war noch immer herrlich warm hier unten, so daß ich meine Krawatte und meine Jacke ablegte.

Zwanzig Minuten später war ich auf der Autobahn und probierte aus, wie schnell der Simca fuhr. Er war nicht so schnell wie mein MG, aber er war gut genug, um in der linken Spur zu bleiben. Ich mußte Zeit gewinnen. Etwas trieb mich an – immer schneller. Ruhelosigkeit, Aufregung, Neugier.

Ich fuhr etwa hundertsechzig, als so ein Idiot mich schnitt. Instinktiv trat ich die Bremse durch, und das Auto begann zu schlingern, wie ein Betrunkener am Neujahrstag. Ich stieg von der Bremse und ließ das Auto laufen, bis ich es wieder unter Kontrolle hatte. Glücklicherweise war niemand hinter oder neben mir gewesen; es hätte nichts gegeben, was einen Unfall hätte verhindern können.

Ich überholte diesen Trottel, fuhr auf der gleichen Höhe mit ihm und begann ein Hupkonzert. Er versuchte, mir davonzufahren, aber ich strapazierte den Simca aufs äußerste und hielt mit mit ihm.

Die Hupe tönte laut wie ein Alarm. Ich fuhr immer näher an ihn heran, bedrängte ihn und nahm die ganze Zeit meine Hand nicht von der Hupe. Es war nervtötend, aber das war ja auch die Absicht, die dahintersteckte.

Er fing an zu schwitzen und verlangsamte sein Tempo.

Ich wurde auch langsamer, um ihn weiter abdrängen zu können. Es waren etwa fünf Zentimeter zwischen uns. Wir waren allein auf der Autobahn, und ich konnte sehen, daß er Angst hatte.

Plötzlich fiel er weit zurück. Er war einfach stehengeblieben. Er hatte nicht den Mut weiterzufahren. Außerdem näherte sich ein DS 19.

Die Sache hatte mich beruhigt und meine Zuversicht gestärkt. Im Flugzeug hatten mich alle möglichen Gefühle gequält – Angst, verletzter Stolz, Wut, Unsicherheit –, aber jetzt war die Luft wieder rein, und meine Nerven hatten sich beruhigt.

Ungefähr drei Stunden später erreichte ich das Dorf, in dem Gladys und ich auf dem Weg zur *Mas Farandola* übernachtet hatten. Ich fuhr an den Straßenrand und fragte einen Mann, ob es in der Nähe ein Hotel oder Gasthaus gab, wo ich Essen und Unterkunft bekommen konnte. Er erklärte, daß ich geradeaus weiterfahren sollte bis zum Ortsende, wo ich scharf nach rechts einbiegen und dann noch etwa fünf Kilometer bis über den Fluß fahren müßte. Dort würde ich ein kleines Gasthaus finden.

Ich befürchtete das Schlimmste, aber es entpuppte sich als kürzlich adaptierte Olivenpresse. Mein Zimmer war reizend, mit einer Dusche ausgestattet und erschwinglich. Es sah auch nach gutem Essen aus. Die Atmosphäre und die herrlichen Düfte aus der Küche ließen das vermuten. Obwohl ich nicht zuallererst auf Bequemlichkeit Wert lege, ist sie doch nicht zu verachten.

Ich packte aus und zog etwas Bequemeres an – weiße Jeans und ein kurzärmeliges gestreiftes Sommerhemd –, dann beeilte ich mich, zum Auto zu kommen.

Auf dem Weg zur *Mas Farandola* kam ich an der Schlucht vorbei, in die ich Ronnys Santa gerollt hatte. Ich blieb stehen und sah mich um. Ich hatte den Punkt erreicht, wo ich meiner eigenen Vernunft nicht mehr traute. Ich hatte beschlossen, daß ich mich für unheilbar verrückt erklären lassen würde, wenn ich sein Auto nicht sehen konnte.

Ich sah sein Auto aber. Es lugte zwischen ein paar Brombeersträuchern hervor. Ich fühlte mich besser.

Ich fuhr auf der Waldstraße weiter, bis ich nur mehr etwa einen Kilometer von der *Mas Farandola* entfernt war. Ich parkte neben der Straße zwischen ein paar Bäumen. Ich wollte nicht, daß Gladys und ihr mysteriöser Mann mich entdeckten. Die Entscheidung darüber, wann und wo wir uns trafen, sollte allein bei mir liegen.

Deshalb ging ich auch nicht den Weg entlang, sondern schlug mich gleich in die Wälder und stieg die dicht mit Föhren bewachsenen Hügel hinan. Ich mußte mich durch dichte Brombeer- und Weißdornsträucher kämpfen, die meine Kleider zerrissen.

Es war schwierig, sich dem Haus zu nähern, und ich kam nur langsam voran. Es ähnelte einem Hindernisrennen. Zweimal mußte ich große Felsen überwinden. Ein anderes Mal tummelten sich plötzlich Tausende schwarze Ameisen auf meinem rechten Arm. Ich hatte meine Hand versehentlich in einen Ameisenhaufen gesteckt. Ich war außer mir, bis ich sie endlich alle abgeschüttelt hatte.

Von einem höher gelegenen Punkt konnte ich endlich das Haus erspähen. Es war halb versteckt hinter zwei Eichen, aber ich sah, daß die Fensterläden offen waren.

Offensichtlich wohnte jemand im Haus. Aber wer?

Ich marschierte weiter in die Richtung des Brunnenhäuschens. Vom Haus aus war ich nicht zu sehen, da ich den ganzen Weg hindurch von Büschen verdeckt war.

Als ich das Brunnenhäuschen schließlich erreichte, waren meine Jeans zerrissen, meine Hände zerschnitten, meine Haare klebten schweißgetränkt an meiner Stirn, und mein Hemd war ebenfalls durchnäßt.

Eine Schildkröte kroch langsam vor mir über den Weg. Sie peilte ein Gebüsch an. Sie war ziemlich groß und hatte einen kunstvollen Panzer; ihr Saurierkopf wackelte hin und her. Die Schildkröte hielt mich ein paar Minuten auf, da ich nicht anders konnte, als sie anzustarren. Ich hatte nicht gewußt, daß es in der Provence Schildkröten gab.

Sobald sie verschwunden war, schlich ich zur Vorderseite des Brunnenhauses und entdeckte zu meiner großen Erleichterung, daß das Brett am Brunnendeckel immer noch fest angeschraubt war. Es sah nicht danach aus, als hätte sich jemand an den Schrauben zu schaffen gemacht.

Ich schlich verstohlen weiter in Richtung Haus, bis ich die Vorderfront im Blick hatte, und versteckte mich dann hinter einem Wacholderbusch.

Ein weißer Simca parkte vor dem Haus. Er sah genauso aus, wie der, den ich geliehen hatte – wahrscheinlich stammte er vom selben Verleih.

Gladys lag in einem Liegestuhl, und soweit ich sehen konnte, trug sie nur ihr Bikiniunterteil. Sie war allein, aber neben ihr stand ein leerer Liegestuhl.

Sie wäre niemals allein von Kopenhagen nach Nizza geflogen, hätte sich ein Auto geliehen und dann allein in dem Haus eingenistet.

Mir wurde klamm. Trotz der Hitze war ich in kalten Schweiß gebadet. Ich atmete unregelmäßig. Ich war drauf und dran, zusammenzubrechen und alle Vernunft zu leugnen.

Ich konnte beinahe das ganze Tal sehen. Die tödliche Stille war überall. Sie ging mir auf die Nerven.

Das einzige Geräusch stammte von der Schildkröte, die sich mit einem leisen Rascheln unter dem Gebüsch einnistete.

Dann trat plötzlich ein Mann mit je einem Glas in jeder Hand aus der Tür.

Er war splitternackt, so daß ich ein paar Sekunden brauchte, um ihn zu erkennen. Aus einer gewissen Entfernung sehen alle Menschen gleich aus, wenn sie nackt sind.

Aber dann drehte er den Kopf weit genug in meine Richtung, um ihn ganz sehen zu können. Es gab keinen Zweifel. Es war Ronny.

Ronny? Bist du das?

Mir wurde schwarz vor den Augen, als das Blut in meinen Kopf schoß. Ich wurde ohnmächtig.

Nach ein paar Minuten kam ich wieder zu mir. Ich wußte nicht, was passiert war. Ich konnte mich nicht erinnern, je zuvor bewußtlos geworden zu sein. Es war mir einfach unverständlich, wie das hatte passieren können. Ich vermutete, daß es die Anspannung der letzten zwei Tage war, gekoppelt mit der Hitze und den nötigen körperlichen Strapazen, hierherzugelangen, die ich nicht gewöhnt war. Der Schock, Ronny hier zu sehen, war dann zuviel gewesen.

Ich schüttelte den Kopf, um wieder klar zu werden. Meistens kann ich, wenn mir etwas zuviel wird, mich davon distanzieren, indem ich mich sehr darauf konzentriere, objektiv zu sein. Es muß etwas mit meinem Selbsterhaltungstrieb zu tun haben.

Ich stand auf und sah noch einmal zum Haus hinunter. Es war keine optische Täuschung gewesen. Ronny saß in seinem Liegestuhl, und der leichte Wind trug sein Lachen zu mir herüber.

Es war nicht länger möglich zu glauben, daß Ronny am Grund des Brunnens verweste. Die Tatsachen sprachen für sich.

Aber ich hatte ihn doch mit eigenen Augen zum Brunnen gehen gesehen. Ich hatte ihn mit eigenen Ohren nach Luft schnappen gehört, als er hineingefallen war, und ich hatte seine Kappe selbst gefunden und in den Brunnen geworfen.

Und dennoch war er hier – sehr lebendig in einem Liegestuhl sitzend und sich mit Gladys unterhaltend.

Wer war dann aber im Brunnen?

Ich schloß die Augen und versuchte, mich genau an alles, was an jenem Morgen passiert war, zu erinnern. Ich hatte Ronny gesehen, als er mit seinem Eimer den Weg entlanggekommen war. Es hatte gerade erst begonnen, hell zu werden, aber die Beleuchtung war gut genug gewesen, um sicher zu sein, daß es Ronny war. Ich konnte sein Gesicht nicht sehen, aber er war es hundertprozentig gewesen. Es war seine Art, sich zu bewegen, und es war Ronnys Kappe.

Ich hatte mich schnell hinter dem Brunnenhäuschen versteckt. Wie lange hatte es gedauert? Eine Minute? Zwei? Fünf Minuten? Wie gut kann man sich auf sein Zeitgefühl verlassen, wenn es einem nicht länger als ein paar Minuten vorkam? Auf jeden Fall konnten es nicht mehr als fünf Minuten gewesen sein.

Aber konnte es fünf Minuten gedauert haben, bis Ronny von dort, wo ich ihn gesehen hatte, den Brunnen erreicht hatte? Er war maximal fünfzig Meter entfernt gewesen – vielleicht auch nur dreißig. Na ja, ein paar Minuten mehr oder weniger konnten nicht so wichtig sein. Die Hauptsache war, daß ich hörte, wie gleich, nachdem der Deckel geöffnet worden war, ein Eimer hinuntergelassen wurde; dann war da dieses Luftholen und dann ein Platschen. Es war etwa eine weitere Minute vergangen, bis ich reagierte. Dann war ich zum Brunnen gelaufen und hatte den Deckel geschlossen und Ronnys Kappe am Boden vorgefunden.

Aber ich hatte sein Gesicht nicht gesehen. Ich hatte ihn nicht mit eigenen Augen in den Brunnen fallen gesehen. Ich hatte keine Garantie, daß es seine Kappe gewesen war. Es gibt viele Camper und Touristen, die ähnliche Kappen tragen, um ihre Augen vor der Sonne zu schützen. Vor Gericht würde meine Aussage als unzureichend zurückgewiesen werden.

Wenn es also nicht Ronny gewesen war, der in den Brunnen gefallen war, wer war es dann? Ein unschuldiger Camper, der die Balance verloren hatte und starb, weil ich den Deckel angeschraubt hatte? Der Gedanke war so schrecklich, daß ich nicht glauben wollte, daß es tatsächlich so gewesen war.

Ich zog es vor, mich an einer anderen Möglichkeit festzuhalten. An jener nämlich, daß Ronny mich gesehen hatte, als ich mich hinter dem Brunnenhäuschen versteckte. Er hatte beschlossen, mir einen Streich zu spielen. Er öffnete den Deckel, ließ seinen Eimer hinunter, schnappte nach Luft, als ob er am Ersticken wäre, warf seine Kappe auf den Boden und versteckte sich hinter ein paar Büschen, um meine Reaktion zu beobachten. Er hatte gesehen, wie ich den Deckel geschlossen und später verbarrikadiert hatte. Er wußte also, daß ich ihn umbringen würde, wenn ich die Chance dazu hätte.

Diese Erklärung gefiel mir am besten, aber ich wollte mich nicht damit zufriedengeben, bis ich sie nicht bestätigt wußte. Wenn man annahm, daß genau das passiert war, hatte Ronny ruhig zuschauen müssen, als ich seinen Paß und sein Nummernschild versenkt und sein Auto samt Zelt, Koffer und Geld in den Abgrund gestoßen hatte.

Ich sah, wie Ronny aufstand und sich über Gladys beugte. Er zog sie vom Liegestuhl hoch. Ich zweifelte nicht eine Sekunde darüber, was sie im Begriff waren zu tun.

Ich wandte mich angewidert ab und beeilte mich davonzukommen. Ich war wütend und verzweifelt. Was ich für Gladys empfand, hatte sich nicht geändert. Es war alles so schnell passiert, daß ich keine Zeit gehabt hatte, mir über meine Gefühle für sie Gedanken zu machen.

Unter anderen Umständen wäre ich zum Haus hinunter gerannt, hätte den Mann gestellt und dann versucht, sie dazu zu bewegen, wieder zu mir zurückzukehren. Aber ich wollte nicht, daß Ronny von meiner Anwesenheit erfuhr – noch nicht. Ich hatte den Vorteil, von einem versteckten Platz beobachten zu können, was da unten passierte.

Einmal mehr stand ich vor dem Brunnenhaus. Hätte ich einen Schraubenzieher gehabt, hätte ich das Brett abschrauben und in den Schacht hinunterschauen können. Ich mußte einfach herausfinden, ob jemand oder etwas am Grund dieses Brunnens lag.

Es war egal, welche der Theorien stimmte. Der Gedanke, daß Ronny mich hereingelegt hatte, gefiel mir nicht. Ich konnte nicht verstehen, warum er nicht darauf reagiert hatte, daß ich sein Auto demoliert und ihn so auf dem Trockenen sitzen gelassen hatte.

Wartete er nur auf den richtigen Moment, um das als Waffe gegen mich zu verwenden? Oder hatte er mich ausgetrickst, indem er mich in die Provence gelockt hatte, um mich umzubringen? Oder war es die Geldtruhe, die die beiden hierher geführt hatte? Gladys hatte ihm natürlich davon erzählt, und Ronny war der Typ, der das Vermögen eiligst sicher verstauen würde.

Das bedeutete, daß er wußte, daß ich von dem versteckten Geld wußte, was ein weiterer Grund für ihn wäre, mich loszuwerden zu wollen.

Dann fiel mir noch etwas ein. Ich hatte nicht nur Gladys verloren, sondern auch mehr als sechs Millionen Schilling. Ich glaubte trotzdem, daß ich imstande gewesen wäre, mich leise davonzumachen und heimlich meine Wunden zu lecken, wenn es nur um Gladys und das Geld gegangen wäre. Schließlich hatte sie das Recht, ihre Scheidung zu bereuen und für sich zu entscheiden, mit wem sie ihren neuen Reichtum teilen wollte.

Gladys sah unbeschreiblich schön aus.

Aber ich *konnte* nicht leise verschwinden. Früher oder später würde ich von Ronny hören. Wir hatten eine offene Rechnung zu begleichen.

Ich ging ins Gasthaus zurück, um mich für eine Stunde hinzulegen, aber ich war so erschöpft, daß ich einschlief und nicht vor acht Uhr abends wieder aufwachte.

Ich konnte mich nicht erinnern, wann ich das letzte Mal etwas gegessen hatte. Ich sprang also schnell unter die Dusche, zog mich an und ging ins Restaurant hinunter. Ich bestellte das Gericht nach Art des Hauses – im Preis inbegriffen waren ein Omelette, Kalbfleisch, Käse, Früchte und eine halbe Flasche Wein. Das Essen war köstlich, und der Wein beruhigte meine Nerven. Eine angenehme Wärme begann, sich über meinen Körper zu verteilen, und ich sah die Sache etwas optimistischer. So wie die Dinge im Moment standen, war ich im Vorteil.

Ich mußte bis zum nächsten Tag warten, zumal ich an diesem Abend nichts mehr unternehmen konnte. Ich konnte mich nur entspannen. Ich bestellte Kaffee und einen Marc de Provence nach dem Essen, rauchte ein paar Zigaretten und las die Regionalzeitung. Sie berichtete von zwei weiteren Jägern, die durch fehlgegangene Schüsse getötet worden waren: Der eine wurde am Kopf getroffen und der andere am Rücken; beide starben noch an Ort und Stelle. Außerdem waren viele Wildschweine erlegt worden. Dann ging ich wieder ins Bett. Es tat mir leid, daß ich keinen Roman mitgenommen hatte, über dem hätte einschlafen können. Ich lag da und starrte an die Decke und konnte die Angst den Rücken hinaufkriechen spüren.

Wen hatte ich im Brunnen eingesperrt, und warum hatte der Augenzeuge nichts dagegen unternommen?

Vielleicht weil niemand im Brunnen war. Und dennoch – er hatte mich gesehen, als ich den Deckel zugemacht hatte und gewußt, daß ich dachte, er sei da unten, daß ich ihn ermorden wollte. Er hatte sicher auch zugeschaut, als ich sein ziemlich neues Auto in die Schlucht gerollt hatte.

Warum hatte er nichts getan?

Ein Nervenkrieg? Er wollte, daß ich von ihm *hören* würde und nicht sicher wüßte, ob er wirklich tot war. Nachdem er aus der Provence zurückgekommen war, hatte er sich bewußt von seiner Wohnung ferngehalten und seiner Sekretärin den Auftrag gegeben zu verkünden, er sei auf unbestimmte Zeit verreist. Er hatte bei mir angerufen, aber nur mit Gladys gesprochen; er war dort aufgetaucht, wo nur Gladys ihn sehen konnte, und ging somit sicher, daß ich seine Existenz nie eindeutig bestätigt sehen würde. Ich sollte in Angst und Schrecken vor dem Geist, den Gladys behauptete gesehen zu haben, leben. Eine subtile Art des Terrors. Aber warum?

Am nächsten Tag kaufte ich einen Schraubenzieher und eine Taschenlampe und fuhr hinaus zur *Mas Farandola*. Ich parkte das Auto am selben Ort wie tags zuvor und entdeckte einen einfacheren Weg zum Brunnen, so daß ich mich nicht wieder so anstrengen mußte. Ich wurde von so einem kleinen giftigen Insekt gestochen; auf meinem Knöchel war ein roter Bluttropfen etwa in der Größe eines Stecknadelkopfes. Es war ein beständiger Schmerz, aber ich mußte ihn ignorieren. Ich arbeitete mich verstohlen am Brunnen vorbei und in Richtung Haus, wo ich Gladys nackt in einem Liegestuhl sonnenbaden sah. Sie sah unbeschreiblich schön aus.

O wie gern wäre ich hinuntergelaufen, hätte sie überrascht, geschüttelt, eine Erklärung verlangt – und sie wieder in meinen Armen gehalten –, was gegen jede Vernunft ging. Warum sollte ich eine Frau, die mich sitzengelassen und desillusioniert hatte, weiterhin lieben? Wann würde meine Liebe sich in Haß und Bitterkeit verwandeln?

Ich starrte sie an, aber ich hatte das Gefühl, daß es unanständig war, ihren nackten Körper zu betrachten. Ich hatte kein Recht mehr dazu. Trotzdem fühlte ich mich sexuell erregt, wie beim ersten Mal, da ich sie gesehen hatte.

Sie lag völlig entspannt da, der eine Arm hing über den Stuhl, und ihr Kopf war zur Seite geneigt. Sie war so regungslos, daß ich plötzlich dachte, sie wäre tot, und der nächste Gedanke war, daß Ronny sie ermordet hatte und mit dem Geld verschwunden war. Ich bemerkte, daß der Simca nicht vor dem Haus geparkt war. Ich bekam es schrecklich mit der Angst zu tun und begann am ganzen Körper zu zittern. Ich mußte mich zwingen, nicht ihren Namen zu rufen.

Statt dessen nahm ich einen Stein und warf ihn in Richtung Liegestuhl. Er landete etwa zwei Meter davon entfernt, aber sie reagierte nicht. Ich fand einen kleineren Stein, klein genug, um sie nicht zu verletzen, wenn er sie traf. Ich zielte und warf, traf aber nicht. Ich wurde immer unruhiger. Der nächste Stein traf sein Ziel.

Sie sprang erschrocken auf und sah sich verwirrt um.

»Ronny?« rief sie. »Bist du das?«

Kein Ronny und keine Antwort.

Gladys sah sehr erschrocken aus und lief ins Haus.

Ich verharrte in meinem Versteck. Ich wagte es nicht, den Brunnen zu untersuchen, bis ich wußte, wo Ronny war. Ich wollte nicht von ihm überrascht werden, wenn ich mich gerade in den Schacht beugte.

Eine Viertelstunde später kam Ronny angefahren. Er stieg aus dem Auto mit einem Gewehr in der einen und einem Vogel in der anderen Hand. Ein Fasan oder ein Rebhuhn. Aus der Entfernung konnte ich nicht erkennen, was es war. Gladys kam aus dem Haus, jetzt mit Shorts und einem Top bekleidet. Sie sah noch immer verschreckt aus und fing an, Ronny zu erzählen, was passiert war. Ich konnte ihre Stimme hören, aber ich verstand nicht, was sie sagte. Sie gingen gemeinsam hinein.

Ich wartete eine weitere halbe Stunde, um zu sehen, ob Ronny herauskommen würde. Wahrscheinlich hatte er eine plausible Erklärung dafür gefunden, daß sie, während sie schlief, von einem Stein getroffen worden war. Jetzt waren sie vermutlich damit beschäftigt, den Vogel zu rupfen und für das Abendessen zuzubereiten.

Ich beeilte mich, zum Brunnen zurückzukommen, und begann, das Brett abzuschrauben. Meine Hände zitterten, während ich arbeitete. Hin und wieder unterbrach ich und ging einen Blick auf das Haus werfen. Aber da unten tat sich nichts.

Sobald ich den Deckel offen hatte, beugte ich mich hinunter und versuchte, den Schacht mit der Taschenlampe auszuleuchten. Das Licht war zu schwach, um bis auf den Grund zu sehen; es beleuchtete nur die Steinmauern.

Ich war sogar noch eher imstande, mehr zu sehen, wenn ich das Licht abdrehte. Ich schnappte entsetzt nach Luft, als ich einen Kopf im Wasser erblickte. Dann erst realisierte ich, daß es mein eigenes Spiegelbild war. Das Dach des Brunnenhauses spiegelte sich ebenfalls im Wasser, und ich hatte gedacht, es wäre der Grund des Brunnens.

Ich begab mich wieder zu meinem Aussichtspunkt und warf einen Blick auf das Haus, aber es schien keine Gefahr zu bestehen, daß Ronny herauskam.

Dann ging ich zurück zum Brunnenhaus und ließ den Meßstein an der Winde hinunter. Als er den Boden berührte, versuchte ich, ihn zu bewegen, um zu sehen, ob er an etwas hängen blieb. Es funktionierte nicht, so daß ich ihn schließlich händisch heraufzog und wie eine Harpune an verschiedene Stellen warf. Er traf etwas, das der Eimer sein konnte, aber ich konnte nicht sagen, ob sich eine Leiche da unten befand. Wer auch immer sich dort befand, würde den meisten Platz in Anspruch nehmen. Als der Meßstein also in die Tiefe fiel, war es nicht zu sagen, ob er auf dem Grund des Brunnens oder auf dem Bauch einer Leiche landete.

Ich zog den Stein herauf, schloß den Deckel und schraubte das Brett wieder an. Ich arbeitete sehr schnell, und das Ganze dauerte nicht länger als ein paar Minuten. Unglücklicherweise war ich nicht imstande gewesen herauszufinden, was ich wissen wollte. Ich wußte noch immer nicht, ob ich ein Mörder war oder nicht. Ich hatte das falsche Werkzeug. Die einzige Möglichkeit zu erfahren, ob sich jemand da unten befand, war, in den Schacht hinunterzusteigen.

Ich ging denselben Weg zurück, den ich gekommen war, setzte mich ins Auto und fuhr nach Draguignan, eine etwa dreißig Kilometer entfernt gelegene Stadt. In einem großen Autozubehörgeschäft kaufte ich ein zwanzig Meter langes Abschleppseil. Dann ging ich in ein Sportgeschäft und kaufte eine Taucherbrille, eine wasserfeste Taschenlampe und einen Taucheranzug. Ich wollte nicht riskieren, in dem kalten Wasser einen Krampf zu bekommen. Ich verstaute alles im Kofferraum und konnte nun nichts mehr tun, außer zu warten.

Es gab eine Apotheke, wo ich versuchte, etwas gegen den Insektenbiß zu bekommen. Mein Knöchel war angeschwollen, und mein Bein tat sehr weh. Sie verkauften mir eine Tube Salbe, meinten aber, daß es dafür eigentlich schon zu spät war. Die Salbe mußte sofort nach dem Biß aufgetragen werden. Inzwischen hatte das Gift schon zu wirken begonnen, so daß ich etwa zwei Tage lang Probleme mit meinem Bein haben würde. Die Salbe würde eventuell helfen, die Schmerzen zu lindern.

Ich verbrachte einen Teil des Nachmittags in einer Bar und den anderen Teil auf einer Parkbank. Solange ich saß, tat mein Bein nicht weh, aber sobald ich aufstand, wurde der Schmerz fast unerträglich. Ich ging in die Pension zurück und machte ein Nickerchen.

Wieder wachte ich erst am frühen Abend auf. Die Schmerzen in meinem Bein schienen sich noch verschlimmert zu haben. Das hätte nicht zu einem schlechteren Zeitpunkt passieren können. Ich zog mich um und ging zum Abendessen hinunter.

Das gute Essen hob meine Stimmung. Schnecken, gewürzt mit provençalischen Kräutern, eine köstliche Lammkeule, Käse und Erdbeeren. Ich kam mir wie ein Tourist vor, wie ich so die Mahlzeiten genoß. Anschließend trank ich einen Kaffee ohne alles. Ich wollte bei meinem späteren Besuch beim Brunnenhaus einen klaren Kopf haben.

Ich erschauderte bei dem Gedanken daran. Wie ich schon erwähnte, habe ich panische Angst vor Brunnen. Es würde ein Alptraum für mich wahr werden.

Gegen zehn verließ ich die Pension. Es fiel niemandem auf, daß ich ging. Der Besitzer war noch immer im Restaurant beschäftigt. Dummerweise hatte sich mein Bein verschlechtert. Als ich an meinem gewohnten Versteck aus dem Auto ausstieg, konnte ich kaum auftreten. Ich mußte eine Zeitlang all mein Gewicht auf mein gesundes Bein verlagern. Es schien, als würden die Schmerzen geringer, je besser mein Blut zirkulierte.

Es war jetzt dunkel. Ich zog den Taucheranzug an. Er war schwierig anzuziehen, obwohl er mit Baumwollstoff gefüttert war. Mein Gummigehäuse war nicht gerade bequem, aber dagegen konnte ich nichts tun.

Ich hängte mir das aufgewickelte Seil um die Schulter, steckte Schraubenzieher, Taucherbrille und Taschenlampe ein und schleppte mich so zum Brunnenhaus. Dort stellte ich zuerst meine Sachen ab und ging zum Haus, um nachzusehen, was dort vor sich ging, und um zu wissen, ob ich ungestört arbeiten konnte.

Das Erdgeschoß war hell erleuchtet – soweit ich sehen konnte sowohl die Küche als auch das Wohnzimmer. Die Tür war offen, und die Polster der Gartenmöbel waren noch nicht hereingeholt worden.

Ich stellte mir vor, daß Gladys in der Küche den Abwasch machte, während Ronny im Wohnzimmer Radio hörte. Er war nicht der Typ, der seiner Frau beim Abwaschen half, auch wenn es schon spät abends war.

Ich ging zum Brunnen zurück und montierte das Brett ab. Es dauerte nicht so lange wie das erste Mal, da die Schrauben bereits von vorher locker waren. Dann befestigte ich das eine Ende des Seiles an einem Baum, indem ich es zweimal herumschlang und einen Seemannsknoten machte. Man hatte mir ein Nylonseil verkaufen wollen, da es viel billiger war, aber ich war froh, daß ich mich doch für eines aus natürlichen Fasern entschieden hatte, zumal es leichter sein würde, daran hochzuklettern. Ich warf das andere Ende in den Brunnen.

Dann steckte ich die Taschenlampe in meinen Gürtel und setzte die Taucherbrille auf, um meine Augen und Nase zu bedecken.

Als ich schließlich in den schwarzen Schacht hinunterblickte, verlor ich fast die Nerven. Mir wurde schwindlig, und mein Herz begann, wie wild zu schlagen. Beinahe hätte mich die Panik erfaßt, aber ich konnte mich doch beherrschen. Dann schnappte ich das Seil, setzte mich auf den Brunnenrand und schwang die Beine darüber.

Zuerst hing ich vertikal da und fragte mich, wie ich es jemals so bis auf den Grund schaffen sollte. Dann schaffte ich es aber, mich mit den Beinen gegen die eine und mit dem Rücken gegen die andere Mauer zu stemmen, so daß ich mich ausruhen konnte, bevor ich mich weiter hinunterließ.

Langsam kämpfte ich mich nach unten vor. Ich klammerte mich mit aller Kraft an dem Seil fest. Als ich etwa in der Mitte war, legte ich eine Pause ein. Über mir schien der Mond, während unter mir alles schwarz war.

Ich drehte fast durch, als ich abrutschte, wild um mich schlagend dahing und verzweifelt versuchte, wieder Halt zu finden. Es fiel mir ein, daß der Weg hinauf nicht einfacher werden würde.

»Nur ruhig. Nur ruhig«, sagte ich mir immer wieder vor. »Teil dir deine Kraft ein und verbrauch sie nicht gleich völlig zu Beginn. Verlier nicht die Nerven!«

Es war offensichtlich, daß ich kein großartiger Kletterer war. Wenn ich in besserer Form gewesen wäre, wäre sicher nichts dabei gewesen, aber ich war nicht mehr, wie früher, regelmäßig ins Fitneßstudio gegangen.

Ich schwitzte im Taucheranzug, obwohl er gefüttert war. Es war vermutlich die Angst.

Endlich war ich weit genug unten, um mit den Füßen das Wasser berühren zu können. Ich ließ mich hineingleiten, um zu verschnaufen. Es waren immer noch ein paar Meter Seil übrig. Laut meiner vorherigen Messung war das Wasser im Brunnen knappe drei Meter tief. Drei Meter tief zu tauchen ist nicht einfach, wenn man nicht trainiert ist.

Ich erwischte die Taschenlampe, holte tief Luft und tauchte hinunter. Obwohl meine Augen offen waren und ich die Taschenlampe auf den Grund des Brunnens gerichtet hatte, kam ich nur etwa eineinhalb Meter tief, dann mußte ich wieder auftauchen. Ich schnappte nach Luft, während ich mich an das Seil klammerte.

Ich konnte nicht länger als ein paar Sekunden unter Wasser gewesen sein. Ich glaube, daß ich meinen Atem nicht länger hatte anhalten können, weil ich hektisch geworden war. Wenn ich mich beruhigte und einige Male übte, war ich sicher, daß ich den Atem etwa eine Minute anhalten konnte.

Nach dem dritten Versuch fühlte ich den Eimer und dachte außerdem, die Kappe gesehen zu haben.

Beim vierten Untertauchen konnte ich deutlich einen Körper am Grund sehen. Er sah nicht gut aus nach dieser langen Zeit im Wasser. Trotzdem konnte ich ihn identifizieren. Obwohl das Gesicht schon zu verwesen begonnen hatte, gab es keinen Zweifel. Es war die einäugige Schäferin.

Tief geschockt kämpfte ich mich an die Wasseroberfläche zurück und riß die Taucherbrille vom Gesicht. Es war nicht nur Luft, nach der ich schnappte, während ich im Wasser trat und mich an dem Seil festhielt. Ich war außer mir vor Reue. Hätte ich doch nur aus diesem Brunnen fliegen und vor dem schrecklichen Anblick, der sich mir geboten hatte, fliehen können.

Plötzlich wurde das Seil schlaff und fiel mir auf den Kopf.

Im nächsten Augenblick wurde der Deckel über mir zugeschlagen, und dann hörte ich das Geräusch des Riegels, der vorgeschoben wurde.

Ich hatte die Taschenlampe abgedreht. Um mich herum war es schwarz wie die andalusischen Nächte.

Langsam und schmerzhaft wurde mir bewußt, daß ich eingeschlossen war.

Wo waren Sie? Wir wollten schon fast die Polizei rufen!

Auf Reflex fing ich an, um Hilfe zu schreien. Natürlich half mir das nichts, da Ronny verschwunden war, sobald er den Deckel verschlossen hatte. Und er hatte mich sicher nicht eingesperrt, nur um mich wieder freizulassen. Ronny hatte absichtlich versucht, mich zu ermorden.

Gerade so wie ich ihn versucht hatte umzubringen.

Aber noch war ich ja nicht tot. Wenn man sich in einer aussichtslosen Situation befindet, denkt man meistens an solche banalen Sprichwörter, wie »Wo Leben ist, ist auch Hoffnung«. Mein Selbsterhaltungstrieb zwang mich, meine Gedanken darauf zu konzentrieren, möglichst lange am Leben zu bleiben. Vielleicht machte ich mir etwas vor, wenn ich dachte, daß Ronny seine Tat bereuen oder Gladys für mein Leben bitten würde.

*Der Besitzer des Gasthauses hatte sich schon Sorgen gemacht,
weil ich die ganze Nacht fortgeblieben war.*

Selbst wenn sie wußte, wo ich war. Es war möglich, daß
Ronny – wie ich – vorzog, ihr nichts zu erzählen.

Das Wichtigste war, aus dem Wasser zu kommen. Es gab
nur eine Möglichkeit – das Rohr, das zur Pumpe führte.

Ich band mir das eine Ende des Seils um den Bauch. Ich

wollte es mitnehmen, da ich es vielleicht noch brauchen würde. Dann hielt ich mich an dem Rohr fest, und indem ich meine Füße und meinen Rücken gegen die Mauern preßte, arbeitete ich mich langsam an dem Rohr hinauf. Ich hatte etwa einen halben Meter geschafft, da war ich bereits so erschöpft, daß ich rasten mußte. Es war sehr anstrengend, so hinaufzuklettern. Ich hatte große Angst, daß ich es nicht bis hinauf schaffen würde. Das Seil war auch keine Hilfe. Es wurde mit jedem Zentimeter, den ich es ziehen mußte, schwerer. Der Taucheranzug behinderte mich in meiner Bewegungsfreiheit, und darunter war ich völlig naßgeschwitzt. Andererseits verhinderte er aber, daß ich mir den Rücken an den rauhen Steinen aufriß.

Ich arbeitete mich vorwärts – langsam, langsam, langsam. Ich hätte nie gedacht, daß ich so viel Kraft hatte. Aber schließlich war auch nie zuvor mein Leben auf dem Spiel gestanden.

Ich dachte nicht darüber nach, wie ich aus dem Brunnen herauskommen würde oder wie ich mich festklammern wollte, wenn ich oben angekommen war. Ich wollte nur den Deckel erreichen. Das war das einzige – den Deckel, der von außen verriegelt war.

Ich mußte alle paar Minuten rasten, um wieder zu Atem zu kommen. Das Seil wurde schwerer. Es war, als hingen Bleigewichte am anderen Ende. Aber ich wollte es nicht zurücklassen. Irgendwie hatte ich das Gefühl, daß es helfen würde, mein Leben zu retten.

Der Gedanke an die arme alte Schäferin, die am Grund des Brunnens lag, gab mir neue Kraft.

Ich hatte nicht auf meine wasserfeste Uhr geschaut. Es wäre unmöglich gewesen, sich mit der einen Hand am Rohr festzuhalten und die andere loszulassen, um auf das leuchtende Zifferblatt zu schauen. Es mußte mich aber eine gute Stunde gekostet haben, den Deckel zu erreichen, wo das

Rohr abzweigte und zur Pumpe führte. Mit letzter Kraft schaffte ich es, das Seil so an dem Rohr zu befestigen, daß es eine Schlinge ergab, in der ich sitzen konnte.

Dieses Unterfangen dauerte eine weitere Viertelstunde, in der ich ständig meinen Rücken und meine Füße gegen die Wand stemmen mußte. Es war qualvoll. Als ich endlich in der Schlinge saß, wurde mir schwindlig, meine Beine zitterten, meine Arme schmerzten, und ich hatte kaum noch die Kraft, mich festzuhalten.

Irgendwie schaffte ich es dann doch, und nach einer Weile fühlte ich mich stark genug, den Taucheranzug auszuziehen. Es war sehr kompliziert und ging nur sehr langsam. Ich mußte oft pausieren, aber schließlich hatte ich nur mehr einen Fuß im Anzug. Nachdem ich mich noch einmal ausgeruht hatte, zog ich ihn ganz aus und stopfte ihn unter mich, so daß die Schlinge bequemer wurde.

Jetzt konnte ich nichts mehr tun, außer in meiner Schlinge zu hängen, bis mich meine Kräfte verlassen und ich hinunter in das kalte Wasser fallen würde.

Ich hatte Angst, und schlecht war mir auch. Ich begann, gegen den Deckel zu trommeln, in der verzweifelten Hoffnung, er würde sich öffnen.

Nach einer Weile taten meine Hände so weh, daß ich damit aufhören mußte und statt dessen begann, mich für die Nacht einzurichten. Wäre die Schlinge nicht gewesen, hätte ich schon der Schäferin im Wasser Gesellschaft geleistet. Die Schlinge würde mein jämmerliches Leben, wenn man meine Existenz hier überhaupt Leben nennen konnte, noch um eine Nacht verlängern.

Aber an das denkt man in einer solchen Situation nicht. Man denkt nur an das Hier und Jetzt und hofft auf ein Wunder. Mein Leben hing an dieser Schlinge, und ich würde nicht aufgeben, bis mich die letzten Kräfte verlassen hatten. Meine Vernunft sagte mir, daß es sinnlos war, weiterzukämpfen, aber mein Instinkt zwang mich, noch nicht aufzugeben.

Ich fand eine Position, in der ich meinen Rücken gegen die Mauer lehnen und so ein bißchen ausruhen konnte. Es war einigermaßen bequem, und irgendwann schlief ich schließlich ein. Ich schlief jedoch kaum länger als ein paar Minuten, dann erwachte ich mit einem Ruck, weil ich begonnen hatte, aus der Schlinge zu rutschen. Die Angst, aus der Schlinge zu fallen, hielt mich lange Zeit wach. Dann schlief ich wieder ein, nur um sofort wieder hochzuschrecken. So verging die Nacht: Ich schlief ein und erwachte mit einem Ruck – immer und immer wieder. Es grenzt an ein Wunder, daß ich nicht hinunterfiel. Sogar im Schlaf klammerte ich mich an das Seil, und sobald sich mein Griff löste, weckten mich meine Reflexe.

Ich hatte einen Alptraum nach dem anderen. Abwechselnd hing ich über einem Abgrund, kämpfte darum, an der Wasseroberfläche zu bleiben, balancierte am Rande einer Klippe entlang oder fiel in den Schacht hinunter, ohne jemals den Boden zu erreichen.

Wenn ich hochfuhr, hatte ich Krämpfe in Armen und Beinen. Es half, meine Position zu verändern ... bis ich das nächste Mal aufwachte. Die Schwellung hatte sich von meinem Knöchel auf den ganzen Fuß ausgedehnt. Sobald ich mich bewegte, wurde der Schmerz unerträglich. Vielleicht würde ich ja auch an Blutvergiftung sterben. Das wäre mir lieber gewesen, als zu ertrinken.

Seltsamerweise fühlte ich mich besser, als das Tageslicht durch die Ritzen des Brunnendeckels drang. Seltsam deshalb, da es der hoffnungslosen Situation, in der ich mich befand, keine Abhilfe schaffte. Aber irgendwie findet sogar eine verlorene Seele wieder neue Hoffnung, wenn der Tag anbricht. Vielleicht sollte das Sprichwort heißen: »Wo Licht ist, ist auch Hoffnung.«

Ich sah auf die Uhr. Es war halb sechs und ein sehr kühler Morgen. Vielleicht hätte ich es geschafft, den Taucheranzug wieder anzuziehen, aber ich hatte das Gefühl, daß es eine sinnlose Kraftanstrengung wäre. Es war besser, auf die wärmende Sonne zu warten.

Ich dachte weder an Ronny noch an Gladys. Ich dachte nur an mich, wie ich so, eingesperrt in einem Brunnen, in einer Schlinge hing. Ich konnte mir kein schwerwiegenderes Problem vorstellen, als die Frage, wie ich überleben würde.

Meine Kräfte hatten mich noch nicht verlassen. Die Schlinge war eine hervorragende Unterstützung, mit deren Hilfe ich mich wahrscheinlich den ganzen Tag halten konnte. Aber würde ich eine weitere Nacht überstehen? Hunger und Schlafmangel würden vermutlich meine letzte Kraft erschöpfen, und ich würde ins Wasser stürzen, von dem ich hoffte, daß es mich mit Mitleid aufnehmen würde, so daß ich schließlich meinen Frieden über meinem Opfer fände.

Die Minuten verstrichen langsam. Es wurde sechs, dann halb sieben. Ich fing an, den Mut zu verlieren. Nach einer Weile war ich eher verzagt als ängstlich. Wenn das so weiterging, würde ich mich bald nicht mehr vor dem Sterben fürchten. Es wäre mir einfach egal.

Ein neuer Versuch. Ich studierte jeden Spalt in der Mauer und im Deckel, versuchte, den Mörtel zwischen den Steinen wegzukratzen und erneut gegen den Deckel zu schlagen. Aber es war unmöglich herauszukommen.

Ich wurde langsam apathisch. Meine Sinne wurden stumpf und reagierten nicht einmal auf das Geräusch eines startenden Autos, das mit heulendem Motor wegfuhr. Ich dachte nur: »Nun ja, sie fahren weg ... und lassen mich hier zurück.« Es war mir egal.

Natürlich wollte Ronny das verseuchte Wasser nicht benützen.

Plötzlich war da doch etwas, das in mein Bewußtsein drang. Meine Sinne erwachten. Ich roch Rauch, und wenn ich mein Ohr gegen den Deckel preßte, konnte ich das Knistern von Flammen vernehmen.

Es brannte!

Gladys und Ronny waren vor dem Feuer geflüchtet! Entweder das, oder Ronny hatte einen Brand gelegt, um Gladys von hier fortzubekommen.

Ich begann, über meine Chancen, hier herauszukommen, nachzudenken, und realisierte, daß das Feuer mich retten konnte. Wenn es das Brunnenhaus erreichte, würde nur der Deckel verbrennen. Wenn es mir zu heiß wurde, konnte ich mich am Seil hinunterlassen und warten, bis alles vorbei war.

Ich hätte vor Freude singen können und wollte gerade anfangen, in meiner Schlinge zu schaukeln.

Doch da fiel mir etwas anderes ein. Was würde passieren, wenn das Feuer nur um das Brunnenhaus herumbrannte und sich der Schacht mit Rauch füllte? Würde ich ersticken?

Ich fing am ganzen Körper an zu zittern, aus einer Mischung von Anspannung und Angst davor, daß ich womöglich doch nicht entkommen würde.

Ich hörte das Feuer immer näher kommen. Es klang, als würde die *Mas Farandola* zur Gänze in Flammen aufgehen. Rauch begann durchzusickern, und ich fing zu husten an. Ich mußte bereit sein, mich tiefer in den Schacht hinunterzulassen.

Ich brauchte all meine Kraft, um das Seil wieder loszubinden, so daß es in den Brunnen hinunterhing. Ich mußte mich mit einer Hand am Rohr festhalten und meinen Rükken und meine Beine gegen die Mauern pressen. Ich war gerade im Begriff hinunterzuklettern, als ich Automotoren hörte. Mehr Autos?

Die Feuerwehr! In meinem geschwächten Zustand hatte

ich natürlich nicht daran gedacht, daß Alarm ausgelöst worden sein mußte, der die Feuerwehr herbeiholte.

Ich hielt mich mit der einen Hand am Rohr fest, schlug mit der anderen gegen den Deckel und schrie so laut ich konnte. Ich schlug mir die Hand blutig und wurde heiser vom Schreien, aber es schien mich niemand zu hören. Die Feuerwehrleute waren wahrscheinlich zu sehr damit beschäftigt, die Schläuche auszurollen, um gegen das Feuer anzukämpfen.

Meine Stimme hatte versagt, und ich konnte mich kaum noch festhalten. Es war nur mehr eine Frage von Minuten, bevor ich hinunterstürzen würde.

Dann flog plötzlich der Deckel auf, und ein Feuerwehrmann steckte seinen Kopf herein. Als er mich so dahängen sah, stieß er einen Schrei der Verwunderung aus. Andere kamen angerannt, und ich wurde von starken Händen gepackt und aus der kleinen Öffnung gezogen. Die Sonne blendete mich, und meine Beine waren so kraftlos, daß ich nicht stehen konnte.

Es schienen alle gleichzeitig auf mich einzureden. Sie stellten Fragen, die ich nicht verstand. Ich spürte die Hitze des nahen Feuers.

Obwohl mein Zustand schlecht war, begann mein Hirn wieder zu arbeiten. Nun, da ich gerettet war, würden sie eine Erklärung verlangen, wie das Feuer begonnen hatte und warum ich in den Brunnen gestiegen war. Sie würden herausfinden, daß ich nicht hier lebte und kein Recht hatte, mich auf diesem Grund aufzuhalten, und sie würden alles daran setzen herauszufinden, was ich mit dem Feuer zu tun hatte und warum ich im Brunnen gewesen war.

Das waren Fragen, die ich nicht beantworten wollte.

Sie trugen mich weg vom Brunnenhaus und setzten mich neben eines der Feuerwehrautos. Dann gingen sie.

Ich richtete mich auf und sah mich um. Es waren drei

Feuerwehrautos und etwa zwölf Feuerwehrmänner da, die die Schläuche herrichteten. Zwei der Schläuche waren bereits in Gebrauch. Das Feuer wütete hinter dem Haus, und eine Fläche von ein paar hundert Quadratmetern stand in Flammen.

Da alle beschäftigt waren, wollte ich die Gelegenheit nützen, mich aus dem Staub zu machen. Es fiel mir schwer aufzustehen. Ich schaffte es schließlich und taumelte vor Schwindel. Die Schmerzen in meinem Bein waren qualvoll. Ich hüpfte auf dem anderen Fuß herum, bis mein Blutkreislauf in Gang kam, so daß ich einen Teil meines Gewichts auch auf das schlechte Bein verlagern konnte. Es wurde schlimmer, als das Blut hineinströmte. So bald ich konnte, humpelte ich fort und versteckte mich hinter ein paar Büschen.

Die Waldstraße war leer, aber ich wagte es nicht, sie zu benützen. Vielleicht waren mehr Feuerwehrautos auf dem Weg hierher, und ich wollte nicht, daß sie mich sahen. Es würde nicht lange dauern, bis die Polizei auftauchte.

Halb gebückt schlug ich mich durch das Gebüsch in Richtung Hauptstraße. Der Wind blies in die andere Richtung, so daß sich das Feuer nicht dorthin ausgebreitet hatte, wo ich war.

Ich stolperte vorwärts, erschöpft von der langen Zeit, die ich im Brunnen verbracht hatte, und gepeinigt von den Schmerzen in meinem Bein. Ich zwang mich mit letzter Kraft weiterzugehen. Blind schlug ich mich durch die Büsche, die mir die Haut aufrissen. Ich fühlte nichts. Ich wußte nur, daß ich weitergehen mußte.

Endlich erreichte ich das Auto. Es war nicht versperrt, meine Kleider und die Schlüssel lagen auf dem Sitz. Niemand hatte sie angerührt. Offensichtlich war es noch nicht entdeckt worden. Ich zog mich schnell um, setzte mich hinter das Steuer und fuhr zurück zum Gasthaus.

Der Besitzer hatte sich schon Sorgen gemacht, weil ich die ganze Nacht fortgeblieben war. Er hatte bemerkt, daß ich meinen Schlüssel nicht von der Rezeption geholt hatte und daß mein Auto verschwunden war. Entweder ich hatte einen Unfall gehabt, oder ich war weggefahren, ohne die Rechnung zu bezahlen.

»Haben Sie die Polizei verständigt?« fragte ich.

»Ich wollte soeben«, antwortete er.

Ich machte ihm weis, daß ich die Nacht mit einer Dame verbracht hatte. Er grinste breit und nickte wissend. Wenn er gewußt hätte, wie ich die Nacht wirklich zugebracht hatte, und was für ein Horror sie gewesen war!

Wie ein Roboter ging ich auf mein Zimmer, nahm eine Dusche, rasierte mich, packte meine Sachen, ging wieder hinunter, um zu frühstücken, bezahlte meine Rechnung und fuhr los.

Nachdem ich ein paar Stunden gefahren war, bog ich in eine kleine Nebenstraße ein, parkte im Schatten eines Eukalyptusbaums, legte mich auf den Rücksitz und schlief ein – wurde ohnmächtig, wäre vielleicht treffender. Ich schlief etwa drei Stunden tief und fest, bis ich plötzlich von einem betäubenden Geräusch geweckt wurde. Ein Bulldozer in der Größe eines Tankwagens versuchte, auf der schmalen Straße an mir vorbeizukommen. Ich deutete dem Fahrer, daß ich wegfahren würde, aber er winkte ab und meinte, das wäre nicht nötig, er würde auch so an meinem Auto vorbeikommen, ohne es mitzunehmen.

Die Lust auf Schlaf war mir dennoch vergangen. Ich fühlte mich bereits viel besser, so daß ich zurück auf die Hauptstraße und weiter in Richtung Nizza fuhr. Ich hatte Glück und bekam einen Flug über Zürich nach Kopenhagen.

Als ich schließlich am späten Nachmittag wieder in meiner Wohnung war, legte ich mich sofort ins Bett und schlief durch bis zum nächsten Morgen.

Hast du die alte Frau in den Brunnen gestoßen?

Am nächsten Tag wurde ich mit Arbeit überhäuft – alles mußte zur selben Zeit fertig sein; ich mußte von einem Termin zum nächsten, hatte Anzeigen zu schreiben und Beziehungen zu nützen. Dennoch gab es Momente, wo ich an Gladys, die Treulose, und Ronny, den Verrückten, dachte.

Wieviel zählt Stolz, wenn es um Frauen geht? Um ehrlich zu sein, klammerte ich mich an die vergebliche Hoffnung, daß Gladys nur aus irgendeiner idiotischen Laune zu Ronny zurückgekehrt war und bald herausfinden würde, daß er der gleiche Mistkerl war, den sie verlassen hatte. Dann würde sie zu mir zurückkommen, wir würden uns aussprechen, und sie würde mich bitten, ihr zu vergeben. Und zu guter Letzt würden wir einander wieder in den Armen halten.

Die Frage wäre dann, ob Ronny uns wieder von neuem terrorisieren, oder ob er endlich begreifen würde, daß sein Leben in Gefahr war, wenn er das tat.

Wie würde er reagieren, wenn er herausbekam, daß ich am Leben war?

Ich rief in seinem Büro an. Eine anmaßende Stimme sagte: »Verlag Bertulsen.«

»Ist Herr Bertulsen da?«

»Er ist zur Zeit in einer wichtigen Besprechung. Möchten Sie Ihre Nummer hinterlassen?«

»Es ist nicht so wichtig.«

»Wer spricht denn, bitte?«

»Das Finanzamt«, antwortete ich und hängte auf.

Dann rief ich in seiner Wohnung an. Er hob den Hörer ab. Ich atmete ein paarmal laut, während er wieder und wieder »Hallo?« sagte, dann hängte ich auf.

Jetzt würde er sein eigenes Gift zu schmecken bekommen. Es würde ihn zum Nachdenken anregen.

Am nächsten Tag rief ich an den verschiedensten Stellen

an und fand schließlich heraus, daß Gladys im Guttenberg-haus arbeitete. Sie machte dieses Weihnachtsmodespecial. Ich saß eine halbe Stunde im Vorraum, bevor sie dem Auf-zug entstieg. Mein Herz hörte kurz auf zu schlagen, als ich sie erblickte. Sie sah so verdammt gut aus.

Sie hatte mich nicht gesehen. Ich stand auf und ging zu ihr hinüber. »Hallo, Gladys.«

Sie blieb wie angewurzelt stehen und platzte heraus: »Was machst du denn hier?«

»Ich warte auf dich, Liebling.«

»Warum?«

»Ich möchte dir einfach nur nahe sein. Was wäre mit ei-nem Drink um die Ecke?«

»Na gut. Aber nur kurz. Ich habe zu tun.«

Ich bestellte einen Gin-Tonic für sie und einen Scotch für mich. Sie sah mich fragend an, während sie an ihrem Drink nippte. Sie machte nicht den Eindruck, als hätte sie gerade ein Gespenst gesehen. Ronny hatte ihr also nicht erzählt, daß er mich umgebracht hatte.

»Wirst du dich jetzt aufführen wie Ronny?« fragte sie.

»Bei ihm hat es ja funktioniert. Er hat bekommen, was er wollte. Vielleicht sollte ich es auch so versuchen.«

»Da bin ich mir nicht so sicher.«

»Warum nicht? Liebst du ihn so sehr?«

»Offensichtlich ... Du hältst mich für schrecklich, nicht wahr?«

»Ich halte euch beide für Psychopathen.«

»Danke für den Drink, Alan«, sagte sie und stand auf.

»Setz dich lieber wieder hin. Es geht um das Geld.«

Sie sank zurück in ihren Stuhl. »Das Geld?«

»Du weißt genau, wovon ich spreche.«

Sie lachte. »Ach, du meinst die sechs Millionen.«

»Was hat Ronny gesagt, als du ihm die Truhe gezeigt hast? Du hast ihm doch sicher von dem Geld erzählt.«

»Nein, das habe ich nicht.«

»Du hast ihm überhaupt nichts gesagt?«

»Nein.«

»Aha ... ich verstehe.«

»Was verstehst du?«

»Nun ja, es gäbe zwei Augenzeugen für dein Verbrechen, wenn du ihm davon erzähltest und du willst dir zuerst über deine Gefühle für ihn klar werden.«

»Was meinst du damit?«

»Genau das, was ich gesagt habe.«

»Willst du sagen, daß es bereits jemanden gibt, der über das, was du Verbrechen nennst, Bescheid weiß?«

»Das ganze Geld muß dem Finanzamt gemeldet werden.«

»Und du dachtest daran, es zu informieren?«

»Es kam mir in den Sinn.«

»Wieviel willst du?«

»Dich.«

Sie sagte nicht sofort etwas. Sie nahm einen Schluck von ihrem Drink und fing an, das Glas in ihren Händen herumzudrehen. Sie schüttelte den Kopf. »Es tut mir leid, aber es ist aus. Und aus ist aus ... Wie wäre es mit einem Viertel davon?«

»Halbe-halbe.«

»Das kann nicht dein Ernst sein!«

»Ich will die Hälfte, oder ich gehe zum Finanzminister persönlich. Er beklagt sich doch immer über sein Defizit.«

»Du nützt die Situation aus.«

»Du hättest ja bei mir bleiben können. Es ist ein angemessener Trost.«

»Ich muß schon sagen, daß ist ein *schöner* Trost.«

»Ja.«

»Na gut. Die Hälfte. Wenn das Geld noch da ist.«

»Was soll das heißen?«

»Das heißt, wenn nicht jemand eingebrochen ist und es gestohlen hat.«

Ich konnte mir das Lachen nicht verbeißen. Was für ein Theater. Oder zumindest der Versuch, mir etwas vorzuspielen. Sie wußte nur zu gut, daß sie mir vielleicht großzügig die Hälfte eines Haufens Asche anbot. Es mußte sehr beunruhigend sein, nicht zu wissen, ob sechs Millionen Schilling in Flammen aufgegangen waren.

Außer sie hatten das Geld mitgenommen. Wenn Ronny den Brand absichtlich gelegt hatte, hätte er natürlich zuerst die Truhe geleert, und dann konnte mir Gladys tatsächlich die Hälfte anbieten, um mich zum Schweigen zu bringen.

»Ich muß jetzt gehen«, sagte sie. »Danke für den Drink. Du hörst von mir.«

Ich leerte mein Glas. »Laß Ronny schön grüßen.«

»Soll ich ihm erzählen, daß die Rollen jetzt vertauscht sind?«

»Ja. Es wird ihn erheitern.«

Nachdem wir gegangen waren, hatte ich noch einige Termine in der Stadt. Ich kam ein paar Stunden später nach Hause. Wie gewöhnlich hörte ich den Anrufbeantworter ab. *Also gut, Alan. Hier ist Ronny. Ruf mich an. Wir können uns zu dritt zusammensetzen und über alles reden.*

Ich rief sofort zurück. Ronny hob ab.

»Halli-hallo«, sagte ich vergnügt. »Hier ist Alan. Jetzt bin ich am Ball.«

»Kannst du heute abend zu uns auf einen Drink kommen? Damit wir die Sache regeln können?«

»Ach nein, du wirst doch nicht. Nicht mich. Ich weiß, daß es schwer ist, in Kopenhagen einen Brunnen zu finden. Wenn wir uns treffen, dann nur an einem öffentlichen Ort.«

Ronny lachte auf. »Guter Gott! Glaubst du, ich würde dich umbringen? ... Gut, sagen wir im Queen's Pub um zehn Uhr?«

Ich ging in die Küche und legte ein Schweinskotelett so lange in die Pfanne, bis es Schuhleder glich. Ich bin nicht

Am nächsten Tag rief ich an den verschiedensten Stellen an und fand schließlich heraus, daß Gladys für eine Zeitschrift in der Stadt arbeitete.

gerade der beste Koch. Eigentlich bin ich überhaupt schlecht dabei, allein zu leben.

Während ich aß, machte ich mir Gedanken darüber, wie sehr ich Gladys wirklich liebte oder inwiefern ich einfach Gesellschaft brauchte ... oder war es eine Herausforderung, die ich nicht unbeantwortet lassen konnte? Wie gut kann man sich selbst kennenlernen, besonders seine Gefühle?

Ich fragte mich auch, was Ronny vorschlagen würde. Er mußte schockiert gewesen sein, als Gladys nach Hause gekommen war und von ihrem Treffen mit mir erzählt hatte. Dann war ihm vielleicht die Nachricht von seiner Sekretärin eingefallen, die ihm einen Anruf des Finanzamts ausgerichtet hatte. Er würde zwei und zwei zusammenrechnen und verstehen, was es bedeutet hatte. Jetzt hatte er also beschlossen, daß wir uns alle treffen sollten, um eine Lösung für unsere kleine Auseinandersetzung zu finden. Eine Art Waffenstillstand, nachdem wir erfolglos versucht hatten, uns gegenseitig umzubringen. Es konnte nicht so wie bisher weitergehen.

Gladys und Ronny waren bereits da, als ich ins Queen's Pub kam. Sie hatten einen Tisch für drei in der Ecke genommen. Gladys begrüßte mich kühl, als ob wir nie miteinander im Bett gewesen wären. Ronny streckte mir seine schlaffe Hand entgegen. Wir bestellten etwas zu trinken, und Ronny und ich musterten einander von Kopf bis Fuß. Gladys starrte auf den Tisch.

Jeder von uns wartete, daß der andere zu sprechen begann. Es wurde langsam peinlich. Dann fing Ronny an: »Heute nachmittag habe ich Gladys alles erzählt. Sie ist die Hauptperson, obwohl sie nicht wußte, was du und ich versuchten zu tun.«

Ich sah Ronny an. »Hast du die alte Frau in den Brunnen gestoßen?«

»Bist du verrückt? Sie ist von selbst hineingefallen. Wie du weißt, kam ich mit meinem Eimer den Weg entlang, um frisches Wasser für meinen Kaffee zu holen. Ich sah dich aus der Entfernung, und mir fiel auf, daß du dich plötzlich hinter dem Brunnenhaus verstecktest. ›Sieh an, sieh an‹, dachte ich. ›Er wird sich auf die Lauer legen und seinen guten Freund Ronny in den Brunnen stoßen, sobald der sich hinunterbeugt, um seinen Eimer heraufzuziehen.‹ Ich kroch also unter ein Gebüsch, um mit dir Verstecken zu spielen.

Aber es gab da noch jemanden, der an diesem Morgen Wasser holen wollte. Während ich abwartete, was du im Schilde führtest, kam unsere Freundin Einäuglein, auch Schönheit genannt, aus der anderen Richtung. Offensichtlich ist es bei Schäferinnen üblich, das kostbare Wasser anderer zu stehlen. Ich sah, wie sie den Deckel öffnete und ihren Eimer hinunterließ. Als sie sich hinunterbeugte, um ihn wieder heraufzuziehen, machte sie einen Salto in den Brunnen und verschwand.

Du kannst dir mein Erstaunen vorstellen. Miss Provence landet kopfüber in einem Brunnen. Ich dachte sofort: ›Jetzt wird Alan glauben, das war ich. Er kann die alte Hexe nicht haben kommen sehen. Na gut, dann lassen wir ihn eben in dem Glauben, es wäre sein unzertrennlicher Freund gewesen, der aus der Welt geschieden ist.‹ Ich nahm meine Kappe ab und warf sie auf die Erde. Dann versteckte ich mich wieder, gerade rechtzeitig, um dich zum Brunnen laufen und den Deckel zuschlagen zu sehen, als wolltest du einen Marathon gewinnen. Danach sah ich dich zum Haus gehen und mit Brett und Hammer ausgerüstet wiederkehren. Die Nägel hielten nicht, also liefst du zurück zum Haus wegen Schrauben. Ich sah mir das alles mit großem Interesse an. Und ich dachte: ›Ja, da soll mich doch der Kuckuck holen! Er begeht einen Mord! Und er ermordet mich!!‹«

»Ich hatte einen sehr guten Grund, dich zu ermorden«, sagte ich. »Aber *du* hattest keinen Grund, der armen Frau nicht zu helfen. Es würde schlecht für dich ausschauen, wenn ihr Körper und deine Kappe gefunden würden.«

»Vergiß nicht, daß ich ein Augenzeuge war, bei allem, was vorgefallen ist.«

»Du würdest kaum als verläßlicher Zeuge gelten.«

»Auch nicht, wenn ich erzählte, wie du mein neues Auto ruiniert hast? Es muß übersät sein mit deinen Fingerabdrücken. *Deinen*. Die des Mannes, der all meine Spuren beseitigt hat. So arbeitet ein Mörder. Ich muß zugeben, daß es mir schwerfiel, mich zu beherrschen, als du meinen Santa in die Schlucht geschoben und meinen Paß in den Fluß geworfen hast. Aber ich mußte mitspielen. Offiziell lag Ronny am Grund eines Brunnens, und ich sah noch keinen Grund, dich jetzt schon zu desillusionieren.«

»Wie bist du nach Hause gekommen ohne Paß, Geld und Kleider?«

»Ich ging zur Gendarmerie und erzählte, daß das Auto den Abgrund hinuntergerutscht war und ich mich gerade noch hatte retten können. Sie brachten mich zum Dänischen Konsulat in Marseiiles. Der Konsul ist eine großartige, effiziente Frau. Ich kann sie wärmstens empfehlen. Sie besorgte mir nicht nur einen neuen Paß und Geld, mit dem ich nach Hause fahren konnte, sondern lud mich auch noch auf ein Mittagessen auf Kosten des Konsulats ein.«

»Du sagst also«, merkte ich an. »daß sowohl die Gendarmerie als auch das Konsulat beweisen können, daß du in der Provence warst.«

»Ja. Na und?«

»Aller Wahrscheinlichkeit nach warst es du, der die alte Schäferin in den Brunnen gestoßen hat.«

Ronny warf ärgerlich seine Brille auf den Tisch. »Warum um Himmels willen sollte ich das tun?«

Gladys sah ihn an. »Hast du es getan, Ronny?«

»Ihr seid ja beide völlig verrückt!« Er hatte so laut gesprochen, daß sich die Leute an den umliegenden Tischen nach ihm umsahen. »Erklärt mir bitte, warum ich des Teufels Großmutter in den Brunnen stoßen würde?«

»Sie hatte etwas beobachtet, von dem du nicht wolltest, daß es jemand sieht.«

»Was?«

»Das ist nur eine Vermutung, aber sie könnte dich gesehen haben, als du, bei einem deiner Besuche hier, einen schweren Koffer ins Haus geschleppt hast, als sie gerade mit ihren Schafen vorbeikam. Du wußtest, daß sie dich gesehen hatte und sich vielleicht Gedanken über deinen Kurzbesuch machte. In der stürmischen Nacht, die wir alle so gemütlich zusammen verbrachten, hätte sie dich verraten können. Aber sie tat es nicht, weil du anwesend warst. Du konntest nicht sicher sein, ob sie nicht etwas sagen würde, wenn sie mir allein begegnete. Sie konnte eine Bemerkung über den Herrn, der nur auf einen Kurzbesuch dagewesen war, machen. Das hätte mir sicher zu denken gegeben. Ich wäre draufgekommen, woher das Geld in der Truhe kam. Der arglistige Ronny wollte sein illegales Einkommen in Sicherheit bringen, bevor er verhaftet würde. Was sind schon ein paar Jahre im Gefängnis, wenn man all das Geld, das man sich wünschen kann, hat, wenn man herauskommt? Es ist mir erst vor ein paar Stunden eingefallen. Das Geld in der *Mas Farandola* gehörte gar nicht Tante Mattie. Es gehört dir. Das erklärt auch, warum du so ein hartnäckiger Wachhund warst. Du wolltest wohl kaum, daß wir Hand an das Geld legten.«

»Er ist verrückt!« sagte Ronny und rief den Kellner herüber. Er bestellte noch eine Runde.

»Warum sagst du nicht einfach die Wahrheit?« sagte Gladys. »Es macht doch keinen Unterschied.«

»Halt den Mund oder ich bringe dich um!« fauchte Ronny.

»War die Scheidung echt?« fragte ich. »Ich kann mir schwer vorstellen, daß zwei Menschen Schluß machen, wenn sechs

Millionen auf dem Spiel stehen. Geld hilft doch meistens, eine Beziehung zu zementieren – viel eher als eine spirituelle Verbindung.«

Gladys sah Ronny an, zögerte einen Moment lang, entschloß sich dann aber doch, zu reden. »Du mußt mir glauben, wenn ich dir versichere, daß ich nie am Geld interessiert war. Ich hatte sogar ein wenig Angst davor. Es war zu einfach. Ich wußte ganz genau, daß Ronny eine Menge Geld durch betrügerische Geschäfte verdiente, und ich dachte einfach, daß es sehr clever von ihm war. Du weißt, daß ich keine Skrupel habe, wenn ich überlege, wie er es anstellte. Ich finde Betrug nicht so schrecklich. Ich dachte aber nicht, daß er weit käme, und vermutete, daß alles schlecht enden würde – besonders mit dem Profit, den er machte. Nicht mit so viel Geld.«

»Frauen wissen nie, wann sie besser den Mund halten sollten!« Ronny dämpfte seine Zigarette im Aschenbecher aus und zündete sich eine neue an.

»Du hast gefragt, ob die Scheidung echt war«, fuhr Gladys fort. »Ja, das war sie. Obwohl ich diesen Mann liebte, konnte ich seine seltsamen sexuellen Interessen nicht teilen, und deshalb habe ich ihn verlassen. Bevor wir uns trennten, war Ronny dreimal in die Provence gefahren, um Geld in der Truhe zu verstauen. Wir hatten den Schlüssel zum Haus. Ich wußte nicht, wieviel Geld dort ruhte. Ronny hatte Angst, daß er jederzeit verhaftet werden könnte, so daß er das Geld so schnell wie möglich in Sicherheit bringen mußte.«

»Ein Depot in einer Schweizer Bank wäre genauso sicher gewesen«, sagte ich.

»Sechs Millionen auf einmal hätten Mißtrauen erweckt, sogar in der Schweiz«, sagte Ronny. »Und es mußte schnell gehen. Die Polizei bekundete bereits erstes Interesse an meinem kleinen Betrieb. Es hatte Beschwerden gegeben.«

»Wie hast du das Geld über die Grenze geschafft?«

»Mein Gepäck war noch nie durchsucht worden, wenn ich in den Süden fuhr. Sie schauen sich kaum den Paß an.«

»Stell dir vor, Tante Mattie hätte das Geld entdeckt.«

»Sie betrat dieses Zimmer nie«, sagte Gladys. »Und außerdem war es unwahrscheinlich, daß sie je wieder in die Provence zurückkehren würde.«

»Habt ihr das Geld geteilt, als ihr euch getrennt habt?«

»Ronny hat mir einen Anteil angeboten, aber ich habe abgelehnt. Zu der Zeit war ich nur an einem interessiert: ihn zu verlassen und mein eigenes Leben zu leben. Aber ich gestattete ihm, das Geld dort zu lassen, bis er es brauchte.«

»Hast du ihr wirklich vertraut?« fragte ich Ronny.

»Ich mußte. Es ist schwer, sechs Millionen illegales Einkommen unterzubringen. Außerdem hoffte ich, daß mein kleiner Schatz früher oder später herausfinden würde, daß es sechs Millionen durchaus wert waren, zu mir zurückzukehren. Wie du schon sagtest, hilft Geld, eine Beziehung zu festigen. Gladys kann behaupten was sie will, wenn sie sagt, daß das Geld für sie keine Bedeutung hat. Aber es hilft doch, nicht wahr. Schatz?« Er legte seinen Arm um ihre Hüften, zog sie an sich und küßte sie auf das Ohr. Sie sah nicht übermäßig begeistert aus.

»Die Sache wurde zu einem Problem, als du auf die Bildfläche tratst«, sagte Gladys. »Obwohl ich ihm versicherte, daß ich dir nichts von dem Geld erzählen würde, wagte er es nicht, uns aus den Augen zu lassen.«

»Es ist nicht nett von dir, das so zu formulieren«, sagte Ronny. »Du vergißt die Tatsache, daß du meine Herzkönigin bist. Ich wollte dich tatsächlich zurückgewinnen. Deshalb machte ich dich auch ständig auf meine Existenz aufmerksam, damit du mich nicht vergessen würdest. Ich muß aber zugehen, daß ich meine Interessen schützen wollte, als ich herausfand, daß ihr beide eine Reise in den Süden machen wolltet. Aber ich wollte sicher niemanden umbringen. Vergiß nicht, Alan, daß du derjenige warst, der damit begonnen hat!«

»Gladys, warum bist du zu ihm zurückgekehrt? Wegen des Geldes?«

»Ich wünschte, ich könnte sagen, daß es das war. Das würdest du wahrscheinlich respektieren.«

»Ja«, sagte ich.

»Tja, es tut mir leid, dich enttäuschen zu müssen. Es war, weil ich ihn liebe.«

Ich wandte mich an Ronny. »Wann hast du entdeckt, daß ich unten im Brunnen war?«

Ronny lachte, als würden wir uns köstlich über einen lustigen Familienscherz amüsieren.

»Ich war hinausgegangen, um die Liegestuhlpolster hereinzuholen, und entschloß mich dann, noch einen kleinen Spaziergang vor dem Schlafengehen zu machen, um den Abend zu genießen, die Stille und all das. Plötzlich sah ich ein Licht, das vom Brunnen herkam. Und da warst du und plantschtest mit der Taschenlampe herum. Die Versuchung war einfach zu groß. Das Seil losbinden, hineinwerfen, den Deckel zuschlagen und sich so eines unerwünschten Genossen zu entledigen.«

»Und das Feuer? Ich nehme an, das war ein Unfall.«

»Natürlich«, sagte Ronny. »Glaubst du, wir würden sechs Millionen in Brand stecken?«

»Er war in der Früh spazierengegangen, hatte sich erleichtern müssen und deshalb seine Zigarette achtlos weggeworfen«, sagte Gladys. »Wir sind so schnell wie möglich weggefahren. Das Telefon funktionierte noch immer nicht. Als wir die Hauptstraße erreichten, riefen wir die Feuerwehr an.«

»Und das Geld? Habt ihr das mitgenommen?«

»Nein«, sagte Ronny. »Es war keine Zeit dafür. Ich freue

mich schon darauf nachzusehen, wie all die schönen Scheine jetzt aussehen. Ich weiß nicht, ob sie sicher in der Truhe liegen, ob sie samt Haus zu Asche verbrannt sind, oder ob die Feuerwehrleute sie gefunden haben. Wenn letzteres der Fall ist, weiß die Polizei bereits davon. Sie werden Fragen stellen wollen. Wir können sagen, daß es Tante Matties Geld ist, aber dann haben wir das Finanzamt auf den Fersen. Ich glaube aber nicht, daß die Polizei bis jetzt in die Sache verwickelt ist. Wir wurden vom französischen Außenministerium über das Feuer informiert. Der Brief besagte nur, daß unser *proprieté* durch das Feuer zerstört wurde. Es gab keine Angabe darüber, ob das Haus da mit eingeschlossen war. Aber es stand auch darin, daß es Brandstiftung gewesen sein könnte. Ein mysteriöser Mann wurde erwähnt, der im Brunnen gefunden worden war und floh, sobald man ihm herausgeholfen hatte. Man sucht ihn zwecks Vernehmung. Wer weiß? Vielleicht haben sie auch die Leiche im Brunnen gefunden.«

»Drück dich klarer aus«, sagte ich.

»Also gut. Ich schlage vor, wir fliegen alle morgen hinunter, um nachzusehen, was passiert ist ... ohne daß die Behörden davon erfahren. Wenn dem Geld nichts passiert ist, teilen wir die Beute und gehen als Freunde auseinander. Wenn ich teilen sage, meine ich ein Drittel für jeden. Gladys muß auch einen Anteil bekommen. Schließlich wird mich mein schwer verdientes Geld und mein herausragender Fleiß ein paar Jahre im Gefängnis kosten. Aber unter den Umständen, nämlich, daß wir alle so viel voneinander wissen, halte ich es für besser, wenn jeder von uns ein Friedensangebot in der Form von Schweigegeld erhält.«

»Was ist, wenn ich das Geld nicht will?« fragte Gladys.

»Du mußt es nehmen. Aber mach dir deshalb keine Sorgen. Es bleibt in der Familie.«

»Du wirst mir also knappe zwei Millionen geben, damit ich vergesse, was ich weiß?«

»Ja.« Ronny grinste. »Ich bin ein sehr großzügiger Mensch, aber als Gegenleistung erwarte ich, daß du Gladys und mich zufrieden läßt, damit wir unser wiedergefundenes Glück genießen können.«

Wir machten für den nächsten Tag einen Treffpunkt am Flughafen aus.

Der Gedanke, eine Kugel in den Kopf zu bekommen, gefällt mir gar nicht!

Bevor ich an diesem Abend einschlief, überlegte ich, ob Ronny mich in eine Falle locken wollte. Hatte er der französischen Polizei bereits mitgeteilt, daß der Mann im Brunnen auf dem Weg in die Provence war?

Andererseits würde das auch für ihn Probleme schaffen. Ungeachtet dessen, was er gesagt hatte, konnte er das Geld schon geholt haben, riskierte aber eine Gefängnisstrafe wegen Mord und versuchtem Mord. Ich war mir sicher, daß ich im Vorteil war.

Auf die gleichmäßige Verteilung des Terrors, der zwischen uns herrschte, vertrauend, schlief ich friedlich ein.

Als wir uns im Flugzeug nach Nizza niedergelassen hatte, sagte Gladys zu mir: »Du siehst verändert aus. Was hast du mit dir gemacht?«

»Ich habe nur meine Haare etwas verändert, den Scheitel verlegt und sie über die Stirn gekämmt. Ich habe außerdem meine Lesebrille mitgenommen. Ich werde sie aufsetzen, sobald wir ankommen, für den Fall, daß die Polizei beim Haus einen Empfang zu meinen Ehren gibt. Obwohl ich nicht glaube, daß die Leute, die mich gerettet haben, eine gute Beschreibung von mir haben. Es gab niemanden, der Zeit hatte, sich mich genauer anzuschauen.« Dann wandte ich mich an Ronny. »Wirst du dich, als einer der neuen Besitzer des Hauses, mit den Behörden in Verbindung setzen?«

»Es sieht sicher gut aus, wenn wir ein bißchen Interesse zeigen«, antwortete Ronny. »Dann können wir auch herausfinden, ob sie die Leiche im Brunnen gefunden haben. Wenn du versuchst, mich übers Ohr zu hauen, werde ich schwören, daß ich gesehen habe, wie du sie hineingestoßen hast.«

»Warum sollte ich sie hineingestoßen haben?«

»Also ... Es war ein unglücklicher Zufall, daß sie gerade mit ihren Schafen vorbeigekommen ist, als du das Geld im Auto verstaut hast. Der Gedanke daran, daß sie dich mit einer Handvoll Geld gesehen hatte, behagte dir nicht. Sie würde kaum ihren Mund halten, bei so einer seltsamen Art, Geld zu transportieren. Und deshalb hast du sie am Brunnen überrascht ...«

Gladys, die zwischen uns saß, sah von mir zu Ronny. »Was hast du vor, Ronny?«

»Meine Geschichte ist genauso glaubhaft wie seine«, sagte er.

In Nizza liehen wir uns ein Auto und waren drei Stunden später in der *Mas Farandola*.

Wir rochen das Feuer schon aus einiger Entfernung. Das ganze Gebiet stank danach. Die Hügel waren schwarz, und die verkohlten Baumstümpfe erinnerten traurig an die einstige wilde, grüne, fruchtbare Oase – bis die Flammen alles zerstört hatten. Es sah aus wie nach einem Krieg – ein Atombomben-Winter.

Die schmale Straße, die zur *Mas Farandola* führte und einstmals fast von dichtem Wald zu beiden Seiten verdeckt war, war jetzt nackt und gab den Blick frei auf eine schwarze, stinkende Landschaft.

Gladys war heraufgekommen. Sie sagte:
»Ich habe plötzlich von euch beiden genug ...«

Gladys hatte Tränen in den Augen, als sie die Verwüstung sah. Sie drehte sich zu Ronny um und sah ihn haßerfüllt an. »Das ist alles deine Schuld«, sagte sie bitter. »Alles deine Schuld.«

Zu unserer Überraschung war das Haus fast unbeschädigt. Seine honigfarbenen Mauern standen würdevoll inmitten der schwarzen Landschaft. Sie bildeten einen phantastischen Kontrast zur toten, häßlichen Umgebung.

Aber als wir zum Nordgiebel kamen, entdeckten wir, daß die Fensterläden verschwunden und das ganze Fenster ausgebrannt war. Der Mandelbaum, der vor dem Fenster gestanden hatte, war nur noch ein verkohlter Stumpf. Die Läden hatten wahrscheinlich durch den Baum Feuer gefangen.

Unglücklicherweise gehörte ausgerechnet jenes Fenster zu dem Zimmer, in dem die Truhe stand.

Gerade als Gladys die Haustür aufsperren wollte, hörten wir Schüsse, die von den bewaldeten Hügeln hinter dem Haus stammten.

Wenn man in Gefahr ist, wegen Brandstiftung und Mord erwischt und vor Gericht gebracht zu werden (und wenn man generell ein schlechtes Gewissen hat), wird man bei plötzlichen Schüssen nervös. Ich machte instinktiv einen Satz in den Türrahmen; Ronny warf sich flach auf den Boden. Nur Gladys stand völlig unbehelligt da.

Sie zuckte verächtlich die Schultern. »Ihr beide seid lächerlich. Das sind doch nur die Jäger.«

»Die verdammten Jäger!« sagte ich.

Ronny stand auf und putzte den Schmutz von seinem Gewand. »Gehen wir hinein. Die denken, das Haus ist leer, und sind nicht allzu vorsichtig. Ich möchte keine Kugel in den Rücken bekommen.«

Gladys sperrte die Tür auf, und wir stürzten alle hinein. Ronny und ich liefen hinauf. Eine Gestankwolke schlug uns entgegen, als wir die Tür aufstießen. Die Dachbalken waren komplett oder teilweise verkohlt. Das meiste, was in der Ecke gestanden hatte, war verbrannt. Der Fußboden war mit einer Mischung aus Asche und Wasser bedeckt.

Aber DIE TRUHE stand völlig intakt in der anderen Ecke!

Es schien, als wäre der Inhalt von einem guten Geist, der die Flammen ferngehalten hatte, beschützt worden.

Ronny war als erster hei der Truhe. Er riß den Deckel auf und entfernte die alten Kleider. Das Geld war da – zwar noch etwas feucht von dem Wasser, das hereingesickert war, aber es war da. Es sah nicht so aus, als hätte es jemand angerührt. Vielleicht hatten die Feuerwehrleute den Deckel nur einen Spalt geöffnet und gedacht, die ganze Truhe wäre mit alten Kleidern gefüllt.

Ronny nahm ein Bündel Geldscheine heraus. Er atmete schwer. Ich streckte ebenfalls meine Hand aus, um das Geld zu berühren – meine Reichtümer. Es wäre unehrlich gewesen zu behaupten, daß das Geld mir nichts bedeutete. Besonders Geld, zu dem ich so leicht gekommen war.

Gladys war heraufgekommen und stand schweigend hinter uns. Sie bewegte sich nicht. Sie sah aus, als würde sie scharf nachdenken. Dann sagte sie: »Ich habe plötzlich von euch beiden genug. Ich weiß auch, daß ich nichts mit dem Geld zu tun haben will. Weder mit dem Geld noch mit euch. Ihr schafft dieses schmutzige Geld besser so schnell wie möglich aus meinem Haus. Wenn nicht, verbrenne ich es.« Mit diesen Worten drehte sie sich um und rannte hinunter.

Ronny und ich sahen uns an.

Er warf das Geldbündel in die Truhe und schlug den Deckel zu.

Wir hörten das Auto starten und davonrasen. Wir liefen hinunter und vor die Tür, aber es war nur noch eine Staubwolke zu sehen – oder besser gesagt eine Aschenwolke.

»Nun, das bedeutet nur mehr Geld für uns beide«, sagte Ronny sachlich.

Dann meinte er, er wolle einen Blick auf den Brunnen werfen. Er wollte den Meßstein hinunterlassen und nachsehen, ob noch immer etwas auf dem Grund lag. Ich sagte, daß das nicht nötig wäre, aber er bestand darauf.

Ich meinte, ich würde eine Zigarette rauchen, während ich auf ihn wartete. Ich sah ihm zu, als er ein wenig gebückt zum Brunnen ging.

Zwei Schüsse hallten durch die Ebene. Ronny blieb stehen. Dann erhob er beide Arme und winkte drohend mit den Fäusten zum Wald, aus dem die Schüsse gekommen waren. Er rief: »Verdammt noch einmal! *Attention! Attention!* Ich bin kein Wildschwein!!«

Als er den Brunnen erreicht hatte, nahm ich das Gewehr von der Wand. Ronny hatte es zuletzt benützt. Er war ein schlechter Jäger. Es war noch geladen.

Halb gebückt lief ich von einem verkohlten Baumstumpf zum nächsten leise in seine Richtung. Ich hätte mich nicht verstecken müssen. Ronny hatte mir den Rücken zugewandt. Er war damit beschäftigt, den Meßstein in den Brunnen zu lassen. Er stand völlig ungeschützt da. Das Brunnenhaus lag jetzt frei, da alle Sträucher verbrannt waren. Man würde Ronny tot auffinden – getroffen von der Kugel eines achtlosen Jägers. Es gab viele dieser Unfälle während der Jagdsaison.

Der neue Hausbesitzer war gekommen, um sich die Lage nach dem Brand anzusehen, und war unglücklicherweise das Opfer einer der vielen Jagdunfälle geworden, die sich jedes Jahr in Frankreich ereignen.

Ich stützte meinen Arm auf einen Baumstumpf auf, brachte das Gewehr in Position und zielte ...

Wollen Sie mit mir ins Bett gehen, Monsieur?

Ronny sank zu Boden. Er lag halb auf der Seite, den Kopf verdreht, so daß ich das Einschußloch sehen konnte. Es war ein sehr präziser Schuß gewesen – eines Meisterschützen würdig.

Ich wäre sehr stolz auf meine Treffsicherheit gewesen, wäre mir ein Wildschwein zu Füßen gelegen. Aber ich war nicht stolz darauf, Ronny erschossen zu haben. Ich war kein Mörder, aber ich hatte keine andere Wahl gehabt. Es gab keine andere Möglichkeit. Hätte ich ihn nicht ermordet, hätte er mich umgebracht. So einfach war das. Nach dem, was ich über ihn wußte, hätte er mich nie lebendig hier weggelassen. Weder mit dem Geld noch ohne.

Ich haßte ihn, aber ich erschoß ihn in Notwehr und aus keinem anderen Grund. Ich schwöre, daß ich es nicht wegen des Geldes tat. Ronny war zu einem Hindernis geworden, das ich aus dem Weg schaffen mußte, bevor ich wieder sicher und in Frieden leben konnte.

Dieses Mal mußte ich nicht all seine Spuren beseitigen – wie ihn in den Brunnen zu werfen und zu hoffen, daß das der letzte Ort war, an dem man ihn suchen würde – oder wie ihn weit vom Haus wegzuzerren und ihn irgendwo auf den zwanzig Hektar zu begraben. Ich konnte ihn einfach dort liegen lassen, wo er war, so daß man ihn leicht finden würde – das klare Opfer eines Jagdunfalles. Es war nur logisch, daß Ronny hierher kam, um sich das Ausmaß des Schadens anzusehen. Tragischerweise war er vom Schuß eines Jägers getroffen worden, der nicht gewußt hatte, daß sich jemand in der Nähe des verschlossenen Hauses befand. Ein Ballistikexperte würde bestätigen, daß die Kugel von einem Jagdgewehr stammte.

In diesem Fall mußte ich auch seinen Paß oder andere Dokumente nicht vernichten. Das wäre dumm. Es durfte keine Rätsel geben, wenn man ihn fand. Je leichter es war, ihn zu identifizieren, um so leichter wäre es auch, die Todesursache zu bestätigen. Dann wäre es nur mehr eine Routineangelegenheit, das Dänische Konsulat in Marseilles darüber zu informieren, daß man einen dänischen Staatsbürger gefunden hatte, der bei einem Jagdunfall ums Leben gekommen war. Der Konsul würde sagen: »Aber den kenne ich doch. Vor nicht allzu langer Zeit, als er das letzte Mal da war und seinen Paß verloren hatte, aß ich mit ihm zu Mittag. Man stelle sich vor. Von einer fehlgegangenen Kugel getroffen. Wie schrecklich. Ich muß sehen, daß seine enge Verwandtschaft informiert wird.«

Enge Verwandtschaft! Das war Gladys!!

Wie würde sie wohl reagieren? Würde sie auch nur eine Sekunde lang an den Jagdunfall glauben? Natürlich nicht. Das hieß, daß ich so schnell als möglich nach Hause kommen mußte.

Ich beeilte mich, zurück zum Haus zu gelangen, und stöberte dort herum, um etwas zu finden, in dem ich das Geld transportieren konnte. Das Geld mußte verschwinden. Wenn nicht, konnte es als Motiv für einen Mord angesehen werden, wenn das Haus durchsucht wurde. Und selbstverständlich würde ich es nicht verbrennen. Zum ersten war dafür nicht genug Zeit. Und zum zweiten hätte ich nicht den Mut, sechs Millionen zu verbrennen.

Im Schuppen fand ich eine Schubkarre. Auch eine Schachtel war da, sowie vier Einkaufstaschen und ein großer Abfallsack. Ich füllte alles mit dem Geld und lud die Säcke dann auf die Schubkarre.

Dann befeuchtete ich mein Taschentuch und wischte systematisch über alle möglichen Stellen, wo sich meine Fingerabdrücke befinden konnten. Als ich fertig war, schloß ich die Tür ab und steckte den Schlüssel in die Tasche. Das Gewehr lag noch immer draußen. Ich legte es oben auf meine Fracht und begann, die Schubkarre in Richtung Hauptstraße zu schieben. Es dauerte ziemlich lange, da ich einen Zweig abgebrochen hatte, mit dem ich meine Spuren verwischte. Ich wollte nicht, daß die Polizei die Schubkarrenspuren sah, die verdächtig aussehen könnten.

Am Ende der Waldstraße schob ich die Karre in ein Gebüsch und verdeckte sie mit Zweigen. Von der Straße aus war sie nicht zu sehen, und es war auch kein Ort, an dem Jäger vorbeikamen.

Danach ging ich auf die Hauptstraße und versuchte Autos zustoppen. Zehn oder zwölf Autos fuhren an mir vorbei, aber nach einer halben Stunde blieb ein Lastwagen stehen.

Ich sagte: »Draguignan.«

Der Fahrer nickte, und ich stieg neben ihm ein. Ich sagte, so gut ich in meinem schlechten Französisch konnte, daß es nett von ihm war, mich mitzunehmen. Er grinste breit und erklärte stolz, daß er versuchte, ein hilfsbereiter Fahrer zu sein, *un routier sympat.* Hinten auf seinem Lastwagen klebte ein Aufkleber mit einer lachenden Autoheizung darauf. Alle Lastwagen, die diesen Kleber besaßen, wollten demonstrieren, daß sie freundlich, hilfsbereit und rücksichtsvoll gegenüber den anderen Straßenbenützern waren, das schloß auch Autostopper ein.

Er war sehr freundlich und wollte sich mit mir unterhalten, aber ich verstand nicht viel von dem, was er sagte. Das Gespräch riß bald ab, und wir fuhren die restliche Strecke schweigend.

In Draguignan lieh ich mir einen Ford, den ich dann in Nizza am Flughafen lassen konnte. Auf dem Weg aus der Stadt blieb ich bei einem Einkaufszentrum stehen und kaufte zwei große Koffer und Toilettenartikel. Die die ich mitgebracht hatte, waren in meinem Handköfferchen, und das war im Auto, mit dem Gladys weggefahren war.

Ich fuhr dorthin zurück, wo ich das Geld versteckt hatte, und parkte das Auto etwas abseits von der Straße, so daß es keine Aufmerksamkeit erregen würde. Ich lief zu dem Gebüsch. Die Schubkarre stand noch da, samt all dem Geld. Ich werde bis zu meinem Tod schwören, daß ich Ronny nicht wegen des Geldes ermordet habe, aber jetzt, da ich im Besitz dieses Reichtums war, wollte ich ihn nicht verlieren.

Dieses Geld würde mir ein sehr bequemes Leben sichern, bei dem ich bald vergessen würde, daß ich einen Mord begangen hatte. Ich füllte die beiden Koffer und verstaute sie samt dem Gewehr im Kofferraum. Ein 10.000-Kronen-Bündel steckte ich mir in die Tasche. Ich würde in den nächsten paar Tagen eine Menge Bargeld brauchen.

Ich war tief in Gedanken versunken, als sich plötzlich eine bezaubernde junge Dame neben mich setzte.

Es dauerte etwa eine halbe Stunde, bis ich zu einem Fluß kam. Ich parkte mitten auf der Brücke, die darüberführte. Nachdem ich mich versichert hatte, daß keine Häuser oder andere Autos in der Nähe waren, warf ich das Gewehr und den Schlüssel zum Haus in den Fluß.

Ich erreichte Nizza am späten Nachmittag und ging direkt zum SAS-Büro, um einen Sitzplatz für einen Flug am nächsten Tag zu reservieren. Ich hatte mein Rückflugticket bereits gekauft. Das Mädchen hinter dem Schalter war eine schwarzäugige südfranzösische Schönheit. Sie flirtete sehr offen mit mir, aber ich war nicht in der Stimmung und reagierte deshalb nicht. Der Flug, den ich nehmen wollte, war noch kaum besetzt. Sie fragte, wo ich sitzen wollte.

»Ganz hinten«, sagte ich und dachte: »Dort sitzen immer die Überlebenden. Flugzeuge stürzen selten hinten zuerst ab.«

Sie lächelte, füllte den Reservierungsabschnitt aus und gab ihn mir mit dem Ticket zurück. Ihr schönes Lächeln enthüllte Zähne, die so weiß waren, daß sie fast unecht aussahen. Aber das war unwahrscheinlich in ihrem Alter.

Es gab ein exzellentes Hotel neben dem SAS-BÜRO, in dem ich ein Zimmer ergatterte. Sie hatten nur mehr ein Doppelzimmer frei, da sie sonst mit einer Gruppe aus Schweden ausgebucht waren. Es war mir recht. Das Zimmer hatte eine Aussicht auf den Place Massen und das Mittelmeer.

Der Hotelportier fragte, ob er mein Gepäck aus dem Auto holen könne. Ich schüttelte den Kopf, nahm die Zahnbürste, die ich gekauft hatte, aus der Brusttasche und zeigte sie ihm. Dann gab ich ihm noch einen Franc. Das verwirrte ihn, aber er bedankte sich und ging.

Ich fragte den Rezeptionisten nach dem Weg zum Bahnhof. Er zeigte mir auf einem Plan, wie ich am besten hinkam. Ich hatte durch Zufall direkt vor dem Hotel einen

Parkplatz gefunden. Ich wollte ihn nur ungern aufgeben, aber es blieb mir nichts anderes übrig.

Als ich zum Bahnhof kam, fand ich wieder nach nur ein paar Minuten einen Parkplatz. Ich brachte die zwei Koffer in die Gepäckaufbewahrung. Dort erhielt ich einen grünen Beleg, den ich gut in meiner Geldbörse verstaute. Man konnte seine Sachen bis zu einem Monat dortlassen. Ich plante, bis dahin zu Hause zu sein und eine kleine Wohnung gemietet oder erworben zu haben, wo ich die Koffer aufbewahren konnte, bis ich das Geld kleinweise auf verschiedene Depots in Banken in der Schweiz und in Frankreich verteilt hatte. Außer ich entschied mich dazu, mich in Südafrika niederzulassen und ein sorgloses Leben in der Anonymität zu verbringen.

Das hing von Gladys ab. Es gab so vieles, das von ihr abhing, daß ich noch keine endgültigen Pläne machen konnte.

Ziemlich erleichtert verließ ich den Bahnhof und ging zum Auto zurück. Es war nervenaufreibend, mit sechs Millionen im Kofferraum durch die Gegend zu fahren. Man weiß ja nie, was passiert. Die Polizei konnte sich einfallen lassen, das Auto auf illegalen Wein zu durchsuchen – oder ein Zusammenstoß mit einem anderen Auto konnte die Geldscheine in die Luft wirbeln.

Ich fuhr hinunter zum Blumenmarkt am Wasser und machte einen gemütlichen Spaziergang in Vieille Nice. Ich entdeckte ein kleines, aber belebtes Restaurant, wo ich mich an einen Ecktisch setzte und das *table d'hôte* um acht Francs bestellte. Ich hatte nie zuvor so gut und billig gegessen. Acht Francs für vier Gänge. Nach dem Essen bestellte ich noch Kaffee und Cognac. Schließlich waren alle Tische besetzt, und man saß eng zusammen und unterhielt sich mit den Leuten am Nachbartisch – es war eine große, glücklich speisende Familie. Das gute Essen und der Wein führten zu einer Atmosphäre, die nur in einem kleinen französischen Lokal entstehen kann, wo man sich keine Gedanken über die Höhe der Rechnung zu machen braucht.

Ich hatte den Mord ganz vergessen. Er fiel mir nicht ein, bis ich einen Spaziergang an der Promenade des Anglais machte. Es erinnerte mich daran, wie glücklich Gladys und ich bei unserem letzten Besuch hier gewesen waren. Hier hatten wir Ronny fast vergessen.

Ronny!!

Lag er immer noch dort oder war er bereits gefunden worden? Der Gedanke beunruhigte mich. Wie würde man Gladys informieren, und wie würde sie reagieren? Würde sie immer noch etwas für diesen schwindelnden Schweinehund empfinden, oder wäre der Bann jetzt gebrochen, da er tot war und keine Macht mehr über sie besaß?

Es war schwer, sie zu durchschauen. Sie schien instinktiv zu reagieren, ohne über die Konsequenzen nachzudenken. Sie hatte instinktiv gehandelt, als sie sich in meine Arme geworfen hatte, als sie zu ihm zurückgegangen war und als sie uns beide verlassen hatte – und auch das Geld – bei der *Mas Farandola.*

Ich mußte mir Zeit lassen, um mir über meine Gefühle für sie klar zu werden. Ich brauchte sie. Aber es war hauptsächlich ihre Verschwiegenheit, die ich brauchte. Wie sehr aber liebte ich sie noch? Ich hatte sie sehr geliebt. Aber nun? Ich konnte nicht leugnen, daß etwas in mir eingeschnappt war, als sie mich verlassen hatte, um zu ihrem psychopathischen Ehemann zurückzukehren.

Ich saß auf einer Bank. Der Abend war angenehm warm; das Wasser reflektierte die Lichter der Promenade. Ich war tief in Gedanken versunken, als sich plötzlich eine bezaubernde junge Dame in einem sehr kurzen Rock neben mich setzte und fragte, ob ich mit ihr ins Bett gehen wollte. *»Faire amour?«*

Auf das war ich so wenig vorbereitet, daß ich ganz nervös wurde und sie nur anstarrte.

Sie versuchte es auf Englisch. »Make love, Monsieur? Ferry nays.«

Ich lächelte sie an, dankte ihr für das Angebot und meinte: »Vielleicht ein anderes Mal.« Ich wollte ihre Gefühle nicht verletzen, indem ich ihr sagte, daß ich noch nie dafür hatte bezahlen müssen. Es war komisch, aber sie sah gar nicht wie eine Prostituierte aus, zumindest nicht im Licht der Straßenlaterne.

Sie sagte etwas, und obwohl ich es nicht verstand, schüttelte ich den Kopf. Sie stand auf, entschuldigte sich, wünschte mir eine gute Nacht auf englisch und französisch und ging stolz davon.

Sie hatte trotzdem etwas in mir erregt. Ich fragte mich, ob ich eine Frau suchen sollte, mit der ich das Doppelbett teilen konnte, ohne dafür zu bezahlen. Aber ich wußte, daß die Bars in Nizza am Abend voll sind mit Prostituierten, die nur für bares Geld zu haben waren. Ich beschloß also, allein ins Hotel zurückzumarschieren.

Das letzte, was ich vor dem Einschlafen dachte, war, daß Gladys hoffentlich nichts Dummes getan hatte.

Du bist eine sehr skrupellose Frau geworden!

Vom Flughafen Kastrup nahm ich ein Taxi direkt nach Hause. Auf dem Boden unter dem Briefschlitz lagen ein paar Briefe und Werbezettel. Letztere warf ich weg, ohne sie auch nur kurz anzuschauen. Die Briefe sahen nicht dringend aus, so daß ich sie auf meinen Schreibtisch legte, um sie später zu lesen. Ich war im Moment mehr an den Anrufen, die ich bekommen hatte, interessiert. Ich hörte den Anrufbeantworter ab.

Es waren zwei Nachrichten von neuen Kunden, die nicht verstanden, warum ich mich nicht gemeldet hatte, und ein Anruf von einem meiner alten Kunden, der einen neuen Auftrag für mich hatte. Dann hörte ich endlich das, worauf ich gewartet hatte.

Hier spricht Gladys. Es tut mir leid. Ich habe die Panik bekommen und bin einfach weggelaufen. Aber ich habe es einfach nicht länger ausgehalten ... Ich habe das Auto bezahlt, als ich es in Nizza abgeliefert habe. Deine kleine Reisetasche ist unter deinem Namen in der Gepäckaufbewahrung am Rathausplatz ... Ich wollte nur sagen, daß ich nichts bereue. Es ist aus zwischen uns. Versuch nicht, mich zu finden. Ich werde nicht mit dir reden. Ich möchte mein eigenes Leben führen. Das ist alles, was ich dir zu sagen habe.

Ihre Stimme klang ruhig, aber unnötig hart, als ob sie versuchte, ihre wahren Gefühle zu verheimlichen. Natürlich konnte das auch Einbildung sein.

Zuerst mußte ich sie finden. Sie war sicher nicht in Ronnys Wohnung zurückgezogen. Sie hatte gesagt, daß sie auch mit ihm fertig war.

Ich rief wieder bei dem Fotografen an, für den sie üblicherweise arbeitete. Dieses Mal stellte ich mich als Herr Müller vor, Herausgeber einer Wochenzeitschrift namens *Heim,* und erklärte ihm, daß ich Gladys für einen Wettbewerb wollte, bei dem Fotomodelle mitmachen sollten. Aber sie wäre umgezogen, und ich hätte ihre neue Adresse nicht. Er konnte mir nicht weiterhelfen. Er hatte nur die alte Adresse.

Dann rief ich in Daells Varehus an, einem Versandhaus, für das sie viel Katalogarbeit machte. Ich gab mich wieder als Herausgeber von *Heim* aus. Ja, sie hatten ihre neue Adresse, aber sie hatten die strikte Auflage, sie keinem Anrufer mitzuteilen. Sie erwarteten sie noch heute bei einem

Treffen und würden ihr ausrichten, daß sie *Heim* zurückrufen sollte.

»Das ist wirklich nicht nötig«, beeilte ich mich zu sagen. »Es eilt nicht, und ich bin heute schlecht zu erreichen. Ich werde einen Brief an ihre alte Adresse schicken. Ich bin sicher, er wird ihr nachgesendet.« Dann hängte ich auf.

Gladys war also untergetaucht. Sie wollte sichergehen, daß weder Ronny (da bestand keine Gefahr) noch ich sie finden würden. »Aber so schnell wirst du mich nicht los, mein Schatz. Es hat mich nur zwei Minuten gekostet, herauszufinden, wo du arbeitest. Der Rest ist einfach.«

Was würde ich tun, wenn ich sie tatsächlich traf? Versuchen, eine Lösung zu finden? Sie bestechen? (Ich war nach wie vor der Überzeugung, daß niemand eine große Geldsumme ablehnen konnte.) Ihr drohen? Oder ...

Ich kam zu dem Schluß, daß ich abwarten mußte, was sie unternahm. Tief in meinem Innersten konnte ich mir nicht vorstellen, daß sie mich wegen Mord verurteilt sehen wollte.

Ich hatte noch ein paar Stunden Zeit bevor ich versuchen würde, Gladys bei Daells zu treffen. Ich war hungrig. Ich ging in die Küche, um nach etwas Eßbarem zu suchen. Der Eiskasten war fast leer – außer etwas Leberpastete, einem Rest Käse, einem halben hartgekochten Ei (das schon leicht grün aussah), zwei Scheiben Salami, etwas Schinken und zwei Flaschen Bier ... aber kein Brot. Das bedeutete, daß ich einkaufen mußte. Zu dem Vorhandenen kaufte ich eine Packung dunkles Roggenbrot in Scheiben, ein Pfund Butter, sechs Eier, eine Dose Shrimps und eine Tube Mayonnaise. Zuerst machte ich mir Ham and Eggs, gefolgt von einem Sandwich mit Shrimps und Mayonnaise. Dann aß ich die Leberpastete und die Salami auf und schließlich noch ein Käsebrot. Das alles genoß ich mit den zwei Flaschen Bier.

Wenn mein Magen voll ist, bin ich ruhiger und kann meine Probleme optimistischer betrachten. Ich glaubte also fest daran, daß Gladys vernünftig wäre und mit mir sprechen würde.

Gegen halb zwei war ich bei Daells. Es ist u-förmig gebaut und für die Halbgeschosse braucht der Uneingeweihte einen Kompaß. Aber ich hatte Glück. Nach nur zehn Minuten Herumwandern fand ich den Aufzug, der zu den Büros führte, wo auch die Werbeabteilung war. Ich blieb in der Nähe, so daß ich einen Blick auf den Aufzug werfen konnte, versuchte aber, unbemerkt zu bleiben.

Die Zeit verging. Fünfzehn Minuten, zwanzig, eine halbe Stunde. Ich ging ein bißchen herum und sah mir die Billigangebote an, nur um etwas zu tun zu haben. Dabei behielt ich den Aufzug immer im Auge.

Dann kam ein junger Mann herüber und fragte, ob ich nach etwas Bestimmtem suchte.

»Nein«, sagte ich. »Ich warte auf meine Frau. Sie probiert Unterwäsche an.«

Er entschuldigte sich und ging. Aber aus dem Augenwinkel sah ich, wie er mich weiterhin beobachtete. Vielleicht dachte er, daß ich ein Ladendieb war, der nur auf den richtigen Moment wartete.

Die Minuten verstrichen. Ich habe mich nie an das Warten gewöhnt. Ich kann es nicht ausstehen. Ich werde nervös, meine Beine werden ganz steif, und ich bekomme Schmerzen zwischen meinen Schulterblättern. Ich schaute einige Male ungeduldig auf die Uhr, um den jungen Mann zu beruhigen, der mich immer noch beobachtete. Nach einer Weile fiel mir auf, daß er Abteilungsleiter sein mußte, da er die Verkäufer herumkommandierte und die Kunden nicht selbst bediente.

Plötzlich blieb ich wie angewurzelt stehen. Endlich. Sie ging auf den leeren Aufzug zu. Die Türen schlossen sich, und sie war wieder verschwunden. Ich hatte nur einen

Blick auf ihr Gesicht erhascht und auf den schicken, wallenden Mantel, den sie trag.

Ich sah zum Abteilungsleiter hinüber. Er hatte mein Interesse an der jungen Dame bemerkt und zwinkerte mit seinem linken Auge. Ich zwinkerte mit dem rechten zurück. Es ist ein Geheimcode zwischen Männern, der soviel bedeutet wie: Ach, du hast sie also auch bemerkt!

Zehn Minuten später sah ich mit einem Gesichtsausdruck auf die Uhr, der bedeutete: »Verdammt noch einmal. Wie lange soll ich hier eigentlich noch warten?« Daraufhin kam mein Freund, der Abteilungsleiter, mit einem Stuhl zu mir herüber.

»Warum setzen Sie sich nicht?« sagte er. »Das kann lange dauern.«

Ich dankte ihm und setzte mich, stellte den Stuhl aber so, daß er zwischen dem Regal mit den Schirmen und dem mit den Taschen versteckt war.

Eine knappe Stunde später kam Gladys aus dem Aufzug und ging schnell in Richtung Ausgang. Ich sprang auf, nickte dem Abteilungsleiter zu, der sehr erstaunt aussah, und begann, Gladys in sicherer Distanz zu folgen.

Sie ging in Richtung Nytorv. Wenn sie auf dem Gerichtsplatz geparkt hatte, hätte ich eine Chance. Dort war ein Taxistandplatz.

Es war Nytorv.

Während Gladys zu ihrem Auto ging, sprang ich in ein Taxi.

»Sind Sie abenteuerlustig«, fragte ich, »oder haben Sie schon resigniert?«

Der Fahrer war etwa dreißig. »Meinen Sie, ob ich fahren kann wie der Blitz?« fragte er vorsichtig.

»Nicht unbedingt«, antwortete ich. »Ich möchte bloß, daß Sie einem kleinen blauen Morris folgen, der jede Minute hier vorbeikommt.«

»Ich verstehe. Aber es ist doch nichts Illegales, oder?«

Ich lachte laut auf. »Seit wann ist es verboten, eine wunderbare Frau wie verrückt zu lieben? Ich möchte bloß herausfinden, wo sie wohnt, verstehen Sie?«

»Das ist ja großartig«, sagte er und startete den Motor.

»Natürlich bezahle ich Sie doppelt.«

Er gab kein Kommentar dazu ab, sondern zog nur die Augenbrauen hoch.

Ich machte mich klein auf dem Rücksitz, um nicht gesehen zu werden. Der Fahrer fuhr mit einem Ruck an, als er den Morris sah.

»Das ist sie«, sagte er.

Ich merkte, daß er enthusiastisch war. Der richtige Typ. Ein anständiger Kerl. Er würde ihr folgen, auch wenn er dafür rote Ampeln und einen Polizisten überfahren müßte.

»Kommen Sie ihr nicht zu nahe. Sie könnte mißtrauisch werden.«

»Wir können nicht zu weit hinter ihr bleiben, sonst verlieren wir sie noch bei einer roten Ampel.«

Ich war nervös, solange wir uns in der Innenstadt befanden. Es zwängten sich ständig Autos zwischen uns; einmal lagen sechs Autos zwischen dem Taxi und Gladys. Es war leicht für sie, ihren kleinen Morris zu manövrieren. Und sie war eine gute Fahrerin, fast aggressiv.

»Dieser verdammte Verkehr« beschwerte sich mein Fahrer. »Ich habe ja immer schon gesagt, daß Privatautos in der Stadt verboten werden sollten. Die Straßen sollten für die Busse und Taxis frei sein.«

»Ja ... aber passen Sie lieber auf, wohin Sie fahren, sonst schaffen wir es nie.«

Dann passierte es. Sie fuhr bei Gelb in eine Kreuzung ein, und wir mußten vor der roten Ampel stehenbleiben und konnten ihr nur zusehen, wie sie davonbrauste.

Es war lange rot. Endlos, wie es schien. Die Ampel sah

aus wie ein Ungeheuer, das mich mit seinem bösen roten Auge anstarrte.

»Das war's dann wohl«, stöhnte ich vom Rücksitz her. »Wir können genausogut aufgeben.«

»Beruhigen Sie sich. Wir finden sie schon wieder, wenn sie nicht in eine Seitenstraße eingebogen ist.«

Es war kaum grün geworden, als er auf das Gaspedal stieg und losfuhr. Er hupte ständig, um andere Autos zum Ausweichen zu bewegen, und fuhr mehrmals über gelbe Ampeln.

Er lachte. »Man könnte meinen, es ginge um Leben und Tod, nicht wahr?«

»Könnte man meinen.«

Nach zehn Minuten sagte der Fahrer: »Na bitte! Da ist ja Ihre Geliebte!«

Sie stand bei einer roten Ampel, und wir konnten, nur zwei Autolängen hinter ihr, eine günstige Position einnehmen. Ich machte mich klein, so daß sie mich nicht sehen konnte.

Wir fuhren in Richtung Nordwest aus der Stadt. Der Verkehr war jetzt schwächer, und es war leichter, ihr zu folgen. Der Fahrer und ich entspannten uns ein wenig. Er stellte mir Fragen über sie. Ich erzählte ihm eine lange Geschichte, wie ich sie in einem Reisebüro getroffen und mich auf den ersten Blick in sie verliebt hatte. Ich hatte herausgefunden, daß sie weder verlobt noch verheiratet war. Daraufhin hatte ich sie ein paar Male in der Arbeit angerufen und versucht, sie dazu zu bewegen, mit mir auszugehen. Sie hatte immer sehr höflich abgelehnt, aber gleichzeitig mit mir geflirtet. Ich nahm an, daß sie mich nicht ernst nahm. Sie glaubte mir nicht, daß ich es ernst meinte. Jetzt wollte ich herausfinden, wo sie wohnte, damit ich sie mit Blumen bombardieren konnte, um ihr meine Liebe zu beweisen.

»Und ich dachte, es gäbe keine Romantik mehr«, sagte der Fahrer, offensichtlich beeindruckt von meiner Geschichte.

Wir kamen schließlich nach Bagsvaerd zu einer farblosen, achtstöckigen Wohnanlage, die aus Beton und Glas gebaut war. Wir sahen, wie der Morris in die Einfahrt einbog.

»Ich steige hier aus«, sagte ich. »Sie waren großartig!«

Er zuckte die Achseln. »Es ist nett, zur Abwechslung einmal etwas anderes zu machen. Wollen Sie, daß ich warte?«

Die Tür öffnete sich und Gladys stand vor mir.

»Nein. Ich werde wahrscheinlich länger hier brauchen. Nachsehen, wo ihr Balkon ist. Haben Sie je von Romeo und Julia gehört?«

»Verdammt, Sie sind wohl wirklich verrückt nach ihr«, sagte er und schob sich die Kappe in den Nacken.

Ich verdoppelte die Summe und rundete sie noch auf. Der Fahrer war sehr zufrieden, wünschte mir alles Gute und fuhr davon.

Ich ging rasch die Straße hinunter und verdammte dabei die Tatsache, daß es in dieser Betonwüste keine Bäume gab, hinter denen ich mich hätte verstecken können. Der Morris war nirgends zu sehen. Sie war wahrscheinlich in eine der Nebengassen eingebogen. Ich fing an zu laufen, und als ich am ersten Gebäude vorbeikam, sah ich, wie sie vom Parkplatz zum Eingang eines anderen Gebäudes marschierte. Ich versteckte mich im Eingang des ersten Gebäudes und beobachtete sie durch das rückwärtige Fenster. Sie ging in das zweite Gebäude, dritter Eingang von hinten.

Ich rannte so schnell ich konnte hinüber, riß die Tür auf und lief zum Aufzug. Er war stehengeblieben, und Gladys war bereits in ihrer Wohnung, so daß ich nicht wußte, wie hoch sie gefahren war. Ich hätte die Stiegen hinaufgehen können, um zu sehen, wo der Aufzug stehengeblieben war, aber dabei riskierte ich, daß jemand anderer ihn benützte, bevor ich dort war.

Ich tat etwas Besseres. Ich rief den Aufzug und stoppte die Zeit. Er kam nach zweiundzwanzig Sekunden. Ich stieg ein und drückte den Knopf für den achten Stock. Es dauerte vierundzwanzig Sekunden, und bei einundzwanzig war ich am siebten Stock vorbeigefahren. Ich stieg aus und ging einen Stock tiefer.

Es gab nur vier Türen. Ich mußte versuchen, an jeder zu horchen, und riskieren, erwischt zu werden. Ich hoffte, schnell genug verschwinden zu können, wenn ich Schritte kommen hörte. Ich wollte nicht mit dem Ohr am Briefschlitz ertappt werden.

Bei der ersten Tür war kein Geräusch zu hören. Bei der nächsten hörte ich eine Mutter, die in der Babysprache mit ihrem Kind redete. Bei der dritten hörte ich Gladys' Stimme. Sie rief jemandem anderem etwas zu, der so weit entfernt war, daß ich die Stimme nicht genau genug verstehen konnte, um zu erkennen, ob sie einem Mann oder einer Frau gehörte.

Auf dem Türschild stand I. Petersen.

Ich läutete nicht an. Ich wollte mit Gladys allein reden. Ich wollte Herrn, Frau oder Fräulein Petersen nicht in die Affäre hineinziehen. Was wäre, wenn Gladys sich der Person, bei der sie lebte, anvertraut hätte? Aber das bezweifelte ich. Sie würde niemand anderen in die Sache verwickeln wollen.

Ich weiß nicht warum, aber ich mußte einfach herausfinden, ob I. Petersen männlich oder weiblich war. Ich verließ das Gebäude und fand eine Telefonzelle in der Nähe. Ich hatte den Namen und die Adresse, es war also nur eine Sache dessen, 157 Petersens im Telefonbuch durchzugehen. Ich würde alle durchsehen müssen, da nicht alle I. Petersens unter *I.* zu finden sein würden. Es gab sechs mögliche Spalten mit *Is.* Es hätte viel zu lange gedauert. Ich rief statt dessen die Auskunft an und erfragte die Nummer. Als ich wählte, hoffte ich, daß der Besitzer abheben würde.

»Hallo?« sagte eine Frauenstimme.

Ich hasse Leute, die sich nicht mit ihrem Namen melden, sondern Hallo sagen. Auf jeden Fall war es nicht Gladys' schöne, sanfte Stimme. Jetzt mußte ich herausfinden, ob diese Hallo-Dame oder ihr Mann I. Petersen war. Ich wollte wissen, ob Gladys bei einer Familie oder bloß bei einer Freundin wohnte.

»Hallo, Inger«, sagte ich.

»Hier ist nicht Inger. Hier spricht Ingrid. Wer spricht dort?«

»Entschuldigen Sie bitte, ich habe mich verwählt«, sagte ich und legte auf.

Dann rief ich mir ein Taxi und mußte eine halbe Stunde in diesem verdammten Vorstadtviertel warten, bis es endlich kam.

An diesem Abend hatte ich keine Lust, mir etwas zu essen zu kochen. Die Geschäfte waren geschlossen, bis ich nach Hause kam, und außerdem wollte ich in Gesellschaft anderer Leute sein. Ich ging also aus zum Abendessen und erinnerte mich, wie sehr ich das französische Essen, die Atmosphäre und die Preise vermißte. Nach dem Essen ging ich ins Kino. Ich war sehr unruhig und dachte, daß ein Film mir helfen würde, mich zu entspannen. Aber der Streifen war so langweilig, daß ich mittendrin hinausging und mich auf den Weg in die nächste Bar machte ... wo ich meine Sinne sofort mit zwei Doppelten, betäubte. Ich wußte nicht, wovor ich mich fürchtete. Davor, Gladys zu sehen? Würde sie mich zurückweisen? Oder vor den Konsequenzen, wenn sie mich sehen oder nicht sehen wollte? Ich bestellte noch einen Doppelten, und als ich nach Hause kam, war ich ziemlich daneben und stand den Dingen eher gleichgültig gegenüber.

Ich hatte den Wecker auf sieben Uhr gestellt. Als er läutete, fühlte ich mich großartig. Ich wusch mich schnell, zog mich an, frühstückte und rief ein Taxi. Das Wetter war scheußlich. Es regnete.

Ich ließ mich zu einer Autoverleihfirma fahren, wo ich mir einen Fiat ausborgte. Gestern hatte ich Glück gehabt, aber ich konnte nicht von allen Taxifahrern erwarten, daß sie Spezialisten im Verfolgen von Leuten waren.

Neben der Verleihfirma war ein Herrenmodengeschäft. Ich ging hinein und erklärte, daß ich einen Filzhut kaufen wollte. Der Verkäufer brachte ein halbes Duzend für mich zur Anprobe. Ich entschied mich für den ersten, setzte ihn auf und betrachtete mich im Spiegel. Ich erkannte mich kaum wieder. Ich sah lächerlich aus. Es ist unglaublich, wie ein falscher Hut das Gesicht verändern kann. Ich hatte meine Sonnenbrille mitgenommen. Die Gläser waren so hell, daß man sie für eine gewöhnliche Brillen halten konnte. Mit dem Hut und der Brille konnte mich niemand aus der Entfernung erkennen.

»Ich nehme ihn«, sagte ich und gab dem Verkäufer das Geld. Er fing an zu protestieren und wollte, daß ich einen anderen Hut anprobierte, der mir besser stehen würde. Ich versicherte ihm, daß ich mit diesem sehr zufrieden war, und verließ das Geschäft so schnell wie möglich.

Ich fuhr hinaus nach Bagsvaerd und parkte in der Nähe des Haupteingangs. Sie würde über diese Straße kommen müssen. Ich wollte ihr so lange folgen, bis ich die Chance hatte, mit ihr allein zu sprechen. Ich dachte, daß ich sie in einem der Kaffeehäuser, wo sie üblicherweise zu Mittag aß, wenn sie in der Stadt arbeitete, treffen könnte. Dann, wenn sie aß, würde ich leise hereinkommen, wie Ronny das immer getan hatte, mich neben sie setzen und ihr alles erzählen. Ich war sicher, daß wir alles regeln könnten. Ich stellte mir vor, daß wir zu mir gingen, um alles zu besprechen, und vielleicht würde alles wieder so werden, wie es früher war.

Da war sie! Sie fuhr mit voller Geschwindigkeit zur Kreuzung und bremste nur so viel, daß sie kurz in beide Richtungen schauen konnte, dann raste sie davon. Sie war wirklich eine mutige Fahrerin. Ich folgte ihr, hielt aber genug Abstand, damit sie keinen Verdacht schöpfen würde. Als der Verkehr stärker wurde, mußte ich direkt hinter ihr bleiben. Aber ich war sicher, daß sie zu sehr mit den anderen Autos beschäftigt war, um den Fiat zu bemerken. Außerdem vertraute ich darauf, daß der Hut und die Sonnenbrille mich ausreichend veränderten, so daß sie mich nicht erkennen würde. Zwanzig Minuten später verlor ich sie in einem zweispurigen Kreisverkehr. Sie wechselte plötzlich und auf nicht ungefährliche Art und Weise die Spur und bog in eine Straße ein, mit der ich nicht gerechnet hatte. Ich versuchte, es ihr nachzumachen, wurde aber von ärgerlichen Autofahrern daran gehindert, die mich anhupten und drohend die Straße blockierten. Ich mußte noch einmal im Kreis herumfahren, bevor ich abbiegen konnte.

Gladys war fort. Ich konnte sie nirgends mehr finden, so daß ich weiter in die Stadt fuhr und dort parkte. Dann wanderte ich herum und sah auf allen großen Parkplätzen nach, in der Hoffnung, den Morris zu finden. Natürlich fand ich ihn nicht und verfluchte mein Pech. Es war keine Zeit zum Katz-und-Maus-Spielen. Gladys würde jeden Moment über Ronnys Tod informiert werden. Und die Polizei würde mich zur Befragung festnehmen, nachdem Gladys ihnen so hilfsbereit von meiner Existenz erzählt hatte.

Ich blieb in der Stadt und setzte mich in eine Bar, um darüber nachzudenken, was ich als nächstes unternehmen würde. Vielleicht machte ich die Dinge komplizierter als nötig. Vielleicht konnte ich sie einfach anrufen und bitten, sich mit mir zu treffen.

Ach was! Sie würde aufhängen. Sie würde mich nicht nur daran erinnern, daß es aus zwischen uns war, sondern würde sich auch nicht mit mir treffen ... Ich konnte darauf bestehen, daß es nichts mit unserer Beziehung zu tun hatte, aber sie würde mir nicht glauben. Würde sie mir zumindest die Chance geben, etwas zu sagen, bevor sie den Hörer auf die Gabel knallte?

Plötzlich schlug mir jemand auf die Schulter. Ich erschrak so, daß ich beinahe mein Glas umstieß.

»Hey, ich wollte dich nicht erschrecken ... Wir haben uns ja ewig nicht mehr gesehen.«

Es war ein ehemaliger Trinkkumpan. Es war Jahre her, seit wir uns das letzte Mal gesehen hatten. Er war Journalist und arbeitete für die Zeitschrift *Politiken*. Wir hatten den Kontakt verloren, als wir begonnen hatten, getrennte Wege zu gehen. Ich hatte seine Karriere verfolgt – er war Chronikreporter geworden. Vielleicht würde er eines Tages über mich schreiben. Ich hoffte, daß er nicht zu hart in seinem Urteil sein würde.

Ich hatte keine Lust, mit ihm oder irgendwem anderen zu reden.

»Wie schade. Ich war gerade am Gehen«, sagte ich und schaute auf die Uhr. »Ich bin spät dran. Ein Termin, du weißt schon.«

»Treffen wir uns doch wieder einmal.«

»Ja. Das sollten wir. Ich rufe dich an«, sagte ich und winkte den Kellner herbei, damit ich meine Rechnung bezahlen konnte. Ich klopfte dem Reporter auf die Schulter und beeilte mich wegzukommen.

Als ich in den kalten Regen hinausging, fällte ich eine Entscheidung. Ich konnte keinen Tag länger warten. Ich wagte es nicht. Ich würde dorthin fahren, wo Gladys wohnte, an der Tür läuten und sie um zwei Minuten mit ihr allein bitten. Auch um ihretwillen. Ich hoffte, daß Ingrid nicht da sein würde, aber falls doch, würde ich sie bitten, uns allein zu lassen ... Aber das war vielleicht auch keine gute Idee. Wenn sie in ein anderes Zimmer ging, konnte sie an der Tür horchen. Vielleicht konnte ich Gladys überreden, hinunter zum Auto zu gehen, damit wir ungestört wären.

Als ich zum Auto kam, fand ich einen polizeilichen »Gruß« unter dem Scheibenwischer. Ich zerknüllte ihn und warf ihn in die Gosse. Ich hatte im Moment keine Zeit für ein Strafmandat.

Es war etwa fünf, als ich in die Haupteinfahrt des Wohnblocks in Bagsvaerd einbog und vor dem ersten Gebäude parkte. Ich stieg aus und schlich mich an der Wand entlang zum zweiten Gebäude und bis zum drittletzten Eingang. Ich wollte nicht, daß Gladys mich kommen sah. Sie war zu Hause. Ihr Auto parkte vor dem Haus.

Ich nahm den Aufzug und läutete an I. Petersens Tür. Ich war bereit, meinen Fuß in die Tür zu stellen, falls Gladys versuchen würde, sie zuzuschlagen. Nichts rührte sich. Ich wartete. Gerade, als ich ein zweites Mal läuten wollte, öffnete sich die Tür.

Gladys stand vor mir. Sie sah mich überrascht an. Oder war es Furcht, die ich in ihren Augen las?

»Gladys, ich muß über etwas sehr Wichtiges mit dir reden.«

Sie schloß die Tür nicht, sondern stand einfach da und sah mich kühl an. Ich hätte genauso gut ein Fremder sein können.

»Was willst du? Ich dachte, ich hätte ...«

»Ja. Ich weiß. Es ist aus zwischen dir und mir. Aber es gibt da etwas anderes, über das ich mit dir sprechen muß. Bist du allein?«

Sie nickte und trat zur Seite, als Zeichen, daß ich hereinkommen konnte.

»Ich nehme an, du wohnst bei einer Freundin«, sagte ich als ich ins Wohnzimmer ging.

»Ja«, antwortete sie eisig.

Das Wohnzimmer war nicht sehr groß und möbliert wie die Auslage eines billigen Möbelhauses. Es gab eine zweite Tür. Sie führte wahrscheinlich in das Schlafzimmer.

Ich drehte mich zu Gladys um. Wir schauten uns ein paar Sekunden lang schweigend an, bevor sie sagte: »Willst du dich nicht setzen?«

Sie bot nicht an, mir meinen Mantel abzunehmen. Ohne mich zu setzen, sagte ich: »Ronny ist tot.«

»Das weiß ich. Ich habe vor drei Stunden ein Telegramm

bekommen. Darin stand, daß er bei einem Jagdunfall durch eine fehlgegangene Kugel getötet wurde.«

Ich sah sie prüfend an. »Ich habe ihn gefunden, aber du wirst verstehen, warum ich wegfahren mußte, ohne die Polizei über den Unfall zu informieren. Du kennst die Umstände. Ich wollte nicht in irgend etwas hineingezogen werden.«

»Du warst es, der die sogenannte fehlgegangene Kugel abgefeuert hat, nicht wahr?« Sie sagte das sehr ruhig, während sie sich in einen Lehnsessel setzte, eine Zigarette vom Tisch nahm und sie anzündete. Ich setzte mich auf das Sofa ihr gegenüber.

»Warum sollte ich ihn umbringen?«

»Weil er bereits einmal versucht hatte, dich zu ermorden, und es mit etwas mehr Glück ein zweites Mal versuchen würde. Er hatte Grund genug. Du wußtest zu viel über ihn.«

»Er hatte mein Schweigen gekauft – für sehr viel Geld.«

»Nein, das hatte er nicht. Er wollte dich nur in die Provence locken ... an einen einsamen Ort, angeblich, um einen Handel mit dir zu machen. Aber ich glaube keine Sekunde, daß er dich mit der Hälfte ... nein, nicht einmal mit einem Drittel des Geldes, das er durch seine Spezialtalente verdient hatte, hätte gehen lassen. Und du wußtest das auch. Du wußtest, daß du ihn würdest ermorden müssen.«

Ich sagte nichts. Sie klang wie ein Detektiv, der alles aufgedeckt hatte und nur auf ein Geständnis wartete. Es wäre sinnlos gewesen, sie anzulügen. Wenn ich es dennoch versuchte, würde ich es nicht schaffen, sie für meine Seite zu gewinnen.

Ich sah ihr direkt in die Augen. »Wir könnten alles vergessen und neu anfangen.«

»Gibst du zu, daß du ihn ermordet hast?«

»Was konnte ich in dieser Situation sonst tun? Du hast recht. Ich wußte zu viel über ihn. Seine betrügerischen Geschäfte. Seinen Mordversuch. Ich hätte ihn jederzeit für mehr Geld erpressen können. Ich wäre eine dauernde Gefahr für ihn gewesen. Und umgekehrt auch.«

Ich machte eine Pause und blieb regungslos in derselben Position sitzen, während ich sie beobachtete. Dann sagte ich: »Was wirst du der Polizei sagen?«

»Daß du ihn ermordet hast. Ich war bereit, bei dem Geldschmuggel und der Steuerhinterziehung mitzumachen, und ich nehme die Strafe, die mich dafür erwartet, in Kauf. Aber ich bin nicht bereit, einen Mord zu vertuschen.«

»Verdammt noch einmal, Gladys!« Ich sprang auf und beugte mich über sie. »Das ist doch dumm! Du warst da unten. Es ist auf dem Tonband. Dein Anruf. Ich habe das Tonband nicht gelöscht. So wie du gesprochen hast, hört es sich an, als wärst du vor etwas sehr Dramatischem weggelaufen. Wie willst du beweisen, daß du nicht bei dem Mord mitgemacht hast? Daß du nicht geholfen hast, ihn zu planen? Wie willst du beweisen, daß wir Ronny nicht beide beseitigen wollten, so daß wir das ganze Geld für uns hätten, daß du es aber mit der Angst zu tun bekamst und verschwunden bist? Wie willst du beweisen, daß du nichts damit zu tun hast?«

Sie holte tief Luft und sagte: »Genau deshalb ist es nötig, daß ich zur Polizei gehe und meine Karten auf den Tisch lege. Wenn ich es nicht tue, werde ich involviert. Mein Schweigen würde gegen mich verwendet. Es würde beinahe beweisen, daß ich deine Komplizin war. Indem du Ronny ermordet hast, während ich dort oder zumindest nicht weit weg war, hast du mich leider in diese verflixte Situation gebracht, wo ich mir nur helfen kann, indem ich der Polizei helfe.«

Ich setzte mich wieder und lehnte mich vor, um an sie zu appellieren. »Du tust so, als wäre der Fall schon abgeschlossen. Es wird zuerst eine Untersuchung geben müssen. Man wird versuchen, alle Jäger, die in der Gegend waren, als es passierte, zu finden; die Ballistiker werden nicht sagen können, daß die Kugel mit einem der Gewehre zusammenpaßt. Aber das eliminiert noch immer nicht die Möglichkeit eines unabsichtlichen Schusses. Sie werden annehmen, daß der schuldige Jäger davongelaufen ist und nicht mit der Polizei kooperieren will. Keiner hat uns in der *Mas Farandola* gesehen. Wir waren nicht in Frankreich zu der Zeit. Ronny fuhr allein hin und wurde das Opfer eines achtlosen Jägers.«

»Die Mordwaffe ... Wo ist Tante Matties Gewehr?«

»In einem Fluß.«

Sie wandte den Kopf ein wenig ab und vermied es, mich anzusehen. »Ah ... Ich verstehe.«

»Und obendrein«, fuhr ich fort, »bist du eine reiche Witwe und mußt an deine Zukunft denken. Du bist weggelaufen, weil du in Panik geraten bist, wie du selbst sagtest. Aber ich bin sicher, daß du, wenn du es dir recht überlegst, die Vorteile eines solchen Vermögens nicht leugnen kannst.«

Ich nahm meine Geldbörse heraus und legte den grünen Abschnitt auf den Tisch vor sie. »Du kannst mit mir mitkommen, um die zwei Koffer abzuholen, die in der Gepäckaufbewahrung am Bahnhof von Nizza stehen. Einer gehört dir. Dann können wir getrennte Wege gehen, wenn du das willst, aber vielleicht könnten wir auch ...«

Ich stand auf und hob ihr Gesicht behutsam am Kinn empor. »Vielleicht könnten wir auch unser Vermögen zusammenlegen.«

Sie schüttelte den Kopf. »Weder Geld noch Worte können mich umstimmen.«

Langsam und ein bißchen gleichgültig, aber dennoch zärtlich, glitt meine Hand von ihrem Kinn zu ihrem Hals. »Du bist eine sehr abgebrühte und skrupellose Frau ... Da sitzt du allein mit einem Mann, von dem du weißt, daß er einen Mord begangen hat. Du mußt ahnen, wie verzweifelt er ist bei dem Gedanken, festgenommen zu werden. Er würde kaum an die Konsequenzen seines Handelns denken. Aber du getraust dich trotzdem, ihm ins Gesicht zu blicken und ihm zu sagen, daß du sein Leben ruinieren, seine Pläne zerstören und dazu beitragen wirst, ihn wegen Mord verurteilen zu lassen. Hast du nie daran gedacht ...«

Genau in diesem Moment öffnete sich die Schlafzimmertür, und zwei Männer kamen rasch zu uns herüber, der eine war jung, der andere um die Fünfzig. Der Ältere faßte mich am Arm.

Der Schock hielt nicht lange an. Es war, als ob ich etwas in der Art erwartet hatte, seit ich nach Hause gekommen war. Vielleicht nicht genauso wie es jetzt passierte, aber die Tatsache, daß jemand mich überführte, mich festnahm, meinen Arm faßte ...

»Ich vermute. Sie sind die Polizei«, sagte ich.

Der Ältere nahm seinen Ausweis heraus und zeigte ihn mir.

»Haben die auf mich gewartet?« fragte ich Gladys.

Gladys stand auf. Sie sah aus, als würde ihr die Sache sehr leid tun. »Du bist selbst an allem schuld. Du vergißt, daß ich eine Menge Erfahrung damit habe, es zu spüren, wenn ich verfolgt werde. Und als ich dann von Ronnys Tod erfuhr, wurde mir angst und bange bei dem Gedanken daran, was du noch alles tun würdest. Mein Leben war in Gefahr. Ich nahm an, daß du heute kommen würdest.«

Ich hätte sie nicht umgebracht. Aber es wäre sinnlos gewesen zu versuchen, ihr das zu erklären. Es tut mir nur leid, daß ich nicht die Chance hatte, es zu beweisen.

Der ältere Mann führte mich zur Tür.

Der jüngere wandte sich an Gladys und sagte: »Den grünen Abschnitt hier, den müssen wir mitnehmen!«

Der S-Bahn Mord

»Wie bitte?« murmelte ich verwirrt,
»haben Sie etwas gesagt, gnädiges Fräulein?«

Hohes Gericht! Verehrte Geschworene! Bevor das Hohe Gericht in diesem Fall das Urteil spricht, will ich auf Anraten meines Verteidigers kurz zusammenfassen, was genau an jenem so wunderbaren, aber gleichzeitig so gefährlichen Frühjahrstag geschah, was der Handlung vorausging, deretwegen ich hier als Angeklagter vor Ihnen stehe. Ich bekenne mich nicht schuldig, im Gegenteil, ich meine sogar, meine Tat bedeutet einen unendlichen Gewinn für alle anderen Ehemänner, indem ich verhindert habe, daß auch sie ins sexuelle Verderben hätten geführt werden können.

Hohes Gericht! Verehrte Geschworene! Es war an einem milden, hormonverwirrenden Frühlingstag. Ich saß in der S-Bahn in Richtung Klampenborg. An der Haltestelle Schwanensee stieg eine junge Dame in den Zug und setzte sich lächelnd mir gegenüber auf die Bank.

Ich will hier nicht näher auf eine Beschreibung dieser Frau eingehen; nur um dem Hohen Gericht den Zustand zu erklären, in den mich ihre Anwesenheit versetzte, möchte ich sagen: Nichts kann einen Mann an einem von Amor beflügelten Frühjahrstag so sehr verwirren wie ein kurzes Kleid, hübsche Mädchenbeine, ein Busen in einem engen Angorapulli, hübsch geformte Waden, ein reizender Fuß und große runde Mädchenaugen, die vor Abenteuerlust funkeln, ein Körper, der wie geschaffen ist, die Männer vor Begierde wahnsinnig zu machen. Ohne daß ich es wollte, flogen meine Gedanken weiter. Ich dachte: Wenn ich nun diese Frau ergriffe, dies verführerische Weib, diese Nymphomanin, sie in meine Arme nähme und in ein kleines intimes Restaurant führte, wo keiner mich kennt, ihr ein heißes, gewürztes französisches Menü spendierte und ihr reichlich feurigen Wein zu trinken gäbe?

Ich hörte die anheimelnde Hintergrundmusik in dem kleinen intimen Restaurant; ich spürte, wie mir der prickelnde Wein zu Kopfe stieg; und ich sah vor mir dies wunderbare weibliche Geschöpf. Hohes Gericht, verehrte Geschworene! Ich versichere Ihnen, es war mir unmöglich, die Flucht meiner Gedanken zu bremsen. Wein kann nicht nur einen Mann vergessen lassen ... dieses Getränk kann auch ihn sich selbst vergessen lassen. Und ich vergaß mich selbst. Wiederum nahm ich in Gedanken die Frau in die Arme, ich hörte sie eine Adresse in mein Ohr flüstern, und ich sah mich, wie ich ihr mit klopfendem Herzen die Treppe zu ihrer kleinen modernen Wohnung hinauf folgte.

Sekunden nachdem die Haustür hinter uns zugefallen

war, nahm ich sie wieder in meine Arme. Unsere brennenden Lippen trafen sich zu einem heißen Kuß. Ich rang nach Atem und riß ihr die Kleider vom Leibe, wie der Fischhändler drüben auf dem Wochenmarkt die Haut von der Scholle reißt. Ich zog sie auf ihr Bett ... Na ja, weiter kam ich nicht in meiner kühnen Gedankenflucht.

Die S-Bahn hielt an der nächsten Station. Ich zuckte zusammen und versuchte krampfhaft, an etwas anderes zu denken.

›Mann, um Himmels willen!‹ raunte ich mir selbst zu. ›Was wolltest du gerade tun? Begreifst du denn nicht, daß die kurz auflodernden Freuden des Ehebruchs gar nichts, absolut nichts mit wirklicher Liebe zu tun haben, sondern nur eine rohe Begierde bedeuten, die jederzeit unterdrückt werden muß!‹

Während die S-Bahn wieder anfuhr, sah ich voraus, wie dieses hinterhältige Weibsbild mich ins Verderben führen würde, wie sie mir von der verbotenen Frucht zu schmekken geben würde, und ich sagte mir selbst, daß – ebenso wie Adam nicht den Apfel um des Apfels willen wollte, sondern weil es eine verbotene Frucht war – auch ich nicht die Schlange um der Schlange willen begehrte.

Ich sah im Geiste vor mir, wie diese Schlange in Weibsgestalt mich immer wieder an ihrer Tür würde klingeln lassen, wie sie mich in ihrem parfümdurchtränkten Boudoir mit berauschenden Getränken füllte, meinen Geist verwirrte, wie sie sich an mich schmiegte, wie eine verwöhnte Katze schnurrte, wie eine junge lüsterne Tigerin, um einen Augenblick später ihre Klauen in mein Fleisch zu krallen, daß ich verwirrt und geschändet nach Hause wanken müßte, zu meiner lieben kleinen treuen Frau. Sie würde die Kratzer entdecken und sich wundern, was ich durchgemacht, wo ich die Nacht verbracht hätte, warum mein Geist von Wein benebelt wäre, ein Duft von schwerem exotischem Parfüm von meinen Kleidern ausströmte, Rouge auf meiner Wange und tiefe Scham im Blick.

Hohes Gericht, verehrte Geschworene! Ich sah dieses Teufelsweib vor mir, diese Sexbombe, dieses männermordende Geschöpf, diesen hüftenwackelnden, unersättlichen Vampir, ich sah sie in der Tür ihres verräucherten Raubtierkäfigs stehen, an einem frühen Morgen, die Zigarette im Mundwinkel. Sie hatte einen viel zu pompösen chinesischen Seidenkimono über ihren Körper geworfen, ihren Körper, der wie geschaffen war, die Männer ins Verderben zu führen, alte erkaltete Vulkane wieder aufbrodeln zu lassen. Ich sah sie dort stehen und meine süße kleine Ehefrau mit Blicken durchbohren, die sich auf ihrer verschlissenen Türmatte auf die Knie geworfen hatte und mit tränenerstickter Stimme den Vampir anflehte, mich freizugeben, mich in Frieden zu lassen und nicht eine gute, zuvor so glückliche Ehe zu zerstören. Und ich sah, wie diese Sirene, dies herzlose Ungeheuer mit einem verächtlichen Grinsen meiner unglückseligen Frau die Tür vor der Nase zuschlug, unseren armen Kindern, unseren gemeinsamen unschuldigen Nachkommen.

Die S-Bahn hielt in Charlottenlund.

Meine Gedanken flogen weiter. Ich sah unsere Ehe in die Brüche gehen. Meine arme Frau mußte sich allein mit den Kindern durchschlagen, sie hatte kein Zuhause mehr, keinen Ort, wohin sie sich flüchten konnte. Alles war vorbei, alles war leer. Und ich? Niemals mehr würden mich meine Frau oder meine Kinder beglücken. Geblieben war mir nur dieser erotische Blutsauger, diese sinnliche Teufelin in Menschengestalt, diese leere Schale. Wie im Traum, wie durch einen dichten, undurchdringlichen Nebel hörte ich plötzlich ihre Stimme, aber ich begriff nicht die Worte. Erst als die S-Bahn mit einem kurzen Ruck in Ordrup zum Stehen kam, kehrten meine Sinne zu mir zurück. Ich sah auf, riß mit Macht meinen Blick von ihren runden Knien fort, von dem nackten Stück zwischen den Knien und dem kurzen Rock.

›Wie bitte?‹ murmelte ich verwirrt, ›haben Sie etwas gesagt, gnädiges Fräulein?‹

›Ach‹, sagte sie mit einem reizenden Lächeln, ›ich habe nur gefragt, ob Sie mir Feuer geben könnten.‹

Ich wußte, daß dieser Satz, mochte er auch noch so harmlos klingen, das Stichwort zur Hölle war. Ich hatte ja alles bis in die kleinste Einzelheit durchdacht, nicht wahr? Ich wußte, wenn ich ihr Feuer für ihre Zigarette gab, war der Kontakt hergestellt, und bestand erst ein Kontakt zwischen uns beiden, ja, dann war es um mich geschehen. Ich würde einfach nicht die Kraft haben, ihr zu widerstehen.

›Feuer?‹ wiederholte ich und beugte mich über sie, ›wie können Sie es wagen, mich um Feuer zu bitten? Mich – einen glücklich verheirateten Mann mit Frau und Kindern? Ist Ihnen klar, daß eine Frau mit so verführerischen runden Knien, einem so kurzen Kleid ein Werk des Teufels ist, eine elende Verführerin, nur dazu geschaffen, wehrlose Ehemänner wie mich ins ewige Verderben zu führen?‹

Und ich legte meine Hände um ihren Hals und drückte zu.

Hohes Gericht! Verehrte Geschworene! Bevor Sie sich nun gleich zur Beratung zurückziehen, bevor Sie das Urteil in diesem Fall sprechen, bitte ich Sie zu bedenken, daß ich so handelte um meiner Frau, um meiner lieben Kinder willen – aber auch, um allen Ehemännern zu helfen, allen Männern, die vom selben schrecklichen Leiden betroffen werden könnten wie ich. Gegen dieses Übel hilft kein Penicillin, kein medizinisches Heilmittel auf der ganzen Welt, und nie wird man immun dagegen. Es ist ein Übel, gegen das wir armen Ehemänner, die wir wie heulend auf der Folter liegen, jedes Frühjahr erneut zu kämpfen haben und das unter dem Namen *Frühjahrsgelüste* bekannt ist – oder sagen wir besser *Frühjahrskoller.*

Erst wenn wir Männer alle Frauen in dieser Welt vernichtet haben, dem gesamten lüsternen, verführerischen Weibergeschlecht zu Leibe gerückt sind und ihm den Garaus gemacht haben, erst dann können wir wieder hoffen, die Frühjahrszeit zu überstehen, ohne in Seitensprüngen zugrunde zu gehen.

Indem ich den letzten Funken Leben aus dem Vampir in der S-Bahn preßte, habe ich einen ersten Anfang gemacht, und ich halte mich selbstverständlich für unschuldig. Ich kann keiner strafbaren Handlung überführt werden und bin fest davon überzeugt, daß das Hohe Gericht mich freisprechen wird.

Mehr habe ich nicht zu sagen. Vielen Dank!

Mylady und der Musketier

Der Schmied umklammerte das Heft mit fester Hand,
um den Degen herauszuziehen.

Es war in der guten alten Zeit der Musketiere, als die Klingen gekreuzt wurden, wenn ein Handschuh zu Boden fiel, und als starke, überwältigende Leidenschaften noch zum alltäglichen Leben gehörten.

Jacques Coppenole, der Schmied aus der Rue Maubert, hatte sich soeben – nach einem kurzen Kontrollgang durch seine Behausung – die rote Nachtmütze tief über die Ohren gezogen. Jetzt kroch er auf sein Strohlager, müde und schlapp nach einem harten, mühsamen Arbeitstag in der Schmiede. Aber kaum hatte er sich in die rauhe Leinendecke gewickelt, als er donnernden Lärm von der Tür her vernahm. Aufgeregt entzündete er eine Kerze und schlich auf leisen Sohlen zum Eingang. Kaum hatte er geöffnet, drängten ein paar Wachen ihn beiseite und traten ins Zimmer.

»Bist du der Schmied von der Rue Maubert?« herrschten sie ihn an.

Jacques nickte.

»Dann wirst du jetzt mitkommen!«

Zwei der Wachleute griffen den Schmied unter den Ellbogen und schoben ihn unsanft nach draußen, wo eine Kutsche wartete. Man nötigte ihn auf einen Sitz, und zwei der Wachen setzten sich wortlos neben ihn.

»Um Himmels willen«, murmelte Jacques in seiner Angst, als die Kutsche sich wenige Augenblicke später in Bewegung setzte. »Wohin wollt ihr mich zu dieser unchristlichen Stunde bringen?«

»An einen geheimen Ort, wie man uns aufgetragen hat.«

Das war ihr letztes Wort an ihn.

Nachdem sie zwei Stunden lang in wahnwitziger Geschwindigkeit gefahren waren und Paris weit hinter sich gelassen hatten, verlangsamten die Pferde ihren Schritt, und die Kutsche hielt vor einem hohen, schmiedeeisernen Tor. Man hörte ein paar Kommandorufe, das Tor wurde hochgezogen, und die Kutsche rollte auf einem breiten Kiesweg weiter, der zu einem hoch aufragenden, düsteren Schloß führte. Dann passierten sie zwei geschwungene Portale und hielten schließlich auf dem unebenen Pflaster eines viereckigen, im Zwielicht liegenden Palasthofs.

Hastig führte man den Schmied zu einem größeren Saal. Die Wände waren mit allen möglichen Waffen und stattlichen Porträts der Vorfahren einer offenbar alten französischen Adelsfamilie dekoriert. Eine junge, berückend schöne Frau betrat den Saal durch eine Seitentür mit allen Anzei-

chen großer Beunruhigung. Der Schmied erstarrte vor
Schreck, als er die Frau erkannte – niemand anders als die
vornehme Mätresse des Kardinals Richelieu. Offenbar hatte
sie sich in Eile ankleiden müssen, denn ihre stattliche fürstli-
che Perücke war in schändlicher Unordnung.

»Bist du der Schmied aus der Rue Maubert?« fragte sie in
einem Ton, der auf unverzügliche Antwort drängte.

»Jawohl, Mylady, ich bin der Schmied aus der Rue Maubert.«

»Wie heißt du, Schmied?«

»Man nennt mich Jacques Coppenole – zu Diensten, Euer
Gnaden.«

Streng musterte Mylady den nervösen Schmied.

»Gib mir dein Ehrenwort als tüchtiger Schmied und unbe-
scholtener Bürger, daß nichts von dem, was du gleich sehen
wirst, je über deine Lippen kommen wird!«

»Ich schwöre es bei allem, was mir heilig ist, Mylady«, erwiderte Jacques, zog bei diesen Worten seine Nachtmütze
und bekreuzigte sich.

»Gut. Du wirst für deine Arbeit fürstlich entlohnt, wenn
du sie zu unserer Zufriedenheit ausführst.«

Mylady winkte die Wachen beiseite und führte den
Schmied in ihre Schlafkammer – ein süßlich parfümiertes,
luxuriöses Boudoir mit einem kostbar ausgestatteten Him-
melbett.

Abermals blieb der alte Schmied aus der Rue Maubert wie
angewurzelt stehen. Da stand der Kardinal Richelieu persönlich, aufrecht an die Tür gespießt, bleich wie der Tod,
aber offenbar noch bei Sinnen. Was ihm zu schaffen machte, war die Damaszenerklinge eines Degens, die ihm bis ans
Heft mit seinem edelsteinbesetzten Griff die Schulter durchbohrt hatte. Doch waren sichtlich keine der edleren Organe
des Kardinals in Mitleidenschaft gezogen worden.

Die kleinen, runden mausgrauen Augen des Schmieds

wanderten von dem Degen zur zerwühlten Seide des Himmelsbettes und von dort zum offenen Fenster, dessen damastene Vorhänge im Nachtwind flatterten. Mehr brauchte er nicht, um sich zusammenzureimen, was geschehen war. Der Kardinal mußte unerwartet heimgekehrt sein und hatte Mylady in einer äußerst kompromittierenden Situation – in inniger Umarmung mit ihrem Liebhaber! – vorgefunden. Kaum waren sie in flagranti ertappt, hatte der Liebhaber den Kardinal kurzerhand unschädlich gemacht und war durchs Fenster im Dunkel der Nacht verschwunden.

»Es war wohl dieser lasterhafte Musketier d'Artagnan, der hier wieder den Wüstling spielen mußte?« unterstand sich der Schmied zu fragen.

Der Kardinal nickte grimmig. Der Schmied trat ein paar Schritte vor und zerrte am Griff des Degens, der die Brust des hohen Herrn durchbohrt hatte.

Vor Schmerzen verzog der Kardinal das Gesicht.

»Bei Gott, Schmied! Wenn du mir weh tust beim Herausziehen, lasse ich dich teeren, federn und aufs Rad flechten!«

Jacques betrachtete die Werkzeugkiste, die ein Diener vor dem Kardinal auf den Boden stellte. Dann wandte er sich nervös an Richelieu:

»Ich fürchte, Euer Gnaden braucht eher einen guten Arzt als einen nichtswürdigen Schmied wie mich«, sagte er und rang die groben, rissigen Hände.

»Unsinn!« zischte der Kardinal ungeduldig. »Niemand außer dir kann die Klinge aus meiner Brust entfernen. Fang endlich damit an! Die nötigen Werkzeuge findest du in der Kiste da. Ich habe keine Lust, die ganze Nacht an diese Tür genagelt zu bleiben. Ich muß so schnell wie möglich loskommen – denn ich habe mit einer gewissen Person eine kleine Rechnung zu begleichen ...«

So wütend starrte der Kardinal Mylady an, daß sie unmerklich zurückwich.

Der Schmied umklammerte das Heft mit fester Hand, um den Degen herauszuziehen.

»Du Narr!« stöhnte der Kardinal, und sein Blick durchbohrte den armen Schmied wie ein Blitzschlag. »Du *kannst* das Ding nicht herausziehen. Die verdammte Klinge hat nicht nur mich, sondern auch die Tür durchbohrt!«

»Ich bin aber ziemlich stark, Euer Gnaden«, protestierte Jacques und zog noch einmal am Griff des Degens. Er ließ sich um keinen Millimeter bewegen. Der Schmied spuckte in die Hände und klammerte das Heft fester. Noch immer rührte sich die Klinge nicht. Schließlich stieß ihn der Kardinal, kochend vor Wut, mit der freien Hand beiseite.

»Bei dieser Angelegenheit wird dir deine Muskelkraft nicht helfen, Schmied«, erklärte er kaltblütig. »Aber mit ein paar soliden Werkzeugen wird's gehen. Wie ich schon sagte, du findest sie in der Kiste dort.«

Er sollte recht behalten.

Bevor der Musketier d'Artagnan durch das Schlafzimmerfenster von Mylady geflohen war, hatte er sich noch die Zeit genommen, die Spitze des Degens umzubiegen und tief in die Rückseite der Tür zu pressen.

Ein harter Schlag von Gaston Dupont

»Am Montag werden es fünfundzwanzig Jahre,
daß ich Wachmann bin ...«

Ein fünfundzwanzigjähriges Jubiläum kann vielerlei bedeuten. Neben einer Silberhochzeit kann damit die Feier des silbernen Arbeits-Jubiläums – von der Putzfrau bis zum regierenden Monarchen – gemeint sein. Zumindest ist das üblicher als die Feier von fünfundzwanzig Jahren Wachdienst auf dem Eiffelturm. Bei Gaston Dupont traf jedoch diese Besonderheit zu. Seine Geschichte ist, kurz gesagt, höchst dramatisch.

Jawohl, Gaston Dupont war der Wachmann auf der obersten Plattform des Eiffelturms. Seine Aufgabe war es, dafür zu sorgen, daß niemand von der Plattform sprang. Auf jeder Plattform des Eiffelturms befindet sich ein solcher Wachmann; so ist es immer gewesen, seit der Turm gebaut wurde. Man hielt es für äußerst wichtig, daß der Eiffelturm nicht als Selbstmordturm bekannt würde. Tatsächlich war es nur sehr selten jemandem überhaupt gelungen, von ihm herunterzuspringen. Dreiundzwanzig Jahre lang erfüllte Gaston seine Pflichten zur vollsten Zufriedenheit seines Vorgesetzten. Niemand hatte es geschafft, von der Plattform des Turms zu springen – wobei nicht wenige das versucht hatten. Jedesmal wenn jemand springen wollte, hatte Gaston es verhindert.

Nach einer Weile verbreitete sich das Gerücht, daß es unmöglich war, vom Eiffelturm zu springen. Deshalb mußten Leute mit gebrochenem Herzen, mit Eheproblemen oder in verzweifelter finanzieller Lage ihr Glück an anderen Orten versuchen. Vielleicht konnten sie es an der Pont Neuf probieren. Oder am Arc de Triomphe, falls sie es schaffen, hinaufzugelangen. Vielleicht konnten sie es auch ganz lassen, sich von Erhöhungen hinabzustürzen – was das beste gewesen wäre.

Im allgemeinen war Gastons Arbeit leicht. Anders als die Arbeit von François Laffont (auf den wir später zurückkommen), war seine die leichteste aller Wachleute auf dem Eiffelturm. Kein Wunder, daß er sich ein bißchen zu langweilen begann und ein wenig zu trinken anfing – was für die Geschichte nicht besonders wichtig ist. Wichtig ist aber, daß Clotilde, seine Frau, mit einem anderen Mann durchbrannte.

Das war ein harter Schlag für Gaston. Er nahm es so hin. Das Leben leben – und zur Hölle mit Clotilde! Um aber Abend für Abend ins Café zu gehen, brauchte man Geld, viel Geld, und sein Gehalt war ziemlich bescheiden. Also beschloß er, daß er diesbezüglich etwas unternehmen mußte..Er begab sich zu seinem Vorgesetzten in der Verwaltung und teilte ihm mit, daß er mit seinem Gehalt unzufrieden sei.

»Ihr Gehalt entspricht dem Tarif«, sagte der Vorgesetzte und wischte damit seine Forderung vom Tisch.

»Ich weiß, Monsieur Bonheur, aber die ganze Zeit über, in der ich als Wachmann gearbeitet habe, ist nicht ein einziger Mensch von der Plattform gesprungen. Ich habe sehr gewissenhaft gearbeitet.«

»Dafür haben Sie Ihr Gehalt bekommen!«

Gaston zögerte einen Augenblick, dann fiel ihm etwas anderes ein. »Am Montag werden es fünfundzwanzig Jahre, daß ich Wachmann bin. Darf ich zu Ehren des Anlasses eine Prämie erwarten?«

Bonheur schüttelte den Kopf. »Sie werden eine goldene Uhr bekommen, wenn Sie fünfzig Jahre hier sind.«

Dann erhob er sich und gab Gaston zu verstehen, daß die Audienz beendet war. Er geleitete Gaston zur Tür.

Gaston war derart wütend, daß er während seines Dienstes weitertrank, bis er benebelt war. In diesem Zustand begann er zu überlegen, daß er dem Ruf des Eiffelturms schaden könnte, indem er einfach seine Beine über das Geländer schwang und lossprang. Sobald einmal einer gesprungen war, würden andere folgen, und der Eiffelturm bekäme einen Ruf, der die Selbstmordkandidaten anzog. Die Touristen würden anfangen, es sich zweimal zu überlegen, ob sie auf den Turm steigen sollten, und dadurch gingen Einnahmen verloren. Dann hätte Gaston seine Rache!

Er trat ans Geländer, setzte sich darauf und wollte gerade seine Beine darüberschwingen, als ein Paar starke Hände ihn packten und zurückzogen.

»Wohin wollen Sie denn?« fragte ein großer, kräftiger Bursche mit äußerst strenger Stimme.

»Wer sind Sie?« stammelte Gaston, der sich gedemütigt fühlte.

François Laffont, erwiderte der andere. »Die Leitung ist sich durchaus bewußt, daß der Wachmann auf der obersten Plattform früher oder später zusammenbricht und zu springen versucht ... Deshalb bin ich seit fast fünfundzwanzig Jahren hier angestellt, um Sie zu bewachen!«

Der kleine Konrad und
die fliegende Untertasse

Auf einer Lichtung landete plötzlich eine fliegende Untertasse ...

Der Vater des kleinen Konrad kam an jedem Zahltag betrunken nach Hause, und dann forderte er auf eine wenig rücksichtsvolle Art seine ehelichen Rechte. Und wenn Konrads Vater die Mutter haben wollte, dann mußte es auf der Stelle passieren. Konrads Mutter hatte sich zur Verfügung zu stellen, auch wenn sie gerade in der Küche beschäftigt war, und das war sie oft. Denn wenn der Vater betrunken nach Hause kam und seinen Willen gekriegt hatte, dann hatte er Hunger und wollte sofort etwas auf dem Tisch haben. Konrads Mutter war es zuwider, daß sie es immer über sich ergehen lassen mußte, während sie an den Kochtöpfen stand. Allmählich ekelte sie das an, aber sie hatte keine Ahnung, wie sie davon loskommen sollte.

Eines Tages, als der kleine Konrad zum Spielen in den Wald lief – sie wohnten direkt am Waldrand –, passierte etwas Sonderbares. Auf einer Lichtung landete plötzlich eine fliegende Untertasse, und ein paar kleine grüne phosphoreszierende Marsmänner stiegen aus. Zuerst wollte Konrad davonlaufen, aber dann winkte ihm einer der Marsmänner, der Grünste von allen, freundlich zu, und er durfte näher treten und die fliegende Untertasse von innen besichtigen. Dort sah es irre spannend aus, es gab eine Menge phantastischer Instrumente, und Konrad verlebte den schönsten Tag in seinem ganzen Leben.

»Warum kommst du so spät, Junge?« fragte seine Mutter streng, als er lange nach der Essenszeit zu Hause eintraf.

»Draußen im Wald war eine fliegende Untertasse«, erzählte Konrad begeistert, »und einer der Marsmänner, der Chef, hat mich herumgeführt und mir alles gezeigt, ich habe alle Instrumente gesehen.«

Konrads Mutter hörte kaum hin. Kinder hatten ja oft eine lebhafte Phantasie. Konrads Vater hatte sie gerade wieder in der Küche genommen, sie war heiß und müde und erschöpft, und die Suppe war angebrannt.

»Iß jetzt ordentlich deine Suppe«, mahnte sie.

Und Konrad aß brav seine Suppe, obwohl sie angebrannt war.

»Die Augen der Marsmänner saßen auf Stielen. Sie hatten auch im Nacken Augen, und sie waren ganz grün wie Gurken.«

»Wirklich?« fragte seine Mutter ungläubig, und dann wurde nicht mehr über den Fall gesprochen.

Früh am nächsten Morgen lief Konrad wieder in den Wald. Die fliegende Untertasse stand noch immer da.

»Aber gleich fliegen wir zum Mars zurück«, sagte der grünste Marsmensch, »und dann dauert es hundert Millionen Lichtjahre, bis wir wiederkommen. Du bist ein lieber Junge, und hier ist ein kleines Geschenk für dich, zum Andenken.«

»Oh«, rief Konrad begeistert, »eine richtige Pistole.«

»Ja, das ist eine Todesstrahlenpistole, und sie hat sechs Schüsse. Man zielt auf jemand oder irgend etwas ... so ...«

Der Marsmensch zielte auf einen anderen Marsmenschen.

»Und dann drückt man ab – so!«

Der Marsmensch drückte ab, und der andere explodierte mit einem Knall – im Bruchteil einer Sekunde war er in ein Nichts aufgelöst.

»Jetzt hat die Pistole nur noch fünf Schüsse«, sagte der Marsmensch, welcher der Chef der fliegenden Untertasse war.

Dann flog die fliegende Untertasse davon, und der kleine Konrad rannte selig mit seiner Todesstrahlenpistole nach Hause.

»Was hast du denn da?« fragte seine Mutter.

»Ach das«, erklärte Konrad, »das ist nur eine Todesstrahlenpistole.«

»O je!« meinte seine Mutter. »Paß auf, daß du nicht auf jemand zielst. Und nun iß brav dein Tomatenbrot und deinen Pudding!«

Klein-Konrad aß brav sein Brot und seinen Pudding, und dann verschwand er hinterm Haus, um seine neue Pistole auszuprobieren. Zuerst zielte er auf eine Henne, die aus dem Stall gerannt kam, verfolgt von einem jungen Hahn, der wohl wußte, wem er hinterherlief, denn sie war eine junge und füllige Henne. Konrad drückte ab.

Peng machte es – und im selben Augenblick löste sich die Henne in eine Rauchwolke auf. Keine einzige Feder blieb von ihr übrig.

Dann zielte Konrad auf den Hahn, der verblüfft stehengeblieben war und ganz enttäuscht aussah. *Peng* machte es. Und auch der Hahn war verschwunden, in ein Nichts aufgelöst.

Da tauchte Konrads Mutter auf und fragte: »Was machst du denn da, mein Junge?«

»Ich probiere bloß meine neue Todesstrahlenpistole aus. Mutti, guck doch mal!«

Klein-Konrad zielte auf einen großen schwarzen Kater, der ahnungslos vorbeischlich. Konrad drückte ab und *peng:* der Kater explodierte mit einem Knall und löste sich in Rauch auf, schneller, als man bis drei zählen konnte.

»Nein, das ist ja phantastisch«, entfuhr es Konrads Mutter, und sie sah plötzlich sehr nachdenklich aus.

»Versuch doch mal selbst«, schlug Konrad vor, »die Pistole hat noch zwei Schüsse.«

Vorsichtig nahm die Mutter die Pistole in die Hand. Sie sah sich nach einem Objekt um, erblickte den ewig kläffenden kurzbeinigen Dackel des Nachbarn, zielte, drückte ab, und *peng* – der Hund verschwand auf der Stelle, im Bruchteil einer Sekunde. Psst, weg war er! Konrads Mutter sah noch nachdenklicher aus.

»Mein Gott!« keuchte sie. »Das ist die phantastischste Waffe, die ich jemals ...«

»Jetzt hat sie nur noch einen Schuß«, sagte der kleine Konrad, »morgen in der Schule will ich Klaus abschießen, der ist so blöd und prügelt mich immer in der großen Pause. Aber morgen drücke ich einfach meine Todesstrahlenpistole ab und ...«

Konrad bekam eine schallende Ohrfeige.

»Du wirst niemanden abschießen, Junge«, schalt seine Mutter, »du bist wohl nicht bei Trost. Mit so einem lebensgefährlichen Spielzeug herumzulaufen! Die Pistole ist hiermit beschlagnahmt, das kann ich dir versprechen. Und jetzt, marsch, ab ins Bett, du ungezogener Junge! Du kriegst heute kein Abendbrot.«

Widerwillig ging Konrad zu Bett. Am nächsten Tag lief er wieder in den Wald, um zu sehen, ob die Marsmänner außer der Todesstrahlenpistole noch was anderes Interessantes zurückgelassen hatten. Aber das hatten sie nicht.

Er spielte den ganzen Nachmittag im Wald, und gegen Abend lief er zum Essen nach Hause. Er sah, daß sein Vater wieder betrunken nach Hause gekommen war, denn es war Zahltag gewesen. Durchs Küchenfenster beobachtete er, wie sein Vater seine großen derben Arbeiterhände auf den fülligen Busen seiner Mutter legte, wobei er sich fest gegen ihr Hinterteil preßte. Sie stand über den Herd gebeugt und paßte auf, daß die Suppe nicht anbrannte. Mehr sah Konrad nicht, denn in diesem Augenblick zog der Vater die Küchengardine vor.

Konrad wusch seine Hände unter der Wasserpumpe, dann lief er in die Küche, um zu essen. Auf dem Küchentisch lag die Todesstrahlenpistole. Er hielt sie zur Küchentür hinaus und drückte ab, aber es war kein Schuß mehr drin. Er warf sie weg, denn nun war sie ja sowieso nichts mehr wert. Dann wandte er sich seiner Mutter zu. Die Hose des Vaters hing über dem Küchenstuhl, und die Mutter leerte die Hosentaschen aus.

»Wo ist Papi?« fragte Konrad.

Hoher Einsatz in Dodge City

»Dies ist die unruhigste Partie High-Low-Stud-Poker,
die ich je erlebt habe!«

Es war spät, und alle hatten die Schankstube in
»Slade's Saloon« schon verlassen, mit Ausnahme von ein
paar Leuten, die in einem Spielzimmer im Obergeschoß in
ein scharfes Spiel High-Low-Stud-Poker vertieft waren. In
dem kleinen Zimmer stand der Rauch. Tabaksrauch. Alle
rauchten. Senator Jeff Kincaid rauchte. Ben Slade, der Inhaber des Saloons, rauchte. Will Haggerty rauchte ebenso wie
der kleine, fette, schwarzhaarige Spanier Murillo Chávez.
Will Haggerty war ein professioneller Spieler, in ganz San
Francisco mehr berüchtigt als berühmt. Murillo Chávez war

Rinderzüchter, einer der reichsten Männer im gesamten Sacramento-County.

Will mischte die Karten. Er verteilte sie und legte ein Bündel Geldscheine auf den Tisch. Der Senator und Ben Slade waren vorsichtig. Jeder von ihnen kaufte zwei Karten. Der Senator hatte drei gleichartige Karten, Ben Slade hatte alles Pik. Damit war er zufrieden, aber das sah man ihm nicht an. Auch Murillo war nicht anzusehen, daß er ein volles Haus hatte.

Will schob noch einen Haufen Scheine in die Mitte.

»Wollt ihr sehen?« fragte er.

»Ich nicht«, meinte der Senator.

Ben Slade überlegte etwas. »Nein«, sagte er dann.

Will legte noch ein paar Scheine auf den Tisch. »Na, Spanier?« lockte er.

»Okay, ich will sehen.« Der Spanier deckte die drei verdeckten Karten auf. »Volles Haus«, sagte er.

Auch Will deckte seine Karten auf. Er hatte vier gleichartige und konnte das Geld einstreichen. Der Senator nahm die Karten. Er mischte und verteilte sie langsam und sorgfältig, zwei verdeckt, vier offen, eine verdeckt. Das neue Spiel sollte gerade beginnen, als das Haus plötzlich heftig erzitterte. Der Putz rieselte von der Decke, Türen und Fenster flogen auf, und der fette, spanische Rinderzüchter fiel vom Stuhl.

»Was, zum Teufel, war das?« fragte Will und schielte traurig nach seinem umgekippten Glas.

»Erdbeben«, meinte Ben Slade. Er erhob sich und ging ans Fenster. Schreiend liefen die Leute auf die Straße. Manche waren halbnackt. Madame Mollys Freudenmädchen aus dem Haus gegenüber waren mehr als halbnackt.

»*Gosh!*« rief Ben Slade aus. »Welch ein Lärm!«

»Das ist doch uninteressant«, meinte Will ungeduldig. Er wollte weiterspielen. »Nichts weiter als ein kleines Rütteln. Zur Hölle damit!«

Wie sollte er auch wissen, daß der 17. April 1906 ein Tag werden sollte, den San Francisco nicht vergessen würde. Er wußte nicht einmal, daß heute der 17. April war. Aber er wußte genau, daß er ein volles Haus hatte, und die Chance wollte er sich nicht entgehen lassen.

»Spielen wir oder spielen wir nicht?« fragte er.

Ben Slade lehnte seinen massigen Saloonwirttorso aus dem Fenster.

»Die Leute rennen, als wäre der Teufel hinter ihnen her«, berichtete er. »Eines von Madame Mollys Mädchen hat keinen Fetzen am Leib.«

»Wer?« fragte der Senator.

»Die kleine Dunkle aus Yucatán. Die mit den vielen Spezialitäten.«

»Pearl?«

»Ja.«

»Das hat sie nie!« sagte Will.

»Was?«

»Einen Fetzen am Leib. Komm jetzt und nimm deine Karten.«

Ben Slade kehrte zum Spieltisch zurück. Am Stuhl des Spaniers war ein Bein abgebrochen. Er hatte sich eine leere Whiskykiste als neue Sitzgelegenheit geholt. Ben Slade leerte sein Glas und füllte es sofort wieder nach.

»Das geht wohl auf Kosten des Hauses?« fragte der Senator.

Ben Slade nickte. »Sicher. Wenn du mir gute Karten gibst.«

Der Senator wandte sich an den Spanier. »Wie viele?« wollte er wissen.

»Zwei«, antwortete Murillo. »Nein, *un momento!* Alles neu!«

Er erhielt drei neue Karten. In diesem Augenblick bebte die Erde zum zweiten Mal, dieses Mal viel heftiger als vorher. Die Scheiben zersplitterten, und die Scherben flogen bis weit ins Zimmer hinein; ganze Gipsstücke fielen von der Decke, der Fußboden schwankte, breite Risse erschienen in den Wänden, und der fette Spanier purzelte von seiner Whiskykiste und knallte hart mit dem Kopf auf den Fußboden.

»*Demonios!*« fluchte er.

Wills Augen waren voller Kalkstaub. Er fluchte auch. Der Senator hatte eine blutende Wunde am Kopf; ein großes Gipsstück hatte ihn getroffen.

»Habt ihr das gesehen?« fragte Ben Slade grinsend.

Sekundenbruchteile bevor die Whiskyflasche den Fußboden erreichte, hatte er sie noch in der Luft aufgefangen. Nicht ein Tropfen war verlorengegangen. Will hatte es gesehen.

»Wenn es darauf ankommt, bist du ganz schön fingerfertig«, lobte er und blies eine dicke Schicht Gipsstaub vom Tisch, damit die Karten wieder zum Vorschein kamen.

»Dieses Spiel muß wiederholt werden«, forderte der Senator.

»Dazu haben wir keine Zeit«, hielt Will dagegen.

»Ich sage, dieses Spiel muß wiederholt werden. Du hast zwei meiner Asse!«

Will versuchte zu grinsen. »Ich?« sagte er mit unschuldiger Miene. »Ja, verdammt noch mal, du hast ja recht. Okay, wir wiederholen das Spiel.«

Ben Slade erhob sich und ging wieder ans Fenster. Auf der anderen Straßenseite brannte es. Das ganze Etablissement von Madame Molly stand in Flammen.

»Wenn noch ein paar Mädchen da drin sind, wird bald nichts mehr von ihnen übrig sein«, meinte Ben lakonisch.

Auch »Jeff's Bar & Pool Room« brannte. Die Leute liefen hinein, um zu sehen, was noch an Alkohol zu retten war. Ben sah überall Flammen. Auch die Feuerwehrspritze vor der Telegrafenstation brannte. Ein Pferdegespann war mit einem brennenden Wagen durchgegangen. Die Menschen waren in Panik geraten und liefen mit Koffern, Decken, Vogelbauern und allen möglichen anderen Dingen durcheinander.

»Ist sie noch da?« wollte der Senator wissen, während er sich mit dem Handrücken das Blut von der Stirn wischte.

»Wer?« fragte Ben Slade zurück.

»Dieses kleine schwarze Biest aus Yucatán.«

»Nein, aber Clementine, die Frau von Jeff, steht an einem Fenster im zweiten Stock und schreit. Jetzt kommen ein paar Leute mit einer Leiter. Sie kriegen sie aber nicht heraus, ohne die Fenstersprossen zu zerschlagen, bei dem Busen und dem Hintern! Über ihr steht das ganze Dach in hellen Flammen. Ich befürchte, daß Jeff bald Witwer sein wird.«

Es kam eine weitere Erschütterung, diesmal nicht besonders heftig, sie reichte aber aus, den Spanier noch einmal von seiner Whiskykiste purzeln zu lassen.

»*Demonios del infierno!*« fluchte er.

Will lachte lauthals. Der Spanier blickte ihn wütend an.

»Bald bist du an der Reihe, auf dieser verdammten Kiste zu sitzen!« fauchte er. Will antwortete nicht; er war damit beschäftigt, die Karten auf Vollständigkeit zu überprüfen.

Bei der nächsten Erschütterung schien sich das Zimmer fast zu heben. Die halbe Decke stürzte herunter. Eine Chaiselongue rutschte die Deckenbretter herunter und brachte den Spanier dazu, ein letztes Mal von seiner Whiskykiste zu fallen. Mit einem fürchterlichen spanischen Fluch schleuderte er die Kiste aus dem Fenster, zog die Chaiselongue an den Spieltisch und setzte sich auf deren Kopfende.

»Kriegen wir jetzt bald Karten?« knurrte er mit blitzenden Augen Will Haggerty an.

»Herzdame fehlt«, meinte dieser. »Wenn ihr jetzt mit Karten im Ärmel spielen wollt, braucht ihr es nur zu sagen. Ich kenne auch ein paar kleine Tricks, wenn es sein muß!«

Ben Slade fand die Herzdame unter dem Tisch, und das Spiel konnte weitergehen. Er mischte und gab. Er selbst erhielt unter den drei offenen Karten drei gleichartige.

»Tüchtig, tüchtig!« meinte Will.

Diesmal waren gute Karten im Spiel; bald lagen mehr als tausend Dollar auf dem Tisch.

»Das sieht gut aus«, sagte der Senator mit einem gierigen Blick auf den Geldhaufen.

Ben Slade holte seine fette Brieftasche und klatschte sie mitten auf den Haufen. »Noch ein Tausender, wenn ich meine Karten zeigen soll!« rief er.

Jetzt ging es hart auf hart.

Will überlegte, kaute auf seinem kalten Zigarrenstummel. Dann warf auch er seine Brieftasche in die Mitte. »Zeigen, du Bluffer!« brummte er.

Als Ben Slade gerade seine Karten umdrehen wollte, kam ein neues, besonders heftiges Beben. Die Wand gegen die Straße polterte ins Zimmer hinein; der hohe, eingemauerte Kachelofen stürzte um und landete auf der Chaiselongue mit dem Spanier. Er wurde schwarz wie ein Neger. Kalk, Staub und Putz fielen wie Schnee herunter und füllten die Gläser. Ben Slade Glas ging kaputt. Schnell steckte Will die Flasche unter seine Jacke, damit sie nicht das gleiche Schicksal erleiden sollte.

Niemand sagte etwas, bis sich die Staubwolke etwas verzogen hatte.

»Hier ist aber was los«, meinte der Senator.

Will schob dem Spanier die Karten hin. »Du gibst«, sagte er.

Murillo hatte genug damit zu tun, sich neben dem Kachelofen einen Sitzplatz zu schaffen.

»Oder spielst du etwa nicht mehr mit?« fragte Will.

»Der Einsatz bleibt auf dem Tisch«, bestimmte Ben Slade. »Die Karten vom Senator und mir fielen während des Bebens herunter.«

Der Spanier mischte. Will erhielt unter seinen offenen Karten zwei Damen, beide mit den schwarzen Fingerabdrücken des Spaniers versehen.

»Mit deinen schwarzen Pfoten kannst du doch keine Damen betatschen!« neckte Will.

»Halte dich ans Spiel!« antwortete Ben Slade mit einem neidischen Blick auf Wills offene Karten.

»Kaufst du?« fragte der Spanier.

»Zwei«, sagte Will und spuckte seinen kalten Zigarrenstummel aus. Aus seiner Westentasche holte er eine fette Brasil und zündete sie an.

»Wenn man sich mit Teufeln herumschlägt, braucht man Feuer im Mund«, sagte er.

»Du, Senator?«

»Gib mir drei.«

Der Spanier mußte plötzlich husten. Inzwischen brannte die Treppe, und bald war das Zimmer von beißendem Rauch erfüllt.

»Was kriegst du, Ben? Jetzt mal ran an die Klamotten!«

Ben Slade besah sich seine Karten und sagte dann: »Zwei, aber gute!«

Die ersten Flammen schlugen ins Zimmer. Sie hatten schon die Tür und einige der herabgestürzten Deckenbalken erfaßt und leckten jetzt gierig an der Chaiselongue des Spaniers.

»Leeren wir erst einmal die Gläser«, meinte dieser. »Ich schwitze wie in der Hölle!«

»Sollten wir vielleicht lieber runtergehen?« fragte der Senator.

»Dann sag mir mal, wie du das machen willst«, antwortete

Ben Slade und nahm einen tiefen Schluck aus einer neuen Flasche, die er sich von der Eckbar geholt hatte.

»Vielleicht macht dir das Spiel keinen Spaß, Senator?« stichelte der Spanier. »Gerade jetzt sind aber fünftausend Dollar im Pott. Ist das für dich vielleicht nur Kleingeld? Dann hättest du vorhin mehr reinschieben sollen, als du die Chance hattest!«

»Bei den Karten, die ich in meinen Händen habe?« gab der Senator zurück. »Ein beschissenes Paar und fünf wertlose Karten!«

»Ich habe früher schon ganz andere Dinge geschafft«, prahlte Will.

Als alle gekauft hatten, legte der Spanier den restlichen Kartenstapel weg. Will griff schnell danach und drehte ihn um. »Wo ist Pik As?« wollte er wissen. »Eben lag es noch ganz unten.«

»Das kannst du doch gar nicht wissen«, antwortete der Spanier. »Oder sitzt du etwa da und guckst anderen in die Karten?«

»Du betrügst uns, du verdammter spanischer Tagedieb!«

Will sprang auf und wollte dem Spanier an den Kragen. Blitzschnell zog dieser sein Messer.

»Okay«, sagte Will und setzte sich wieder. »Das Spiel geht weiter. Aber wenn du das Pik As hast, wirst du diesen Raum nicht lebend verlassen.«

»Wer wird das schon!« murmelte Ben Slade säuerlich.

Das Feuer hatte von der Chaiselongue des Spaniers Besitz ergriffen. Der Qualm wurde fast unerträglich. Der Senator hatte genug. Nach Luft schnappend, die Hand ans Herz gepreßt und ein leeres Whiskyglas in der Hand, glitt er bewußtlos unter den Tisch.

»Der ist nicht mehr im Spiel«, meinte Will. »Der Senator paßt.«

Der Spanier wandte sich an den Saloonwirt.

»Willst du sehen?«

»Ich passe«, sagte Ben.

»Und du, Will, wie ist es mit dir?«

»Was soll es kosten?«

Der Spanier kritzelte etwas auf einen Fetzen Papier und legte ihn zum Einsatz auf dem Tisch.

»Fünfhundert Stück Vieh«, sagte er.

Ben Slade stieß einen grauenvollen Fluch aus. Seine Hose begann zu brennen. Er löschte die Flammen und nahm wieder Platz. Nun wurde es spannend.

»Fünfhundert von den guten Longhorns! Das läßt sich hören, Will!«

Ein schwerer Deckenbalken stürzte brennend auf den Kopf des Saloonwirts, der darauf vom Stuhl rollte und leblos liegenblieb.

»Ben paßt«, sagte Will. »Der macht nicht mehr mit.«

Dann holte er einige Besitzurkunden aus der Innentasche seiner Weste.

»Hier«, sagte er. »Die Besitzurkunde von Madame Mollys Etablissements, der besten Häuser im Ort, und die Besitzurkunde von Vance Kirleys Kupfermine. Na, was sagst du jetzt?«

Unruhig rutschte der Spanier auf seiner Chaiselongue hin und her. Die Flammen züngelten schon nach seiner Hose; es tat fast niederträchtig weh, und er verzog das Gesicht vor Schmerzen, als er seine silberbesetzte Brokatweste aufknöpfte, einen Beutel mit Goldstaub herauszog und ihn auf den Tisch warf. Wills Stuhl war am Zusammenbrechen. Von den Verschalungsbrettern der Decke leckten lange Flammenzungen nach ihm; sein dichtes schwarzes Haar sah schon aus wie eine Negerkrause. Die Flammen hatten sich in seinem Ärmel festgesetzt. Er hüpfte herum, um das Feuer zu löschen. Mit einem kräftigen Ruck konnte er den Ärmel abreißen.

»Spielen wir oder spielen wir nicht?« wollte der Spanier

wissen. Dann stürzte der Schornstein herunter, und wieder war das Zimmer von Kalk und Staub und Dreck erfüllt. Man konnte kaum noch eine Hand vor Augen sehen.

»Dies ist die unruhigste Partie High-Low-Stud, die ich je erlebt habe«, brummte Will und tastete sich zu dem abgetretenen Senator vor. Er fischte dessen Brieftasche heraus, und als man trotz Rauch und Staub wenigstens den Tisch wieder sehen konnte, warf er sie in die Mitte.

»Jetzt will ich sehen, Spanier!« rief er.

Der Spanier hörte ihn nicht. Er war damit beschäftigt, sich seiner Hose zu entledigen. Sie brannte lichterloh. Dann deckte er seine Karten auf. Er hatte geblufft. Er hatte nur drei gleichartige.

»Und jetzt sieh dir das an, Spanier!« rief Will triumphierend. »Volles Haus! Ein richtiges volles Haus!«

Der Spanier sagte nichts. Er war bewußtlos unter den Tisch gefallen. Für einen Moment spielten die Flammen mit seinem kräftigen schwarzen Bart. Mit den Karten in der Hand kroch Will unter den Tisch.

»Verdammt noch mal, Spanier!« brüllte er. »Jetzt sieh dir das wenigstens an! Volles Haus! Der ganze Einsatz gehört mir!«

Vor lauter Rauch konnte er dann nichts mehr sagen. Ein brennender Balken stürzte herunter und warf die Whiskyflasche um. Die kostbaren Tropfen bahnten sich einen Weg durch den Kalkstaub, erreichten die Tischkante und liefen genau in den Mund des schon längst dahingefahrenen Saloonwirts.

»Ja, trink du nur, Ben«, sagte Will. »Es ist auf Kosten des Hauses!«

Dann stürzte der Giebel ins Zimmer, und Will sagte nichts mehr.

Der Chinese, der das Lächeln vergaß

*»Du hast dein Leben verwirkt, und ich werde
deine elende gelbe Seele ins Land der Verdammten schicken ...«*

Es war damals im alten China, lange Zeit vor Mao,
der Kulturrevolution und ähnlichen Geschichten. Damals
lebte dort ein Räubergeneral namens Yang Ching Chang,
ein grimmiger Kerl mit bösen Schlitzaugen, kurzen Säbel-
beinen und orientalischem Hängebart. Wo auch immer er
mit seiner wilden Horde auftauchte, warfen die armen geplagten Reisbauern schleunigst die Hirseschalen und Eß-
stäbchen hin und flohen über die Chinesische Mauer weit in
die Mongolei hinein. Überall brannte der grausame General
Yang Ching Chang die Dörfer mit all ihren Schutzgeistern

ab, schändete die Frauen, schnitt den Dorfältesten den Haarzopf ab und steckte unter brüllendem Gelächter den frommen, ehrwürdigen Tempelherren chinesische Feuerwerkskörper und Knallfrösche unter die Seidenröcke. Die armen Tempelherren starben vor Schreck, und ihre gequälten Seelen schwebten noch wochenlang zähneklappernd in den Dachtraufen der Pagode herum, bevor sie sich soweit beruhigten, daß sie ihre Reise über die fünffarbigen Wolken im Reich der Geister bis hin zum Land der ewigen Ruhe fortsetzen konnten.

Yang Ching Chang betrank sich jeden Tag mit Reisbranntwein, und den verarmten Reisbauern erlegte er so unmenschlich harte Steuerlasten auf, daß sie in die Knie sanken.

Jetzt haben Sie eine Vorstellung von dem Schurken unserer Geschichte, dem grauenhaften Räubergeneral. Und jetzt wollen wir Ihnen den Helden der Geschichte präsentieren.

Zugegeben, er war auch ein Räubergeneral, aber zu seiner Verteidigung läßt sich sagen, daß er es nicht ganz so schlimm trieb wie sein Kollege Yang Ching Chang. Von allem, was er raubte, gab er den Priestern den zehnten Teil ab, und wenn er sich gegen die Frauen verging, brannte er hinterher im Tempel immer eine Schale Weihrauch ab, damit die Götter ihm vergeben und seine sündige Seele wohlwollend empfangen mögen, wenn seine Stunde einmal gekommen wäre. Die Alten durften ihre Zöpfe behalten, und nie trank er so große Mengen Reisbranntwein, daß er nicht mehr mit einer gewissen Sicherheit feststellen konnte, in welcher Provinz er sich gerade befand.

Nun geschah es eines Tages, daß er in die Provinz Shensi geritten kam, um in der reichen Stadt Tungchow die Steuern einzutreiben, aber zu seinem großen Ärger entdeckte er, daß der grimmige General Yang Ching Chang ihm zuvorgekommen war und alles abgebrannt hatte. Nur den Tempel der tausend Götter hatte er stehenlassen und machte sich hier, in seiner primitiven Art von Humor, ein schändliches Vergnügen daraus, den Priestern knallende Feuerwerkskörper unter die schwarzen Kaftane zu stecken und ihnen ihre Seele aus den verschreckten Körpern zu jagen.

Unser Held, General Wong Ping Pong, jagte seine Leute gegen Yang Ching Changs wilde, betrunkene Horde und schlug sie schnell in die Flucht. Und dann wurde der grimmige General Yang Ching Chang höchstpersönlich eingefangen. Man legte ihn in schwere Eisenketten und führte ihn Wong Ping Pong vor. Dieser machte kurzen Prozeß mit ihm.

»Du hast dein Leben verwirkt, und ich werde deine elende gelbe Seele ins Land der Verdammten schicken, indem mein getreuer Scharfrichter, Kang Yang Wang, deinen Kopf von deinem sündigen Körper trennen wird.«

Wong Ping Pong winkte den Scharfrichter zu sich. Dann wandte er sich wieder an den General Yang Ching Chang. »Aber«, fuhr er mit barmherziger Stimme fort, »ich werde dir eine große Gnade erweisen. Du darfst entscheiden, ob mein Scharfrichter einen gewöhnlichen Krummsäbel benutzen soll, einen scharfen Krummsäbel oder einen extra scharfen.«

Haßerfüllt starrte General Yang Ching Chang mit seinen schrägen, kleinen, bösen Augen auf Wong Ping Pong. Kein Wort kam über die schmalen, zusammengebissenen Lippen unter dem großen orientalischen Hängebart in der feisten, pockenvernarbten mongolischen Räubervisage.

Wong Ping Pong kitzelte ihm den Bauch mit seinem schweren Kriegersäbel. »Na«, sagte er kurz«, entscheide dich jetzt.»

»Extra scharfer Krummsäbel«, fauchte Yang Ching Chang.

Also holte der Scharfrichter den extra scharfen Krummsäbel, zog ein Haar aus Yang Ching Changs Zopf und spaltete es der Länge nach. Ja, allerdings, der Säbel war superscharf, die Klinge war dünner als das dünnste Rasierblatt. Und als der Scharfrichter wenig später zur Handlung schritt und den Säbel gegen das Haupt des grimmigen Räubergenerals schwang, unterbrach nur ein zischender Laut für einen Moment die Stille, das war alles. Dann warf der Scharfrichter Kang Yang Wang den superscharfen Krummsäbel dem Räubergeneral vor die Füße, wandte sich seinem Herrn zu und gab bekannt, daß die Hinrichtung von Chinas schlimmstem Tyrannen, dem Quälgeist der Reisbauern, dem Schrecken der Frauen, dem Grauen der Tempelpriester, stattgefunden hatte.

Yang Ching Chang indessen stand immer noch am selben Fleck, wo er die ganze Zeit gestanden hatte. Auf seinen grausamen Lippen spielte bereits die Andeutung eines erleichterten Lächelns.

»Was denn«, murmelte er verständnislos, »es ist doch gar nichts passiert.«

»Nichts?« rief Kang Yang Wang mit schadenfrohem Blitzen in seinen kleinen schrägen Scharfrichteraugen, »dann versuch, mit deinem Kopf zu nicken!«

Curly Carl, Bankräuber

»Her mit dem Kies!« sagte er leise,
aber entschlossen und gnadenlos. »Das ist ein Überfall!«

Im Grunde ist gegen die Welt als solche nicht allzu viel einzuwenden. Das Problem besteht nur darin, daß die Verteilung der irdischen Güter so himmelschreiend ungerecht ist. Wer sagt denn, daß die hochnäsigen Direktorenbonzen, Schiffsmagnaten, Baulöwen und ihresgleichen auf ihren fetten Hinterteilen zu Hause hinter ihren auf Hochglanz polierten Rosenholzschreibtischen mit diesen Bronzeverzierungen sitzen dürfen, um ein dickes Fünfhunderterbündel nach dem anderen durchzuzählen, bevor sie sie in geheimen Wandtresoren hinter Rembrandt-Gemälden ver-

stauen, während andere Menschen – Curly Carl beispielsweise, der Bursche, von dem wir gleich hören werden –
ihre Hosentaschen umdrehen müssen, um nach ein paar
lumpigen Münzen für ein Bier in der billigsten Kneipe zu
fahnden.

Aber das alles würde in sehr absehbarer Zeit weit hinter
ihm liegen. Curly Carl hatte den besten Plan aller Zeiten
ausbaldowert. Jedes einzelne Detail war von ihm sorgsam
ausgearbeitet worden, und er wußte ganz genau, wo er eine
halbe Million in großen Scheinen kassieren konnte. Allerdings mußte das Ganze über die Bühne gehen, solange die
Bank geöffnet war – einen Moment vor dem Zeitpunkt, an
dem ein Angestellter der Bank an der Ecke die Glastüren
schloß, den Schlüssel im Yale-Sicherheitsschloß umdrehte
und für die Nacht das Alarmsystem einschaltete.

Wenn man sich Curly Carl so ansah, wäre man nie auf
den Gedanken gekommen, daß er in wenigen Stunden eine
halbe Million – in großen Scheinen – sein eigen nennen
würde. Er wirkte zwar wie ein Unschuldslamm, war aber
keins. Ganz im Gegenteil. Im Laufe der Jahre hatte er schon
ein paar sehr gute Dinger gedreht. Das Mißliche daran waren nur die vielen Partner gewesen, mit denen er die Beute
teilen mußte, von der darüber hinaus der größte Teil in den
gierigen Fingern von Hehlern gelandet war, da sie sich auf
Gold- und Silberartikel spezialisiert hatten. Aber dieses
Ding in der Bank würde er ganz allein über die Bühne bringen. Er selbst hatte diesen Plan ausgebrütet und wie ein Be-
sessener daran gearbeitet, die Sache absolut wasserdicht zu
machen. Nichts sollte und konnte ihm in die Quere kommen. Es mußte einfach funktionieren. Jede Einzelheit war
gründlich überlegt, jede Möglichkeit seit langem bedacht,
jedes Risiko rechtzeitig ausgeschaltet, damit er sich nicht die
Finger verbrannte und sich zur Flucht gezwungen sah – mit
den Bullen auf den Fersen.

Curly Carl hatte einen Fenstertisch der kleinen Kneipe zu seinem Ausguck gemacht und die Abläufe in der Bank genau beobachtet, registriert und dabei erkannt, daß der Zeitpunkt kurz vor Geschäftsschluß einfach perfekt war. Einige Male war er sogar in die Bank gegangen, um einen Zehner zu wechseln und ein bißchen zu spionieren. Es war keine besonders große Bank, und es wäre ein leichtes, dem Kassierer die Waffe unter die Nase zu halten, ohne daß ein anderer Angestellter etwas davon bemerkte. Dann brauchte er nur noch den Beutel durch das Loch in der Panzerglasscheibe zu schieben und dem Typen zu befehlen, ihn mit großen Banknoten vollzustopfen – und das möglichst schnell. Wenn das geschehen war, brauchte er nur noch um die Ecke zu seinem Motorrad zu flitzen und mit ihm nach Hause zu brausen, um in seinem Zimmer im fünften Stock die Beute zu zählen. Und dann konnte er für den Rest seiner Tage den feinen Pinkel spielen, den Jungs beim Pool-Billard eine Runde ausgeben, sich ein paar Mädels suchen und sein Leben genießen. Ja, so sollte es sein. Wenn die Gesellschaft nicht dafür sorgen konnte, daß die irdischen Güter gerechter verteilt wurden, mußte er die Sache eben in die eigenen Hände nehmen. Schließlich herrschte an Knete keinerlei Mangel. Sie mußte nur ein bißchen besser verteilt sein und durfte nicht an sinnlosen Orten wie Banken, Sparkassen und Kreditinstituten gehortet werden, wo kein Mensch sie wirklich genießen konnte.

Curly Carl blickte auf die Uhr über der Theke. Fünf vor drei. Jetzt! Er stand auf, zahlte seine kleine Zeche, griff sich den ersten, den besten Mantel vom Haken, sauste aufs Herrenklo, zog sich die Kapuze übers Gesicht, schob den Geldbeutel in eine und die Pistole in die andere Tasche. Dann ging er hinüber, um seine halbe Million zu kassieren. Als er die Glastür öffnete und den Schalterraum betrat, verließ gerade der letzte Kunde die Bank. Günstiger hätte es gar nicht sein können. Er lenkte seine Schritte zum Kassenschalter.

»Her mit dem Kies«, sagte sagte er leise, aber entschlossen und gnadenlos. »Das ist ein Überfall. Füll diesen Beutel – aber schnell. Eine halbe Million. In großen Scheinen.«

Exakt siebeneinhalb Minuten, nachdem Curly Carl dem Kassierer in seine Forderung so unmißverständlich klargemacht hatte, saß er in einem Streifenwagen und war auf dem Weg zum nächsten Polizeirevier.

Was war schiefgegangen? Warum war sein perfekter Plan gescheitert? Nun ja, als er an dem Punkt seines Plans angelangt war, an dem er seine Pistole aus der Manteltasche ziehen wollte, um dem Kassiererin zu beweisen, wie ernst es ihm war – da befand sich die Pistole nicht mehr da, wo sie sein sollte. Der feine Mantel hatte ein Loch in der Tasche, und die Waffe war in das Innere des feinen Seidenfutters geglitten, bis hinunter zum Saum. Curly Carl brauchte mehr als geschlagene fünf Minuten, um die Pistole herauszuangeln.

Und so lange wollte der Kassiererin nicht warten – trotz Curly Carls inständiger Beteuerung, er sei jede Sekunde soweit.

Die Söhne der Wildnis

*Kannst du hingegen einen tollen knallharten
Agentenfilm schreiben, dann hast du meinen Segen ...«*

Dick Haywood schrieb Filmmanuskripte in Hollywood. Das klingt phantastisch, aber in Wirklichkeit war es
ein aufreibender und undankbarer Job und gar nicht so elegant, wie es vielleicht erscheinen mag.

Zu Beginn unserer kleinen Geschichte war er gerade so
weit, daß er den Schlußpunkt unter ein Manuskript zu einem Kriminalfilm setzte, einem Thriller, den er *Das Phan-
tom im Hans der Schatten* nannte. Er legte sein Werk dem
Filmzar Sam Goldwasser vor, der es überflog, dann resigniert den Kopf schüttelte und es Dick zuwarf.

»Nein, bitte keine Thriller mehr. Der Markt ist gesättigt. *Die Blondine mit den Hackzähnen* lief drei Tage lang vor leeren Häusern, dann mußten wir den Streifen absetzen und die Plakate abreißen, weil nicht mal die Filmvorführer noch Lust hatten, sich diesen Quatsch anzugucken. Kannst du hingegen einen tollen knallharten Agentenfilm schreiben, dann hast du meinen Segen. Agentenfilme sind heute gefragt, aber denk daran, alles muß drin sein, vom ersten Bild an, schicke Mädchen in Minikleidern, französische Betten, und ja nicht an Schurken in der Gegenspionage sparen, dann haben wir am Schluß schön was zum Abknallen.«

Dick ging nach Hause und schrieb den tollsten Agentenreißer des Jahrhunderts. Das fand er selbst jedenfalls. Sam Goldwasser war anderer Meinung.

»Das Drehbuch«, sagte er und schob die Papiere zur Seite, »ist schon hundertmal geschrieben worden. Außerdem sind Agentenfilme aus der Mode gekommen, seitdem du hier warst. Aber wenn du ein temperamentvolles, hinreißendes, supermodernes Musical schreiben kannst, mit Tanz und Gesang, Humor und Sex, Jubel, Trubel, Heiterkeit, dann würde ich mir das gern mal angucken.«

Dick kehrte also nach Hause zurück und schrieb ein Musical. Nachdem er ein halbes Jahr Tag und Nacht daran gearbeitet halle, konnte er Sam Goldwasser endlich das Drehbuch zu seinem Musical *My Fair Pussycat* vorlegen.

Sam Goldwasser blätterte es durch, wobei er auf seinem Zigarettenstummel kaute und einen Eiermilchshake nach dem anderen in sich hineingoß, um sein Magengeschwür einigermaßen zu beruhigen.

»In diese Lappen hier«, sagte er und schob das Manuskript zur Seite, »wage ich keine 17 Millionen zu investieren, Dick. Das kannst du nicht von mir verlangen. Du weißt selbst, wie es momentan mit Musicals aussieht. Foxorama und Parametro überschwemmen das Publikum geradezu mit Musicals, und jetzt scheinen die Leute von dem Sirupkleister endgültig die Nase voll zu haben. Heute werden ganz andere, krasse Geschichten verlangt. Versuch doch mal, einen richtig guten traditionellen Kriegsfilm zu schreiben. Kriegsfilme sind heute wieder *in*. Wenn du einen wirklich guten bringst, dann schnapp ich ihn mir.«

Dick machte sich an die Arbeit und schrieb einen wirklich guten Kriegsfilm. Er schuftete ein halbes Jahr ohne Pause, bis er sein Drehbuch fertig hatte. Ernannte es *Flammen über River Kwai* und glaubte selbst voll und ganz daran.

»Hier fehlt etwas«, sagte Sam Goldwasser, als er das Manuskript überflogen hatte, »und ich kann dir auch sagen, was. Love! Es gibt keine einzige richtige Liebesszene in dem Film. Wie, zum Teufel, willst du damit die Damen ins Kino locken? Und kriegen wir die Damen nicht mit, dann ist das ein totgeborenes Ei, das kann ich dir versprechen. Nee, mach doch mal eine Love Story im Stil von *Die Frau von Miami Beach,* wo die Liebenden sich zum Schluß am Strand kriegen, während in der Ferne der Donner grollt ... sie keuchen und rollen kurzatmig am Strand herum, du weißt schon, während die Wellen ... na, wir verstehen ja, wie das laufen muß, nicht, Dick? Wenn du das hinkriegst, ist uns der Kassenerfolg sicher. Dann habe ich keine Angst, 20 Millionen zu investieren ... in Super-Rama-Cine-O-Scope.«

Dick ging nach Hause und machte sich an seinen Liebesfilm. Die Heldin keuchte sozusagen während des ganzen Films, und der Held beugte ihren Nacken in den Sand, direkt vor der tosenden Brandung, genauso, wie Sam es ihm geraten hatte.

Sam Goldwasser las das Manuskript sorgfältig durch. »Einiges davon ist nicht schlecht«, sagte er, »so etwas in der Art hatte ich mir vorgestellt. Aber kannst du mir vielleicht sagen, wie wir für so eine große Produktion in der unmittelbar überschaubaren nächsten Zukunft in unseren Ateliers

Platz kriegen sollen? Wie du weißt, haben wir soeben mit den Dreharbeiten zu dem Mammutpolarfilm *Die Söhne der Wildnis* begonnen, und die werden sicher die nächsten zwei Jahre in Anspruch nehmen. Nee, ich fürchte, Dick, wir müssen das hier fallenlassen. Es tut mir verdammt leid, wirklich, aber ...«

Dick blickte den Filmzaren verzweifelt an.

»Aber, Sam, gibt es denn gar nichts in all meinen Manuskripten, das du verwerten kannst?«

Sam Goldwasser hob sein Glas Eiermilchshake und tat einen kräftigen Zug an seiner Havanna. Er dachte nach, daß man seine Gehirnschalen krachen hören konnte. »Ich hab's, Dick«, rief er dann und schnalzte mit der Zunge, »es wäre ja ein Verbrechen an einem so jungen talentierten Schriftsteller, all das Papier wegzuwerfen. Weißt du, was wir tun? Wir schneiden all deine Manuskripte in winzige Stücke und verwenden die Schnipsel für das Schneewetter in *Die Sühne der Wildnis.*«

Luigi Gorgonzolas Solo-Raub

»Ich habe keinen Cent Haushaltsgeld mehr«, sagte Maria-Theresa.

Luigi Gorgonzola hatte eine ebenso harte wie Ungewisse Berufslaufbahn eingeschlagen. Er war Kleinganove. Sein größter Traum war es, so viel zusammenzukratzen, daß er mit Frau und Kindern endlich das arme Einwandererghetto von Chicago verlassen und sich eine hübschere Bleibe an einer der eleganten Avenuen suchen konnte. Er hatte eine Reihe kleiner Aufträge für die Mafia erledigt, ein paar lästige Typen beseitigt, Sie wissen schon! Man lädt einen Burschen zu einer kleinen Spazierfahrt ein, pumpt ihn mit Blei voll und entsorgt die Leiche im nächsten Fluß. Aber das waren nur Kinkerlitzchen, nichts, was wirklich Geld brachte. Nein, ihn verlangte es nach einem echten Proficoup, bei dem fette Bündel knisternder Greenbacks zu holen waren. Aber so etwas wollte ihm keiner der bedeutenderen Kollegen anbieten, und so beschloß er, es auf eigene Faust zu versuchen.

Umgeben von ungebärdigen Kindern und Mama Gorgonzola, die von Pasta und dauerndem Schimpfen dick geworden war, breitete Luigi auf dem zerkratzten Eßtisch ihrer Slum-Behausung eine Karte von Illinois aus. In der *Bar Milanese* war er auf eine interessante Sache gestoßen. Puerto-Pancho und Marokko-Muff wollten ihn bei einem Job dabeihaben, der eine sichere Hand und ein gutes Auge verlangte. Bei dem Coup ging es um folgendes: Jeden Mittwoch holte sich die Springfiel-Silbermine einen großen Sack Geld von der Bank of Chicago. Das Geld wurde auf einer Straße transportiert, die durch gottverlassene Gegenden führte. Nördlich von Sandwich Creek konnte man sich hinter den Felsen verstecken, die Straße blockieren, Fahrer und Wachmann mit der Waffe in Schach halten und sich die Taschen mit dicken Bündeln knisternder Greenbacks vollstopfen. Aber was sprach eigentlich dagegen, daß er das Ding allein abzog? Direkt unter Puerto-Panchos und Marokko-Muffs Nasen? Warum versteckte er sich nicht einfach ein Stück weiter nördlich, gleich hinter den Lambs Cliffs, um so zum Alleinbesitzer dieser phantastischen Scheinchen zu werden?

In der Tat, das war ein echt erstklassiger Solocoup, und Luigi wußte genau, was für den erfolgreichen Verlauf vonnöten war. Er faltete gerade seine Karte von Illinois wieder zusammen, als hinter ihm plötzlich ein Schuß losging. Blitzschnell wirbelte er herum. Klein-Antonio hatte sich auf Zehenspitzen an ihn herangeschlichen, seinen Revolver geschnappt und gegen die Decke geschossen.

»Wie oft habe ich dir nicht schon gesagt, daß du gefälligst deine Finger von Papas Arbeitswerkzeugen lassen sollst«, zischte Luigi. Klein-Antonio murrte, es mache aber viel mehr Spaß, eine echte Waffe abzufeuern, als seine blöde Spielzeugpistole. Luigi schob das Kind zur Seite und schlüpfte in seine kugelsichere Weste. Er verstaute seine Pistole im Gürtel und zog sich seinen schwarzen Schlapphut tief in die Stirn. Dann steckte er den Kopf durch die Küchentür und sagte zu Maria-Theresa: »Rechne nicht mit mir, bevor ich wieder da bin. Ich gehe arbeiten.«

Maria-Theresa wischte sich ihre parmesanverschmierten Finger an der Schürze ab und nickte beifällig.

»Ich habe keinen Cent Haushaltsgeld mehr«, sagte sie. »Aber sei vorsichtig. Du weißt, diesmal kostet es dich mindestens dreißig Jahre, wenn etwas schiefgeht.«

»Es geht nichts schief. Alles verläuft wie geplant. Ich brauche nur da hinauszufahren, das Geld einzusammeln und es zurückzubringen. Und dann *addio,* South Chicago, und *benvenuto,* Reichtum.«

Luigi knackte einen großen Buick und steuerte ihn in die verlassene Gegend rund um die Lambs Cliffs. Exakt zu dem Zeitpunkt, an dem der Geldtransport für die Springfield-Silbermine fällig war, setzte er den Buick quer zur Fahrbahn. Dann versteckte er sich mit gezogener Pistole hinter einem vorspringenden Felsen. Wenige Minuten später erschien das gepanzerte Auto. Als der Fahrer sah, wie Luigi mit der Hand am Drücker hinter dem Felsen hervorsprang, trat er so kräftig auf die Bremsen, daß die Reifen qualmten.

»Das ist ein Überfall!« schrie Luigi warnend. »Und der erste, der nicht genau das tut, was ich sage, wird umgemäht. Raus aus dem Auto! Krallen hoch! Motor laufenlassen!«

Widerwillig verließen Fahrer und Wachmann das gepanzerte Fahrzeug. Keiner von ihnen mit erhobenen Händen.

»Hoch mit den Tatzen!« wiederholte Luigi rauh. »Waffe

weg, umdrehen, und dann ab über die Prärie! Ich zähle bis drei, und wenn dann noch einer von euch zu sehen ist, verpasse ich ihm eine volle Ladung!«

Das war kaum mißzuverstehen. Aber die beiden Männer kamen auf Luigi zu, als wären sie taub. Luigi wurde nervös. Er spürte, daß ihm der Schweiß auf die Stirn trat.

»Haut endlich ab!« schrie er in höchster Verzweiflung.

Sie taten es nicht. Im Gegenteil. Sie kamen immer näher. Ihm blieb keine andere Wahl, als sie umzupusten. Entweder sie oder er. Und es durfte nicht schiefgehen. Diesmal nicht. Er würde es nicht ertragen, wieder diese miesen Aufträge für die Mafia zu erledigen.

Plötzlich griffen die beiden Männer an ihre Gesäßtaschen. In panischer Angst feuerte Luigi auf den Wachmann. Und noch einmal. Und eine Ladung direkt in die Visage des Fahrers. Die beiden Männer schenkten seinen Salven keinerlei Beachtung. Der Fahrer fuhr sich übers Gesicht, als wollte er ein paar Spinnweben abwischen. Luigi verpaßte ihm noch eins direkt zwischen die Augen. Dann war das Magazin leer – und die beiden sprangen ihn an.

Er wurde zu zwanzig Jahren Einzelhaft im Chicago State Prison verdonnert, also hatte er jede Menge Zeit, darüber nachzudenken, wie um alles in der Welt es ihm passieren konnte, Klein-Antonios Wasserpistole einzustecken.

Auf einen Schlag

»Timber!« schrie Mike. Der riesige Baumstamm fiel krachend zu Boden.

Tief in den großen kanadischen Wäldern wohnten die Holzfäller in einer einsamen Hütte. Ein neuer Mann war zu ihnen gestoßen, von dem keiner wußte, woher er kam und wie er hieß. Er war still und verschlossen und blieb ihnen ein Rätsel. Man hielt ihn für einen Engländer, und im übrigen nahm er einen kräftigen Schluck aus der Whiskykanne, spuckte in die Fäuste und fällte die Bäume, die zu fällen waren, und ließ die anderen stehen.

»Hier!« rief der Vorarbeiter O'Neill und warf dem neuen Mann eine große Fällaxt zu, »los, ran an die Arbeit, Mike!«

Man hatte ihn Mike getauft, also hieß er Mike. Es war völlig Wurscht, wie die Männer hier oben im Norden hießen.

Mike spuckte in die Fäuste, hob die schwere Fällaxt, spreizte die Beine in den kurzen, derben Stiefeln, peilte den dicken Baumstamm an, hob die Fällaxt noch höher und ließ sie mit einem Getöse fallen, daß es durch die großen Wälder nördlich von Saskatchewan River widerhallte.

»Timber!« schrie er und sprang zur Seite. Der riesige Baumstamm fiel krachend zu Boden.

Der Vorarbeiter zuckte zusammen. Die Whiskykanne glitt aus seinen Händen, und mit offenem Mund starrte er auf die Stelle, wo Mike breitbeinig im Unterholz stand. Die anderen Holzfäller näherten sich zögernd.

»Du hast ihn auf einen Schlag umgehauen?« murmelte O'Neill mit einem verwirrten Blick auf den Baumstumpf.

Mike nickte stumm.

»Du hast ihn vorher nicht ein paarmal angeschlagen?« fragte einer, den sie Scotty nannten.

Mike schüttelte den Kopf.

»Aber du hast ihm einige Keile mit dem Spalthammer versetzt?« meinte einer, den sie Dutch nannten.

Mike schüttelte den Kopf, er besaß überhaupt keinen Spalthammer.

»Alle Wetter! Bei allen verdammten kleinen Waldteufeln«, murmelte O'Neill beeindruckt, »kannst du das noch mal machen?«

Mike nickte gelangweilt und stopfte sein großkariertes Hemd tiefer in die Hose. Dann zeigte O'Neill auf einen Baumstamm, der dicker als er selbst war.

»Den da«, sagte er.

Mike spreizte die Beine in seinen dicken Stiefeln, spuckte in die Fäuste, peilte den Stamm an und schlug zu. »Timber!« schrie er und sprang zur Seite. Krachend stürzte der Baum zu Boden, daß es bis auf die andere Seite von Saskatchewan Ridge widerhallte.

Verblüfft ließen die Holzfäller ihre Blicke von dem gestürzten Koloß auf den breitbeinigen Mike gleiten, und wieder von dem breitbeinigen Mike auf den gefällten Riesenstamm.

»Bei allen kanadischen Waldteufeln!« fluchte O'Neill erschüttert.

»Ohne Sägeschnitt!« sagte Scotty.

»Ohne Fällkerbe!« sagte Dutch.

»Ohne Kreissäge!« sagte Muff.

»Auf einen Schlag!« sagte O'Neill.

Mike sagte gar nichts. Er zupfte bloß sein großkariertes Hemd wieder zurecht und nahm einen enormen Schluck aus der Kanne mit der edlen Flüssigkeit.

Dann gingen die Männer wieder an ihre Arbeit. O'Neill packte seinen Numerierschlägel und markierte die nächsten Bäume. Scotty zerquetschte Reisig, Dutch ritzte die Stämme, und Muff nahm einen Schluck aus der Kanne. Ihre Gedanken drehten sich um Mike und seinen Donnerschlag, und bald hatten sie sich wieder um Mike versammelt.

»Kannst du die Oregontanne dort fällen?« fragte O'Neill und zeigte auf eine 80 m hohe majestätische Tanne, deren Stamm ein Mann allein nicht umspannen konnte.

Mike sah hin und nickte, die Tanne war nicht zu übersehen.

»Umhauen«, sagte O'Neill.

»Auf einen Schlag«, fügte Scotty hinzu.

»Ja«, sagte Duff, »auf einen Schlag.«

Und dann krachte der Oregon-Koloß zu Boden, daß das Dröhnen bis über Winniepegosis Canyon zu hören war.

»Auf einen Schlag!« murmelten die Manner und warfen einen respektvollen Blick auf den gefällten Riesen.

»Ich fälle die immer auf einen Schlag«, meinte Mike, »das ist doch mein Fach ...«

Das waren die ersten Worte, die er sprach, seitdem er hier oben in den kanadischen Wäldern arbeitete.

»Was hast du eigentlich gemacht, bevor du hierherkamst?« fragte O'Neill plötzlich. Als die Antwort kam, senkte sich eine tiefe Stille über die großen kanadischen Wälder, so daß man den Schatten eines Tannenzapfens hätte zu Boden fallen hören können.

»Scharfrichter«, sagte Mike.

Shorty und die Marsfrau

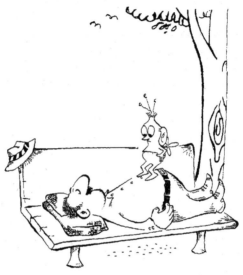

»Wolltest du mich totschlagen?« fragte das kleine leuchtende Wesen.

Shorty pflegte den Park sonst nicht aufzusuchen, aber diesmal hatte er eine Abkürzung gewählt, und da gerade eine Bank frei war, ließ er sich zu einer kurzen Rast darauf nieder. Die Sonne meinte es gut, er zog seine Jacke aus, rollte sie zusammen und benutzte sie als Kopfkissen. Er streckte sich aus, so lang er war, gönnte sich ein kleines Nickerchen und erwachte davon, daß ihm jemand den Bauch kitzelte. Er nahm an, daß es sich um einen Vogel handelte, und wollte ihn wegschnippen, aber ehe es soweit war, sperrte er verblüfft die Augen auf. Auf seinem Hemd stand ein winziges phosphoreszierendes Wesen, durchsichtig wie Weingelee, mit langen, spitzen blauen Ohren. Shorty war so verblüfft, daß er keinen Finger rühren konnte.

»Wolltest du mich totschlagen?« fragte das kleine leuchtende Wesen. »Ich habe dir ansehen können, daß du mich totschlagen wolltest.«

»Nein«, verteidigte sich Shorty schnell, »ich wollte dich nur verscheuchen. Ich glaubte, du wärst ein Vogel.«

Das kleine phosphoreszierende Wesen breitete zwei seidenartige Flügel aus und flog auf die Rückenlehne der Bank. Shorty richtete sich auf.

»Zum Dank dafür, daß du mein Leben geschont hast, will ich dir drei Wünsche erfüllen«, sagte das kleine geflügelte Wesen.

»Bist du – eine Fee?« murmelte Shorty mißtrauisch.

Von solchen Wesen hatte er oft gehört, aber er hätte geschworen, daß es sie nicht gab.

»Ja«, nickte das kleine Wesen. »Ich bin eine Feenkönigin, und ich habe die Macht, dir drei Wünsche zu erfüllen. Wünsch dir also etwas Schönes.«

»Na ja«, sagte Shorty, der den ganzen Tag nichts gegessen hatte, »dann verschaff mir eine gebratene Taube und ein Glas Bier, aber das Bier bitte eiskalt! Wenn du das kannst, dann ...«

Er verstummte jäh.

Denn tatsächlich saß er da auf der Bank, hielt eine gebratene Taube in der einen Hand und ein Glas schäumend kaltes Bier in der anderen.

»Das ist ja die reine ...«, murmelte er benommen.

»Das war dein erster Wunsch«, sagte die kleine Feenkönigin.

Shorty setzte das Glas auf die Bank und legte die Taube daneben. Dann zog er ein großes buntkariertes Taschentuch hervor und befestigte es am Kragen als Serviette. In derselben Sekunde sprang ein großer schwarzer Kater auf die Bank und schnappte sich die gebratene Taube.

»Daß dich der Teufel hole, elender Kater!« rief Shorty ihm nach.

»Das war dein zweiter Wunsch«, sagte die kleine Feenkönigin.

»Nein, nein, halt!« protestierte Shorty kopfschüttelnd, »ich habe mir doch nur etwas zu essen und trinken gewünscht.«

»Du hast dir gewünscht, daß der Teufel den Kater holen soll. Und jetzt kommt dein dritter und letzter Wunsch.«

Shorty trank langsam einen Schluck Bier, das einzige, was ihm von seinen beiden Wünschen übriggeblieben war. Er war sich darüber im klaren, daß er bei seinem dritten Wunsch sehr vorsichtig sein mußte. Sollte er sich alles Geld der Welt wünschen? Nein, Geld war nicht die Hauptsache. Es mußte etwas anderes geben, wofür er bessere Verwendung hatte und was ihm mehr Spaß bereiten würde. Sollte er sich ein hübsches Mädchen wünschen? Klein, häßlich und unansehnlich wie er war, hatte es für ihn immer Probleme gegeben, mit Mädchen in Kontakt zu kommen. Vor allem mit jenen Regionen, die unter dem Rock liegen, wo sich der Himmel für ihn verbarg. Aber nun hatte er die Gelegenheit.

Ja, wahrhaftig, er wollte sich ein Mädchen wünschen.

»Ich wünsche mir ein Mädchen«, sagte er, »sie soll sich mir hier auf der Bank hingeben. Jetzt sofort, in diesem Augenblick!«

Kaum hatte er seinen Wunsch ausgesprochen, als auch schon ein Mädchen neben ihm auf der Bank lag, den Slip ins Gras werfend.

Jetzt bedurfte es keiner weiteren Umstände.

»Das war dein dritter Wunsch«, sagte die kleine beflügelte Feenkönigin – und weg war sie.

Shorty hatte es eilig, seine Hose aufzuknöpfen. Dann fiel

er über das Mädchen her, aber gerade in dem Augenblick, als sein größter Wunsch in Erfüllung ging, fühlte er eine harte Hand auf seiner Schulter. Ruckartig fuhr er in die Höhe. Vor ihm stand ein Bobby im Dienst. Shorty beeilte sich, seine Kleidung zu ordnen.

»Ja«, schloß der Anwalt sein Plädoyer mit einem unsicheren Blick auf die Richterbank. »Ja, Sir, das ist also alles, was der Angeklagte, Spud-Lewis, genannt Shorty, der Slip-Dieb, zu der Anklage des Notzuchtverbrechens am hellichten Tag im Hyde Park vorzubringen hat.«

»Happy Birthday to you,
lieber Oscar!«

»Wenn Oscar nicht im Knast war, arbeitete er sehr fleißig, um seiner Familie einen gewissen Lebensstandard zu gewährleisten.«

Oscar hatte eine große Familie zu versorgen. Seine Frau Hilda und er waren Einzelkinder gewesen, sie aber hatten deren sechs, die jeden Tag ernährt werden wollten. Bei den horrenden Preisen, die der Metzger schon für ganz gewöhnliches Suppenfleisch verlangte, von Steaks ganz zu schweigen, war es schwierig, mit dem Geld auszukommen. Die Situation wurde noch dadurch erschwert, daß die Behörden ständig versuchten, Oscar in seiner nicht gebührend gewürdigten, mühsamen Arbeit zu behindern, die er zu seinem Beruf gemacht hatte.

Oscar hatte sich auf Silberwaren spezialisiert, auf Gold, Schmuck, wertvolle Steine, aber auch auf Fernsehgeräte, Videorecorder und andere Gegenstände, nach denen große Nachfrage besteht. Das heißt nicht, daß er ein Geschäftsmann war, der einen Großhandel besaß oder ähnliches.

Oscar kam aus einer durchschnittlichen Arbeiterfamilie, die ihm nie eine Ausbildung ermöglicht und ihn auch nie ermutigt hatte, sich einen Job als ungelernter Arbeiter zu suchen. Aber unterstützen wollten ihn seine Eltern auch nicht. Daher beschloß er eines Tages, sein eigenes »Geschäft« zu eröffnen. Er nahm schlicht und einfach einen Stein, warf das Schaufenster eines Juweliers ein und bediente sich des ausgestellten Schmucks. Nach und nach legte er sich auf diese oder ähnliche Weise ein Warenlager zu, das zur Basis eines schnell expandierenden Geschäfts wurde. Im Laufe der Jahre gab es jedoch immer wieder lästige Unterbrechungen, die ihn in seinem Fortkommen zurückwarfen. Sie wurden von der Polizei verursacht, die dafür verantwortlich war, daß er für längere oder kürzere Zeit hinter Gittern verschwand.

Wenn Oscar nicht im Knast war, arbeitete er sehr fleißig, um seiner Familie in dem kleinen Haus einen gewissen Lebensstandard zu gewährleisten. Um zwei Uhr morgens weckte ihn Hilda und schickte ihn zur Arbeit. Wenn er sieben oder acht Stunden später nach Haus kam, brachte er alle möglichen Dinge mit – schwere silberne Leuchter, Taschenuhren aus hochkarätigem Gold, Diamantringe und Nerzmäntel. Doch egal, womit er heimkam, er konnte es immer schnell an einen Hehler verkaufen und in klingende Münze um wandeln. Noch etwas Gutes hatte sein Beruf – alles, was er verdiente, war steuerfrei, und er brauchte sich auch nicht mit der lästigen Buchhaltung oder einem jener anderen Ärgernisse abzugeben, die die Arbeitsfreude abtöten und privaten Unternehmergeist dämpfen. Unglücklicherweise mußte Oscar ausgerechnet seinen Geburtstag häufig im Knast verbringen. Doch jetzt hatte es den Anschein, daß er seinen fünfzigsten ungestört zu Hause feiern konnte, im Schoße seiner lieben Familie.

Er gehörte zu jenen, die in den Genuß der Vorteile einer liberalen Gefängnisreform kamen. Das letzte Urteil gegen ihn lautete auf viereinhalb Jahre. Er wurde am Montag ins Gefängnis gebracht und bekam am nächsten Wochenende Urlaub. Alles ging gut, da er ein Mustergefangener war und genau nach Vorschrift Sonntagabend vor zehn wieder in seiner Zelle saß.

Die Gefängnisverwaltung hatte sich davon überzeugt, daß er zuverlässig war, und daher bekam er am nächsten Sonnabend wieder Urlaub.

Das bedeutete, daß er seinen fünfzigsten Geburtstag zu Hause verbringen durfte. Hilda und die Kinder zerbrachen sich redlich den Kopf darüber, was sie ihm schenken sollten. Sie wollten ihn mit einem hübschen Geschenk überraschen, das ihm wirklich Freude machte. Aber es war nicht einfach. Was schenkt man einem Mann, der sich alles, was er haben will, selbst besorgen kann?

»Wie wäre es mit einer goldenen Krawattennadel?« schlug eine Tochter vor.

»Nein«, sagte Hilda, »die braucht er nicht. Er hat mindestens sechzehn Dutzend in der Matratze versteckt. Er wartet nur darauf, sie einschmelzen zu lassen und zu verkaufen.«

»Wie wär's mit einer schönen Armbanduhr? Eine, die man nicht aufziehen muß. Du weißt, daß er nur ungern manuelle Arbeit leistet.«

Wieder schüttelte Hilda den Kopf. »Als er heute morgen ins Café Goldener Schlagring ging, hatte er zwölf an jedem Arm.«

»Also schenken wir ihm einfach einen schweren achtzehnkarätigen Goldring.«

»Was wir ihm schenken, darf nicht aus Gold sein. Er würde es nur einschmelzen lassen.«

Ein anderes Kind schlug einen neuen Farbfernseher mit Fernbedienung vor.

»Auch das ist nicht das richtige«, sagte Hilda. »Er und Dynamit-Dany haben für Samstag einen Coup vor. Nach Geschäftsschluß holen sie bei Standard Star Radio fünfzig Fernseher ab.«

Schließlich legte der älteste Sohn die Fahrradkette aus der Hand, nachdem er sie gereinigte hatte, weil er sie am Abend beim Freizeitspaß im Jugend-Club bestimmt brauchen würde – Bandenkrieg in der angeschlossenen Burger-Bar.

»Ich hab's«, sagte er. »Ich weiß genau das richtige Geschenk für ihn.«

Als er es ihnen sagte, waren sie alle begeistert.

Endlich kam Oscars fünfzigster Geburtstag, und die ganze Familie tat sich an heißer Schokolade und Sahnetorte gütlich. Hinterher gab es noch Schnaps und ein paar kühle Bier. Dann ging Hilda hinaus und kam mit einem Paket in der Hand wieder herein.

»Wir haben alle zusammengelegt, um dir ein Geschenk zu kaufen, Oscar«, sagte sie mit einem glücklichen Leuchten in den Augen. »Hier ist es. Von mir und den Kindern. Hoffentlich gefällt es dir.«

Oscar zerschnitt die Schnur mit einem Schnappmesser und packte aus. Als er sah, was sie ihm geschenkt hatten, schossen ihm Tränen in die Augen. Er sah seine Kinder an, und auch ihre Augen glänzten vor Glück, als sie seinen Blick erwiderten.

»Ich danke euch, Kinder«, sagte er heiser. »Das war wirklich sehr aufmerksam von euch. Ich möchte euch allen danken – und dir ganz besonders, Hilda. Aber woher habt ihr gewußt, daß ich in Zukunft tagsüber arbeiten will und plane, eine Bank zu überfallen?«

Das Paket enthielt eine Pistolenattrappe und eine gestrickte Gesichtsmaske.

»Schnell! Aus dem Fenster!
Das ist der einzige Fluchtweg!«

*»Bist du verrückt?« stöhnte der Polizeidirektor. »Das sind
fünf Stockwerke in die Tiefe!! Ein Sprung würde mich umbringen!«*

Mit Geld erreicht man alles. So war das seit den
Zeiten, als das Geld in Gebrauch kam. Die frühesten histori-
schen Schriften von Herodot berichten von zahlreichen
derartigen Transaktionen. Und wie der Kaiser Vespasian zu
seinem Sohn Titus sagte, als er eine hohe Steuer auf öffent-
liche Toiletten einführte: »Mit Geld erreicht man alles, mein
Sohn, und es stinkt nicht!«

Und wie praktisch es sein kann, wenn man begreift, daß
mit Geld in bestimmten Situationen alles zu erreichen ist,
wird durch die folgende Geschichte illustriert.

Sie brauchen keine Angst zu haben, nur weil es in dieser Geschichte einen geladenen und gespannten Revolver gibt. Sie können ganz beruhigt sein, einerseits weil der Mann, in dessen Hand sich der Revolver befindet, so verstört und durcheinander ist, daß jeder Schuß, den er unter diesen Umständen abfeuern sollte, sein Ziel verfehlen würde; andererseits weil diese Geschichte sich in einem fremden Land abspielt – und dramatische Ereignisse wirken stets weniger dramatisch, wenn man sich möglichst weit vom Schuß befindet.

Die Klingel an der Eingangstür der großen, eleganten, in der fünften Etage gelegenen Pariser Wohnung auf der eleganten Rue Camembert des Brandmeisters Jacques Bonjour ertönte. Die junge, zauberhafte, jedoch etwas biedere Ehefrau des Brandmeisters, Madeleine, strich sich flüchtig über das Haar und eilte an die Tür.

Auf dem Fußabstreifer stand Madame Bouillabaisse, die Frau des Hausmeisters.

»Ah, Sie sind das, *dieu soit loué*!« rief Madeleine eifrig aus. »Gut, daß Sie hier sind. Bitte, kommen Sie einen Moment herein.«

Die Frau des Hausmeisters schlüpfte aus ihren großen schwarzen Hausschuhen und folgte Madeleine in das Appartement. Madeleine holte ein paar Geldscheine aus einem Silberkästchen und drückte sie diskret in Madame Bouillabaisses Hand.

»Sie wissen, was Sie zu tun haben, Madame Bouillabaisse«, sagte sie. »Ich hoffe, Sie haben gute Augen!«

»Da brauchen Sie sich keine Sorgen zu machen, Madame Bonjour«, erwiderte die Frau des Hausmeisters herzlich. »Vertrauen Sie mir! *C'est trés bien!* Ich warne Sie in dem Moment, in dem ich etwas Verdächtiges entdecke. Ich erkenne den Brandmeister schon aus großer Entfernung.«

Damit ging sie.

Madeleine klopfte die Seidenkissen auf dem Velourssofa auf und richtete sie aus. Alles war jetzt für ein Tête-à-tête bereit, ein gemütliches Beisammensein für zwei Personen. Der Brandmeister war zu dem Jahrestreffen des Golfclubs gefahren und würde wie immer sehr spät heimkommen. Diese Jahrestreffen dehnten sich endlos hin.

Erneut klingelte es an der Tür.

Madeleine drückte schnell ihre Zigarette aus und eilte an die Tür. Diesmal stand auf dem Fußabstreifer der junge Polizeidirektor Pierre Bonbonniere.

»Bist du allein, *man cheri!*« flüsterte er besorgt, während er nervös an seinem dünnen schwarzen Schnurrbart herumfingerte.

»Ganz allein«, antwortete die hübsche Madeleine. Sie lächelte strahlend und fügte vielversprechend hinzu: »Viel zu allein!«

»Dein Mann ist nicht zu Hause?«

»Nein, natürlich ist mein Mann nicht daheim. Wäre er hier, würde er dich töten. Das weißt du doch, Liebling. Aber komm schnell herein ... und laß uns nicht an Jacques denken!«

Der Wolke aus teurem Parfüm, die sie umgab, folgend, trat er ein, schloß sorgfältig die Tür hinter sich und legte die Sicherheitskette vor. Madeleine preßte ihren Körper gegen ihn und bot ihm ihre vollen, sinnlichen Lippen zum Kuß. Pierre zog seine weißen Handschuhe aus und legte sie zusammen mit seinem Hut und seinem Spazierstock mit dem Silberknauf auf die kleine vergoldete Louis-Seize-Konsole in der Diele.

»Bist du wirklich sicher, daß er nicht plötzlich heimkommen wird?« fuhr er nervös fort. Immerhin war solches schon anderen Leuten zugestoßen.

»Ich bin hundertprozentig sicher! Ich habe alle denkbaren Sicherheitsvorkehrungen ergriffen. Zuerst habe ich seine

Schlüssel an mich genommen, so daß er nicht einmal ins Gebäude gelangen kann. Dann habe ich die Frau des Hausmeisters bestochen, daß sie nach ihm Ausschau hält. Sie wird mich sofort anrufen, wenn sie ihn die Straße entlangkommen sieht – das heißt, sofern er überhaupt auftaucht. Ich habe auch unsere beiden jungen Hausmädchen an die beiden Enden der Rue Camembert gestellt, damit sie dort Wache halten. Sie werden mich sofort warnen, wenn sie seinen Citroën sehen. Es ist völlig ausgeschlossen, daß wir überrascht werden, mein Liebster ... Das ist unmöglich. Diesmal habe ich jede nur erdenkliche Vorsichtsmaßnahme getroffen.«

Der junge Polizeidirektor fühlte sich noch immer unsicher. Wie sehr Madeleine sich auch bemühte, ihn zu beruhigen, er hatte ein seltsames Gefühl, daß nicht alles so war, wie es sein sollte.

Madeleine nahm seinen Mantel und seinen weißen Seidenschal von Yves Saint Laurent und hängte beides in den Dielenschrank.

Dann passierte etwas Unerwartetes. Der Schock lähmte sie. Als Madeleine nämlich den Schrank öffnete, trat ihr Ehemann mit einem Revolver in der Hand heraus.

»*Bon dieu!*« stieß sie hervor und wich entsetzt zurück.

»Aha!« rief der Brandmeister mit einem bösen Lächeln. »Du dachtest also, ich wäre zu dem Jahrestreffen des Golfclubs gegangen! Du dachtest, du könntest mich wieder zum Narren halten! Aber es hat nicht geklappt! *C'est vraiment trop fort!* Jetzt bekommt dieser lüsterne Mistkerl von Polizist, was er verdient ... eine Kugel mitten durch sein verdorbenes Herz ... Wo ist er?«

Der junge Polizeidirektor war ins Wohnzimmer gegangen. Wie der Blitz lief Madeleine zur Tür und schaffte es, sie zu schließen und zu versperren. Laut fluchend versuchte der Brandmeister, das Schloß kaputt zu schießen, um ins

Wohnzimmer eindringen und Pierre Bonbonniere, der Todesängste ausstand, umzubringen.

»Schnell!« rief Madeleine ihm zu. »Aus dem Fenster! Das ist der einzige Fluchtweg!«

Der Polizeidirektor starrte die schöne Frau des Brandmeisters völlig entsetzt an.

»Bist du verrückt?« stöhnte er, während ihm der Schweiß auf der Stirn ausbrach. »Das sind fünf Stockwerke in die Tiefe! Ein Sprung würde mich umbringen!«

Die einfach wundervolle Madeleine zog ihren jungen Liebhaber zum Fenster.

»Normalerweise ja, aber habe ich dir nicht gesagt, daß ich alle erdenklichen Vorsichtsmaßnahmen ergriffen habe?«

Und das hatte sie tatsächlich getan.

Mit Geld erreicht man alles!

Unten auf dem Bürgersteig standen zwölf Feuerwehrmänner ihres Mannes und hielten ein Sprungtuch bereit.

Schwierige Aufgabe

»O mein Gott! Er ist an Herzschlag gestorben? Sagen Sie es ruhig ...«

Der arme Jeffries war von einer Dampfmaschine überfahren worden, daß er flach wie ein Pfannkuchen war, und die kleine Polizeiwache am Ort hatte die unangenehme Aufgabe, die arme Mrs. Jeffries zu benachrichtigen.

»Das erledigst du, Jerry«, befahl der Polizeioberwachtmeister Marshall.

In der ganzen Mannschaft der Polizeiwache konnte Jerry seine Worte am elegantesten formulieren, und daher hatte man zu ihm das größte Vertrauen, wenn es galt, eine so penible Angelegenheit wie diese zu erledigen. Jerry nahm das Telefon und wählte Mrs. Jeffries Nummer.

»Mrs. Jeffries? Ja, hier ist Wachtmeister Barker. Jetzt hören Sie mal zu, Mrs. Jeffries. Sie kennen doch die große Dampfmaschine auf der Hauptstraße 67?« – »Ja, genau 50 Tonnen. Heute morgen ist Ihr Mann daruntergeraten.« – »Ob ihm etwas passierte? Ja, und ob! Er wurde so flach gedrückt, daß man ihn durch Ihren Briefschlitz schieben könnte.«

Zufrieden legte Jerry den Hörer auf. Er hatte die Mitteilung über Jeffries plötzlichen Abgang in die ewigen Jagdgründe so eindeutig formuliert, daß kein Zweifel mehr bestehen konnte. Gleichzeitig hatte er das ungeschriebene Gesetz beachtet, daß man den Angehörigen gegenüber niemals das Wort *Tod* ausspricht. Aber der Oberwachtmeister war nicht unbedingt zufrieden.

»Ich finde, du hast das ziemlich grob angestellt.«

»Wirklich? Na, dann versuch du es doch besser, wenn es das nächste Mal soweit ist.«

Das nächste Mal war einige Jahre später. Mrs. Jeffries hatte wieder geheiratet, und leider Gottes geschah es, daß ihr zweiter Mann kurze Zeit nach der Heirat unten am Hafen tödlich verunglückte. Wieder hatte die Polizeiwache die traurige Pflicht, der armen Frau die Nachricht zu überbringen.

»Soll ich?« erkundigte sich Jerry.

»Diesmal mache ich das selbst«, winkte der Oberwachtmeister ab, »und du kommst mit, damit du lernst, wie man eine solche Nachricht schonend und taktvoll überbringt. Es gilt, sich der Angelegenheit vorsichtig zu nähern und nicht einfach mit der Tür ins Haus zu fallen.«

Die beiden Polizeibeamten machten sich auf den Weg und klingelten an Mrs. Jeffries, jetzt Mrs. Phillpotts', Tür.

»Guten Tag, Mrs. Phillpotts, es handelt sich um Ihren Mann ...«

Mrs. Phillpotts schlug erschreckt die Hände vors Gesicht, sie ahnte Schlimmes.

»O mein Gott, Herzschlag! Er ist an Herzschlag gestorben. Sagen Sie es ruhig. Sein schwaches Herz ...«

»Nein, nein, überhaupt nicht. Sie können ganz beruhigt sein.«

Mrs. Phillpotts Gesicht hellte sich auf. »Gott sei Dank«, seufzte sie erleichtert.

Oberwachtmeister Marshall zupfte seinen Schlips zurecht, dann begann er noch mal.

»Uns wurde gemeldet, daß Ihr Mann wie gewöhnlich eine kleine morgendliche Erfrischung drüben in Larrys Bar zu sich nahm.«

Wieder war Mrs. Phillpotts auf das Schlimmste gefaßt: »Er trank sich voll, geriet in eine Schlägerei, schlug mit dem Nacken gegen die Steinbrücke, und bei der Ankunft im Krankenhaus war er ...«

»Keineswegs, liebe Mrs. Phillpotts, keineswegs.«

»Ah, Gott sei Dank.«

»Ja, sehen Sie«, fuhr Oberwachtmeister Marshall fort, »von Larrys Bar ging er runter zum Kai, wo er seinen Wagen geparkt hatte. Er passierte die Kreuzung Bartlett Street – Kimball Road – und ...«

»Und ging bei Rot über die Straße«, unterbrach Mrs. Phillpotts, »und wurde überfahren. Er geriet vor einen großen Laster, und bei der Straßenglätte konnte er nicht ... sagen Sie es nur, ach, ich kann es Ihnen ansehen, er ...«

»Nein, das ist ihm nicht passiert. Er ging bei Grün über die Straße, wie es sich gehört.«

»Ah, Gott sei Dank.«

Der Oberwachtmeister wischte sich den Schweiß von der Stirn, dann fuhr er fort.

»Wie gesagt, der Wagen Ihres Mannes stand am Kai, ganz dicht an der Kante. Er stieg ein, gab Vollgas und fuhr an ...«

»Und fuhr direkt in die Hafenlokomotive ...«

»Nein, Mrs. Phillpotts. Der Rückwärtsgang war eingelegt.«

»Ah, Gott sei Dank.«

»Das dürfen Sie nicht sagen, der Rückwärtsgang war also eingelegt, hören Sie? Verstehen Sie denn nicht? Der Wagen stand um Haaresbreite von der Kante entfernt, er gab Vollgas, der Rückwärtsgang ...«

»Soll das heißen, daß er jetzt wieder eine Parkbuße zahlen muß?«

Der Oberwachtmeister gab es auf. Sie gingen wieder, und Wachtmeister Barker hatte die Aufgabe, Mrs. Phillpotts anzurufen und ihr die volle Wahrheit zu sagen, nämlich, daß ihr Mann versehentlich ins Hafenbecken gefahren und ertrunken war, wie ein Bückling.

Drei Jahre vergingen. Mrs. Phillpotts heiratete wieder, und wie grausam es auch klingen mag, so kam ihr dritter Mann kurze Zeit später bei einem Verkehrsunfall ums Leben. Diesmal bekam ein neuer Wachtmeister namens Brennan den Befehl, die fürchterliche Mitteilung weiterzugeben. Eine Stunde lang saß er da, den Kopf in den Händen vergraben, um sich die passende Form für die Nachricht zu überlegen.

»Ich hab's«, rief er endlich erleichtert aus, »nun weiß ich, wie ich es sagen kann, ohne ein einziges Mal das Wort Tod oder Unglück oder so etwas gebrauchen zu müssen.«

Dann erhob er sich, ging zu Mrs. Phillpotts, jetzt Mrs. Smith, und klingelte an der Tür.

»Guten Tag«, sagte er, »sind Sie die Witwe Smith?«

»Nein, ich bin Mrs. Smith, aber doch keine Witwe«, sagte sie lächelnd.

Wachtmeister Brennan streckte ihr schnell seine Hand hin und sagte: »Wetten, daß?«

A cup of tea, please!

*Ein paar Minuten später erscheint eine
kleine französische Demoiselle ...*

In einem kleinen Straßencafé auf dem Boulevard
St. Germain in Paris sitzt an einem der kleinen, runden Tische mit ernstem Gesicht ein dezent gekleideter Engländer
mittleren Alters und zwirbelt seinen imponierenden, rötli-
chen Schnurrbart, während er die deprimierenden Schlag-
zeilen auf der Titelseite der *Times* überfliegt.

»*Walter*«, ruft er. »Eine Tasse Tee, *please!*«

»*Oui, Monsieur!*«

Der Ober entfernt sich ... und da passiert plötzlich etwas,
das diese kleine Geschichte unversehens zu einem blutigen

Kriminaldrama werden läßt. Es hallt ein Schuß, und eine untersetzte, schmierige Mannsperson, die an einem Tisch in der Nähe des Engländers gesessen hat, greift sich ans Herz und gleitet dann vom Stuhl, tot wie ein Hering in der Seine. Die Leute stürzen herbei. Wild gestikulierend versuchen sie, die Leiche wieder auf den Stuhl zu bugsieren. Unser englischer Freund senkt seine Zeitung und wirft einen uninteressierten Blick auf die aufgeregte Menge. Dann tippt er ungeduldig einem Ober auf die Schulter.

»Ist etwas, Monsieur? Haben Sie den Mörder gesehen?«

Der Engländer blickt dem Ober fest in die Augen.

»Ich habe eine Tasse Tee bestellt«, sagt er kurz.

»Aber, Monsieur!« ruft der Ober bestürzt aus. »Wie können Sie hier sitzen und an Tee denken, wo doch gerade direkt neben Ihnen ein furchtbarer Mord geschehen ist?«

»Ich denke an Tee, weil ich Tee bestellt habe. Der Tee hätte schon längst hier sein müssen. Meine Zeit ist knapp. Ich bin mit einer Dame verabredet.«

»*Un scandale!*« murmelt der Ober mit einem verdrießlichen Blick auf den schwierigen Gast. »Diese Engländer! Diese erdverbundenen Insulaner! Überhaupt keinen Sinn für Dramatik!«

Dann stürzt er zum Telefon und ruft hinein: »Mord! Polizei! Polizei!«

Mit Hilfe des Griffs eines Regenschirms hält der Engländer einen anderen dienstbaren Geist fest.

»Ich möchte den Geschäftsführer sprechen! Aber bitte sofort!«

Der Ober läuft nach drinnen und kommt einen Augenblick später mit dem Geschäftsführer wieder heraus.

»Der englische Gentleman dort weiß vielleicht etwas über den Mord«, sagt der Ober aufgeregt und weist auf den Engländer, der gerade sorgfältig seine *Times* zusammenfaltet und sie in die Innentasche steckt.

»Ich weiß nur, daß ich vor jetzt genau einer Viertelstunde eine Tasse Tee bestellt habe.«

Der Geschäftsführer tritt einen Schritt zurück und sagt mit vorwurfsvollem Blick: *»Monsieur! En voilà des façons!* Ein Mann liegt ermordet sozusagen vor Ihren Füßen, und Sie denken nur an Ihren Tee!«

»Nur?« wiederholt der Engländer mit Nachdruck.

Ein Streifenpolizist taucht auf. »Hat der Herr etwas gesehen?« fragt er mit einem Nicken in Richtung des Engländers.

»Nein, überhaupt nichts«, erklärt der Geschäftsführer tief entrüstet. »Der Herr interessiert sich nur für seinen Tee!«

»Den ich vor mehr als einer Viertelstunde bestellte«, bemerkt der Engländer trocken und blickt den Polizisten ohne großes Interesse an. »Ich warte auf eine Dame, und meine Zeit ist kurz bemessen. Entfernen Sie doch endlich diese lärmenden Menschen, damit man wieder etwas Ruhe hat. Und bringen Sie mir auf der Stelle meinen Tee, sonst werde ich diesen ungastlichen Ort niemals wieder betreten.«

Fünf Minuten später erhält er endlich seinen Tee. Inzwischen ist die Leiche abtransportiert, ein Polizeikommissar und seine Leute sind damit beschäftigt, alles zu fotografieren und auszumessen, um herauszufinden, woher der tödliche Schuß kam.

»Wenn ich mich nicht sehr täusche, Monsieur, dann ist die Kugel genau an Ihrem rechten Ohr vorbeigesaust«, meint der Polizeikommissar zu dem Engländer, der diese alarmierende Feststellung jedoch nur mit einem Schulterzucken kommentiert.

»Mein Tee wird kalt«, sagt er verbissen. Er ist deutlich an der ganzen Sache nicht interessiert. Der Polizeikommissar und der Geschäftsführer werfen sich eindeutige Blicke zu. Diese Engländer, diese absolut verrückten Engländer! Nie haben sie etwas anderes im Kopf als ihren elenden Tee! Sie entfernen sich und lassen den Engländer in Frieden. Ein

paar Minuten später erscheint eine kleine französische Demoiselle. Er verlangt sofort die Rechnung. Sorgfältig vermei-
det er es, zuviel Trinkgeld zu geben. Er erhebt sich, verlangt
an der Garderobe seinen Bowler und entfernt sich ohne ein
weiteres Wort mit der kleinen, hübschen Französin. Der Polizeikommissar und der Geschäftsführer blicken ihm kopfschüttelnd nach.

Als er den Pont Neuf erreicht hat, wirft er einen schnellen
Blick auf ein kleines, rußgeschwärztes Loch in seiner rechten Jackentasche, und in einem günstigen Augenblick, als
seine Begleiterin gerade zur Seite blickt, greift er in die Tasche, holt schnell einen Revolver hervor und läßt ihn klat-
schend in der Seine verschwinden.

Der Gangsterkönig
Joe Big Nose Callaghan

»Muß ich auf den elektrischen Stuhl?«
fragte der Gangsterkönig Joe Big Nose Callaghan.

Endlich hatte man ihn geschnappt. Endlich saß er hinter Gittern und wurde Tag und Nacht scharf bewacht. Zu guter Letzt also hatte man ihn unschädlich gemacht und handfeste Beweise, um ihn verurteilen zu können: Chicagos Schrecken, der Gangsterkönig Joe Big Nose Callaghan hatte kaltblütig die Bordellbesitzerin ›fette Fanny‹ umgelegt, als sie versuchte, das Gangstersyndikat um die Abgaben zu prellen, die ihm als Honorar für den Schutz des Bordells zustanden. Diesmal konnten selbst die besten Anwälte Amerikas Joe Big Nose Callaghan nicht mehr helfen.

»Es sieht schlecht aus, Big Nose, sehr schlecht«, murmelte sein Verteidiger, der kleine Gangsteradvokat Al Hickman düster, als er den Gangsterkönig in dessen Zelle besuchte.

»Muß ich auf den elektrischen Stuhl?« fragte Joe Big Nose schaudernd. Der Anwalt nickte langsam und überzeugt.

»Die Geschworenen verurteilen dich wegen Mordes«, sagte er, »keine Macht der Welt kann es mehr verhindern. Diesmal sieht es wirklich so aus, als gäbe es keinen Ausweg mehr.«

Big Nose sprang von seiner Holzpritsche auf, packte den kleinen Anwalt brutal an der Krawatte und schnaubte in sein bleiches, zerfurchtes Gesicht:

»Wenn ich auf den Stuhl muß, Al, du kleine verwachsene Laus, dann kannst du dich auf einen spannenden Ausflug gefaßt machen. Messer-Harry und Spaghetti-Spinello sind Spezialisten dafür, mein Lieber. Laß dir lieber rechtzeitig etwas einfallen.«

Mit einer vielsagenden Handbewegung ließ Big Nose Callaghan durchblicken, daß sich der Hals des Anwalts in großer Gefahr befand, ernsten und nichtwiedergutzumachenden Schaden zu erleiden.

»Was würdest du dazu sagen, wenn man dich nur wegen einfachen Totschlags verurteilt?« beeilte sich der Advokat zu fragen.

»Was würde das bedeuten?«

»Daß du nicht auf den Stuhl mußt.«

»Sondern?«

»Du kämst mit 40 Jahren Zwangsarbeit im Staatsgefängnis von Illinois davon.«

Bei den Gedanken an Arbeit begann Big Nose zu schaudern.

»Das ist doch aber immer noch besser, als zur Hölle abzureisen, wenn du erst auf dem Stuhl sitzt«, beeilte sich der Advokat zu versichern.

Big Nose gab ihm widerstrebend recht.

»Okay«, sagte er, »dann lieber Zwangsarbeit.«

»So einfach ist aber auch das nicht, Chef. Dazu ist eine Riesensumme erforderlich. Ich muß mit dem Sprecher der Geschworenen ein langes Gespräch führen und ihm mit einem stattlichen Bündel großer Scheine vor den Augen herumwedeln. Wenn es ein Kerl mit einem schwachen Charakter ist, geht alles in Ordnung. Dann kriege ich ihn dazu, daß er die übrigen Geschworenen vom Totschlag überzeugt und dein dicker Hintern nicht auf dem elektrischen Stuhl geröstet wird.«

»Scarface Mike verschafft dir jede Menge Kies, die du brauchst.«

»Allright, Chef, ich werde mein Bestes versuchen.«

Und Advokat Hickman tat sein Bestes. Zum Glück erwies sich der Vorsitzende der Geschworenen als ein schwacher und leicht zu beeinflussender Charakter, und als Hickman ihm einen stattlichen Stapel Dollarscheine in die Hand drückte und versprach, für einen zweiten Stapel zu sorgen, sobald das Urteil auf Totschlag ausgesprochen war, gelobte er, die elf übrigen Geschworenen zu überreden, sich für ein Totschlag-Urteil auszusprechen.

Der Gerichtstag brach an. Schon nach kurzer Verhandlungsdauer war man so weit, daß sich die Geschworenen zur Abstimmung zurückziehen konnten. Eine Stunde verging. Die Geschworenen kamen nicht zurück. Eine zweite Stunde verrann, von den Geschworenen war nichts zu sehen.

Joe Big Nose Callaghan begann unruhig auf der Anklagebank hin und her zu rutschen, und Rechtsanwalt Hickman mied seinen Blick. Nachdem eine weitere Stunde vergangen war, kamen die Geschworenen schließlich doch wieder zum Vorschein. Ernst und verschlossen nahmen sie auf ihrer Bank Platz.

Joe Big Nose Callaghan wurde vom Richter aufgefordert, das Urteil stehend anzuhören.

Dann verkündete der Sprecher der Geschworenen mit lauter Stimme:

»Totschlag!«

Nach einer kurzen Besprechung am Richtertisch verkündete der Vorsitzende Richter das Urteil: »40 Jahre Zwangsarbeit!«

Während sich der Gerichtssaal allmählich leerte, hatte Rechtsanwalt Hickman ein paar Augenblicke Gelegenheit, im Konferenzsaal der Geschworenen mit dem Sprecher des Komitees einige Worte zu wechseln. Diskret schob er ihm dabei einen größeren Stapel von Scheinen in die Aktentasche.

»Na«, sagte er, »war es schwierig, die Herren Geschworenen herumzukriegen? Es hat ja endlos lange gedauert.«

»Schwierig?« erwiderte der Sprecher aufgebracht, »das sei nicht der richtige Ausdruck. Bei den wahnsinnigen Preisen, welche die fette Fanny für ein einziges kleines Nümmerchen von den Mädchen ihres Bordells kassierte, hatte niemand ein Interesse daran, ihr nachträglich noch beizustehen. Ich hatte also größte Schwierigkeiten, meine Kollegen auf Totschlag einzustimmen. Alle elf Geschworenen wollten Ihren Mandanten freisprechen!«

Soldat Daniel Magilicuddy, Fünfte Infanteriedivision, meldet ...

»Nun, Sir, ich habe Ihnen einen vollständigen
und detaillierten Bericht gegeben ...«

Der wachhabende Offizier des Militärlagers klopfte energisch an die Bürotür des Colonel.

»Herein!« schrie der Colonel, und der Wachhabende trat
ein und schob einen Soldaten vor sich her zu dem Schreibtisch des Colonel. Der Soldat stand stramm und salutierte
vor dem Colonel.

»Meldung machen!« grollte der Colonel.

Und der Soldat stand stramm und blickte starr geradeaus,
als er begann:

»Soldat Daniel Magilicuddy, Fünfte Infanteriedivision, meldet in allen Einzelheiten die seltsamen und bemerkenswerten Vorfälle, die mir heute zustießen, als ich während der zweiten Wache auf Posten Nummer zwei Wachdienst hatte. Um genau siebzehn Uhr wurde meine Aufmerksamkeit auf ein seltsam summendes Geräusch irgendwo in der Luft über mir gelenkt. Obwohl ich nichts sehen konnte, blieb ich wachsam – bereit, jederzeit einen Warnschuß abzufeuern. Das Summen wurde lauter und lauter und kam näher und näher, und plötzlich sah ich ein großes, rundes, schimmerndes Metallobjekt, fast wie eine gewaltige tiefe Schüssel oder ein Suppenteller, das sich dem Erdboden näherte. Das Ding landete auf dem Exerzierplatz, etwa zweihundert Meter von Posten Nummer zwei entfernt.

Ich lief zu dem Ding hin und sah sofort, daß es eine fliegende Untertasse von einem anderen Planeten war. Mit dem Finger am Abzug rief ich das Ding an, aber niemand antwortete. Deshalb brach ich die Tür auf und betrat die Kabine. An einem komplizierten Instrumentenpult befanden sich drei Marsmänner, steifgefroren, in Eis eingeschlossen. An dem Schirm des Funkgeräts und der Kommunikationsgeräte befand sich eine junge Marsfrau, ebenfalls in Eis eingeschlossen. Ich bin nur ein schlichter Farmerssohn vom Land, und ich verstehe daher nicht viel von atmosphärischen Bedingungen, aber ich wußte genug, um zu erkennen, daß die fliegende Untertasse einige sehr kalte Luftschichten durchflogen haben mußte, so daß alle an Bord steifgefroren und eisverkrustet waren.

Zuerst klopfte ich das Eis von der Marsfrau mit dem Kolben meines Gewehrs ab. Dann legte ich mein Ohr an ihr Herz und konnte es sehr schwach schlagen hören. Ich zog sie ins Freie und zerbrach den gläsernen Sauerstoffhelm, der ihren Kopf bedeckte. Und dann stellte ich fest, daß sie genau wie die Frauen auf der Erde beschaffen war. Fest entschlossen, ihr Leben zu retten – ihr Puls war sehr langsam, nur ein paar Schläge pro Minute –, legte ich sie mir über die Schulter und trug sie in einen leeren Wachraum, wo ich sie auf das Bett legte und mit Wolldecken zudeckte, um sie ganz aufzutauen.

Während sie dalag und auftaute, lief ich in die Kantine, um eine Flasche Whisky zu holen, damit sie auch von innen heraus auftauen konnte. Es gelang mir, ihr ziemlich viel Whisky einzuflößen, und da ich von den Vorfällen reichlich mitgenommen war, nahm ich ebenfalls ein paar Schlucke, um meine Nerven zu beruhigen.

Dann lief ich zu dem Raumschiff zurück, um die Marsmänner herauszuholen und sie auf die gleiche Art aufzutauen. Doch als ich den Exerzierplatz erreichte, war das Raumschiff verschwunden. Offenbar hatte die wärmere Luft hier unten ihre steifen Glieder aufgetaut, so daß sie ihr Raumschiff wieder steuern konnten.

Rasch lief ich in den Wachraum zurück, wo die Marsfrau inzwischen aufgetaut war und sich wohl fühlte. Der starke Whisky hatte ihr offensichtlich gutgetan. Einen Moment stand ich da und wußte nicht, was ich tun sollte, während ich sie ansah. Ich zitterte vor Kälte. Daher beschloß ich, so schnell wie möglich zu dem Colonel zu kommen, um einen genauen Bericht über die phantastischen Dinge zu geben, die mich veranlaßt hatten, meinen Posten zu verlassen. Obwohl es gegen alle Vorschriften verstieß, hielt ich es für das einzig Richtige. Doch meine Uniform war völlig durchgeweicht von dem schmelzenden Eis, das ich mit meinem Gewehrkolben von der Marsfrau abgeklopft hatte. Ich beschloß daher, mich auszuziehen, damit ich eine andere Uniform aus dem Depot anziehen konnte – aber ich hatte gerade meine Hose ausgezogen, stand in meinem Uniformhemd da und zitterte vor Kälte, als die Marsfrau mir Zeichen machte, ich sollte zu ihr unter die Decke kriechen, um mich zu wärmen ... und das tat ich. Aber ich war gerade unter die

Decke geschlüpft, als sich die Tür des Wachraums öffnete und der Wachhabende hereinkam.

Er erfaßte die Lage mit einem Blick, und obwohl ich zu erklären versuchte, was geschehen war, verstand er alles, packte mich brutal am Kragen und zerrte mich aus dem Bett, um mich sofort in das Büro des Colonel zu bringen.

Nun, Sir, ich habe Ihnen einen vollständigen und detaillierten Bericht gegeben, was wirklich auf Posten Nummer zwei während der zweiten Schicht passiert ist, und ich werde zur Wahrheit stehen, selbst wenn ich vor ein Kriegsgericht müßte, und völlig ungeachtet der Tatsache, daß die Marsfrau spurlos verschwunden ist, nachdem der Wachhabende sie so ungalant hinausgeworfen hat. Daher kann sie nicht zu meiner Entlastung aussagen. Ich weiß, daß das Gericht mir vorhalten wird, ich hätte eine lockere Frau in den Wachraum eingelassen. Aber die Anklage steht auf schwachen Beinen, solange es als einziges Beweisstück nur die schwarze Ledertasche des Mädchens gibt – die sie mitzunehmen vergessen hat und außer ein paar persönlichen Habseligkeiten nur eine Karte mit der privaten Telefonnummer des Colonel enthält.

Colonel, Sir! Ich bitte darum, daß der Fall niedergeschlagen wird. Alternativ geben Sie mir einen Schuldspruch auf Bewährung – einen Tag Haft bei voller Bezahlung!«

»Ein Brief von der guten alten Mom!«

*»Mom gratuliert mir zum Geburtstag und
wünscht mir alles Gute zum neuen Jahr.«*

Der Chicagoer Gangster Jim Snake ging jedesmal
mit äußerster Vorsicht zu Werke, wenn er sich das Kinn rasierte. Auf seinen Kopf war eine Summe von 25 000 Dollar
ausgesetzt, und er betrachtete ihn daher als veritables Gold-
nugget, als einen Schatz, der nicht sorgsam genug behan-
delt werden konnte.

Jim Snake war ein Einzelkind, der einzige Sohn von Char-
ley Snake, der eine recht bescheidene Falschmünzerwerkstatt
irgendwo am ärmlicheren Ende von Chicago unterhalten hatte. Er war unter beschränkten Verhältnissen aufgewachsen,

da die Falschmünzerwerkstatt schon bessere Tage gesehen hatte und sowieso nur Zwei-Dollar-Scheine herstellen konnte. Die Produktionskosten an Papier, Tinte und anderen Materialien waren so hoch, daß jede nachgemachte Zwei-Dollar-Note den alten Mann vier bis fünf Dollar kostete. Daher hatten sie nicht jeden Tag etwas zum Beißen auf dem Tisch, und Jim mußte das Handwerk des Taschendiebstahls lernen. Das war die einzige Ausbildung, die er von zu Hause erhielt. Doch er scheute sich nicht, hart zu arbeiten, und schwor sich, zu Höherem aufzusteigen als Taschenspielereien und kleiner Münze.

Also sah er sich nach einer Lehrstelle um, und da er für sein Alter groß und kräftig war sowie bereit, alles anzunehmen, was da kam, schaffte er es, einen Job als Leibwächter bei John Dillinger persönlich zu bekommen, der zu dieser Zeit der Staatsfeind Nummer eins war; und in dieser Branche kann man kaum zu einer höheren Position aufsteigen. Nach ein paar angenehmen Jahren bei Dillinger machte sich Jim selbständig, nachdem er mit einer Waffe einer Bank in Maplewood einen Besuch abgestattet hatte, um sich ein bißchen Startkapital zu beschaffen.

Im Laufe der Jahre baute sich Jim ein blühendes Unternehmen auf, das auf kleine, kühne Überfalle auf Postämter spezialisiert war. Ein Unternehmen mit Zukunft, wenn man die Geduld aufbrachte, ruhig in der Schlange zu warten, bis man dran war. Es gab kein Postamt in Illinois und den Nachbarstaaten, aus dem Jim nicht zu irgendeinem Zeitpunkt ein dickes Bündel Dollarscheine herausgeholt hätte – mit keiner anderen Zahlungsanweisung als dem kleinen Gegenstand, der sechsmal hintereinander »peng« machen konnte, falls man sich nicht beeilte, schnell ein paar Kröten über den Tresen zu schieben.

Polizisten und private Fahnder der Postbehörde waren auf der Jagd nach Jim. Sie waren ihm Tag und Nacht auf den Fersen, aber er ließ sich nicht schnappen. Sobald er die leiseste Witterung von ihnen aufnahm, wechselte er sein Versteck.

Die Szene: ein trostloser Raum in einem Getreidespeicher irgendwo zwischen den Lagerhäusern am Chicago River und der Lawndale Street, wo Jim gerade sein neues vorübergehendes Hauptquartier errichtet hat.

»Wenn uns die verdammten plattfüßigen Bullen hier finden, dann alle Achtung«, sagt er zu seinem treuen Leibwächter, dem Gangster Jack the Knife, als er das schwarze Seidentuch abnimmt, das er sich immer um die Kiemen bindet, wenn er etwas in einem Postamt abholt.

Jack the Knife trennt sich für einen Moment von seiner kugelsicheren Weste, um bei einer Flasche Whisky zu entspannen.

»Sag, wenn's genug ist«, brummt er, als er das Glas vom Boss füllt. Der Boss sagt nicht, daß es genug ist, bis der Whisky über den Rand läuft.

Gerade als Jim Snake das Glas an die Lippen hebt, fällt ein Brief durch den Schlitz in den schäbigen Raum. Jim hebt ihn auf, öffnet den Umschlag mit Jack the Knifes Klappmesser und liest ihn.

»Er ist von meiner alten Mom«, sagt er und wischt sich verstohlen mit dem Revolverlauf eine verräterische Träne aus den Augen.

»Sie lebt jetzt in Frisco«, fährt er fort. »Der Alte und sie sind total abgebrannt. Die Falschmünzerei ist zu, und Dad hat sich wieder seinen alten Jobs zugewandt, dem Taschendiebstahl und der Buchmacherei. Mann, Junge, es ist nicht leicht, so über die Runden zu kommen. Seine Finger müssen doch ganz steif sein ... Doch was soll's – wir werden alle alt, das heißt, wenn wir lange genug leben.«

Jim Snake macht eine Pause, um sich den lauwarmen Whisky hinter die Binde zu kippen. Dann liest er mit leicht belegter Stimme weiter:

»Mom gratuliert mir zum Geburtstag und wünscht mir alles Gute zum neuen Jahr. Sie hofft, daß ich ihnen eine Weihnachtskarte schicke – falls ich an einem Postamt vorbeikomme. Das ist aber verdammt nett, daß sich die alte Dame an meinen Geburtstag erinnert. Ich hatte nicht die leiseste Ahnung, daß der in diesem Monat ist, aber wenn sie es sagt, muß es ja stimmen.«

Jim Snake setzt sich auf eine leere Seifenkiste in der Ecke des trostlosen Raums und nimmt einen tiefen Schluck aus der Flasche. Plötzlich springt er von der Kiste auf.

»Gottverdammt noch mal«, flucht er entsetzt, »wir müssen auf der Stelle hier weg. Ich weiß, daß mir diese elenden plattfüßigen Postfahnder auf der Spur sind. Sieh dir den Umschlag an, da ist etwas, das ich mir beim besten Willen nicht erklären kann.«

Jack the Knife schnappt sich den Umschlag von Jims alter Dame und quält sich durch die unbeholfenen Buchstaben. Da steht nur:

»An Jim Snake, Gangster
Chicago«

Der große Eisenbahnraub

»Hier liegt Edinburgh, hier die Bank of Scotland und hier die Richtung Süden verlaufende Eisenbahnlinie nach London ...«

Sie kennen sicher Bruce Badford und Joe Monks. Damals, nach dem großen Eisenbahnraub, las man ihre Namen in allen Zeitungen. Bruce Badford und Joe Monks waren zwei der Anführer. Bruce war der Organisator, die treibende Kraft hinter dem ganzen Plan. Joe Monks, genannt Marokko-Joe, war Experte für automatische Schußwaffen. Aber jener große englische Eisenbahnraub war das ein Kinderspiel gegen den Coup, den sie jetzt planten. Diesmal sollte es nichts Geringeres sein als der große alljährliche Goldtransport von der Bank of Scotland zu der Bank of England.

»Laß uns den Plan noch einmal ganz genau durchgehen«, schlug Bruce auf einem ihrer geheimen Treffen vor. Er ging hinüber zur Wand und zeigte auf einen dort aufgezeichneten Plan, der fast die ganze weiße Wand bedeckte.

»Hier liegt Edinburgh, hier die Bank of Scotland und hier die Richtung Süden verlaufende Eisenbahnlinie nach London. Und hier, genau hier, wo ich hinzeige, liegt die Eisenbahnbrücke bei Foots Cray. Zwei Meilen südlich von Foots Cray ...«

»Ich brauche eine Maschinenpistole, eine Bazooka und einen Kasten Dynamit«, unterbrach Marokko-Joe eifrig, wobei er seine Hände vor sich in Position hielt und demonstrierte, wie die Maschinenpistole losballern würde.

»Allright«, fertigte ihn Bruce gereizt ab, »du kriegst schon deine Knallbonbons und alles, was du brauchst, aber versuch jetzt, dich auf den Plan zu konzentrieren. Was liegt zwei Meilen südlich von Foots Cray?«

»Llanover Lane, die Ausgangsposition für die kleine Privatbahn nach Ballinluig Grove. Right?«

»Right. Und wo hält Luigi Raviolo mit seiner Lokomotive?«

»Auf dem Abstellgleis von Foots Cray. Müssen wir denn Luigi unbedingt mit reinziehen, Chef? Ich habe kein Vertrauen zu dem großschnäuzigen Spaghettifresser.«

»Wir brauchen eine Lokomotive, und Luigi kann die Lokomotive fahren.«

»Wenn das Gold in kleine Portionen zu 1500 Barren zerhackt werden soll«, wandte Marokko-Joe hartnäckig ein, »dann lohnt sich die Sache kaum, Chef. Wie wär's, wenn wir nach dem Coup die Bazooka auf Luigi bliesen? Die müssen wir doch auch mal anwenden. Oder wir könnten ihn mit dem anderen Spielzeug durchlöchern.«

»Gehen wir jetzt erst mal unseren Plan durch, oder was?« Bruces Stimme klang gereizt.

»Allright, Chef, allright. Also, Luigi läßt seine Lokomotive auf dem Abstellgleis von Foots Cray stehen.«

»Von Norden kommt der Sonderzug mit dem gepanzerten Goldwaggon. Zuerst die Lokomotive, dann der Wagen mit der Wachmannschaft, und dann ...«

»Und dann der gepanzerte, plombierte Waggon mit dem gesamten Gold für unsere hohlen Zähne.«

»Genau! 5000 herrliche Barren aus reinem Gold. Der Sonderzug saust an Foots Cray vorbei und nähert sich Llanover Lane. Wir basteln ein wenig an der Weiche, und der Goldtransport rollt weiter auf die Privatbahn in Richtung Ballinluig Grove. Der Lokführer kratzt sich im Nacken und murmelt verwundert ›What the devil. Die Privatbahn nach Ballinluig Grove. Hier stimmt was nicht.‹ Dann haut er in die Bremsen, daß die gesamte Wachmannschaft durcheinanderrollt und diesen Trottel von Lokführer verflucht. Er setzt langsam zurück zur Hauptlinie, hält einige Sekunden, wechselt vom Vorwärtsgang in den Rückwärtsgang, und inzwischen ... ja, was passiert inzwischen, Joe?«

»Inzwischen rückt Luigi klammheimlich mit seiner Lok von hinten an den Sonderzug ran, und ich springe vor und koppele den Goldbarrenwaggon an Luigis Lokomotive. Right?«

»Right. Und dann taucht Sexy-Sussy auf dem Bahnsteig von Llanover Lane auf, sie scharwenzelt im kurzen Röckchen herum und wackelt mit allem, was es da zu wackeln gibt. Während der Wachmannschaft bei dem berauschenden Anblick die Augen aus dem Kopf fallen, springst du unbemerkt zwischen den Goldwaggon und den Wagen der Wachmannschaft und koppelst blitzschnell das Gold ab, und dann zuckelt Luigi mit den hübschen Sachen in Richtung Norden, aber ...«

Marokko-Joe unterbrach ihn eifrig: »Der Sonderzug wird die Verfolgung in Richtung Norden aufnehmen, und da muß der Lokführer nochmals, auf einen Warnschrei der Wachmannschaft hin, hart auf die Bremsen treten, denn unter der Eisenbahnbrücke von Foots Cray, die Luigi soeben mit seinen Goldplomben für den hohlen Zahn passiert hat, hast du mitten auf den Schienen den Dynamitkasten wunderhübsch arrangiert. Die Lunte frißt sich bereits drohend in die Knallperlen hinein, und die Wachmannschaft krümmt die Zehen und gibt die Verfolgung auf. In der Zwischenzeit bist du auf Luigis Lokomotive gesprungen, und ihr fahrt auf das alte Kohlengrubengleis nach Notting Hill Mines. Unten in den verlassenen Grubengängen teilen wir das Gold fifty-fifty, nachdem ich Luigi mit warmer Spritzsoße aus der Bazooka kaltgemacht habe. Right?«

»Right.«

Zum 117. Mal waren Bruce und Joe ihren Coup von A bis Z durchgegangen. Alles war bis in die kleinste Einzelheit geplant, es konnte einfach nichts schiefgehen. Bruce Badford entfernte sorgfältig jede Spur der Kartenskizze, die er auf die Wand gemalt hatte, während Joe Monks sich hinsetzte und nachdenklich vor sich hin starrte.

»Das schwächste Glied in der Kette«, gab er zu bedenken, »ist Sexy-Sussy, die auf dem Bahnsteig von Llanover Lane herumstolziert und die Aufmerksamkeit der Wachmannschaft auf sich ziehen soll. Bist du sicher, Sexy-Sussy hat noch so viele Reize, mit denen es sich zu wackeln lohnt, wenn wir 1998 hier rauskommen?«

Bruce Badford und Joe Monks saßen unter Sonderbewachung im Dartmoor-Gefängnis. Wie bekannt, bekamen sie seinerzeit 40 Jahre Gefängnis wegen Teilnahme an dem großen englischen Eisenbahnraub.

Pythia

*Ich merkte sehr bald, daß Kapitän Kostas Porphyros
an Bord nicht gerade beliebt war ...*

Die S. S. DIONYSIOS war ein griechischer Zehntau-
sendtonner, ein richtiger Seelenverkäufer. Zur Zeit lag das
Schiff in Tampa und war unterwegs nach Montevideo. Dicker
Rauch wälzte sich aus dem schmutzigen grauen Schornstein.
Zwei schwarzgefleckte Schweine mit langen Schnauzen
wühlten auf dem Achterdeck im Dreck herum. Ein rußge-
schwärzter Heizer mit hohlen Wangen hing über der Reling,
eine Zigarette im Mundwinkel. Ein schwitzender schwarzer
Matrose flickte Taue. Und ein verschrumpelter kleiner Chinese ließ sein gelbes Gesicht kurz in der Kombüsentür sehen.

Ich hatte kaum das schmierige Deck betreten, als ich es schon bereute, hier angeheuert zu haben. Auf einem griechischen Schiff war ich noch nie gefahren, hatte allerdings bereits gehört, daß es ein höchst zweifelhaftes Vergnügen sein kann. Ich hatte vergeblich versucht, eine Passage nach Buenos Aires zu kriegen. Nur deshalb hatte ich in den sauren Apfel gebissen. Jetzt war ich also Schmierer auf dem Griechen. Als ich den Maschinenraum sah, tat es mir leid, daß ich nicht zumindest versucht hatte, einen Job als Kajütenboy zu bekommen. In meinem ganzen Leben hatte ich noch keinen so dreckigen Maschinenraum gesehen. Zylinderkappen, Wellenlager, Kurbeln, Propellerachsen – alles war von einer zentimeterdicken fettigen Schmutzschicht bedeckt.

Gegen Mittag ging es los. Ich weinte Tampa keine Träne nach. Zu meiner Kolonne gehörten noch Alvarez, ein junger Portugiese, faul wie die Sünde, aber sonst sehr nett, und ein kaffeebrauner Jamaikaner, ein großer Tor namens Joe. Meine Kabinengenossen waren Jan, ein Junkie aus Belgien, der ständig angetörnt war, und ein schlampiger älterer Grieche, der schon seit einer halben Ewigkeit auf der DIONYSIOS war. Er war der Bootsmann. Die Familie stammte aus Pyrgos, auf dem Peloponnes gelegen, aber er war selbst nie dort gewesen. Kleon hieß er. Die beiden Jungs von meiner Kolonne, Alvarez und der Typ aus Jamaika, Joe, waren auch in meiner Kabine.

Am ersten Abend, als wir in der Kabine zusammensaßen, nachdem wir uns mit dem Fraß des griechischen Kochs die Bäuche gefüllt hatten, kam das Gespräch rasch auf den Kapitän, einen Griechen namens Kostas Porphyros. Ich merkte sehr bald, daß er an Bord nicht gerade beliebt war.

»Er ist ein Teufel«, sagte Kleon und nahm einen tiefen Zug aus einer parfümierten griechischen Zigarette. »Einmal, vor Cap Parina, hat er einen Heizer einfach über Bord geschmissen. Ohne sich zu bekreuzigen oder irgendwas. Einfach so.«

»Und warum?« fragte ich.

Der Grieche sog den Rauch tief in seine verteerte Lunge und sah rasch zur Tür. Erst dann antwortete er.

»Weil der Kerl ein Auge auf Pythia, die Frau des Kapitäns, geworfen hatte. Die Schöne, so nennen wir sie hier.«

»Ist sie an Bord?«

Der Grieche nickte. »Sie ist immer dabei. Auf jeder Fahrt. Seit ich auf diesem Kahn bin. Unglaublich, sie sieht noch ebenso jung, ebenso schön und ebenso traurig aus wie vor zehn, fünfzehn, zwanzig Jahren.«

»Kommt sie nie an Deck? Ich würde sie mir gern mal ansehen«, sagte Jan, der Junkie, während er sich auszog und in seine Koje kroch. Er war, wie ich, neu an Bord.

»Klar, manchmal schon«, erwiderte Kleon. Dann fügte er fast flüsternd hinzu:

»Sie sitzt im Rollstuhl, aber irgendwas ist faul an der Sache. Sie ist nicht gelähmt, da würde ich drauf schwören.«

Auch Kleon kroch in seine Koje.

»Georgios Kambisis, der Zweite Ingenieur, sagt, daß ihr Handgelenk mit einer kurzen, leichten Kette am Rollstuhl befestigt ist. Sie hat immer die linke Hand unter der Decke, die um ihre Beine und ihre Taille gehüllt ist.«

Ich löschte die Paraffinlampe. Es wurde still in der Kabine.

»Sie hat grüne Augen. Grün wie die Ufer des Amazonas«, ließ sich die dunkle Stimme des Jamaikaners aus einer der unteren Kojen vernehmen.

»Heilige Barbara, so 'ne Puppe müßte man bumsen können«, stöhnte Alvarez.

»Stimmt«, sagte Kleon leise. »Sie hat grüne Augen. Grün wie frischer Seetang auf dem Korallenriff.«

»Aber sie ist ein Engel«, fuhr der schwarze Jamaikaner fort und schluckte geräuschvoll. »Wenn ich sie sehe, muß ich immer an einen Engel denken. Meist hat sie Tränen in den grünen Augen, die rollen über ihre blassen Wangen, wenn sie blinzelt. Wenn es je eine Heilige Jungfrau gab ...«

»Halt den Mund, Joe, verdammt noch mal«, fuhr der Junkie ihn an, und Joe verstummte.

Bald ertönte in der Kabine ringsherum lautes Schnarchen. Aber ich fand keinen Schlaf. Lange lag ich wach und horchte auf die schwere Kette der Ankerwinde. Ich mußte immer an die seltsamen Geschichten denken, die Kleon über die Frau des Kapitäns erzählt hatte.

Endlich, gegen Mitternacht, schlief ich ein. Hätte ich geahnt, was ich erleben und mitmachen würde, ehe die S. S. DIONYSIOS in den Hafen von Montevideo einlief, hätte ich in dieser Nacht wohl kein Auge zugetan.

Am nächsten Tag sah ich zum erstenmal unseren Skipper. Ich kam aus der Pantry, wo ich Öl geholt hatte, und wir gingen an Deck aneinander vorbei. Ich grüßte ihn. Er sah mich nur an mit seinem kalten Blick, aus verengten, durchdringenden Augen. Er war über einsachtzig groß und breitschultrig, hatte vorstehende Wangenknochen und eine fliehende Stirn, und seine blassen, rissigen Lippen sahen aus, als hätten sie nie lächeln gelernt.

Als wir an diesem Abend wieder den gleichen Fraß des griechischen Kochs in uns hineingelöffelt hatten, lehnte sich plötzlich Alvarez, der Portugiese, zu Kleon hinüber und flüsterte ihm vertraulich zu, er habe die Absicht, gleich nach dem Essen Pythia einen Besuch abzustatten. Kleon riß erschrocken die Augen auf. Alvarez hatte im Lauf des Tages zwei Flaschen Samos ausgetrunken und war ziemlich hinüber.

»Laß die Hände von der Frau«, warnte Kleon. »Denk an den Heizer Androkles, der über Bord gegangen ist. Und warum? Weil er sie nur ein bißchen getätschelt hat. Dabei war es kaum der Rede wert.«

Alvarez lachte. »Ich will sie ja gar nicht tätscheln. Nur ansehen will ich sie mir. Und zwar nackt, ohne einen Faden am Leib. Ich hab' gerade Lust, ein pudelnacktes Weib zu sehen.«

»Du bist betrunken. Mach bitte keine Geschichten. Wenn der Alte dir auf deine unanständigen Absichten kommt, bist du Haifischfutter, ehe du bis drei gezählt hast.«

Alvarez stand auf und schwankte zur Kombüse, wo Jannis Skipis, der griechische Koch, gerade eine Kanne grünen Tee auf ein Tablett stellte. Der Tee war für Pythia bestimmt, und Mori, der japanische Kajütenjunge, sollte ihr, wie üblich, das Tablett in die Kabine bringen. Mori war taubstumm und durfte als einziger aus der Mannschaft Pythias Kabine betreten.

Als der kleine gelbe Wicht aus der Kombüse kam, packte Alvarez ihn von hinten, schnappte sich das Tablett und stieß ihn brutal gegen ein Deckhaus. Dann ging er mittschiffs und klopfte an Pythias Kabinentür. Wir sahen aus der Entfernung gespannt zu. Er blieb einen Augenblick stehen, lauschte, dann machte er die Tür auf und trat ein. Wir gingen in unsere Kabine und warteten.

Einige Minuten später erschien Alvarez. Er sah aus wie eine Wasserleiche.

»Was war?« fragte ich.

Alvarez ließ sich auf eine Bank fallen und sah mit leerem Blick vor sich hin.

»Unglaublich«, sagte er endlich. »So was ist mir denn doch noch nicht vorgekommen!«

Mit zitternden Händen zündete er sich eine Zigarette an und nahm einen steifen Zug.

»Nun erzähl schon«, drängte Kleon.

»Ja, also ... Pythia dachte natürlich, daß es Mori sei, der ihr wie gewöhnlich den Tee brachte. Sie lag in ihrer Koje und weinte, den Kopf in die Kissen vergraben. Der Rollstuhl stand daneben. Sie war mit dem linken Handgelenk daran gefesselt. Ich nähere mich vorsichtig, um das Tablett abzusetzen, und plötzlich ist der Skipper hinter mir. Er macht wilde Augen. ›Raus!‹ faucht er, und ich mach, daß ich wegkomme. Ich hab' ihn noch nie so blaß gesehen. Er ...«

»Aber was ist mit Pythia?« unterbrach ihn der Jamaikaner und rollte aufgeregt mit den Augen.

»Okay, ich sag euch, was mit Pythia ist. Haarsträubend ist es, das kann ich euch flüstern. Ich hab sie nackt im Bett gesehen, und nicht nur das. Ihr denkt jetzt bestimmt, ich lüg euch die Hucke voll, aber es war so ...«

»Alvarez«, ließ sich eine frostige Stimme von der Kabinentür her vernehmen. Sie gehörte Kostas Porphyros, dem Skipper. Er hielt einen Revolver in der Hand. Alvarez rührte sich nicht. Die Zigarette rutschte ihm langsam aus dem Mund und kullerte über die Planken. Der Skipper richtete den Revolver auf den Kopf des Portugiesen.

»Kommen Sie, Alvarez.«

Alvarez stand auf und folgte angstschlotternd dem Skipper.

»Jetzt knallt er ihn ab«, sagte der Neger entsetzt. »Ich wette meine ganze Heuer, daß er ihn wie einen Hund abknallt und die Leiche ins Meer wirft.«

»Ich hab' ihm noch gesagt, daß er die Hände von ihr lassen soll«, meinte Kleon.

Am nächsten Morgen kam der Zweite Ingenieur in den Maschinenraum herunter. Er brachte einen von der Kombüsenmannschaft mit, den Jugoslawen Boris, der sollte als Schmierer bei uns mitmachen.

»Wo steckt Alvarez?« fragte ich Georgios Kambisis, den Zweiten Ingenieur.

»Die See hat ihn sich genommen. Der Skipper hat ihn um Mitternacht am Heck schlafwandeln sehen. Dabei ist er über einen Anker gestolpert und über Bord gefallen.«

»Gestolpert? Das ist eine Lüge.«

»Was, zum Teufel, weißt du denn davon?«

Der Zweite Ingenieur drückte mir eine Ölkanne in die Hand und empfahl mir, mich um meine Arbeit zu kümmern und meine Nase nicht in Sachen zu stecken, die mich nichts angingen. Dann drehte er sich auf dem Absatz um und verschwand.

Am späten Nachmittag mußte ich nach oben, um mittschiffs die Decksluken zu säubern. Als ich fertig war, brachte ich mein Zeug in die Pantry zurück. Dabei kam ich an Pythias Kabine vorbei.

»Hallo, Sie da!«

Pythia rollte mit ihrem Stuhl auf mich zu. Ich blieb erwartungsvoll stehen. Direkt vor mir hielt sie an. Ich sah, daß sie ein ungewöhnlich schönes junges Gesicht hatte. Noch nie hatte ich eine Frau mit so zarter weißer Haut gesehen. Und noch nie eine Frau mit solchen Augen. Kleon hatte recht, sie waren grün. Grün wie junger Seetang auf dem Korallenriff. Sie hielt meinen Blick fest. Ich merkte, daß ich rot wurde und eine seltsame Wärme meinen Körper durchströmte.

»Sie haben gerade die Decksluken sauber gemacht«, sagte sie mit einer sanften, sehr eigenartigen Stimme. »Arbeiten Sie im Maschinenraum?«

Sie streifte mit ihrem Blick meinen Overall, der von Ölflecken übersät war.

»Ja«, sagte ich. »Im Maschinenraum.«

Ich wollte weitergehen, schaffte aber nur ein paar Schritte.

»Haben Sie es eilig? Keine Angst, Kostas schläft. Ich soll eigentlich nicht mit der Mannschaft reden, wußten Sie das? Aber jetzt schläft er. Er schläft immer fest, wenn einer von der Mannschaft über Bord gefallen ist. Im Laufe der Jahre sind viele über Bord gefallen. Er hält mich auf der DIONY-

SIOS gefangen. Wenn ich nicht von diesem stinkenden Kahn wegkomme, muß ich sterben. Kostas ist ein grausamer Mann. Ich hasse ihn. Begreifen sie, warum ich ihn hasse?«

Ich nickte. Pythia rollte ihren Stuhl zu mir herüber. Sie griff nach meiner Hand und drückte sie.

»Haben Sie ein Messer?« fragte sie. In ihrer bisher so sanften Stimme lag plötzlich ein kalter, erbarmungsloser Klang.

»Ein Messer?« sagte ich. »Ja, ich habe ein Messer.«

»Würden Sie es mir bitte borgen? Sie bekommen es zurück.«

Ich gab ihr mein Bowiemesser. Rasch steckte sie es unter die Wolldecke, die über ihren Knien lag.

»Machen Sie aber keine Dummheiten mit dem Ding«, sagte ich. »Sie können sich erheblichen Ärger einhandeln wenn ...«

Sie hatte meine Gedanken erraten. »Ja, Kostas muß sterben. Er hat mich lange genug gequält. Er hat kein Recht auf mich, ich bin nicht sein Eigentum. Er hat mich geraubt. Ich weiß, daß er mich liebt, aber ich empfinde nur Haß für ihn. Ich hasse ihn und habe ihn immer gehaßt.«

Sie sah mich aus ihren seltsamen grünen Augen an.

»Wie heißen Sie?« fragte sie. Ihre Stimme klang wieder sanft und herzlich.

Ich sagte es ihr.

»Würden Sie mir helfen, von hier wegzukommen? Würden Sie das für mich tun? Kommen Sie zu mir, wenn Kostas heute nacht auf der Brücke ist. Sie müssen mir zur Flucht verhelfen.«

»Wir sind auf See, mitten in der Karibik.«

Sie drückte mir noch einmal die Hand, dann ließ sie mich los und sah mich an.

»Sie kommen heute nacht, nicht wahr?«

Ich nickte.

An diesem Tag konnte ich mich zu nichts mehr aufraffen.

Boris erzählte ich, mir sei sterbensübel. Ich ging nach unten und warf mich auf meine Koje. Jan, der Junkie, brachte mir einen Becher heißen Kaffee. Er war ein guter Kerl.

»Was ist los?« fragte er.

»Nichts.«

»Hast du Pythia heute gesehen?«

»Ja.«

»Hast du vielleicht auch mit ihr gesprochen?«

»Ja.«

»Laß dich auf nichts ein, ich rate dir gut.«

Ich stand auf, klopfte Jan auf die Schulter, verließ die Kabine und ging mittschiffs. Vorsichtig öffnete ich die Tür zu Pythias Kabine und trat ein. Sie saß in ihrem Rollstuhl.

»Sie sind es«, sagte sie glücklich. »Lieb, daß Sie gekommen sind. Kostas ist tot. Wenn Mori ihm den Kaffee herunterbringt, wird er ihn tot in seiner Kabine finden. Ich habe Ihr Messer ins Meer geworfen. Tut es Ihnen leid, daß ich es weggeworfen habe? Aber Sie können sich in Montevideo ein neues kaufen, nicht wahr? Jetzt helfen Sie mir bitte, die Fesseln loszuwerden.«

Ich angelte rasch ein paar Werkzeuge aus den Taschen. Wenig später hatte ich Pythia von der Kette befreit, die sie so lange an den Rollstuhl gefesselt hatte.

»Helfen Sie mir hier heraus«, sagte sie atemlos und streifte die Decke ab. Ich tat unwillkürlich einen Schritt zurück. Vor meinen Augen begann sich alles zu drehen. Der Gedanke an Kostas Porphyros gab mir Kraft. Dieser Verbrecher, dachte ich. Dieser hundsgemeine Schuft.

»Die Karibik ist meine Heimat«, sagte Pythia. »Deshalb mußte Kostas hier sterben, und nicht im Pazifik oder Atlantik.«

Ich hob sie aus dem Rollstuhl und trug sie aus der Kabine zur Reling. Dankbar legte sie mir die Arme um den Hals und gab mir einen herzhaften Kuß.

»Danke, Seemann«, flüsterte sie. Das war alles.

Dann glitt sie über die Reling und verschwand in den blauschwarzen Wogen der Karibischen See. Beim Untertauchen schlug sie einmal mit dem Schwanz. Ich hatte Fischschuppen auf meinem Overall. Sorgfältig streifte ich sie ab, ehe ich wieder nach unten ging und mich auf meine Koje warf.

»Der Skipper ist tot«, sagte der Neger Joe.

»Na und?«

»Nichts weiter. Er ist tot.«

In dieser Nacht konnte ich nicht schlafen. Die schwere Kette der Ankerwinde scharrte und kratzte mit monotonem Singsang in der Klüse. Durch die Decksfugen stieg der faulige Gestank des Bilgenwassers. Ich merkte es nicht. Ich dachte an Pythia. An ihre Augen.

Sie waren grün wie der Seetang in der Sargossasee.

Ein heiterer Ratgeber in 14 Lektionen

Haben Sie Kinder? Hoffen Sie, welche zu bekommen? Kennen Sie jemanden, der welche hat? Sind Sie vielleicht selbst einmal Kind gewesen? – Wenn Sie eine dieser Fragen mit ja beantwortet haben, dann ist Ihnen die Lektüre dieses Buches dringend zu empfehlen! – Natürlich auch für Mütter geeignet!

ISBN 3-404-14764-2

BASTEI
LÜBBE

Willy Breinholst

Hallo –
lach mal wieder!

Das Leben ist hart genug – aus diesem Grund prä-
sentiert uns der ›Weltmeister des Humors‹ eine
Sammlung von Geschichten, die beweist , dass man
– fast – alles auch von der heiteren Seite sehen kann.
Mit spitzbübischem Lächeln spürt der Fachmann für
Beinahe-Krisensituationen die brenzligen und dabei
oft so komischen Momente im Leben von ›Otto
Normalverbraucher‹ auf – und zeigt, dass auch
Alltagshelden ihre tägliche Portion Abenteuer über-
stehen müssen.

ISBN 3-404-14677-8

BASTEI
LÜBBE

Willy Breinholst

Hallo - nimm's nicht so tragisch!

Was uns plagt, wenn es um die Bewältigung der Tücken des Lebens geht, betrachtet der »Weltmeister des Humors« mit einem vergnüglichen Augenzwinkern. Das Ergebnis: Komisches und Urkomisches aus dem Leben von Helden und Normalbürgern – stets auf dem schmalen Grat zwischen Alltag und Abenteuer.

Mit zahlreichen Illustrationen.

ISBN 3-404-14456-2